rororo

Linda Barnes wurde in Detroit geboren und studierte an der Bostoner Kunsthochschule Englisch und Schauspiel. Nach einigen Jahren als Schauspiellehrerin verlegte sie sich aufs Krimischreiben. Nach vier Romanen mit einem Amateurdetektiv als Hauptfigur erfand sie Carlotta Carlyle und hatte mit ihr sofort großen Erfolg. Inzwischen liegen acht Romane mit der rothaarigen Detektivin vor. Linda Barnes gewann mehrere Krimipreise. Sie lebt mit Ehemann und Sohn in der Nähe von Boston.

«Carlotta ist eine melancholische Detektivin, Linda Barnes ist eine ironische Erzählerin, und beide gemeinsam sind einfach unschlagbar.» *(Hamburger Morgenpost)*

LINDA BARNES

Flammen der Rache

Ein Fall für Carlotta Carlyle

Deutsch von
Erika Ifang

Rowohlt Taschenbuch Verlag

Deutsche Erstausgabe
Veröffentlicht im Rowohlt Taschenbuch Verlag GmbH,
Reinbek bei Hamburg, Juli 2000

Die Originalausgabe erschien unter dem Titel «Flashpoint»
1999 bei Hyperion, New York

Redaktion Wolfram Hämmerling
Umschlaggestaltung Notburga Stelzer
(L) Foto: Mauritius-Waldkirch
Die Schreibweise entspricht den Regeln
der neuen Rechtschreibung
Satz Adobe Garamond bei
Pinkuin Satz und Datentechnik, Berlin
Druck und Bindung Clausen & Bosse, Leck
ISBN 3 499 22810 6

Eins *«Es is nit asoj gut mit gelt wi es is schlecht on dem.»* Dieser Gedanke schoss mir gerade durch den Kopf, während ich dem Wecker einen Schlag versetzte und das Schrillen beendete, das die Stille durchschnitt wie ein Tenorsaxophon.

Oder wie meine Großmutter mütterlicherseits zu sagen pflegte: «Geld zu haben ist nicht so gut, wie keins zu haben schlecht ist.»

Die Morgensonne schien durch die dünnen Schlafzimmergardinen und beleuchtete einen Teil der Eichendielen, einen offenen Gitarrenkoffer voller Notenblätter und eine einmal weiß gewesene Socke.

Für gewöhnlich denke ich gleich beim Aufwachen an Geld. Doch ich glaube, eins stimmt: Man denkt an das, was man nicht hat.

Ich hatte kein geregeltes Einkommen. Ich hatte keinen Klienten. Ich hatte nicht viel, was zu meinem materiellen Unterhalt beigetragen hätte. Aber ich hatte eine gültige Privatermittlerlizenz, die mich dazu berechtigte, meine Nase in die Privatangelegenheiten von Leuten zu stecken, wenn ich im Bundesstaat Massachusetts darum ersucht wurde. Und ich hatte ein altes viktorianisches Haus, nur einen Katzensprung vom Harvard Square entfernt. Bei den heu-

tigen Grundstückspreisen konnte ich es verkaufen und mich zur Ruhe setzen.
Ich flüsterte im Stillen ein Dankeschön für das Haus, das mir meine Tante Bea hinterlassen hat, hypothekenfrei und vollkommen unbelastet bis auf die astronomischen Grundsteuern und Unterhaltungskosten, die mich in den Ruin trieben. Ich würde es nie verkaufen, aber zu wissen, dass ich es könnte, ist beruhigend.
Beim schnellen Lauf durch die Diele fröstelte ich in der herbstlichen Kühle. *Dir ist nicht wirklich kalt,* sagte ich mir. Wirklich kalt wird es erst nach Halloween, deshalb wirft die geizige Hausbesitzerin die Heizung auch nicht vor dem 1. November an.
Ich sah die Hausbesitzerin im Spiegel über dem Waschbecken prüfend an. Die Neonbeleuchtung hob jede Sommersprosse hervor und vergrößerte sie noch. Sie verlieh meinem roten Haar einen grünlichen Schimmer, der sich auf meiner Haut ausbreitete, in meine nussbraunen Augen überging und mich irgendwie monochrom und echsenhaft erscheinen ließ. Im Schlafzimmerspiegel, wo ich mich schminke, sehe ich menschlich aus. Zu groß, mit zu weit auseinander stehenden Augen, zu spitzem Kinn, gebrochener Nase, aber nicht wie ein Reptil.
Ich riss mir meinen roten Chenille-Morgenrock vom Leib und hängte ihn an den Haken. Der zugezogene Duschvorhang ließ mich innehalten. Ich schnüffelte argwöhnisch. Der scharfe Ammoniakgeruch von irgendeinem Sprühprodukt lag in der Luft, ein Anzeichen dafür, dass Roz, meine Mieterin und Haushilfe vom zweiten Stock, womöglich das Bad geputzt hatte. Ich betrachtete das Waschbecken. Schwer zu sagen, ob sie dem Dreck auf den Pelz gerückt war.

Hatte sie den Hahn auf Dusche oder Wanne gestellt? Ich drücke nach dem Duschen immer den Knopf hinunter, um kein Brausewasser auf den Kopf zu bekommen, wenn ich gar nicht vorhabe, mir die Haare zu waschen. Roz scheint das Putzen als Sabotagehandlung aufzufassen, sie versteckt die Handtücher, legt die Seife woandershin und verstellt die Knöpfe.

Warum habe ich sie nicht in einer Schneewehe verschwinden lassen und statt ihrer einen respektablen, verlässlichen Reinigungsdienst angestellt? Weil ich's billig haben wollte, aber das ist nicht der einzige Grund. Ich weiß nicht, wie ich mich je an sie gewöhnen konnte, aber Tatsache ist: Ich habe mich an sie gewöhnt. Ich brauche eine Mieterin, um die Kosten zu decken und mir das Schreckgespenst «Hausarbeit» zu ersparen. Mit Roz weiß ich so ungefähr, woran ich bin. Gewarnt sein heißt gewappnet sein.

Ich riss den Vorhang zur Seite und stand wie vom Donner gerührt.

Starrte wie gelähmt auf die Leiche in meiner Badewanne.

Leiche. Badewanne. Eine Leiche in der Badewanne. Eine Leiche in *meiner* Badewanne. Meine Finger waren plötzlich vollkommen kraftlos. Es gelang mir nicht einmal, den Vorhang wieder zuzuziehen, sodass die Spukgestalt verschwand. Ein frisches Stück Seife lag in einer Ecke der Badewanne, darunter steckte ein großer Fuß. Die Zehennägel hatten einen Schnitt nötig.

Gerade noch rechtzeitig klappte ich den Klodeckel zu, ehe ich auf die Toilette sank. Die Ellbogen auf die Knie und den Kopf in die Hände gestützt, schloss ich die Augen und schwor mir, fortan ein normales Leben zu führen, auch wenn das hieß, im örtlichen Stop & Shop an der Kasse zu

sitzen. Probeweise schüttelte ich den Kopf und prüfte mit der Zunge meine Mundhöhle. Nicht die Spur eines Katers. Ich bin nie eine starke Trinkerin gewesen. Hatte noch nie einen Totalausfall.
Jedenfalls bisher nicht. Ich konnte mich nicht erinnern, einen Mann mit nach Hause gebracht zu haben, und da saß ich nun mit einer Leiche.
Die Leiche stöhnte.
Ich schnappte mir instinktiv ein Gästehandtuch, das sich als viel zu klein herausstellte, um zu bedecken, was bedeckt werden sollte. Die falsche Leiche rülpste, ihr Kopf rollte träge auf die Seite, und ein Nebel von Bier- und Dope-Dünsten entströmte ihrem Haar. Ich ergriff ein größeres Handtuch, das ich um mich herumdrapierte und -stopfte, und gratulierte mir, dass ich nicht schrie.
Er war nicht tot. Ich brauchte nicht die 911 zu wählen und mit anzuhören, wie ich einen Mord meldete, an den ich mich gar nicht erinnern konnte. Mit geschlossenen Augen zählte ich langsam bis fünf. Als ich die Augen wieder aufriss, lag er beharrlich immer noch da, unzweifelhaft ein Mann – stoned, patschnass und splitterfasernackt in meiner Badewanne.
Sein Körper war durch Krafttraining gestählt und an den richtigen Stellen abwechselnd flach und gerundet. Helles, dünnes Haar klebte an seinem Schädel. Er hatte einen langen, muskulösen Hals und ein kantiges Kinn, und sein Kopf war zur Wand gedreht. Ich beugte mich über ihn, um ihn besser betrachten zu können. Unschöne Haut mit Aknenarben. Die geschlossenen Augen lagen unter borstigen, dunklen Brauen.
Das Gesicht war mir nicht bekannt, keins, das ich schon

einmal gesehen hatte. Er atmete jetzt tief, holte mit gierigen Sauglauten geräuschvoll Luft.
Sollte ich die Polizei rufen?
Mich anziehen, ihn wecken – wer immer er sein mochte – und dann die Cops rufen?
Seine rechte Hand, die auf dem Wannenrand lag, erregte meine Aufmerksamkeit. Zuerst dachte ich, es sei ein Bluterguss, aber bei näherer Betrachtung sah ich, dass der lila Fleck mitten auf dem Knöchel seines Zeigefingers eine dicke Kruste bildete. Ich schnupperte daran und wusste sofort: Farbe. Lila Farbe! Roz hätte ebenso gut gleich seine Brust signieren können.
Ich warf rasch einen prüfenden Blick umher. Meine Mieterin ist so etwas wie eine Künstlerin und derzeit spezialisiert auf Post-Punk-Malerei und -Performance. Man weiß, dass sie auch schon geleaste Camcorder installiert hat, um ihr verrücktes Leben zu dokumentieren. Sollte ich jemals eine Überwachungskamera in meinem Badezimmer finden, würde ich die Polizei anrufen, aber vorher ihre Leiche verschwinden lassen.
Helle Wut stieg in mir auf. Gewiss, ich war froh, dass es nicht irgendein Typ war, den ich in einer Bar aufgegabelt hatte, froh, keinen Sex genossen zu haben, der keinerlei Spuren in meiner Erinnerung hinterlassen hatte, aber die Erleichterung reichte nicht aus, um meine zusammengebissenen Zähne zu lösen. Nicht nur, dass die Farbe «Roz» schrie, auch der Körper des Mannes belastete sie schwer. Sie hat einen entsetzlichen Geschmack, was das andere Geschlecht betrifft, und wählt ihre Liebhaber ausschließlich nach den Muskeln aus.
Ganz vorsichtig langte ich nach dem Duschvorhang und zog ihn zu.

Ich warf mir den Morgenrock über, während ich laut die Treppe hinaufstapfte, und ließ das Handtuch achtlos irgendwo fallen. Unter normalen Umständen betrete ich Roz' Bude gar nicht. Sie macht mir Angst mit ihren mattschwarzen Wänden und ebensolcher Decke, den Schaufensterpuppen, die in abstrusen Positionen herumstehen, und den wie Lavalampen flimmernden Schwarzweißfernsehern.
«Roz», schrie ich in die Dunkelheit. Der Farbgeruch war stark und beißend, und ich fragte mich, ob sie wohl von ihren gewohnten Acrylfarben zu schärferen Sachen übergegangen war.
Sie hat kein Bett, nur Matten, die sie willkürlich auf dem Fußboden verstreut. Für Karate, zum Schlafen, zum Sex. Die Grundausstattung.
«Ja?» Ich hörte sie, konnte sie aber nicht sehen. Wie schaffte sie es bloß, dass es so finster war? Hatte sie die Fenster zugemauert?
«Komm, verdammt noch mal, mit runter.»
«Hä?»
«Du hast was in der Badewanne vergessen.»
«Na und?»
«Mein Ernst! Sofort. *Sofort!*»
Ich stoppte ihre Zeit, indem ich eins, eintausend, zwei, eintausend zählte, während ich wieder zum Badezimmer zurückging und mich an meine Empörung klammerte. Wenn ich jetzt loslachte, würde Roz, das wusste ich, quietschen wie ein Hündchen und meinen, ich fände die ganze Sache total cool.
Es zuckte um meine Mundwinkel. Ich beherrschte mich.
Sie brauchte achtzehn Sekunden. Machte sich nicht die Mühe, sich anzuziehen. In ein schwarzes Betttuch gewickelt

– wo, zum Teufel, bekommt man schwarze Betttücher? – sah sie aus wie eine Terroristin aus einem Kleinstaat im Nahen Osten.
«In der Badewanne», sagte ich.
Sie riss den Vorhang auf, erstarrte einen Augenblick und brach in homerisches Gelächter aus.
«Das ist ekelhaft!»
«Carlotta, tut mir Leid! Tut mir wirklich Leid! Ehrlich, ich …» Sie gab ihre kümmerlichen Entschuldigungsversuche auf und lachte so laut, dass ihr Laken herunterrutschte und wie ein exotischer schwarzer Vogel zu Boden flatterte. «Ich dachte, er wäre nach Hause gegangen. Er hat mir bei den Fresken geholfen. Ich hatte gedacht, er würde über Nacht bleiben, aber er hat zu viel Tequila getrunken, bis er sturzbesoffen und unbrauchbar war, und da habe ich ihn weggeschickt», sagte sie. «Ehrlich, ich dachte, er wäre weg.»
«In seinem Geburtstagsanzug?»
«Nett, was?»
Ich musterte das Gesicht der Leiche.
«Roz», sagte ich leise, «wie alt ist der Junge?»
«Spielt das eine Rolle?»
«Zum Beispiel dafür, wie lange du hinter Gitter musst.»
Plötzlich fiel bei mir der Groschen. «Fresken? Was hast du … Sagtest du – Fresken?»
«Hör mal, bleib cool. Er ist nur ein Rausschmeißer, aber er malt auch, und bei seinem Körperbau kann ich …»
«Das letzte Mal, als ich das Wort *Fresken* hörte, bezog es sich auf Wandmalereien.»
«Du hast nichts gesagt, als ich den Speicher schwarz ausgemalt habe», protestierte sie kleinlaut.

«Was, zum Teufel, hätte ich denn sagen sollen? Als ich es erfuhr, war es ja bereits geschehen!»

«Du findest es bestimmt toll. Fresken sind total kommunikativ. Zuerst dachte ich an nackte Typen, aber dann kam ich auf Baumaschinen – Bulldozer, Kräne und schwere Lastwagen, und wumm! kam ich auf diese Wahnsinnsidee, einen absolut irren Einfall …»

Roz hat mal eine Serie mit Schlümpfen gemacht, die russische Ikonen angriffen. Als Nächstes hat sie sich an Gemüse in Acryl und sexuell erregten Strichmännchen versucht. Dann kam die Kunst der «Fundstücke», die sie überall in meinem Haus fand, als sie eigentlich staubwischen sollte. Wie gesagt, ich habe nicht vor, mein Haus zu verkaufen, aber wenn ich es tue, wird Roz' Kunst an den Wänden sicher kein Plus darstellen.

Ich unterbrach ihren Redestrom. «Zuerst einmal muss dieser Typ hier raus.»

«Er wird schon aufwachen.»

«Genügt nicht. Ich will ihn jetzt raushaben. Ich möchte ihm nie wieder begegnen, ob schlafend oder wachend, auch nicht per Zufall. Ist das klar?»

«He, nur weil du die Vermieterin bist, kannst du doch nicht über mein Leben bestimmen!»

«Damit du klar siehst: Entweder schmeißt du ihn raus, oder du ziehst mit ihm zusammen aus. Deine Sache. Wenn du nicht ausziehen willst, darfst du Farbe kaufen. Gut deckende Latexfarbe. Beige. Heute noch.»

«Auf gar keinen Fall.»

«Zwei Schichten, vielleicht auch drei, um die Ausgeburten deiner kranken Phantasie …»

Wir hatten beide nicht besonders auf die Leiche geachtet.

Genau in diesem Augenblick regte sich der Typ und begann verdächtige Geräusche von sich zu geben. Als er versuchte, sich aufzurichten, färbte sich sein Gesicht gelblich weiß. Seine Miene verzog sich. Sein Mund ging auf und ließ eine – ich schwöre es! – lilagesprenkelte Zunge sehen. Gleich würde ihm schlecht werden.
Nichts wie raus hier.

Zwei Ich raffte einen Haufen Kleider vom Wäschepuff und eilte nach unten in das winzige Pseudobad, wo ich im Waschbecken zu duschen versuchte. Nachdem ich mir den linken Ellbogen zweimal an der Tür gestoßen hatte, gab ich auf. Eiskalte Wasserbäche rannen an mir herunter und tropften auf die nackten Fliesen. Der Handtuchhalter war leer, also trocknete ich mich mit dem T-Shirt ab, das ich vor der Waschmaschine gerettet hatte.
Ich wollte duschen, verspürte ein Verlangen nach Wasser, das ich nur mit unbändigem Hunger vergleichen kann. Durst, das wusste ich, konnte ich mit einem kalten Getränk stillen, aber mein Hunger war von der Art, die nur durch vollständiges Eintauchen zu befriedigen ist. Wasser ist mein Element; ich schwimme, wann immer ich kann, und aale mich gern in heißen Schaumbädern oder unter einer kräftigen Brause.
Anhaltende schauerliche Geräusche drangen aus dem Badezimmer oben.
Ich wischte die Pfützen weg, prüfte, ob das T-Shirt unter den Armen einen unerwünschten Geruch hatte, zog es mir über den Kopf und schüttelte mein Haar aus. Die abgetragenen Jeans hatten Risse an beiden Knien. Ich streifte mei-

ne Uhr über, warf einen prüfenden Blick darauf und beschloss, einen Ort aufzusuchen, an dem zerfetzte Jeans keine abfälligen Bemerkungen heraufbeschwören. Da meine Sporttasche bereits im Kofferraum lag, gab es keinen Grund, noch einmal nach oben zu gehen und eine neuerliche Begegnung mit dem kotzenden Mannsbild zu riskieren. Ich konnte im YWCA in Cambridge duschen, und meine frühe Ankunft würde Kirsten gefallen, unserer gestrengen Mannschaftskapitänin, die mich schief anguckt, seit ich im August drei Wochen hintereinander nicht zum Volleyballtraining erschienen bin. Auf diese Weise war der Morgen, der so katastrophal begonnen hatte, noch zu retten und gab mir die Gelegenheit, einen guten Eindruck zu machen.
An der rekordverdächtigen Geschwindigkeit, mit der ich die anderthalb Meilen zum Y zurücklegte und vom Auto in den Umkleideraum stürmte, konnte ich ablesen, dass ich immer noch sauer auf Roz war, aber der Ärger verflog, während ich zwanzig Runden schwamm und mir dann in dem nach Schimmel riechenden Kabuff hinter dem Plastikvorhang genüsslich den Chlor abbrauste. Gegen acht, zum Spielbeginn, waren meine Fingerspitzen schrumpelig und rosa.
Gleich nach dem Schwimmen kommt für mich Volleyball. Zwei Teams auf den beiden Seiten eines hohen Netzes, der Geruch von Sportsocken und Schweiß und ein harter weißer Ball. Es gibt jede Menge gemischte Mannschaften, aber für den Normalgebrauch ziehe ich eine reine Frauenmannschaft vor, weil Frauen sich selten produzieren und sich noch seltener dazu verleiten lassen, dich runterzuputzen, obwohl das immer öfter passiert. Ich stellte mir Roz auf der

gegnerischen Seite des Netzes vor und zielte mit einem Schlag auf ihren Solarplexus. Eine Blockspielerin mit starkem Südstaatenakzent starrte mich durchbohrend an.

«Pass auf», sagte sie und schenkte mir ein entwaffnendes Lächeln. «Wenn du so weitermachst, hast du bald ein paar Zähne weniger.»

«Tut mir Leid», erwiderte ich.

Loretta spielte mir einen leichten Ball weit über das Spielfeld zu. Ich schmetterte ihn über das Netz, wobei ich diesmal auf den Boden zielte.

«Wechsel!», brüllte Kirsten.

Bei meiner Aufgabe stieg der Ball zu hoch auf und segelte harmlos ins gegnerische Feld, sodass er von einer flinken Frau mit dunklen Haaren leicht angenommen werden konnte. Eine kleine Spanischstämmige stellte ihn Richtung Netzmitte der Blockspielerin zu, die ich gegen mich aufgebracht hatte, aber die stille Gwen Taymore, deren perlengeschmückte Zöpfe auf meiner Seite des Netzes herumwippten, war schnell genug und sicherte uns den Punkt durch eine so großartige Abwehr, dass ich am liebsten stehen geblieben wäre und ihr applaudiert hätte.

Konzentrier dich, befahl ich mir. Denk an den Satz. Ich hasse es, in der hinteren Reihe zu spielen. Ich beiße die Zähne zusammen und tu's zu meinem Seelenheil, in dem Wissen, dass Kooperation alles ist. Im Allgemeinen spiele ich lieber den *Lone Ranger,* aber manchmal ist das Teamwork ausschlaggebend. Und ich weiß, dass ich nicht ewig in der hinteren Reihe bleibe.

Ich spiele mit den Y-Birds schon länger, als ich mich erinnern kann. Mitglieder kommen und gehen, aber ein harter Kern bleibt bestehen, süchtig nach dem Flug der Bälle über das Netz, dem Nachgeben der hölzernen Fußbodendielen, dem Zusammenklatschen von Hand und Ball, dem befriedigenden Punktgewinn, dem Killerschlag.

Es macht Spaß, es hält fit, und ich brauche mich nicht mit Maschinen herumzuplagen oder eine endlos öde Strecke zu joggen. Ich muss mich zwar mit einer nicht gerade kurortmäßigen Umgebung abfinden, aber die Gebühren sind erschwinglich, und ich bin in angenehmer Gesellschaft. Für Frauen, die schon lange zusammen spielen, wissen wir Y-Birds erstaunlich wenig voneinander. Es herrscht ein friedliches Desinteresse, und in unseren Sportshorts und ärmellosen Tops sehen wir aus, als kämen wir alle aus derselben Klasse.

Meine Aufschläge brachten fünf Punkte, für mich eine überragende Leistung. Sie gingen allerdings nicht allein auf mein Konto: Gwen wehrte drei großartige Angriffsbälle ab, sie sah die gegnerischen voraus wie eine Hellseherin. Nach dem Spiel, einer kurzen Dusche und dem üblichen Quatschen und Plaudern im Umkleideraum dankte ich ihr, was sie mit einem breiten Lächeln und einem Nicken erwiderte. Sie ging links aus der Eingangstür hinaus und kam bis zur Ecke mit, wartete, während ich fünf Dimes in den Münzschlitz warf, um einen *Globe* aus dem Automaten zu ziehen. Sie überquerte mit mir bei Rot die Straße und hielt mir die Tür zu Dunkin' Donuts auf, die Augen auf den Boden geheftet. Kein einziges Teammitglied ist ein so lustvoller Donutesser wie ich, obwohl alle einen entscheidenden Sieg gerne mit einem honiggetränkten oder marmeladegefüllten Donut feiern.

Gwen klebte an mir wie ein eben gestreichelter junger Hund. Ich musterte die Umgebung, ob es vielleicht einen

Grund dafür gab, zum Beispiel einen großen, wütenden Freund. Einige meiner Teamgenossinnen wissen, dass ich einmal Polizistin war. Erleichtert, dass offenbar niemand hinter uns her war, bestellte ich das Übliche – einen Donut mit Zuckerguss und dazu Kaffee mit Sahne und Zucker, setzte mich und schlug die Zeitung auf.

Drogenbosse hatten ein abgelegenes Berggefängnis in Kolumbien erobert. Es gab zwei neue gegensätzliche Verschwörungstheorien über den Tod von Martin Luther King Jr. Ein Verein namens Jewish Reclamation League hatte es für «legal» erklärt, Kunstwerke, die Holocaust-Opfern geraubt worden waren, zu beschlagnahmen und notfalls direkt von den Museumswänden herunterzuholen. Im Fenway-Viertel mästeten sich die Ratten am Abfall, während das Gesundheitsamt von keinem nennenswerten Nagerproblem wusste. Das war nur die Titelseite.

Gwen stand mir gegenüber und setzte ihre Kaffeetasse so heftig ab, dass der Inhalt fast überschwappte. Ein Stuhl protestierte kreischend, als sie ihn über die Fußbodenfliesen zog. Falls sie allein sein wollte, gab es genügend andere Tische. Außerdem waren noch vier Sitze an der orangenen Resopaltheke frei. Ich blickte auf und lächelte ermutigend. Gwen, eine stille junge Farbige mit einem netten, runden Gesicht und einem Lächeln, bei dem sich ihr voller Mund in den Winkeln nach oben zog, gehörte zum Inventar des Y-Teams. Ich sage «Farbige», weil meine Freundin Gloria, die sich schwarz zu nennen pflegte, jetzt «farbig» vorzieht. Sie findet es inzwischen schick, damit die vielen Schattierungen von argentinischem Braun bis hin zu afrikanischem Schwarz anzuerkennen, aber sie weiß auch, dass «Afroamerikanerin» etwas zu großspurig klingt.

Gwens Haut hatte die Farbe von blankem Teakholz und war bis auf ein paar Sommersprossen auf der Nase makellos. Sie nagte voller Unbehagen an ihrer Unterlippe, machte mehrmals den Mund auf, ballte schließlich die linke Hand zur Faust und platzte heraus: «G-glaubst du, d-dass es ein Alter gibt, in dem man – man ab-bbaut?»
Nach anfänglichen Schwierigkeiten schaffte sie den Satz fast, ohne zu stottern, nur das b von «abbauen» wollte ihr nicht so recht von der Zunge. Ich wartete, bis sie fertig war, dachte, dass sie eigentlich nie gestottert hatte, wenn sie während des Spiels gesprochen hatte, aber sie hatte sowieso nicht viel gesagt. Was gab's schon zu sagen? «Toller Schlag», «Pass auf, der Ball», «Wamm»? Nichts an ihrem starken, flüssigen Spielstil hatte darauf schließen lassen, dass ihr die Zunge nicht gehorchte.
Nachdem sie den Satz endlich herausgebracht hatte, starrte sie auf den Tisch. Wäre der Sprachfehler nicht gewesen, hätte ich angenommen, sie hätte nur laut gedacht, aber die Frage hatte ihr offensichtlich Mühe gemacht und war ihr peinlich.
«Meinst du, beim Volleyball abbauen?», fragte ich und bemühte mich, Licht in die Sache zu bringen. «Leistungsmäßig abbauen?» Ich dachte, sie wollte vielleicht vorsichtig den Punkt ansprechen, dass mein Aufschlag zu schwach sei. Ich weiß, dass mein Aufschlag schwach ist. War er immer.
«Nein», sagte sie. «N-nicht beim Volleyball. W-wie wenn man nicht mehr klar d-denken kann, unfähig ist … den Verstand verliert. Passiert das in einem bestimmten Alter?»
Ich hatte nicht das Empfinden, auf diesem Gebiet eine Expertin zu sein, deshalb fragte ich: «Wieso?»

Sie fuhr unbeeindruckt fort: «Glaubst d-du, am Ende wird jeder senil?»
Senilität ist kein Thema, mit dem ich mich normalerweise bei Donuts beschäftigen muss, und so war ich versucht, leichtfertig darüber hinwegzugehen, so zu tun, als hätte ich die Frage vergessen, aber Gwen schaute mich ernst mit ihren großen, weit auseinander stehenden, mandelförmigen, fast bernsteinfarbenen Augen an. Neugierigen Augen, wie ich jetzt erst bemerkte, von einem Kranz dünner Wimpern eingerahmt, die sich andere Frauen getuscht hätten. Die Perlen in ihrem streifenweise zusammengeflochtenen Haar waren blau und grün und durchsichtig wie kleine Murmeln.
Ich sagte: «Die Leute altern unterschiedlich. Ich hatte eine Tante, die bis zu ihrem Tod mit neunundachtzig vollkommen klar im Kopf war, aber Alzheimer kann einen auch schon mit sechzig oder noch früher treffen.»
Es war wohl nicht das, *was* ich sagte, sondern eher die Art und Weise, wie ich es sagte: dass ich ernst und geduldig antwortete. Jedenfalls löste sich plötzlich die Spannung in Gwens Schultern und verschwand wie eine Schlange im hohen Gras.
«Ich kenne eine alte Frau», sagte sie leise, und das Stottern schien sich etwas zu verlieren. *Wie schwer muss es ihr gefallen sein, mich anzusprechen,* dachte ich und fragte mich, ob sie wohl schon länger vorgehabt hatte, mit mir zu reden, ob sie gewartet, gezögert und Angst angestaut hatte, bis ein Sprachfehler aus der Kindheit wiedergekehrt war, oder ob sie immer schon gestottert hatte. Ich fragte mich, wie sehr es ihr bewusst war, ob es vorbeiging, sobald sie sich entspannte, ob es sie beruflich behinderte und ob es für ihren

Ernst verantwortlich war – ob sie deshalb mehr mit dem Körper als mit der Stimme sprach.
Wie alt mochte sie sein? Ihr glattes Gesicht sagte zwanzig, vielleicht ein, zwei Jahre mehr oder weniger: Sie war so jung, dass «alt» vierzig, fünfzig oder sechzig heißen konnte. Ich nickte ihr mit einer gewissen Zurückhaltung zu, denn ich spürte, dass unzählige Geschichten hinter der Bemerkung über die «alte Frau» schlummerten, die nie erzählt worden waren, und ich war mir nicht sicher, ob ich daran rühren wollte.
Sie setzte mehrmals zum Sprechen an, bis sie es schließlich schaffte: «Na ja, s-sie lebt nicht weit von hier, s-sie lebt drüben in Fenway.»
Der Bostoner Stadtteil Fenway trägt den gleichen Namen wie der Park, Frederick Law Olmsteads Lösung zur Trockenlegung des sumpfigen Marschlandes am Muddy River. Der fließt am Kunstmuseum vorbei, mäandert durch Longwood und windet sich durch Jamaica Plain. Die Touristen meinen, Fenway bezöge sich auf das Fenway-Park-Stadion, die Heimstatt der Red Sox, aber das wahre Fenway, seit Olmsteads Tagen allerdings stark zusammengeschrumpft, ist eigentlich ein großes Wohn- und Gewerbeviertel, wozu auch die Nagerpopulation gehört, von der auf der Titelseite des *Globe* die Rede war.
«S-sie benimmt s-sich merkwürdig, aber es hat in letzter Zeit auch Abwasserprobleme gegeben und Stromausfälle und s-so was …»
Gwen schaute mich an, als wünschte sie, dass ich reagierte, als brauchte sie eine Reaktion von mir. Das Stottern hatte sich wieder verstärkt. Es mochte den Buchstaben s nicht.
«Merkwürdig», wiederholte ich.

«S-sie will die Schlösser an ihren Türen auswechseln. D-die Türen aufdoppeln lassen. D-die Fenster, sie will Fensterläden haben und Schlösser an den Läden.»
«Keine besonders effektiven Maßnahmen gegen Abwasserprobleme und Stromausfälle», bemerkte ich. «Klingt eher so, als wäre bei ihr eingebrochen worden.»
«Weißt du, ich glaube, es g-gab einen Einbruch im Haus, schon vor Monaten, aber d-damals schien s-sie keine Angst zu haben», sagte Gwen stockend. Ich gewöhnte mich allmählich an den holpernden Rhythmus ihrer Sprache. «Das Haus ist s-sicher – davon versuche ich s-sie zu überzeugen.»
Es gibt Gegenden in Fenway, wo ich gleich morgen mit Freuden hinziehen würde, und andere, wo ich die Fensterläden zunageln und die Türen verrammeln würde.
«Gibt's viele Vergewaltigungen und Raubüberfälle dort?», fragte ich.
«B-betrunkene vor den Bars, ab und zu Schlägereien. Nichts B-besonderes, außer, dass der Strom immer ausfällt, und der Gestank …»
«Vom Abwasser?»
«Und wenn s-sie vergessen, den Müll abzuholen.» Gwen krauste die Nase.
«Manche Leute werden mit zunehmendem Alter vorsichtiger», sagte ich. «Ist das so schlimm?»
Gwen ballte wieder die linke Hand zur Faust. Durch diese Geste schien sie sich besser auf das Sprechen konzentrieren zu können. «S-sie geht nicht mehr aus, nicht einmal mehr, um Bridge zu spielen. S-sie hat immer Leute besucht. Jetzt stapelt sie D-dosen vor der Hintertür auf.»
«Es könnte etwas sein, das medizinisch diagnostiziert und behandelt werden müsste», warf ich ein, «wie Alzheimer.»

«K-könnte sein, vielleicht … aber vorher hast du gesagt, es klänge so, als wäre s-sie nur vorsichtig.»
«Ist die Frau eine Verwandte von dir?»
«Sie ist eine Klientin von mir.»
Ich ließ einen Bissen Donut mit Zuckerguss an meinem Gaumen zergehen und spülte ihn mit Kaffee hinunter.
«Ich arbeite in der häuslichen Pflege», setzte Gwen hinzu, «und Mrs. Phipps ist eine Klientin. S-sie hält einen ganz schön auf Trab.» Sie lächelte stolz, dann fuhr sie fort. «Du hast vielleicht schon von ihr gehört. S-sie ist eine echte Berühmtheit in Fenway.»
Ich schüttelte den Kopf. «Der Name sagt mir nichts.»
«S-sie ist eine der letzten Mieterinnen, für d-die der Mieterschutz noch gilt.»
«Den Mieterschutz gibt es nicht mehr», sagte ich.
«S-sie ist so was wie ein S-sonderfall. Niemand kann ihre Miete erhöhen oder s-sie vor die Tür s-setzen, weil sie schon so lange da wohnt, Witwe ist und s-so. Wenn sie was sagt, müssen alle zuhören, und s-sie hat einen Mieterverein gegründet, das steht zumindest in dem Artikel über sie. Ich habe s-sie gefragt, ob sie ein b-besseres Gefühl hätte, wenn sie jemand besuchen würde, der von Berufs wegen für Recht und Gesetz eintritt …»
Aha, dachte ich, *daher weht der Wind.*
«Die Bostoner Polizei hat einen Bürgerservice …», sagte ich schnell.
«D-du», sagte sie. «Ich habe ihr erzählt, d-dass ich jemanden kenne. Sie ist ein ganz eigener Mensch. Wem sie einmal vertraut, dem vertraut s-sie, verstehst du, aber sie traut nur wenigen. S-sie hat gesagt, sie würde d-dich bezahlen. Sie ist nicht reich, obwohl sie es einmal gewesen sein muss,

wie ich gehört habe. S-sie ist ein großes Plus für die Gemeinde. S-so stand es jedenfalls in der Zeitung.»

«Ein Polizeibeamter wäre sicher besser, oder jemand, den sie schon kennt ...»

«B-bitte. Ich b-bin für sie verantwortlich. Ich s-sorge für sie.»

Es dauerte eine Ewigkeit, bis sie diesen letzten Satz herausgebracht hatte, und danach war sie erschöpft. Der Stolz, mit dem sie ihre Verantwortung für die alte Frau mitgeteilt hatte, wirkte echt.

Sie würde mich bezahlen, dachte ich und reduzierte die stockenden Ausführungen damit auf ihren Kern. Morgen würde ich vielleicht nicht mit Dollarzeichen aufwachen, die über meinem Kopf schwebten wie Sprechblasen.

«Sicherheitsberatung fällt nicht so ganz in mein Ressort», gestand ich ihr. «Vielleicht wäre jemand von einer Alarmanlagenfirma ...»

«Ja, ja, und worauf liefe d-das hinaus? Mrs. Phipps hätte fünf verschiedene Sicherheitssysteme, aber würde s-sie sich auch sicherer fühlen?»

«Was sollte ich denn deiner Meinung nach tun?» Wäre das Stottern nicht gewesen, hätte sie mich nicht so leicht rumgekriegt.

«Ich habe ihr versprochen, jemanden zu fragen, den ich k-kenne. S-sie traut Fremden nicht.»

Ich bin eine Fremde, dachte ich. *Was zum Kuckuck weißt du schon von mir? Dass ich beim Volleyball schmettern kann?*

«Mrs. Phipps g-geht nicht aus, wie gesagt. Guck einfach mal, was man tun kann, um ihre Wohnung besser zu s-sichern. Gib ihr einen Rat, wie sie sich verhalten soll, wenn's an der Haustür klingelt, d-dass sie durch den Türspion sch-schauen und d-die Kette vorlegen soll. Ich habe Angst, d-dass sie sich vielleicht eine Schusswaffe zulegt und jemanden erschießt. Wirklich.»

«Wie alt ist die Frau denn?»

«S-so um die fünfundsiebzig.»

Oma mit Knarre. Toll. Pustet den Nachbarjungen weg, der bloß bei ihr reinschaut, um zu fragen, ob sie was vom Supermarkt braucht. Oder den Nachbarjungen, der leichte Beute wittert … Wie auch immer, wenn ich nicht einwilligte, würde ich Schuldgefühle bekommen. Schuldgefühle stehen so hoch oben auf der Liste meiner Berufskrankheiten, dass ich manchmal überlege, ob ich sie auf Fragebögen nicht als *berufliche Tätigkeit* über der entsprechenden gepunkteten Linie anführen sollte.

«Gut», sagte ich, während ich mir Krümel von den Händen streifte und spürte, wie mir Koffein und Zucker ins Blut gingen. «Ich mach's.»

«D-dann will ich sie gleich anrufen», sagte Gwen, «während du deinen K-kaffee austrinkst. Einen Termin mit ihr ausmachen. Wunderbar, Carlotta, ich kann dir gar nicht genug d-danken.»

Ich sagte: «Ich werde tun, was möglich ist. Keine Wunder, keine Versprechungen.»

«Es macht mich verrückt, wie s-sie jetzt ist. Ganz anders als früher. Weißt du, s-sie hat keine Angehörigen. Ich auch nicht.» Gwen senkte den Kopf und trank einen Schluck kalten Kaffee, wobei die Kunststoffperlen in ihrem Haar aufleuchteten, und ich fragte mich, wie ich bloß diese außergewöhnlichen Augen hatte übersehen können, die zu glühen schienen, wenn sie lächelte.

«Also, dann ruf sie mal an», sagte ich.

«S-sagen wir mal, es dauert eine Stunde, würden fünfunddreißig Dollar dann reichen? S-sie hat gesagt, sie würde fünfunddreißig bezahlen.»

Das lag weit unter meinem Standardhonorar, aber es war ja denkbar, dass ich nach einem solchen einstündigen Sondierungsgespräch «Sicherheitsberaterin» in meinen Lebenslauf aufnehmen konnte. Deshalb nickte ich zustimmend und sah zu, wie meine Teamkameradin in Richtung eines Münzfernsprechers davoneilte. Als ich mir gerade die Reste meines Donuts in den Mund schob, drangen wütende spanische Laute an mein Ohr. Die Feindseligkeit, die aus dem Wortwechsel sprach, hätte schon genügt, um meine Aufmerksamkeit zu erregen, doch als ich auch noch eine vertraute Stimme dabei heraushörte, wandte ich so blitzschnell den Kopf, dass mir schwindelig wurde.

Sie gehörte meiner kleinen Schwester.

Drei

«He, *pendejo!* Lass uns in Ruhe!» Meine kleine Schwester wechselt zwischen Englisch und Spanisch hin und her, manchmal sogar in einem einzigen Satz. Ihr Schimpfwort war milde im Vergleich zu allem Übrigen, ihre Stimme nur eine unter vielen, die schrill waren vor Wut. Ich schnappte das eine oder andere auf, während mein Hirn versuchte, mit dem Sprachwirrwarr klarzukommen.

«Raus hier, verdammt noch mal!» Der Mann, der sich jetzt laut einschaltete, sprach Englisch mit einem Yankee-Akzent. Was er sagte, ging sofort in einem Chor höhnischer Kommentare zur Herkunft und Lebensart seiner Mutter unter, alle auf Spanisch.

«Ihr verdammten Tacofresser», fuhr der Mann aufgebracht

fort, «wisst ihr, verflucht noch mal, nicht, dass ihr hier drin nicht rauchen dürft? Es ist verboten!»
Er sprach mit solcher Lautstärke, dass sich alle Köpfe zum hinteren Teil des Restaurants umdrehten, wo in der Nähe der Türen zum WC zwei Jungen und zwei Mädchen – ich berichtige – zwei Männer und zwei blutjunge Mädchen – in einem Tischabteil mit orange gepolsterter Sitzgruppe herumlümmelten. Kaffee war auf der Tischplatte verschüttet. Jemand hatte vergeblich versucht, die Pfütze mit Papierservietten aufzuwischen. Kaffeetassen dienten als Aschenbecher.
«Wir nix Ärger machen.» Einer der spanisch Sprechenden am Tisch spielte den Wortführer; allein schon seine gedehnte, schnodderige Sprechweise war eine Beleidigung.
«Ihr esst bereits seit zwei Stunden an einem einzigen Donut.» Der Bemerkung wurde durch einen kräftigen Faustschlag auf das Resopal Nachdruck verliehen. «Zieht Leine – sucht euch endlich eine Arbeit. Oder geht zur Schule und lernt erst mal richtig Englisch!»
«Schule, *malparido?*», tönte es mit einem gefährlichen Unterton zurück. «Schule ist total out.» Der Mann mit der schluderigen Sprechweise streckte seinen tätowierten rechten Arm aus und legte meiner kleinen Schwester Paolina eine Hand auf die nackte Schulter. Ich ging näher an die Streitenden heran und blieb an einer hölzernen Trennwand stehen.
«Los jetzt! Raus hier!» Der Mann an der offenen Seite des Tischabteils stand da wie ein Kellner, der gerade die Bestellung entgegennehmen will. Seine breite Brust steckte in dem orangenen Kittel eines Lokalangestellten. Er hatte blondes, kurzgeschorenes Haar.
Das dunkelhaarige, dünne Mädchen, das nicht meine

Schwester war, lachte und sagte leise etwas. Alle, die um den Tisch herumsaßen, johlten, während dem stämmigen Mann langsam die Röte zum Kopf stieg. Ich bekam nicht mit, was er erwiderte, aber sein Ton war drohend. Ich schaute ihm über die rechte Schulter.

Die Hand des Mannes mit der gedehnten Sprechweise ruhte nicht länger auf Paolinas Schulter. Sie hielt ein Messer mit schwarzem Eisengriff. Das Lächeln des Mannes entblößte einen goldenen Schneidezahn.

Beim Anblick des Messers erstarrte der Mann im orangenen Kittel. Sein teigiges Gesicht war weißlich rot und von Äderchen durchzogen. Er gehörte nicht zum regulären Personal; ich kannte die langjährigen Mitarbeiter.

Die Szene wirkte wie ein Standbild, und die Zeit verlangsamte sich so, wie sie es immer tut, wenn es gleich Ärger gibt. Ich unterbrach die Stille.

«Steck's weg und geh raus, dann kommt niemand in den Knast.» Ich sprach mit der Befehlsstimme, die ich mir angewöhnt hatte, als ich noch Polizistin war. Dann wiederholte ich den Satz in meinem besten Spanisch: *«Guárdala y sal, y nadie verá la carcel.»*

«Warum macht er mich so an?» Der Mann mit dem Goldzahn sah mit starrem Blick zu mir auf. Er erwartete wohl keine Antwort, aber ich ziehe Fragen alle Mal einer Messerstecherei vor. Er sprach jetzt gut englisch, wenn auch mit starkem Akzent.

Der unvorsichtige Lokalangestellte hatte schnell eine Antwort parat. «Weil du rauchst, du Scheißer. Wassis los, kannste nich lesen?» Er fühlte sich offenbar stark in meiner Gegenwart. Er sprach so laut, als handle es sich um einen Auftritt vor einem größeren Publikum.

Goldzahns Hand spannte sich um das Messer.
«Quisiera disculpar su proceder insultante», sagte ich ruhig. «Bitte entschuldige sein schlechtes Benehmen, aber in dieser Stadt ist das Rauchen in Restaurants gesetzlich verboten. Wenn du eine Zigarette rauchen willst, musst du nach draußen. Und wenn du sie aufgeraucht hast, kommst du wieder rein.»
«Wer bist du denn?»
«Bloß 'ne Polizistin.» Meine kleine Schwester klang belustigt. Ich wandte meine Augen kurz von der zehn Zentimeter langen Klinge ab. Paolina ist nicht meine leibliche Schwester; ich bin ein Einzelkind. Aber sie ist schon so lange meine Schwester, dass ich sie zu kennen glaubte.
Eine brennende Zigarette hing zwischen ihren kastanienbraunen Lippen. Sie war Ende August vierzehn geworden und letzten Monat auf die High School gekommen. Ihr dunkles Haar war hoch gebürstet und wurde von einem grelllila Kamm zusammengehalten, die Augen klebten nur so von Wimperntusche. Der Mann, der zu eng neben ihr saß, sah aus, als sei er weit in den Zwanzigern, ein ausgemachtes Ekelpaket mit stoppeligem Kinn und Schmalzhaaren.
Sollte er mit dem Messer auf den Kellner losgehen und ins Gefängnis kommen, würde ich darauf wetten, dass es nicht das erste Mal war. Allein nach seinem Äußeren zu urteilen, würde ich fünfzig auf eine Vorstrafe setzen. Warum? Bestimmt überlegte er sich jeden Morgen nach dem Aufwachen, was er am besten anziehen sollte, um so ex-sträflingsmäßig auszusehen. Sein Hawaii-Hemd war bis zum Nabel offen. Der Hosenbund schlabberte ihm um die Hüften und ließ das schmutzige Gummiband seiner Boxershorts sehen.

Ich sagte betont ruhig: «Paolina, steh auf und geh raus. Warte im Drugstore auf mich.»
Sie blies mir gekonnt einen Rauchring ins Gesicht. Der Mann lachte.
«Diese ganze Scheiße nur wegen ein paar Kippen. *Hijueputas de mierda.* Ich hätte uns Chinakoks mitbringen sollen», sagte er.
Die anderen wieherten. Den normalen Angestellten hätten seine Unverfrorenheit und die Drogenbemerkung nicht aus der Ruhe gebracht, aber der Neue war inzwischen feuerrot bis zu den Ohrläppchen.
«Raus hier, oder ich rufe die Polizei.»
Er hatte mir meinen Auftritt als Cop nicht abgenommen, und ich war froh darüber angesichts der Lage – froh, von Streitereien wie dieser, dem Inbegriff aller Polizistenalbträume, nicht mehr betroffen zu sein. Dummbacke gegen Dummbacke. Man gebe noch die Sprachprobleme und Unflätigkeiten hinzu, schüttle und rühre kräftig, und eine Schlägerei ist so gut wie unvermeidlich.
Außerdem war ich nicht gewohnt, ohne Partner, Funk und Rückendeckung den Cop zu spielen. Und ich war auch nicht gewohnt, meine kleine Schwester mit dabei zu haben. Goldzahn gab wieder etwas über die Mutter des Lokalangestellten von sich. Zum Glück verstanden nur seine Fangemeinde und ich, was er meinte.
«Schluss jetzt», sagte ich streng. Dann sprach ich den Mann noch einmal auf Spanisch an. *«Vamos a tratar esto afuera.»* – «Lass uns das draußen abmachen.» Wenn sich Paolina nicht von dem Messer trennen wollte, musste sich eben das Messer von Paolina entfernen.
«Schluss jetzt.» Eine tiefere Stimme wiederholte meine

Worte. Verblüfft schaute ich nach rechts. Ein Bostoner Polizist in Uniform stand neben mir, eine massige, mir unbekannte Gestalt. Ich war nicht gerade erleichtert, denn ich kannte den Cop nicht, und die Luft war sowieso schwer vom Moschusgeruch männlichen Stolzes. Ich traue mir durchaus zu, einen Kerl niederzureden. Die meisten Typen fühlen sich von einer Frau nicht bedroht und lassen sie ruhig ein bisschen Süßholz raspeln, besonders die lateinamerikanischen Supermachos.

Stand mir jetzt etwa ein Wettpinkeln bevor, Cops gegen Creeps? Ich wollte nur, dass die Klinge verschwand, der Lokalmensch wieder hinter seine Theke ging und alles wie gewohnt lief.

«*¿Que pasa?*», fragte der Polizist locker und sprach in fließendem Spanisch weiter zu der mageren kleinen Paolina gegenüber. Er redete sie mit Namen an und fragte höflich, wie es ihrer Tante Graciela mit dem frisch gebackenen Baby gehe.

Das Messer war verschwunden, als hätte es nie existiert. Der Polizist hatte es natürlich nicht gesehen. Der Angestellte wollte sich endlich Luft machen und wandte sich dem Beamten zu. Sobald er keine bösen Blicke mehr mit Goldzahn wechselte, knisterte es auch nicht mehr am Tisch, und die Spannung war raus. Polizist und Angestellter entfernten sich ein paar Schritte.

Das Mädchen, also die Nichte von Graciela, wand sich aus der Sitzecke heraus, schob einen BH-Träger wieder an seinen Platz und verschwand auf der Toilette. Der ruhige Mann neben ihr machte sich verstohlen auf den Weg zum Ausgang und brachte den Cambridger Cop damit vermutlich um einen Orden für seine Verhaftung. Goldzahn kippte Kaffee in sich hinein. Der Polizist war anscheinend von der angenehmen Sorte und nicht zu erschüttern. Vielleicht hatte er schon einmal mit dem überreizten Angestellten zu tun gehabt. Vielleicht würde er ihm die Sache mit dem Messer gar nicht abnehmen, sondern sie für eine Übertreibung halten.

Ich hätte den Mann, der Paolinas Schulter getätschelt hatte, leicht festsetzen lassen können. Aber wie würde meine kleine Schwester reagieren, wenn ich bei seiner Festnahme eine aktive Rolle spielte?

Der Angestellte redete leise auf den Polizisten ein. Aus den Augenwinkeln nahm ich Gwen wahr, die zu mir herüberspähte und meine Aufmerksamkeit zu erregen versuchte.

«Paolina», sagte ich mit Nachdruck, «lass uns gehen.»

Niemand konnte voraussagen, wann das Zauberwort *Messer* fallen und der Cop uns befehlen würde, unsere Taschen auf den Tisch zu entleeren.

Goldzahn sagte: «Ja, nichts wie weg», und nahm Paolina bei der Hand.

«Lass sie los!» Ich wies mit dem Kinn in Richtung Cop. «Du hast das Messer doch noch, oder?»

Paolina ging mit ihm auf die Tür zu. Ich riss sie zurück. Ihre Wangen brannten.

Er sagte: «Komm später bei mir vorbei, *querida.* Für dich, *chiquita,* bin ich immer zu Hause, *siempre listo a darte lo qué quieras.*»

«Sie ist minderjährig», sagte ich. «Hau ab.»

«Wie wär's dann mit uns zweien, Babe?» Seine Augen flackerten zornig. «Hör mal, wie gut mein Englisch ist: *Fuck you, bitch.*»

Er warf mir mit spitzen Fingern ein Kusshändchen zu,

dann zog er die Schultern hoch und machte sich aus dem Staub. Ich behielt Paolina fest im Griff, bis ich ihn völlig verkehrswidrig über die Mass. Ave. gehen und in eine Gasse abtauchen sah. Als ich Hand in Hand mit Paolina aus der Tür trat, drehte sich der Cambridger Cop zu uns um und nickte ernst zum Abschied. Ich war sicher, dass er mich wiedererkennen würde, falls wir uns noch einmal begegneten.

Gwen, die plötzlich hinter uns auftauchte, sagte etwas klagend: «Ich w-wollte dich die ganze Z-zeit fragen, ob wir nicht jetzt gleich zu Mrs. Phipps können. S-sie steckt in irgendwelchen Sch-schwierigkeiten.»

«Jetzt gleich?», wiederholte ich.

«Ja, b-bitte.» Die blauen und grünen Perlen baumelten fröhlich in ihrem Haar.

Ich hätte Paolina zur Rede stellen können, sie fragen, warum sie aufgedonnert wie eine billige Hure herumlief und mit einem Galgenvogel lippenstiftverschmierte Zigaretten rauchte.

Stattdessen sagte ich nur ja.

Vier

Meinen Toyota hatte ich am Bishop Richard Allen Drive geparkt, einer engen Straße zwischen Parkplätzen und Wohnblocks, die eigentlich eine Einbahnstraße sein müsste, da sie nur einspurigen Verkehr zulässt. Nach zweimaligem Rechtsabbiegen war ich auf der Mass. Ave., wo ich Gwen, die schweigend auf dem Rücksitz hockte, versicherte, den kürzesten Weg nach Fenway zu kennen.

«Gut», sagte sie energisch, ohne sich bei dem Wort zu verhaspeln. «Ich weiß überhaupt nicht, w-was los ist.»

«Gwen, das ist meine Schwester Paolina.» Ich warf einen bösen Blick auf Paolinas übertriebenes Augen-Make-up, während ich das sagte, und wunderte mich über das clownhafte Rot.

Paolina sagte: «Sie ist nicht meine Schwester.»

«Nicht blutsverwandt», klärte ich Gwen auf.

«Überhaupt nicht verwandt», sagte Paolina schnippisch

Ich hupte warnend, als ein schrottreifer Buick die Spur wechseln und sich vor mich setzen wollte, und schüchterte ihn damit so ein, dass er brav in seiner Spur blieb.

«Ich kenne sie seit ihrem siebenten Lebensjahr», sagte ich. «Früher hat sie sich damenhafter benommen.»

Eisige Stille trat ein, während ich weiterfuhr, und ich hoffte nur, dass Paolina nicht ausreißen würde, wenn ich bei Rot halten musste. Ich hätte Gwen gern gebeten, sich nach vorne zu lehnen und Paolinas Tür zu verriegeln, aber das hätte genau die Reaktion ausgelöst, die ich vermeiden wollte.

«C-carlotta, Mrs. Phipps klang verstört ...» Gwen musste zweimal ansetzen, um meinen Namen herauszubringen.

Ich trat das Gaspedal durch und sagte: «Ich kann es in acht Minuten schaffen. Oder wir suchen ein Telefon und rufen die Polizei.»

«Fahr z-zu», sagte Gwen.

«Und was ist mit mir?», warf Paolina verärgert ein. «Was soll ich dabei machen?»

Ich sagte: «Du wartest im Auto.»

Sie klappte den Toilettenspiegel herunter und trug hingebungsvoll eine weitere Schicht kastanienbraune Lippenpaste auf.

Ich fahre Taxi, wenn das Ermittlungsgeschäft flau ist. Das tue ich schon seit Jahren, seit ich damit mein Collegestudium in Boston finanziert habe. Manche behaupten, es sei gefährlich, speziell für eine Frau, aber ich fand den Versuch, eine Schicht als Kellnerin zu bestehen, erheblich anstrengender, dieses dauernde Bestellungenaufnehmen und zwanghaft höfliche Lächeln. Während ich auf der Pearl Street durch Cambridgeport raste, um den Kreisverkehr auf die BU-Brücke zuschleuderte und den Park Drive hinunterjagte, traf ich nur einmal auf eine rote Ampel, und Paolina rührte sich nicht vom Fleck, sondern bewunderte ihre unbeholfenen Malversuche im Spiegel, indem sie die Lippen schürzte oder spitzte.

Angesichts der trostlosen Aussichten, einen Platz zu finden, auf dem das Parken erlaubt war, hielt ich in der Peterborough Street, einer engen Straße mit hübschen, vierstöckigen Häusern in rötlichbraunem Sandstein mit winzigen Rasenflächen. Eine Reihe spindeldürrer Bäume mühte sich ab, inmitten von allzu viel Beton Wurzel zu fassen.

Als ich den Motor ausstellte, verkündete Paolina: «Ich warte nicht hier in dem blöden Auto.»

«Nimm s-sie mit nach oben. Mrs. Phipps hat nichts gegen K-kinder», drängte Gwen.

«Ich bin kein Kind mehr!»

Ich sagte: «Sollte es Probleme geben, gehst du wieder zum Auto und steigst ein, Paolina. Wenn ich's dir sage, tust du es. Verstanden?»

Ich klemmte hastig ein Stück Pappe unter den Scheibenwischer. Darauf stand: «Autopanne, bin unterwegs, um Hilfe zu holen.» Das bewahrt manchmal vor einem Strafzettel.

Als wir eilig um die Ecke auf die Kilmarnock einbogen, pfiff uns der Wind von einem Schulhof auf der anderen Straßenseite entgegen und trug die Geräusche von Kin-

dern, die gerade Pause hatten, zu uns herüber. Warum, zum Teufel, war meine kleine Schwester nicht in der Schule?
Gwen wies auf ein gelbes Backsteingebäude und hielt auf dessen Betontreppe zu. Ich packte Paolina am Ellbogen, um sie nach rechts zu lenken. Sie schüttelte mich ab. Ihre dicke Handtasche schlug ihr gegen die Hüfte und lenkte den Blick auf die Rundungen unter einem viel zu engen, viel zu kurzen Rock. Ihre hochhackigen Schuhe liefen vorn lächerlich spitz zu.
Das Gebäude war mehr oder weniger gesichert. Eine schwere eichene Haustür führte in ein Treppenhaus voller Briefkästen. Unter jedem Briefkasten war ein Klingelknopf, und darunter stand, sauber auf Pappkarton getippt, der Nachname, gefolgt von einem Komma und einem Anfangsbuchstaben. Mir gefiel diese Art der Information. Normalerweise gab es immer nur wenige abgekürzte Vornamen, und es war klar, dass es sich dann um allein stehende Frauen handelte.
Gwen drückte auf den Knopf über PHIPPS, V.
Victoria, vermutete ich.
Wir warteten. Gwen bewegte zweimal die Lippen, als wollte sie etwas sagen, aber ihr Mund ging nur einen Zentimeter auf und gleich wieder zu. Paolina warf mir durch ihre getuschten Wimpern wütende Blicke zu.
Die Sprechanlage fing an zu rauschen.
Sie war ein Spitzenprodukt der fünfziger Jahre, gut, solide und unzuverlässig. Wenn ich unbedingt ins Haus wollte, würde ich solange klingeln, bis mir jemand aufdrückte. Irgendjemand lässt mich immer ein. Ich muss nur fröhlich «Post» ins Mikrophon rufen. Erfordert weniger Zeit, als das Schloss zu knacken.

Wieder Rauschen, dann ein scharfes: «Wer ist da? Melden Sie sich!»
«Gwen.»
«Dem Himmel sei Dank, Jesus und Maria. Helfen Sie mir!»
Gwen atmete hörbar auf und hielt die Luft an. Der Summer schnarrte, wir drückten zusammen die Tür auf, und Gwen stürmte voraus die gewundene Treppe hinauf. Ich folgte ihr auf den Fersen, denn der Platz reichte nicht zum Nebeneinandergehen.
Hinter mir konnte ich das Klappern von Paolinas Pfennigabsätzen hören. Oben: Stille, unterbrochen von hämmernden Schlägen. Gwen flog geradezu hinauf, bremste auf dem vierten Treppenabsatz und schwenkte nach links.
«W-was machen S-sie da?»
Ich hörte Gwens Frage, noch bevor ich den Mann vor Wohnung 4A sah. Er wandte uns den Rücken zu, sodass mein erster Eindruck der von breiten Schultern war, die das weiche, braune Leder einer Bomberjacke ausfüllten. Er hatte den rechten Arm angehoben; was wie Hammerschläge geklungen hatte, war in Wirklichkeit Anklopfen gewesen.
«Lassen Sie mich in Ruhe!» Die Stimme hinter der Wohnungstür war heiser vor Alter und Ärger.
Der Mann drehte sich zu Gwen um, er atmete schwer und hatte ein rotes Gesicht. Er war knapp einsachtzig groß. Sein glänzendes schwarzes Haar war straff zu einem Pferdeschwanz zusammengebunden und so ölig, dass die Kammzähne Rillen hinterlassen hatten. Das stramm nach hinten gekämmte Haar betonte eine vorspringende Adlernase. Seine engen Jeans hatte er in Bauarbeiterstiefel gestopft, die so neu waren, dass sie noch nie eine Baustelle

gesehen haben konnten, aber sein Werkzeugschurz strotzte nur so von vielbenutztem Gerät: Schraubenzieher, Hammer, Metallbandmaß usw.
Der Mann ließ abrupt die Hände sinken, bis sie auf dem Werkzeugschurz ruhten. «Erst sagt sie mir, dass ich warten soll.» Er sprach jedes Wort betont deutlich aus, unterdrückte Wut in der Stimme. «Dann verschwindet sie …»
«Er lügt», erklang die heisere Stimme hinter der Tür. «Alles gelogen!»
«Sie hat gesagt, ich soll warten», wiederholte er und zwang sich zu einem Lächeln. «Ich habe schon ziemlich lange gewartet und dachte, sie hätte mich vielleicht vergessen.»
«Gwen? Sind Sie das?»
«Mrs. Phipps, machen S-sie sich bloß keine S-sorgen.»
«Gwen, sagen Sie dem Unmenschen, dass er sich nicht einfach Einlass verschaffen kann. Er kann von Glück sagen, dass ich nicht die Polizei rufe und ihn festnehmen lasse!»
«Klingt nicht so, als hätte sie Sie vergessen», sagte ich freundlich.
«Wie war das?», murmelte der Mann. «Die Polizei? Hören Sie, ich verschaffe mir gar nichts. Ich habe überhaupt keinen Versuch in dieser Richtung gemacht.» Er sah erst Gwen, dann mich an, setzte ein Lächeln auf, das etwas entgleiste, und brachte sogar ein leises Lachen zustande. «Ehrlich, sie wollte Wasser für Tee aufsetzen und hat mich vollkommen vergessen. Ich habe nur ein bisschen Lärm gemacht, um mich in Erinnerung zu bringen. Ich dachte, sie wäre schwerhörig geworden.» Er machte ein verdrießliches Gesicht wie jemand, der vergeblich längere Zeit an eine Tür gedonnert hat, aber in seinen Augen lag eine Gerissenheit, bei der ich an die vielen missverstandenen «Un-

schuldigen» im Kittchen denken musste, die ich schon gesehen hatte.
Plötzlich ging die Tür weit auf. Die ältere Frau in scharlachrotem Kleid und fest gewickeltem Turban, die darin stand, wirkte so selbstherrlich und befehlsgewohnt, dass ihre Winzigkeit kaum ins Auge fiel. «Sie haben kein Recht, Einlass bei mir zu verlangen, Mr. Peritti», sagte sie. «Und jetzt, wo es einen Zeugen für Ihre faulen Tricks gibt – mehrere sogar», berichtigte sie sich, während sie mich abfällig musterte, «gehe ich davon aus, dass Sie sich davonmachen, ehe diese kleine Meinungsverschiedenheit in eine größere Geschichte ausartet.»
«Mrs. Phipps», sagte der Mann, «Sie können nicht immer diese Spielchen mit mir spielen. Meine Zeit ist Geld wert, und es ist ein Verlust für mich, wenn ich nicht im Büro sein kann …»
«Dann gehen Sie doch endlich! Sehen Sie nicht, dass Sie mich stören?» So jäh, wie sie die Tür aufgerissen hatte, schmetterte sie sie auch mit einem Knall wieder zu. Eine Kette rasselte laut.
Der Mann wandte sich zu mir, zuckte beredt die Schultern, tippte sich mit dem Zeigefinger vielsagend an die Schläfe und nickte zur inzwischen geschlossenen Tür. «Die alte Schachtel hat mich eingeladen, herzukommen», sagte er in vertraulichem Ton. «Ich hatte sie angerufen, sie war honigsüß, ehrlich. Das war wahrscheinlich, bevor sie einen großen Schluck aus der Whiskeyflasche genommen hat.»
Die «alte Schachtel» war keineswegs schwerhörig. Sofort ertönte hinter der Tür ihre vor Entrüstung bebende Stimme. «Gwen, er lügt so gewiss, wie er da steht. Habe ich Ihnen

nicht gesagt, dass ich ihn nie wieder mit einem Bandmaß in meine Wohnung lassen würde?» Die Tür öffnete sich einen Spaltbreit, und der Kopf mit dem roten Turban erschien und verkündete: «Sie sind nicht mal halb so ein Kerl wie Ihr Vater, junger Mann!»
«Lassen Sie meinen Vater aus dem Spiel.»
«Ich habe einen Mietvertrag von Ihrem Vater, unterschrieben und notariell beglaubigt. Sie können mich nicht zum Ausziehen zwingen.»
«Ich muss nur ein paar Maße nehmen ...»
«Nie und nimmer!»
«Warum haben Sie dann gesagt, ich soll herkommen?»
«Habe ich ja gar nicht!»
«Sie sind eine Lügnerin.» Er drehte den Kopf und gab Gwen und mir durch Lippenbewegungen zu verstehen: «Sie ist ein Fall fürs Irrenhaus.»
«Was haben Sie gesagt?»
«Nichts.»
«Er hat versucht, meine Tür aufzubrechen!»
«Den Teufel habe ich.»
«Sehen Sie ihn sich an. Er hat sich gut vorbereitet. Sehen Sie den Hammer?»
«Mrs. Phipps, Himmel noch mal ...»
«Ich hätte Sie anzeigen können.»
«Ja, sicher, warum rufen Sie nicht Ihren geliebten Journalisten an, damit er der ganzen Stadt erzählen kann, was für ein elender Schurke ich bin! Wie schon einmal! Oder sind Sie das inzwischen satt, Lady? Sind Ihre Fans es vielleicht leid, immer das gleiche alte Zeug vorgesetzt zu bekommen?»
Gwen schluckte, dann sagte sie: «Wenn S-sie zu Mrs.

Phipps wollen, k-können S-sie vielleicht kommen, wenn ich gerade da bin.»

«Glauben Sie mir», sagte er beschwichtigend, während er sich von den Vogelaugen der alten Frau ab- und uns zuwandte, «sie hat es mir gestattet. Ehrlich, ich habe vor nicht mal einer halben Stunde mit ihr telefoniert. Sie sagte, gut, ich soll kommen, und es gab kein Problem, verflucht noch mal.»

«Reden Sie nicht so unflätig in meiner Gegenwart, junger Mann!»

«Sie fallen mir langsam auf die Nerven, Lady», sagte er und fuchtelte ihr mit dem ausgestreckten Zeigefinger vor der Nase herum. «Es ist mir egal, worauf sich mein alter Herr eingelassen hat. Verträge kann man auch wieder aufheben.»

«Die ganze Stadt steht hinter mir», sagte sie großspurig. «Sie können gar nichts machen.»

«Ach nein? Nein?» Mit zusammengepressten Lippen blickte er erst Gwen, dann mich an. Paolina, die auf der Treppe stand, konnte er nicht sehen. «Sicher, wenn Sie es sagen, Lady, muss es ja stimmen. Ihr Wort in Gottes Ohr.» Er troff nur so vor Sarkasmus und machte dazu große Gesten mit den Armen.

«C-carlotta», sagte Gwen leise, «das ist Tony Peritti, Mrs. Phipps' Vermieter.»

Er sagte: «Wenn Sie eine Freundin von ihr sind, können Sie sie vielleicht zur Vernunft bringen, ja? Ehrlich, Sie tut sich keinen Gefallen damit, wenn sie einen solchen Scheiß macht.»

«Hüten Sie Ihre Zunge!»

«Bald wird es einen neuen Vertrag geben, das können Sie mir glauben. Vielleicht bringe ich ein paar Leute mit, die

sich mal Ihre Räume anschauen, Oma. Bestimmt hat mein Vater irgendeine Klausel eingebaut, die potenziellen Mietern gestattet, sich die Wohnungen einmal anzusehen, kapiert?»
Gwen sagte: «Können Sie nicht bitte gehen?»
«Sie lügt. Das schwör ich Ihnen. Geben Sie ihr eine Tasse schwarzen Kaffee und fragen Sie sie, wenn sie wieder nüchtern ist, ob sie nicht lügt.»
«Lügner», sagte die alte Frau nun ihrerseits und schlug zur Bekräftigung die Tür wieder zu.
Peritti hob die Hände, drehte sich um und stapfte zum Treppenabsatz, wobei die Hacken seiner Arbeitsstiefel über den Holzboden polterten. Er drängte sich an Paolina vorbei und ignorierte oder vergaß dabei, wie breit sein Werkzeugschurz war. Der Hammerstiel verfing sich im Riemen ihrer Schultertasche und hätte Paolina beinahe die Stufen hinuntergerissen.
Sie machte sich los und starrte Peritti wortlos an, nicht wütend, aber auch nicht mit dem erschrockenen Blick, mit dem ein Kind einen Erwachsenen ansieht, der es anrempelt, sondern mit dem kühlen Blick einer Frau, die die breiten Schultern und schmalen Hüften eines attraktiven Mannes taxiert. Dieser kurze, wissende Blick und das berechnende Blitzen in ihren Augen erschütterten mich mehr als ihr Make-up, die Zigaretten oder die Erinnerung an Goldzahns tätschelnde Hand auf ihrer Schulter.
Gwen pochte sacht an die Tür, als Perittis Schritte verhallt waren.
«Mrs. Phipps, lassen S-sie uns bitte rein!», rief sie.

 «Gwen? ist er weg? Wer ist bei Ihnen?»

«Die F-freundin, von der ich Ihnen erzählt habe. Und ihre kleine Schwester.»

Diesmal öffnete die Frau mit dem Turban die Tür langsam. Sie war kaum größer als 1 Meter 50. Während Gwen uns ausführlich vorstellte und Paolina ungeduldig mit dem Fuß wippte, bombardierte mich meine zukünftige Arbeitgeberin mit feindseligen Blicken.

«Da muss ein Missverständnis vorliegen», erklärte sie hoheitsvoll, zerrte Gwen hinein und ließ uns einfach im Treppenhaus stehen. Die Tür knallte zu, aber ich konnte eine Menge mithören.

Mrs. Phipps hätte anscheinend lieber jemand anderen gehabt. Jemanden, der Hosen nicht nur trug, sondern auch mit den richtigen Geschlechtsteilen ausfüllte. Gwen hatte mich lediglich als jemanden ausgewiesen, der früher einmal bei der Polizei gewesen war, und Mrs. Phipps, noch der gesegneten Generation zugehörig, die dazu erzogen worden war, der Stimme der Autorität zu gehorchen, sofern diese in einem angenehm maskulinen Bariton sprach, hatte sich falsche Vorstellungen gemacht.

Ich überlegte gerade, ob ich mich ohne Abschied empfehlen und meinen Toyota in Sicherheit bringen sollte, bevor irgendeine gnadenlose Politesse mir einen Strafzettel auf die Scheibe pappte, als die Tür wieder aufging.

«Danke für die Mühe, die Sie sich gemacht haben.» Der Turban unterstrich die hohen Wangenknochen und eine Nase, die so gerade war wie ein Lineal, eine krasse, unmögliche Kombination.

Nicht meine Klientin, nicht mein Problem, dachte ich.

Dann trat, bumm, Gwen auf den Plan. Paolina und ich

wurden auf einmal durch die Tür und weiter in einen Nebenraum geschoben und bekamen jede ein Glas mit lauwarmem Wasser, während Gwen und Mrs. Phipps miteinander tuschelten und flüsterten, und manchmal wurde es auch laut. Ich leerte mein Glas und drückte es mit der Öffnung auf die Wand, um besser lauschen zu können. Dieser Trick soll angeblich funktionieren, tut es jedoch nie. Ich hätte ebenso viel ohne das Bravourstückchen mitbekommen, aber ich wollte mit meiner Schnüfflershow Paolina beeindrucken, eine Reaktion aus ihr herauslocken, vielleicht sogar ein vertrautes Lachen.

Ich fing ein paar abgerissene Sätze auf. Während ich mich nur dumpf an Gwens Nachnamen erinnern konnte, kannte sie meinen, wusste, dass ich Privatdetektivin und früher einmal Polizistin war.

Dass ich «sehr gute Arbeit» leistete. Fälle von «einflussreichen Rechtsanwälten» übernahm. (Kommt tatsächlich auch gelegentlich vor.)

Falls Gwen mal ihren Pflegejob verlor, konnte sie sich getrost als Werbetexterin versuchen. Ihre Haut war mit feinen Schweißperlen bedeckt, als sie wieder zu uns herüberkam.

Ich sagte: «Ich könnte jemand anderen empfehlen. Das macht mir nichts aus.»

Sie brachte den Anflug eines Lächelns zustande. «Mrs. Phipps hat es sich noch einmal überlegt.»

«Es bringt nichts, wenn ich mich hier umsehe und sie meinen Rat nicht annimmt», sagte ich nüchtern. «Ich berechne nichts für diesen Besuch.»

«S-sie wird dir zuhören, und z-zwar gern. S-sei nicht böse. S-sie ist einfach s-so. Hat auch bei mir eine ganze W-weile gedauert, bis wir miteinander w-warm wurden, aber w-wenn das Eis gebrochen ist, kann s-sie sehr nett s-sein. S-sag mal, wie heißt du noch mal?», fragte sie Paolina. «Wollen wir beide kurz in die Küche gehen?»

«Darf ich da rauchen?», fragte meine kleine Schwester erwartungsvoll.

«Auf gar keinen Fall», sagte ich, und der einzige Grund dafür, dass ich ihre Zigaretten nicht einfach konfiszierte, war der, dass ich keine Szene heraufbeschwören wollte.

«Mrs. Phipps erwartet dich im W-wohnzimmer», sagte Gwen großspurig.

Selten hat ein Auftrag einen schlechteren Start gehabt. Klientin wollte mich nicht, und nach meinen ersten Eindrücken zu urteilen, hätte ich es lieber mit einem Feuer speienden Drachen aufgenommen.

Mrs. Phipps war so, wie sie sich eingeführt hatte. Mit militärisch straffer Haltung machte sie ihre geringe Körpergröße wett, und mit ihren Knopfaugen versuchte sie mir Löcher ins Fleisch zu bohren. Ihre Nase war so aristokratisch perfekt, dass ich den Drang verspürte, mich für mein eigenes, dreimal gebrochenes Modell zu entschuldigen. Über ihr Haar, das unter den Turban gestopft war, konnte ich nur Vermutungen anstellen, aber ihre Augenbrauen waren reinweiß, verblüffend gerade und pelzig wie Raupen. Ihr Kleid, ein langes, weites Etwas, floss von ihren Schultern herab. Sie sah aus wie eine Frau, die zu ihrem Seelenheil ein Korsett trägt. Vielleicht ein härenes Hemd. Strümpfe, wahrhaftig, für den Fall, dass jemand vorbeikam und sie tadelte, weil sie ein Hauskleid trug.

«Allem Anschein nach glaubt Gwen, Sie könnten eine Hilfe sein», bemerkte sie eisig.

Ich sagte: «Mal ehrlich, haben Sie Ihren Vermieter eingeladen und sich's dann anders überlegt?»

«Ich könnte mir vorstellen, ein Sicherheitsexperte würde sich erst einmal die Türen ansehen.»

«Warum schließen Sie mich nicht aus? Und sehen, wie lange es dauert, bis ich die Tür aufgebrochen habe?»

Ich hatte bei einem Insassen von Cedar Junction gelernt, dem früheren Walpole-Staatsgefängnis, der mietfreien Unterkunft, die Massachusetts schweren Jungs zur Verfügung stellt, und ich bin stolz auf mein Können. Die meisten normalen Schlösser kann ich knacken, und es hat seinen Reiz für mich, mir rechtswidrig Einlass zu verschaffen, aber ich hatte kein angemessenes Werkzeug dabei, so dass meine Prahlerei Blödsinn war. Ich pflege keine Dietriche, Schraubenzieher und andere Werkzeuge dieses Berufsstandes mit mir herumzutragen.

«Das können Sie?» Sie zog eine buschige Augenbraue hoch. «Einbrechen?»

«Versuchen Sie's mal mit mir», bluffte ich.

Sie schien meinen Vorschlag ernstlich zu überdenken. Ihre Augen waren so unglaublich blau, veilchenblau fast, dass ich, wäre sie jünger gewesen, angenommen hätte, sie würde farbige Kontaktlinsen tragen.

«Das Schloss an ihrer Eingangstür erscheint mir angemessen …», begann ich.

«Angemessen reicht nicht», unterbrach sie mich.

«Nein?»

«Sie haben doch gehört, wie er mir gedroht hat.»

Ich war mir keineswegs sicher, ob ich eine klare Drohung gehört hatte, genauso wenig, ob sie wusste, welche Sicherheitsvorrichtungen sie bereits besaß, deshalb ging ich über den Einwand einfach hinweg. «Sie haben ein einzylindriges Riegelbolzenschloss, einen Türspion und eine Sicherheitskette. Legen Sie immer, wenn Sie zu Hause sind, automatisch die Kette vor, machen Sie es sich zur Gewohnheit wie das Zähneputzen, und lassen Sie sich von niemandem dazu drängen, die Tür aufzumachen, ehe Sie nicht nachgesehen haben, wer davor steht.»

«Sie haben tatsächlich Augen im Kopf.» Ihr Lächeln war überraschend herzlich. «Anscheinend gebrauchen Sie sie auch.»

«Sollte die Kette allerdings in Gipsplatten oder Putz eingelassen sein, reißt sie aus der Wand, sobald jemand gewaltsam die Tür aufstößt. Falls Sie sich normalerweise wie vorhin verhalten, würde ich Ihnen dafür in der Wand gekonterte Schrauben oder eine ganz neue Sicherheitsvorrichtung mit Kette empfehlen.»

«Weiter so», sagte sie.

Sie hatte inzwischen gemerkt, dass ich mein Handwerk verstand, und ich konnte förmlich sehen, wie sich ihre gesträubten Nackenhaare wieder anlegten. Ich prüfte ihre Eingangstür – die Kette war fest an den Türrahmen geschraubt, wie es sich gehörte – und empfahl ihr eine schwere Eisenstange zum Verbarrikadieren der Hintertür und Arretierungen für die Schiebefenster. Nach fünfzehn Minuten Fachsimpelei vergaß sie, dass ich das falsche Geschlecht hatte, und behandelte mich wie einen Menschen.

Die Wohnung, durch die sie mich hindurchsteuerte, war klein und enthielt mehr Zimmerpflanzen als Kunstgegenstände. Keine Fotografien. Sie war sparsam eingerichtet, aber was da war, war gut ausgewählt; jedes Stück sah so aus, als gehörte es genau da hin, wo es stand, und nirgendwo sonst.

Sie wohnte auf dem dritten Stock nach hinten hinaus. Eine enge Gasse, für die Müllabfuhr angelegt, verlief dort am Grundstück entlang. Die hintere Wohnungstür mündete auf eine Feuertreppe, die auch nicht wackeliger oder ungeschützter war als die ihrer Nachbarn.
Ich hätte Angst vor einem Brand, wenn ich fünfundsiebzig wäre und auf dem dritten Stock wohnte. Es ist schwierig, eine leiterartige Eisentreppe hinunterzuflüchten, besonders nachts. Gwen sollte einmal den Hauptmann der Feuerwehr kommen lassen; eine Brandkatastrophe war viel wahrscheinlicher als ein Einbruch bei all den Stapeln von alten Zeitungen und Pappkartons im Flur. Aber Mrs. Phipps schien keine Angst vor einem Feuer zu haben.
Blieben also nur die Einbrecher oder der Mann mit dem Pferdeschwanz. Da die Frau in Rot nun angeregt plauderte, erzählte, wie schrecklich sie ihren Papagei vermisste, der im Herbst vor gut acht Jahren gestorben war, und erklärte, wie sehr Gwens Besuche sie aufheiterten, dachte ich mir, dass ich meine dienstlichen Pflichten ruhig etwas weiter fassen und meinen Neugiergelüsten nachgeben könnte. Das Geplauder der alten Dame begann mir zu gefallen. Allein schon ihre Nähe sorgte dafür, dass ich Haltung annahm, und mir fiel ein, dass ich schon lange ein gutes Zuhause für den Sittich meiner verstorbenen Tante suchte, einen gemeinen, mageren Vogel, der auf den Namen Red Emma hörte.
«Würden Sie so freundlich sein, mir etwas über den Streit mit Ihrem Vermieter zu erzählen?», fragte ich.
«Streit?»
«Wie lange hat er an Ihre Tür gehämmert?»
Wenn er vorher angerufen hatte, wie er behauptete, hatte

sie in Gwens Besuch womöglich eine willkommene Chance gesehen, einen kleinen Auftritt für uns zu inszenieren.

«Wie lange waren Sie bei der Polizei?», wollte Mrs. Phipps wissen und wechselte geschickt das Thema.

«Sechs Jahre», erwiderte ich. «Hat Ihr Vermieter einen Schlüssel zu Ihrer Wohnung?»

Sie räusperte sich. «Mr. Peritti denkt, er kann mich mit faulen Tricks zum Auszug bewegen.»

«Mit faulen Tricks?»

Ihre buschigen Augenbrauen zogen sich zusammen, bis sie sich fast berührten. Sie senkte die Stimme und sagte in vertraulichem Ton: «Warum hängt an dem Aufzug immer dann, wenn ich ihn benutzen will, ein Schild ‹außer Betrieb›? Er ist nämlich gar nicht kaputt. Außerdem verstopft er die Rohre, so dass das Abwasser nicht mehr abfließt, und bringt die Stadtwerke dazu, den Strom abzuschalten. O ja, er hat einiges vor mit meiner Wohnung. Einmal bin ich nach Hause gekommen und fand ihn in meinem Schlafzimmer – meinem Schlafzimmer! –, wo er mir etwas von Mezzanines und Jacuzzis vorgequasselt hat und wie man Anreize schafft für die richtige Art von Käufern eleganter Eigentumswohnungen. Er ist sogar so weit gegangen, eine Maus in meiner Küche laufen zu lassen. Stellen Sie sich das vor!»

Obwohl ich dicht bei ihr stand, konnte ich keine Alkoholfahne wahrnehmen oder den verräterischen Duft von Mundwasser. Mein Vater pflegte mit Listerine zu gurgeln; ich assoziiere den Geruch sofort mit heimlichem Saufen. Vielleicht war sie wirklich nicht betrunken, aber auf jeden Fall war mir inzwischen klar, dass ich meinen Vogel doch lieber nicht an jemanden abgeben wollte, der ziemlich stark unter Verfolgungswahn litt.

«Sie haben ihn ja selbst erlebt», fuhr sie fort. «Man kann kaum noch jemandem trauen.» Sie sah mich an und kniff die Lippen zusammen. «Hat's Ihnen bei der Polizei nicht gefallen?»

«Ich arbeite lieber allein.»

«Alleinsein ist sehr wichtig», stimmte sie mir zu. «Ich brauche mein Privatleben. Ich bezahle auch ordentlich dafür. Was glauben Sie, wie viel ich hier bezahle?»

«Ich kenne die Mieten in dieser Gegend nicht.»

Sie zog die Spitzengardine vor einem Fenster auf, das den Ausblick auf eine angrenzende Backsteinwand freigab. «Ich rede nicht von der Zeit, als fünfzig Dollar im Monat noch zum Leben reichten. Wenn ich jemandem erzähle, was ich früher einmal gezahlt habe, denkt er, ich lüge oder bin weit über hundert Jahre alt.» Sie lächelte wieder ihr listiges Lächeln und zog eine Augenbraue hoch. «Früher einmal habe ich nicht weiter darauf geachtet, was die Sachen kosten. Brauchte ich nicht. Dann habe ich jahrelang dreihundert für diese Wohnung bezahlt. Dreihundert erschien mir vertretbar. Dann vierhundert, fünfhundert, sechshundert und im nächsten Augenblick schon siebenhundert. Und jetzt will er die Miete auf neunhundert im Monat erhöhen, würden Sie das für möglich halten?»

«Ziehen Sie um», riet ich ihr schonungslos.

«Aber das will ich nicht. Dies ist mein Zuhause.»

Wenn jemand eine Wohnung in solchem Ton «Zuhause» nennt, ist es nicht ratsam, darauf hinzuweisen, dass sie rein juristisch jemand anderem gehört, denn ein «Zuhause» kann man nicht kaufen, das schafft man sich. Ich sah mir das Wohnzimmer von Mrs. Phipps' «Zuhause» an. Es wirkte auch nicht gemütlicher als sie selbst.

«Wem gehört denn eigentlich etwas?», fuhr sie fort. «Demjenigen, der sich darum gekümmert hat? Der dafür gelitten hat? Es geliebt hat? Wem sollte es gehören?»
Die Zimmerdecke war hoch, der Stuck prächtig, der Kamin ringsum mit Blättern und Ranken verziert.
«Mein dritter Mann, Mr. Phipps, war Bauunternehmer.» Sie starrte mich prüfend an, als wolle sie sehen, wie ich auf diese überraschende kleine Neuigkeit reagierte. «Ich bin nur froh, dass er tot ist und den Schrott nicht mehr sehen kann, der hier rechts und links hochgezogen wird. Man könnte ebenso gut gleich Pappkartons zusammenkleben. Mein Jim hat mal für den Vorbesitzer dieses Hauses gearbeitet, deshalb hatten wir gute Bedingungen, als wir hier eingezogen sind, aber das war vor siebzehn Jahren, als es noch den Mieterschutz gab. Wohin sollte ich jetzt, wo es ihn nicht mehr gibt, gehen?»
Ihre Stimme zitterte ein wenig, und ich fragte mich, wie viel von ihrer gespielten Tapferkeit sie wohl allmorgendlich mit ihrer farbenfrohen Bekleidung zusammen anlegte.
«Haben Sie Verwandte?», fragte ich freundlich.
«Niemanden. Dieses Haus ist schön, nicht wahr? Anständig. Solide.»
«Mrs. Phipps …»
«Valentine.» Sie überrumpelte mich regelrecht mit ihrem koketten Lachen. «Ich bin am Valentinstag geboren. Valentine ist mein Vorname. Überrascht?»
«Carlotta», sagte ich und dachte dabei, dass sie keineswegs meiner Vorstellung von einem Valentinsgeschenk entsprach. Dann überlegte ich es mir anders und dachte, eigentlich doch. In der kurzen Zeit, die ich bei ihr war, hatte sie alle Register von hitzig bis kühl gezogen und abwech-

selnd aufrichtig und paranoid geklungen. Wenn Valentinskinder tatsächlich ebenso romantisch wie launenhaft sind, hatten ihre Eltern eine klügere Namenswahl getroffen, als ihnen bewusst gewesen sein konnte.

Sie streckte eine Hand aus und schüttelte die meine so feierlich, als hätten wir gerade mit der Nennung unserer Vornamen eine beiderseitige Vereinbarung besiegelt.

«Hören Sie, Mrs. ... Valentine.» Der Vorname ging mir nicht so leicht von den Lippen. «Sobald Sie die Schlösser haben, die ich Ihnen empfohlen habe, ist alles in Ordnung. Die Polizei fährt häufig Streife in dieser Gegend, und Einbrüche kommen relativ selten vor, Fernsehen und Presse haben reichlich übertrieben. Wenn Sie sich zu Hause sicher fühlen wollen, sind Freunde und Nachbarn besser als die besten Schlösser. Kennen Sie die anderen Mieter hier im Haus? Sprechen Sie miteinander? Treffen Sie sich je mit ihnen zum Essen, zu einem Schwätzchen ...»

«Ich hatte auch einmal rote Haare», bemerkte sie. Ich sah ihren entrückten Blick, und mir war klar, dass ich ebenso gut mit ihrem Kühlschrank über die Nachbarn hätte reden können. «Aber nicht ganz so leuchtend.»

Ich fragte mich, wie lange sie mir wohl schon aufs Haar statt auf den Mund geschaut hatte. Mein Haar hat mir mein Leben lang Kommentare von fremden Menschen eingetragen.

«Ist es ...?», hob sie an.

«Es ist echt.»

«Nicht ge...»

«Nicht gefärbt. Aber ich überlege, ob ich es nicht braun färben soll, damit die Leute mir zuhören, wenn ich etwas sage.»

«Und ein Mundwerk hatte ich auch», fuhr die Frau fort. «Ich war ganz schön respektlos gegenüber Älteren und Höhergestellten.»

«Wie ich sehe, haben wir eine Menge gemeinsam», sagte ich.

Sie starrte mich an, bis mir der Blick ihrer bemerkenswerten Augen unangenehm wurde. «Ja», sagte sie langsam, «könnte sein.»

«Es war mir ein Vergnügen, Sie kennen zu lernen. Soll ich Ihnen meine Empfehlungen aufschreiben?»

Sie ging durchs Zimmer zu einem ausgeblichenen Sofa, ließ sich nieder, wobei sie den Rücken kerzengerade hielt, und klopfte auf das Kissen neben sich.

Als ich mich neben sie setzte, bedeutete sie mir, näherzurücken. «Ich glaube, es wird Zeit, dass wir zur Sache kommen.»

Ich pflichtete ihr mit einem Nicken bei.

«Was können Sie mir über Infrarotdetektoren, Perimetersysteme, Kurzwellenalarmanlagen und … wie heißen sie doch? … Ultraschallgeräte sagen?»

Es war eine normale Wohnung an einem normalen Nachmittag. Ein Eichelhäher kreischte draußen vor dem Fenster, und ich spürte, wie mir ein ungläubiges Kichern im Hals hochstieg. Ein Blick auf die Frau neben mir, in ihre veilchenblauen Augen, und ich unterdrückte es. Sie meinte es offenbar todernst.

Sechs

«Mrs. Phipps», sagte ich, während der Eichelhäher weiter krächzte, «ich weiß nicht, mit wem Sie gesprochen oder was Sie gelesen haben, aber erstens brauchen Sie dieses Zeug nicht, und zweitens können Sie es sich in Anbetracht der Tatsache, dass Ihnen Ihre Miete Sorgen bereitet, nicht leisten.»

Nichts, was ich bei meinem Rundgang gesehen hatte, würde einen Klinkenputzer auf begehrliche Gedanken bringen, geschweige denn einen professionellen Einbrecher. Ihr Fernseher würde beim Hehler keine zwanzig Dollar erzielen. Gab es vielleicht eine Serie von Einbruchsversuchen in der Nachbarschaft, eine Gang von Drogenabhängigen, die so verzweifelt war, dass sie nicht einmal vor einer Wohnung im dritten Stock Halt machte?

Als ich nach Bandenaktivitäten fragte, schaute sie mich bloß nachdenklich an. Ihre Nasenflügel blähten sich und sanken wieder zusammen, während sie erwiderte: «O nein, nichts dergleichen.»

«Bewahren Sie größere Summen Geldes in der Zuckerdose auf?»

«Nein.»

«Oder Ihre Ersparnisse in der Matratze?»

«Ganze 42 Dollar und 27 Cent», sagte sie trocken.

«Mrs. Phipps.» Ich wusste immer noch nicht recht, ob sie nur mit mir spielte oder nicht. «Sie sollten wirklich den Kontakt zu anderen Mietern pflegen. Wenn ein Nachbar Sie jeden Abend anrufen oder jemand allabendlich um sechs an Ihre Tür klopfen würde, hätten Sie weniger … hm … zwingend das Gefühl, eine Alarmanlage zu brauchen. Haben auch andere Leute, die hier wohnen, Probleme mit Mr. Peritti?»

Sie schaute aus dem hohen, schmalen Fenster, dem beherrschenden Element des Wohnzimmers, obgleich die angrenzende Backsteinwand etwaigen Sonnenstrahlen den Einfall

verwehrte. Sie seufzte. «Es geht mir nicht bloß um Türschlösser. Damit wird jeder Idiot fertig.»
«Die Alarmanlagen, die Sie erwähnt haben, sind sehr teuer», warnte ich sie, «und kompliziert obendrein.»
«Alarmanlagen», sagte sie wegwerfend. «Ich würde immer vergessen, sie einzuschalten.»
«Wie wär's denn mit einem Hund?»
«Ich will kein Haustier.» Und sie setzte in nörgelndem Ton hinzu: «Ich hatte Gwen um einen Sicherheitsexperten gebeten, nicht um irgendeinen Weltverbesserer vom Tierheim.»
«Ich glaube, ich verstehe nicht ganz, was Sie eigentlich wollen», sagte ich.
«Das glaube ich auch», sagte sie beißend, als hätte ich es verstehen müssen, sei jedoch geistig absolut nicht dazu in der Lage.
«Vielleicht käme ein Handy in Frage, das Sie immer bei sich tragen könnten ...», schlug ich vor.
Ihre Lippen zuckten, und sie blickte nach links und nach rechts, als versuche sie sich zu erinnern, in welchem Zimmer Gwen und Paolina Zuflucht gesucht hatten. Mit klauenartiger Hand winkte sie mir, näherzurücken.
«Wir wollen uns nicht streiten», sagte sie.
«Ist mir recht.»
«Sie sind groß», sagte sie. «Wie ein Mann. Das muss nützlich gewesen sein, als Sie bei der Polizei waren.»
«War es auch.»
«Ich war schön», sagte sie unvermittelt, als passe das nahtlos zu meiner Größe und ihrem Wunsch nach neuen Sicherheitsvorkehrungen. «Nicht etwa hübsch oder gefällig, wie gern untertreibend gesagt wird. So schön, dass Männer

auf der Straße wie vom Donner gerührt stehen blieben, wenn ich vorbeiging. Männer wollten mich malen. Meine Mutter sagte, ich erinnere an eine zerbrechliche Porzellanfigur. So habe ich meinen ersten Mann kennen gelernt.»

Ich hatte irgendwie den Faden verloren bei diesen sprunghaften Ausführungen. «Sie haben Ihren Mann kennen gelernt, als Sie Modell für eine Porzellanfigur standen?», riet ich.

«Für ein Gemälde», sagte sie würdevoll, machte die Romantik jedoch gleich wieder zunichte, indem sie hinzufügte: «Ein ziemlich schlechtes.»

«Und Ihr Mann war der Künstler?»

«O nein», sagte sie, «aber kaum hatte mein erster Mann das Bild gesehen, musste er mich finden, das Modell in Natura kennen lernen. Ach ja, Schönheit hält sich nicht, soviel weiß ich inzwischen, und Liebe auch nicht. Jetzt liebt mich niemand mehr, mein Mädchen, deshalb muss ich alleine klarkommen.»

«Gwen mag Sie», sagte ich, weil ihr entrückter Blick wieder traurig geworden war.

Sie legte mir eine kühle Hand auf den Arm. «Ich mag sie auch, aber das ist keine Liebe. Verstehen Sie das nicht falsch. Und bemitleiden Sie mich bloß nicht. Ich bin geliebt worden. Ich hatte drei Ehemänner, Sportwagen, einen Stall voller Pferde und wohnte einmal in einem Palast …»

Sie musste meinen Blick bemerkt haben.

«Na ja, kein Palast», gab sie zu, «aber mein Haus hatte mehr Zimmer, als ich zählen konnte. Sie glauben mir nicht?» Sie griff anmutig nach oben, um ihren Turban zu richten, und ich kam zu dem Schluss, dass sie ihn aus purer Eitelkeit trug; seit ihr Haar nicht mehr rot, voll und glänzend war, versteckte sie es.

«Kann ich Ihnen denn glauben?»

«Wie sehr wünschte ich doch, ein bedeutender Künstler hätte mich gemalt, als ich in Ihrem Alter war und noch Talent und Schwung besaß, dann könnte ich es Ihnen jetzt zeigen. Selbst das schlechte Gemälde hat meinen ersten Mann aufmerksam gemacht, aber er hat sich damals als Gauner erwiesen. Eine gute Partie, haben die Leute gesagt, weil er gut aussah und aus einer reichen Familie stammte, aber auch, dass er ein Playboy, ein Bonvivant sei. Er hatte eine eigene Art, mit Geld umzugehen, verlor es mit Anstand. Er sammelte schöne Dinge, Kunstgegenstände. Er sagte immer, ich sei sein erlesenstes Stück.»

«Dann hätten Sie ihn wirklich dazu überreden sollen, ein gutes Porträt von Ihnen in Auftrag zu geben», sagte ich munter, darauf bedacht, das Gespräch auf die Sicherheitsvorrichtungen zurückzulenken.

«Ich hätte ihn dazu überreden können, wenn ich die Zeit dazu gehabt hätte.» Sie strahlte mich an. «Er hat mir jeden Wunsch erfüllt, ich durfte eine ganze Kunstgalerie entwerfen für seine Sammlung – mit Beistand, wie ich zugebe, aber viele Ideen dazu stammten von mir, und sie wurde ein voller Erfolg. Zehnmal so groß, zwölfmal so groß wie dieses Zimmer.» Ihre Stimme nahm förmlich an Umfang zu, um dieser Raumvorstellung zu entsprechen. «Tageslicht durch sechzehn Bogenfenster. Wir haben drei Architekten verschlissen, ohne Ende diskutiert, ungeheuren Spaß dabei gehabt und Geld ausgegeben wie Wasser. Feinster Marmor, ein Parkettboden mit Intarsien. Die Galerie war kaum ein Jahr fertig, als er starb. Bankrott.» Ihre funkelnden Augen

wurden bei der Erinnerung dunkel, als wäre eine Glühlampe plötzlich durchgebrannt.
«Tut mir Leid.»
«Das ist lange her», sagte sie.
«Sie haben dieses Zimmer sehr ansprechend eingerichtet.» Das Kompliment missglückte. Sie hatte ein Gemach im Palast ihrer Erinnerung beschrieben, und ich hatte sie wieder in die Wirklichkeit der abblätternden Farben zurückgeholt.
«Meine Liebe», sagte sie ernst, «sagen Sie mir doch, wo Sie etwas verstecken würden. Ich kann kaum glauben, dass sich Diebe von Kieselsteinnachbildungen und ausgehöhlten Büchern narren lassen.»
«Was wollen Sie denn verstecken?», fragte ich mit einer Geduld, die gar nicht meinem Gefühl entsprach.
«Das ist meine Sache.»
«Ist das hier ein Spielchen, oder wollen Sie wirklich meine Hilfe?»
«Seien Sie nicht so giftig. Wo würden Sie etwas … äh … von Wert deponieren?»
«In einem Schließfach», sagte ich bestimmt. «Soll die Bank sich darum Sorgen machen.»
«Nein», sagte sie. «Jeder könnte den Schlüssel finden.»
«Stecken Sie ihn in einen Umschlag und schicken Sie ihn an die eigene Adresse», schlug ich ihr vor. «Wenn er angekommen ist, lassen Sie ihn einfach irgendwo herumliegen, getarnt als ungeöffnete Post.»
«Vor kurzem habe ich in einem Versandkatalog einen Safe gesehen, der genau wie eine Dose Tomatensuppe aussah», sagte sie, «absolut realistisch.»
Ich ertappte mich dabei, wie mir der Vermieter der Dame allmählich sympathisch wurde. Falls sie etwas von Dosen-

tomatensuppe gefaselt hatte, während er ihr telefonisch die Erlaubnis abzuringen versuchte, ihre Fenster auszumessen, hatte er womöglich die Geduld verloren und war persönlich bei ihr erschienen.

«Falls es sich um Schmuck handelt», sagte ich geradeheraus, «sollten Sie sich einen Banktresor mieten. Gestohlenen Schmuck nehmen Profis auseinander oder schmelzen ihn ein.»

«Ich habe ihn lieber in meiner Nähe.»

Ich dachte, sie mache Spaß, wolle mich ein bisschen an der Nase herumführen, und war sicher, dass sie mir ihr Geheimnis irgendwann offenbaren würde. Ich stellte mir vor, dass ich ihr eigens ausersehenes Publikum war, hier anwesend, um ihr starkes Verlangen nach Aufmerksamkeit zu stillen, und dass die ganze Schloss-und-Riegel-Geschichte nur vorgetäuscht war.

«Tragen Sie ihn oft?», fragte ich und stellte mich resigniert auf weitere Runden in unserem Quiz ein. Sie hatte keine Ringe an den Händen. Ihre Uhr war ein reines Nutzobjekt.

«Sie haben vermutlich Recht», sagte sie plötzlich vollkommen regelwidrig, als ich eben dachte, das Spiel endlich zu durchschauen. «Ich nehme den Tresor.»

«Ich verkaufe so was nicht. Gehen Sie zur Bank und …»

«Seien Sie nicht albern», sagte sie scharf. Ihr Gesicht war mit einem Mal verschlossen wie ein Buch. Kein Spaß mehr. Nichts mehr von Spiel oder Spannung. Wir waren wieder am Nullpunkt. «Halten Sie mich für dämlich?», fragte sie verärgert. «Ich weiß, wie man ein Schließfach mietet.»

«Dämlich», traf den Nagel auf den Kopf. Mrs. Phipps' Augen hatten sich zu kleinen Schlitzen verengt, als hätte sie

gerade gemerkt, dass ich mein Haar doch gefärbt haben müsste. Wer hätte gedacht, dass sie mich vor einer Minute noch «meine Liebe» betitelt hatte!
«Es ist sehr nett von Ihnen, dass Sie vorbeigekommen sind», sagte sie ungezwungen. «Sie sind eine Freundin von Gwen, nicht wahr?»
Ich sah auf meine Uhr und stand auf. Fünfzehn Minuten, um Paolina abzusetzen, mehr, falls wir uns stritten …
«Wie gut kennen Sie Gwen?», fragte Mrs. Phipps.
«Nicht besonders gut.»
«Sie arbeitet viel», sagte die Frau, als hätten wir die ganze Zeit über Gwen gesprochen. «Sie hat diesen Sprachfehler, aber ich halte sie für intelligent, und sie klatscht nicht.»
Aus der Küche drangen leise Stimmengeräusche, und ich meinte, Paolina sagen zu hören: «Wenn Sie kein Feuerzeug haben, dann vielleicht Streichhölzer?»
«Ich werde Gwen eine Liste der Teile geben, die Sie kaufen sollten», sagte ich, «um sich sicherer zu fühlen.»
«Kaufen Sie sie für mich.»
Sie erhob sich, glättete ihr Kleid und ließ deutlich erkennen, dass sie wieder die Alleinherrscherin war und das Zepter in der Hand hatte. «Ich mag es nicht, wenn Fremde meine Wohnung betreten, aber da Sie nun einmal hier sind, hätte ich nichts dagegen, wenn Sie wiederkämen. Wäre es Ihnen möglich, das zu kaufen, was Sie empfohlen haben? Könnten Sie es montieren?»
«Sie …»
«Ich würde es Ihnen natürlich bezahlen. Ich erwarte nicht von Ihnen, dass Sie umsonst arbeiten. Wir müssen alle für das bezahlen, was wir bekommen.»
Nicht, dass ich gerade hundert andere spannende und lu-

krative Fälle gehabt hätte, die um meine Aufmerksamkeit wetteiferten.
Trotzdem zögerte ich.
«Machen Sie's?»
«Dann müssen Sie mir Geld für die Schlösser geben.»
«Ich zahle nicht im Voraus.»
«Und ich möchte nicht auf irgendwelchen Teilen sitzen bleiben», erwiderte ich ruhig. Falls sie den Vermieter angelogen hatte, was ich vermutete, log sie höchstwahrscheinlich auch mich an. Wenn sie es auf meinen Rat abgesehen hatte, wo sie ihre Lieblingsohrringe verstecken sollte, würde ich ihr den Ausstieg aus der Sache leicht machen. Ich hatte keine Lust, demnächst vor ihrer Wohnung warten zu müssen, an ihre Tür zu hämmern und irgendjemandem, der zufällig auf der Bildfläche erschien, die Ohren voll zu jammern, sie hätte versprochen, mich hereinzulassen.
Sie sagte: «Ich hole meine Handtasche, während Sie alles ausrechnen, und denken Sie daran, dass ich nicht das Teuerste brauche, was auf dem Markt ist. Sollten Sie also irgendwo Rabatt kriegen, ist mir das sehr recht.»
«Dreißig Dollar», sagte ich,
«Dreißig!»
«Einschließlich des Rabatts.»
«Sie müssen mir Rechnungen beibringen.»
«Wofür? Meinen Sie, Peritti würde Ihnen die Auslagen zurückerstatten?»
«Ha!», rief sie. «Er würde mich lieber auf der Stelle erschießen!»
Sie schüttelte den Kopf angesichts meiner Naivität, fand ihre Handtasche, die sie unter ein Sofakissen gestopft hatte, und drückte mir drei Zehndollarnoten in die Hand.

Dann noch drei. Sie rieb jeden Schein zwischen Daumen und Zeigefinger, als hoffe sie darauf, er würde sich vervielfachen.

«Reicht das für Ihren heutigen Besuch?»

Es waren fünf Dollar weniger, als sie mit Gwen vereinbart hatte, aber ich beschloss, ihr die fünf wegen ihrer Unterhaltsamkeit zu erlassen.

«Sicher», sagte ich, «Sie bekommen Rabatt.»

«Danke. Und jetzt hätte ich gern ein Pfand.»

«Bitte?»

«Ein Pfand», wiederholte sie. «Sie nehmen meine dreißig Dollar und müssen mir dafür etwas von gleichem oder höherem Wert hier lassen. Bei der Bank ist das auch so.»

«Nicht bei drei Scheinchen.»

«Keine weiteren Diskussionen», sagte sie. «Das ist meine Geschäftspraxis. Die Verluste meines ersten Mannes waren mir eine drastische Lehre.»

Ich fingerte in meinen Taschen herum. «Ich glaube, ich habe nichts …»

«Ihre Uhr reicht.»

Ich hielt mein Handgelenk hoch, das mit einem Burger-King-Werbegeschenk voller Dinosaurier aus *Jurassic Park* geschmückt war.

«Oh», sagte sie.

«Ich will mal in meiner Tasche nachsehen», sagte ich. «Man weiß ja nie, was man alles so mit sich herumschleppt.»

Meine Sporttasche roch nicht gerade berauschend. Ich wühlte den Inhalt durch und kam zu dem Schluss, dass sie ein verschwitztes Tank-Top wohl kaum akzeptieren würde. Ich holte meine Börse aus einer Reißverschlusstasche und klappte sie auf, um meine Barschaft zu überprüfen, mit

dem Hintergedanken, ihr den Vorschuss zurückzugeben, falls ich genug dabei hatte, und den ganzen Zirkus mit dem Pfand zu umgehen.
Mrs. Phipps fasste das kleine Plastikfenster auf meiner Börse ins Auge. «Wer ist das?», fragte sie abrupt und zeigte darauf.
«Paolina. Das Mädchen nebenan. Als sie noch jünger war.»
«Ist sie Ihre Tochter?»
«Meine Schwester.»
«Ein hübsches Bild.»
«Nicht wahr?»
«Sie sollten sie porträtieren lassen», empfahl Mrs. Phipps. «Hier, halten Sie es mal ins Licht.»
Paolina war acht, als die Aufnahme entstand. Ein einfaches Studiofoto, aber keins aus den neueren Jahren ist auch nur halb so gut. Ich weiß nicht, wie es der Fotograf gemacht hat, aber man sieht deutlich, was er festgehalten hat, Staunen, Enthusiasmus, unbegrenzte Möglichkeiten. Ich stellte sie mir vor, wie sie jetzt dort in der engen Küche saß, mit den Fingern auf den zerkratzten Tisch trommelte und sich nach einer Zigarette verzehrte.
Mrs. Phipps' plötzlicher Vorstoß traf mich völlig unvorbereitet.
«Dafür kommen Sie wieder her», sagte sie triumphierend und riss mir das Foto aus der Hand.
«Meinen Sie?»
«Ja. Todsicher. Gwen!», rief sie so hart und gebieterisch wie bei meiner Ankunft.
Wenn ich versuchte, ihr das Foto wieder zu entreißen, ging es womöglich entzwei. Im gleichen Augenblick schob Mrs. Phipps es auch schon tief in eine Seitentasche ihres volumi-

nösen Kleides, und auf einen Zweikampf mit ihr wollte ich es lieber nicht ankommen lassen.

«Es kann ein, zwei Tage dauern, bis ich die Schlösser habe», sagte ich.

«Ein, zwei Tage? Das ist ja absurd! Sie beschaffen sie noch heute Nachmittag.»

«Sind Sie in Gefahr, Mrs. Phipps? Sollen wir die Polizei einschalten?»

«Bevormunden Sie mich nicht so!»

«Tue ich doch gar nicht.»

«Zwei Rotschöpfe sollten sich nicht streiten», sagte sie beschwichtigend.

«Wieso nicht?»

«Weil keine von beiden aufgeben wird.»

Ich hasse diese Märchen über Rothaarige.

«Diesmal doch. Hiermit gebe ich auf», sagte ich. «Nehmen Sie bitte Ihr Geld und geben Sie mir das Foto von Paolina zurück.»

Sie hatte auf einmal wieder den entrückten Blick. «Oh, entschuldigen Sie», sagte sie, «woran habe ich gerade gedacht? Gwen bleibt heute Nachmittag bei mir, es ist also alles in Ordnung. Behalten Sie das Geld, meine Liebe, aber könnten Sie die Schlösser vielleicht morgen Vormittag anbringen? Ich werde auf jeden Fall da sein. Klingeln Sie und sagen Sie laut Ihren Namen, so dass ich es höre.»

«Jawohl, gnädige Frau», sagte ich automatisch. Sie nötigte mir tatsächlich ein «Jawohl, gnädige Frau» ab, als wäre ich noch ein kleines Schulmädchen!

«Das wäre wohl alles.» Sie nickte kurz angebunden und verschwand im Schlafzimmer. Gwen kam aus der Küche, wobei sie ihre Hände mit einem Spüllappen abtupfte, und winkte mich ins Treppenhaus. Ich hatte das Gefühl, sie wollte nicht in den Räumen der alten Dame über ihre Klientin reden. Gleich darauf kauerten meine Teamkameradin und ich draußen im Treppenflur und unterhielten uns leise. Als ich die Brandgefahr erwähnte, versicherte mir Gwen, sie überprüfe regelmäßig die Rauchmelder des Gebäudes.

«Paolina?», rief ich mit lauter Stimme.

«Meinst d-du, mit Mrs. Phipps ist alles in Ordnung?», fragte Gwen.

«Nimmt sie Medikamente, die Stimmungsschwankungen hervorrufen können?»

«Nein.»

«Du solltest vielleicht mal mit ihr zum Arzt gehen», sagte ich.

«Aber s-sonst ist alles in Ordnung?»

«Gwen, ich kenne mich mit Türschlössern aus, aber bei ärztlichen Diagnosen bin ich nicht auf dem neuesten Stand.»

Gwen starrte enttäuscht zu Boden, als hätte sie sich von mir eine Bestätigung erhofft.

«Sie mag dich», sagte ich, weil es stimmte und ich meine Schuldgefühle loswerden wollte.

Gwen senkte den Kopf, aber erst, nachdem ich ihr erfreutes Lächeln gesehen hatte.

«Paolina!», schrie ich. «Komm endlich!»

Für jemanden, der die Wohnung nur ungern betreten hatte und am liebsten sofort wieder gegangen wäre, brauchte sie erstaunlich lang.

«Paolina?»

Sie kam mit hochroten Wangen aus der Wohnungstür gestürmt. Vielleicht war sie im Badezimmer gewesen und hatte mehr Rouge aufgelegt. Oder eine Zigarette gequalmt, was wahrscheinlicher war.

Sieben «Also. Weiß deine Mam, dass du die Schule schwänzt?» Wir fuhren auf dem Park Drive Richtung Cambridge. Paolina hatte die Treppe hinunter kein Wort gesagt; auch auf dem Weg zum Auto hatte sie beharrlich geschwiegen und es für ebenso unnötig gehalten, in meinen Jubel über die strafzettelfreie Windschutzscheibe des Toyota einzustimmen.

«Keine Ahnung.»

«Hast du schon mal geschwänzt? Machst du das öfter?»

Sie bedachte mich mit einem Seitenblick, der mir klarmachen sollte, dass sie solche dummen Fragen keiner Antwort würdig fand. Ich trommelte mit den Fingern auf das Lenkrad und wartete einfach. Als sie schließlich den Mund aufmachte, sprach sie mit dem Fenster auf ihrer Seite. Ich konnte nicht sehen, was für ein Gesicht sie machte, aber das war auch nicht nötig; ihr höhnisches Lächeln war förmlich zu hören. «Ist ja nicht so, als würde ich was *verpassen.* Wir *lernen* ja nichts.»

«Nichts? Nichts in Mathe?»

«Ich hasse Mathe.»

Meine kleine Schwester und ich pflegten Zahlenspiele miteinander zu spielen, wobei wir uns gegenseitig mit langen, kniffeligen Additions- und Subtraktionsfolgen, mit Multiplizieren und Dividieren auszutricksen versuchten. Wann mochte ihre Freude an Zahlen in Hass auf die Mathematik umgeschlagen sein?

An der Commonwealth Avenue staute sich der Verkehr vor der Ampel. Ein verbeulter Oldsmobile nahm beide Fahrspuren ein und spie Abgase aus seinem rostigen Auspuff.
«Und Geschichte?» Ich bemühte mich, keinerlei Verzweiflung aus meiner Stimme herausklingen zu lassen. «Du hast doch Weltgeschichte gewählt, stimmt's?»
«Komplett öde. Alles uralte Scheiße, die niemanden mehr interessiert. Ich meine, Zweiter Weltkrieg und so was.»
Wenn sie die Tang-Dynastie oder das Römische Reich so geringschätzig abgekanzelt hätte, hätte ich es auf sich beruhen lassen.
«Na hör mal, Paolina. Hollywood dreht noch immer Filme über den Zweiten Weltkrieg. In den Nachrichten wird davon gesprochen. Heute Morgen, heute Morgen erst, war die Titelseite der Zeitung davon voll – ein ausführlicher Bericht über die Forderung der Juden nach Rückerstattung ihres gestohlenen Eigentums. Den solltest du mal lesen.»
«Warum?»
«In dem Artikel wurde die Jewish Reclamation League, der Interessenverband nazigeschädigter Juden, als Ableger der jüdischen Verteidigungsliga JDL eingestuft.»
«Na und? Kapier ich nicht.»
Wie sollte sie auch, die Jewish Defense League hatte vor ihrer Geburt für Schlagzeilen gesorgt. Ich suchte nach Worten, um die Wirkung dieser Organisation auf ein Land anschaulich zu beschreiben, das am Bild des passiven, gelehrten, Gewalt verabscheuenden jüdischen Naziopfers festhielt.
Noch bevor ich einen Einstiegspunkt gefunden hatte, redete sie. «Also weißt du, ich bin keine Jüdin. Und wenn du

nicht Halbjüdin wärst, wäre es dir auch egal, möchte ich wetten.»

Nie wieder. Diese Worte blinkten in meinem Kopf wie ein Neonwarnlicht spätnachts auf dem Highway. Meine Mutter hatte mir erzählt, die amerikanischen Juden hätten die JDL für einen Verein von Fanatikern gehalten, als sie mit ihrem Slogan «Nie wieder» herauskamen. Angepasste Juden glaubten daran, spottete sie, dass die Erinnerung an den Holocaust die letzten Überlebenden unter ihnen weit überdauern würde. Sie glaubte es nicht. *Nie wieder.* Meine Großmutter hatte eine KZ-Nummer der Nazis am Arm. Diese Tätowierung war meiner Mutter so unauslöschlich ins Bewusstsein eingebrannt, als hätte sie sie selbst auf dem Arm. Mir sind die blauen Ziffern in meiner Kindheit so oft beschrieben worden, dass ich mir die Nummer eingeprägt hatte wie andere Kinder ihre elterliche Adresse. Wenn ich vergesse, wer wird sich dann noch erinnern?

Der Fahrer hinter uns hupte ausdauernd. Die Ampel war umgesprungen.

Ich überlegte hundertfach hin und her, was ich Paolina antworten sollte. Das Einzige, was ich schließlich hervorbrachte, ohne wütend zu werden, war dann auch genauso kraftlos, wie ich mich fühlte: «Ich glaube, ich muss mal mit deiner Mutter reden.»

Kein Ton. Ich fuhr.

Rings um Paolinas heruntergekommene Wohnung am Technology Square sieht man abfallübersäte Rasenflächen, leer stehende Backsteinhäuser und kaputte Spielplatzgeräte. Die Wohnung ist nicht ganz so trostlos wie manche andere – kein cabrinigrüner Hochhausalbtraum –, aber schlimm genug. Ich wünschte, ich könnte sie da herausholen, aber eine «große Schwester» von der Boston Big Sisters Association kann nur in begrenztem Umfang etwas für ihre «kleine Schwester» tun: Wir können sie nicht adoptieren, und wir können ihr Leben nicht für sie leben. Ich kenne die schönen Sprüche von der Selbstständigkeit in- und auswendig, aber ich habe Träume, und darin kommt keine kleine Schwester vor, die sich wie eine Hure anzieht und mit schrägen Typen herumhängt, die erheblich älter sind.

«Du kannst nicht mit meiner Mam reden. Sie ist nicht da.» Das eröffnete Paolina mir erst, als ich den Wagen gerade zwischen einen dicken Geländewagen und einen UPS-Transporter gequetscht hatte, noch dazu bei dichtem Verkehr auf einer engen Straße, während die anderen rüde Handzeichen machten und laut hupten. Zu Paolinas Gunsten sprach, dass ich den Motor noch nicht abgestellt hatte.

«Wann, meinst du, kommt sie nach Hause?»

«Sie ist ausgezogen.» Paolinas Schulterzucken war allzu beiläufig. Ein Vorhang schwarzer Haare verhüllte ihr Gesicht, als sie sich vorbeugte, um das Radio einzuschalten. Sie fummelte herum, bis sie einen Sender mit Hip-Hop-Musik fand.

Ich stellte es mit einem gezielten Schlag wieder aus. «Wie meinst du das, ausgezogen?»

«Genau so.»

«Wann? Warum? Wohin?»

«Ist keine große Sache.» Paolina klang abwehrend, als bereue sie bereits, mir überhaupt etwas gesagt zu haben.

«Wir müssen miteinander reden.»

«Warum?»

Ehe das Gespräch in die zwischen Erwachsenen und Ju-

gendlichen übliche Sackgasse einmündete, änderte ich meine Taktik. «Hast du Hunger?»
«Kann sein.»
«Chinesisches Essen?»
«Eiskrem.»
Ich hätte eine gehaltvollere Kost vorgezogen, aber Eiskrem ist kaum jemals ein Thema, über das ich mich streiten würde. Ich setzte ein paar Zentimeter zurück, bis mein Toyota gegen den UPS-Transporter stieß. Ein roter Thunderbird vollführte mit quietschenden Reifen eine Kehrtwende, um dann wie ein Geier in der Nähe zu bleiben und abzuwarten, dass ich den Parkplatz räumte. Er passte nie im Leben hinein.
Bei Herrell's mitten im unspektakulären Brighton mit seinen vielen Spirituosengeschäften, Bars und Ramschläden gibt es Mokkaeis, für das man glatt sterben würde. Ein winziger Salon – nur eine Theke und fünf runde Tischchen mit wackeligen schmiedeeisernen Stühlen. Ich bin Stammkunde hier. Paolina und ich kamen früher oft her, es war einer unserer Lieblingsorte, als sie noch klein war. Gerade jetzt hatte ich Verlangen nach einer vertrauten Umgebung, an der ich mich festhalten konnte, ein Lokal, in dem ich mich an die siebenjährige Paolina erinnern konnte, die nach Kirschbonbons duftete statt nach abgestandenem Zigarettenrauch.
«Du hättest mich anrufen sollen», sagte ich, als wir saßen. *Sofort, als Marta ausgezogen ist,* dachte ich.
Paolina hatte kurz zwischen einer manierlichen Erwachsenenportion Erdbeereis und einem Kinderfruchtbecher mit heißer Schokoglasur und Schlagsahne obenauf geschwankt. Der weiche, klebrige Kindertraum trug den Sieg davon. Ich

bestellte mir mein Mokkaeis mit M&M-Mokkabohnen-Topping und dazu eine Tasse Kaffee, um mir meinen Erwachsenenstatus zu erhalten.
Paolina löffelte die Schlagsahne ab und leckte sich die Lippen. «Ist doch cool. Ich komme auch allein klar. Die Jungs haben wir bei Tante Lilia untergebracht.»
«Lilia weiß, dass du ganz allein bist?» Martas älterer Schwester hätte ich mehr Verstand zugetraut. Hatte sie denn gar keine Vorstellung davon, was Kids, unbeaufsichtigte Kids, heutzutage alles anstellen?
«Na und?»
«Paolina, du bist noch nicht mal vierzehn.»
«Meine Großmutter hat mit vierzehn meine Mutter bekommen.»
«Na und?», tönte ich nun meinerseits.
«Du hast doch keine Ahnung. Du bist ja 'ne alte Jungfer.»
Nach kurzem verblüfftem Schweigen brach ich in unbändiges Gelächter aus. Ich versuchte, mich zu beherrschen, wirklich, aber ich konnte nicht anders. Ich warf den Kopf zurück und lachte schallend. Ich nahm an, sie hatte es als übelste Beleidigung gedacht, aber ausgerechnet eine alte Jungfer …
«Hör auf! Die Leute starren uns schon an!»
«Tut mir Leid», brachte ich mühsam hervor und trank einen so großen Schluck Wasser aus meinem Pappbecher, dass es mir am Kinn herunterlief. Dann bekam ich einen Schluckauf.
«Himmel», sagte Paolina aufgebracht.
«Mich kann man nirgendwohin mitnehmen», pflichtete ich ihr bei.
Sie schleckte heißen Schokoladenguss von ihrem Löffel und dann säuberlich von den Fingern. Ihre Nägel waren

nachtblau lackiert, und sie trug an jedem Finger einen Ring, teils aus Silber, teils Plastikschnickschnack wie aus einem Süßigkeitenautomaten. In den Wochen, die vergangen waren, seit ich sie zuletzt gesehen hatte, den Monaten, seit ich ihr noch die ungeteilte Aufmerksamkeit gewidmet hatte, die sie verdiente, schien ihr Babyspeck gewandert zu sein und sich in Brüsten und Hüften festgesetzt zu haben. Das kurze rote Top und der schwarze Minirock, vollkommen im Widerspruch zu ihrer alten Kostümierung in Schlabberjeans und formlosen T-Shirts, betonten die Verwandlung noch, die sich auch auf ihrem Gesicht zeigte, wie die schmaler gewordenen Wangen und die schärferen Knochenpartien bewiesen.

«Fangen wir am Anfang an. Wo ist deine Mutter?»

«Marta hat einen Typen kennen gelernt. Er ist okay, vermute ich mal, wohnt aber nicht in unserer Gegend.»

Bisher hatte sie «Mam» zu ihrer Mutter gesagt.

«Wie hat sie ihn kennen gelernt?»

«In irgendeiner Bar. Auf der Straße. Was hast du denn gedacht, in der Stadtbibliothek?»

Ich blieb dran. «Und er ist aus …?»

«Keine Ahnung. Aus irgend 'nem Kaff in New Hampshire. Ist so 'n Waldtyp, der in 'ner einsamen Hütte haust. Wie der Unabomber, aber sexy.»

«Sexy», wiederholte ich kaum hörbar.

«Ja, er ist eine Woche bei uns gewesen, aber die Kleinen haben ihm den letzten Nerv geraubt, und er hat mir gesagt, unter so vielen Latinos und Schwarzen würde er sich nicht wohl fühlen.»

«Deine Mutter ist auch Lateinamerikanerin. Ist ihm das nicht aufgefallen?»

«Sie haben ständig nur gebumst, sonst nichts.»
«Wie lange ist sie schon weg?» Kaum waren mir die Worte entschlüpft, wusste ich, dass ich einen wichtigen Test verpatzt hatte, indem ich nicht auf ihr pseudoerwachsenes Sexgerede eingegangen war. Klar, irgendjemand musste mit ihr über die Veränderungen reden, die in ihrem Körper und Geist vorgingen. Nur fühlte ich mich dem nicht im Entferntesten gewachsen. Ich bin keineswegs eine alte Jungfer: Ich war einmal verheiratet, neunzehn Monate lang, vielleicht ein paar Tage mehr, ein paar Tage weniger; ich habe genügend von dem kennen gelernt, was man Beziehungen nennen könnte, um mich in allen Einzelheiten über Sex auslassen zu können, aber trotzdem komme ich anscheinend nie so richtig hinter diese Sache zwischen Mann und Frau. Ich gebe es nur äußerst ungern zu, aber wahrscheinlich ist es das Thema Liebe, bei dem ich mich so inkompetent fühle.
«Zehn Tage.» Paolinas Antwort machte mich sprachlos, zum einen, weil ich kaum glauben konnte, dass Marta schon so lange ihre Pflichten versäumt hatte, und zum andern, weil ich die ganze Zeit über Sex und Liebe nachgedacht hatte und was, zum Teufel, ich diesbezüglich einem so jungen und doch so alten Mädchen Weises sagen sollte. Zehn Tage. «Na ja, ich könnte mir vorstellen, dass sie vorhat, zurückzukommen.»
«Nehme ich auch an.»
«Gut. Sobald du aufgegessen hast, gehen wir zu dir und packen deine Tasche.»
«Warum?»
«Du ziehst zu mir.»
«Nein.»

«Du kannst nicht allein bleiben.»

Der Scheitel in ihrem langen, glänzenden Haar war so gerade, als wäre er mit einem Lineal gezogen worden. Sie starrte wie hypnotisiert auf die Tischplatte.

«Paolina?»

Mascara glitzerte auf ihren Wimpern; sie hatte die braunen Augen zusammengekniffen. «Hatte ich auch nicht vor. Allein zu bleiben, meine ich.»

«Du denkst doch nicht etwa an diesen widerlichen Kerl von Dunkin' Donuts!»

«Er ist kein widerlicher Kerl.»

«Was? Willst du ein Kind? Willst du deine Großmutter ausstechen und jünger als sie ein Kind bekommen?»

«Ich bekomme kein Kind! Sei still.»

«Willst du mir etwa erzählen, dieser – dieser fiese Knacki würde nur Händchen halten mit dir?» Ich bemühte mich zwar, leise zu sprechen, aber meine Stimme gellte laut vor Wut.

«Diego liebt mich.»

«Iss dein Eis auf.»

«Kommandier mich nicht rum.»

«Dann lass dein Eis stehen! Zieh die Jacke an! Wir fahren jetzt zu dir nach Hause! Und dann *wirst* du deine Tasche packen! Du brauchst anscheinend Kommandos, also kriegst du sie von mir!»

Sie schob ihr Eis so schnell weg, dass es umfiel. Schokoladensauce kleckerte herunter, dann polterte der Becher zu Boden, und jetzt drehten sich auch die wenigen Leute zu uns um, die uns bisher noch nicht angestarrt hatten, guckten peinlich berührt und schürzten missbilligend die Lippen.

Einen kurzen Augenblick sah es so aus, als würde ihre neue Maske der Unbeugsamkeit zerschellen wie eine aufgeknackte Schale. Ihre Unterlippe zitterte, und ich dachte, gleich würde sie den Kopf auf den Tisch legen und hemmungslos schluchzen. Ich wünschte es mir; wenn sie sich einfach wieder wie ein Kind benahm, konnte ich mich entsprechend erwachsen verhalten, sie in den Arm nehmen, hin und her wiegen und mit leisem Murmeln trösten. Dann würde alles wieder so werden, wie es einmal war.

Sie gewann ihre Fassung zurück. Der Augenblick ging vorbei, und ich war mir nicht sicher, ob er je wiederkehren würde.

Acht

Paolina stopfte das Nötigste in eine braune Einkaufstüte, während ich eine Notiz für Marta kritzelte, wo sie ihre Tochter auflesen konnte, falls sie heimkehrte. Meine kleine Schwester musste beim Packen geweint haben; ihre mascaraverschmierten Augen sprachen eine ebenso deutliche Sprache wie ihre abweisend herabgezogenen Mundwinkel, die mich warnten, es ja nicht zu erwähnen.

Zumindest ist sie bei mir sicher, dachte ich, als ich in meine Einfahrt einbog. Vor Diego und all den anderen Wölfen, die hinter ihr her waren. Ich habe reichlich Platz in meinem alten viktorianischen Haus. In absolut mageren Jahren habe ich Zimmer an lebenshungrige, lärmende Harvard-Studenten vermietet, aber im Grunde lebe ich lieber allein, einmal abgesehen von gelegentlichen Kollisionen mit Roz, die jedoch normalerweise auf ihrem Dachgeschoss bleibt, wenn sie nicht gerade die Entfernung von Leichen aus meiner Badewanne organisiert.

Wir gingen eben die Stufen zum Eingang hinauf, da wurde die Haustür aufgerissen, und Roz, jetzt in engem schwarzem Leder und noch engerem schwarzem Lycra, verkündete: «He, du hattest Recht.» Dann stürzte sie sich zwecks kunstvoller Begrüßungsumarmungen und Handverrenkungen auf Paolina. Meine kleine Schwester schien das Ritual zu kennen.

«Mit welcher der vielen Perlen der Weisheit, die ich zu deinen Füßen verstreue, hatte ich denn in deinen Augen ‹Recht›?», fragte ich.

«Ich habe den Kerl fallen lassen. Lausiger Künstler, lausiges Modell, ganz zu schweigen davon, dass er seinen Schnaps nicht bei sich behalten kann. Ich lege jetzt die Latte höher an – typenmäßig, meine ich. Habe eine Freundin angerufen, heute Abend machen wir einen Zug durch die Bars, um Freier aufzureißen.»

So wie sie angezogen war, hätte sie gleich zu einem Shooting abzischen und für eine Doppelseite in irgendeinem heißen Bikermagazin posieren können. Mir schauderte bei der Vorstellung, welche Typen sie mit ihrer Aufmachung wohl anziehen mochte. Ihr Haar hatte sie linksseitig bis zur Schädeldecke weggeschoren, während es rechts vielfarbig und mit Zöpfen dazwischen herniederwallte. In die Zöpfe waren keine Perlen eingeflochten, aber ihre Stiefel, das schwöre ich, hatten fünfzehn Zentimeter hohe Plateausohlen. Ihre Fingernägel hatte sie in einer Farbe lackiert, die man nur als «Urbanes Suchtgelb» bezeichnen konnte.

«Warum wartest du nicht ein paar Tage, warum die Hektik?», fragte ich. Saublöd. Paolina und Roz starrten mich beide mit offenem Mund und weit aufgerissenen Augen an. Wenn ich den Augenblick hätte festhalten können, hätte ich ihm folgenden Titel gegeben: RAT EINER ALTEN JUNGFER.

Ich sagte: «Du willst sicher gerade Farbe kaufen, stimmt's?»

«Nö, hast du doch vorhin nicht so gemeint», sagte Roz und zupfte an ihrem Ausschnitt, damit er noch ungehemmter Brust freigab, «das mit den Fresken. Sie zu übermalen, beige auch noch und so 'ne Scheiße.»

«Habe ich wohl», sagte ich mit einer gewissen Vorsicht, weil mir einfiel, dass Roz ja das Einkaufen verweigern, das Putzen unterlassen und mich mit einem Karatetritt plattmachen konnte, wenn sie in Stimmung dazu war.

«Ich finde, du müsstest sie dir erst einmal anschauen», sagte sie. «Wie kannst du Kunst einfach so verdammen? Was bist du bloß, eine Philisterin?»

Ich war beeindruckt, dass sie dieses Wort kannte. Paolina schien ganz Ohr zu sein.

«Also gut», sagte ich.

Während wir die Treppe hinaufgingen, rechnete ich im Kopf nach. Wie viel steuerte Roz mit Geld und Dienstleistungen bei? Wenn ich sie rausschmiss, wie viel musste ich dann von meinen Ersparnissen abzweigen, um die monatlichen Rechnungen bezahlen zu können? Käme es einer guten Investition für meine Gemütsruhe gleich, wenn ich sie hinauswarf?

Paolina trottete hinter mir, und Roz bildete die Nachhut. Ich wartete auf dem Treppenabsatz, bis Roz sich einen Weg gebahnt und eine Lampe angeknipst hatte.

Sie hatte die Fenster nicht zugemauert, sondern nur schwarzen Stoff davor gehängt und mit Heftzwecken und Nägeln befestigt. Die Dunkelheit war nichts im Vergleich zu dem Chaos. Ich konnte kaum glauben, dass ich heute

Morgen noch oben gewesen war, obschon nur in dem kleinen Vorraum, und wie wild herumgebrüllt hatte, ohne das Gerüst bemerkt zu haben, das zwei Wände einnahm. Kreuz und quer miteinander verbundene Leitern und Bretter hatten den größeren Raum in eine Baustelle verwandelt.

Mit der gleichen Sorgfalt ausgeführt, die Michelangelo für die Sixtinische Kapelle aufgewendet haben muss, leuchteten oben die Fresken. Am Himmelsgewölbe hielt eine gewaltige Hand einen sensationell realistischen Big Mac. Fritten schwebten wolkengleich über die Decke. Ein riesenhafter, schwarz umrissener hoher Joggingschuh war noch in Arbeit und wurde offenbar mit ebensolcher Akribie ausgepinselt.

«Die Freskenmalerei ist eine der gesellschaftlich relevantesten Kunstrichtungen», sagte Roz ernst. «Nimm zum Beispiel Diego Rivera, er hat Fabrikszenen gemalt, aber die industrielle Produktion ist vom Dienstleistungsgewerbe verdrängt worden, das durch die Konsumgüter verkörpert wird, die wir so verehren und für die wir uns abrackern.»

«Aha», sagte ich.

«Du kannst es jetzt noch nicht sehen, aber stell dir einmal vor, wie sich der Pinselschwung und der Bogen dort in einem Symbol religiöser Ekstase vereinigen», fuhr sie fort, «in einer Kollision oder Symbiose der Essenzen …»

«Roz?»

«Ja?»

«Ich muss es still genießen können.»

«Cool.»

Sie wartete, bis ich eine Leiter hochgeklettert und den Fritten näher war.

«Und?», fragte sie, als ich wieder herunterkam.

«Mal es fertig», brachte ich mühsam vor und schluckte, um

nicht wie irre zu kichern. Es war, um ehrlich zu sein, in seiner technischen Perfektion bewunderungswürdig, ja geradezu furchteinflößend. Und übermalen konnte ich es immer noch. Oder sandstrahlen lassen. Außerdem war mir eine Idee gekommen.

«Paolina», sagte ich, «das Telefon klingelt. Bist du schnell genug, um es noch zu erwischen?»

Es ist nahezu unmöglich, vom zweiten Stock aus mein Telefon klingeln zu hören. Paolina wollte schon protestieren, aber dann gehorchte sie ohne Widerwort, zum ersten Mal an diesem Tag. *Dann steht es wirklich schlimm um sie;* dachte ich.

Sobald sie außer Hörweite war, sagte ich: «Wenn du das hier erhalten willst, Roz, können wir einen Handel abschließen.»

«Und was?»

«Du bringst Paolina diese und auch die kommende Woche jeden Tag pünktlich zur Schule. Und holst sie wieder ab. Du passt auf, dass sie wirklich am Unterricht teilnimmt.»

«Typisch Vermieter», murmelte Roz tiefsinnig.

«Ferner achtest du darauf, dass sie sich nicht mit einem schnurrbärtigen Latino um die Zwanzig trifft, der ein Klappmesser bei sich trägt.»

«Also doch ein richtiger Auftrag.» Roz zuckte die Schultern. «Okay. Kein Problem.»

Neun Mit der Schlaflosigkeit verbindet mich nicht bloß eine vorübergehende Bekanntschaft; wir sind alte Kameraden. Allerdings ist es vorbei mit dem gefürchteten stundenlangen Hin- und Herwälzen; jetzt werfe ich einfach die

Bettdecke von mir und lasse Schlaf Schlaf sein, denn ich weiß, dass ich eine andernfalls unruhige Nacht gut mit öden Haushaltsbeschäftigungen voll packen kann. Um drei Uhr in der Frühe füttere ich vielleicht den Kater, wechsele die Zeitungen auf dem Boden des Vogelkäfigs, blättere noch einmal in den *Globes* und *Heralds* der vergangenen Woche, die sich neben meinem Schreibtisch stapeln, oder gehe überfällige Rechnungen durch.

In dieser Nacht fiel es mir nicht weiter schwer, die Stunden bis 4 Uhr 30 zu füllen. Dann rief mich meine alte Steel Guitar, eine «National», die in ihrem Koffer unter meinem Bett liegt. Ich war in der richtigen Stimmung, um ordinären Delta-Blues zu spielen, mit Texten, in denen sich Herz auf Schmerz reimt, und Melodien, die förmlich nach einer Mundharmonikabegleitung schreien, klagend wie die Pfeife eines Zuges Richtung Norden. Ich konnte diesem Verlangen aber nicht nachgeben aus Angst, meine kleine Schwester aufzuwecken, die in ihrem Zimmer auf der anderen Seite des Flurs schlief. Es juckte in meinen Fingern, so gern hätte ich gespielt. Unentwegt ging mir im Kopf herum, ob ich es wohl schaffen würde, eine Weile Ersatzmutter für Paolina zu spielen.

Die verdammte Marta, vögelte mit einem unbekannten Typen, den sie in einer unbekannten Bar aufgegabelt hatte und der aus irgendeinem unbekannten Nest in New Hampshire stammte. Die vielen unbeantworteten Fragen reizten mich, und so heckte ich einen Plan aus: Von morgen an würde ich mich ein bisschen auf private Vermisstensuche begeben. Beim Gedanken daran, in Aktion zu treten, wurde ich vor Erleichterung müde. Ich weiß, wie man Leute findet. Es erfordert lediglich eine verbissene

Ausdauer, die ich in reichlichem Maße besitze. Ich habe mehr verbissene Ausdauer als mütterliche Geduld, soviel ist sicher.
Ehe ich einschlief, blitzte noch der Name «Harry's Eisenwarenladen» in meinem Hirn auf. Ich kritzelte ihn auf den Notizblock neben meinem Telefon.
Vor ungefähr zehn Jahren hatte ich einmal zwei Monate lang in Fenway Streife gefahren. In dieser Stadt – einer Zusammenballung kleiner Ortschaften und ethnischer Enklaven – bleibt ein Cop immer ein Cop, an den man sich gut erinnert, denn ein Cop kann einem Geschäftsmann viel Gutes oder Böses tun. Harry aus Harry's Eisenwaren- und Klempnerladen würde sich bestimmt an die junge Polizistin erinnern. Ich hatte noch deutlich seinen schockierten Gesichtsausdruck vor Augen, als ihm bewusst wurde, dass die Frau nicht nur einen Gabelschlüssel von einem Steckschlüssel unterscheiden konnte, sondern noch dazu Polizistin war. Ja, Harry würde sich erinnern.
Am nächsten Morgen ließ ich T. C. alias Tom Cat, meinen vierbeinigen schwarzweißen Mäusefänger, auf die schlummernde Paolina fallen, denn ich war sicher, dass sie ihn weder in der Luft zerreißen noch ignorieren würde, da sie ihn abgöttisch liebt. In Jeans – enger als ihre frühere Kindergröße, aber etwas mehr verhüllend als ihre Kleidung vom Vortag – trank sie schwarzen Kaffee und aß mir zuliebe ein halbes Muffin. Roz, mit verschlafenen Augen, kam in einem T-Shirt die Treppe heruntergestürmt, auf dem KLEBEBAND-EXPERTIN stand. Sie besitzt eine anstößige T-Shirt-Sammlung der Weltklasse und einen Körper, der sie in aufreizender Art zur Geltung bringt. Dieses T-Shirt, das auf einem weniger verschwenderisch ausgestatteten Oberkör-

per vielleicht harmlos gewirkt hätte, beschwor – bei mir zumindest – ein Bild von seltsamen Fesselungsritualen herauf, die Disziplin erforderten, und regte mich zu Spekulationen über den Erfolg ihres nächtlichen Zugs durch die Bars an. Paolina willigte schließlich gereizt ein, unter Bewachung von Miss Klebeband zur Schule zu gehen.

Ich fuhr nach Fenway zu Harry's Laden, der auf der Ipswich in der Nähe der Town-Taxizentrale liegt, und hielt auf einem Parkplatz für Anwohner, dessen Betonbelag im Bröckeln begriffen war. Noch immer nahm das vergilbte Schild «Geschäftsaufgabe» einen prominenten Platz in dem schmutzigen Schaufenster ein.

«Hallo, hallo», rief der Namensvetter des Ladens, als ich eintrat und die Glocke über der Tür zum Bimmeln brachte. Er trug einen verblichenen roten Kittel mit Firmenzeichen auf der Brusttasche, darunter ein weißes Hemd und verschlissene braune Polyesterhosen. Auch er war inzwischen fast verblichen und nur noch ein gebeugter, kahler und grauer Schatten seiner selbst. «Was ist bloß mit Duquette los? Was bildet er sich ein? Dass Garciaparra das ganze verfluchte Innenfeld abdecken kann?»

In der Fenway-Park-Gegend sind Bemerkungen über die Red Sox die gebräuchliche Begrüßungsformel, sowohl innerhalb wie außerhalb der Spielzeit, und treten an die Stelle des sonst üblichen «Wie geht's?» oder der Phrasen über das Wetter. «Hab Sie länger nicht gesehen», fuhr er fort, als wären nicht Jahre, sondern nur Wochen vergangen, seit ich das letzte Mal zur Tür hereinkam.

«Läuft das Geschäft gut?», fragte ich.

«Ende des Monats mache ich dicht.»

Das hatte er schon vor zehn Jahren gesagt. Ich hatte damals

immer ein Auge auf seinen Hintereingang, und jedes Mal hatte er zu mir gesagt, ich bräuchte mir keine Sorgen zu machen: Niemand wäre so blöd, über seinen Laden herzufallen, dazu verdiene er zu wenig.

«Nein, ernsthaft. Mit dem ganzen Stadtteil ist es aus. Das ist nicht mehr das schäbige alte Fenway, das wird jetzt ein ‹Kulturviertel›.»

«Heißt das, dass die Mieten raufgehen?», fragte ich.

«Zuerst werden mal die Häuser abgerissen. Dann ist diese Gegend eine Goldmine.»

«Warum das? Warum jetzt?»

Er zog die Schultern hoch. «Wer weiß das schon! Warum geschieht überhaupt etwas? Vielleicht ist die Back Bay inzwischen überfüllt.»

«Also überschwemmen die Leute, denen Back Bay zu teuer geworden ist, das bescheidene Fenway», sagte ich. «Und drücken die Preise hoch.»

«Genau», nickte er, «und in der Innenstadt gibt es wegen der Bauarbeiten nur noch Staus.»

Der «Big Dig», Bostons nie fertig werdendes Multimilliondollar-Projekt, die Tieflegung der Hauptverkehrsader, war für Pendler die Hölle. Einige Freunde aus der Taxibranche hatten einmal geglaubt, dadurch würde sich das Geschäft verbessern, aber selbst sie mussten einsehen, dass bei stehendem Verkehr kein roter Heller zu verdienen ist.

«Mit der Wiederbelebung des Hafenviertels wird es also nichts», setzte Harry hinzu.

«Jedenfalls nicht, solange Umweltschützer sich nur für das Schicksal der linkshändigen Winkerkrabbe einsetzen», bemerkte ich.

«Na ja, den Stadtplanern juckt es in den Fingern», sagte

Harry. «Kann ich ihnen auch nicht verdenken. Sie wollen bauen, und wo geht das noch? Bei uns. Hier.»

«Zeit für die Bulldozer», sagte ich.

«Genau! Ich konnte jahrelang weder diesen Laden noch meine Filiale anderswo unterbringen. Aber jetzt, wo wir Kleinen uns zusammentun und nur als Gesamtbatzen zum Verkauf stehen, bekommt die Stadt Angst.»

Boston hat die Eigenart, eine der wenigen Hauptstädte zu sein, die zugleich auch die größte Stadt ihres Staates ist. Und das heißt, was die Regierung, die Steuerfreiheit genießt, nicht besitzt, gehört den Kirchen, die Steuerfreiheit genießen, und den Rest teilen sich mit Freuden die Universitäten und Colleges, die ebenfalls Steuerfreiheit genießen. Wenn Harrys Gruppe nicht an einen kommerziellen Investor verkaufte, würde die Stadt massive Einnahmenverluste hinnehmen müssen. Vor kurzem hatte Harvard, als Immobiliengesellschaft getarnt, jede Menge Grundstücksparzellen im benachbarten Alison an sich gerissen. Gerüchten zufolge sollte ein großer Skandal daraus werden, der ein paar amtierende städtische Beamte die Wiederwahl kosten würde.

Harry sagte: «Auf dem Park Drive in dem alten Sears-Gebäude wird ein Kino mit zwanzig Vorführsälen entstehen – wie nennt man das doch gleich? Cineplex- oder Multiplex-Kino. Außerdem wird ein neues Hotel für die Mamas und Papas der Bostoner Studenten gebaut, wenn sie ihren Junior zur Uni bringen oder ihn in den Ferien besuchen. Das wird mal ein sehr lukratives Viertel.»

«Na gut», sagte ich, «aber ich will nur etwas kaufen und schleunigst weiter.»

«Schwere Zeiten für Sie im nächsten Jahr», sagte er fröh-

lich, «es sei denn, Sie wollen Designer-Kaffee trinken oder Videos ausleihen.»
«Ich habe eine Einkaufsliste.»
«Entschuldigen Sie.» Er wirkte etwas verlegen. «Sie kennen mich ja. Ich quatsche Ihnen die Ohren voll.»
«Die Nachbarn werden Sie vermissen, wenn Sie weg sind.»
«Sind kaum noch welche da», grinste er. «Nur noch Yuppies, die den Klempner rufen müssen, wenn das Klo verstopft ist.»
«Ich will etwas für eine Dame kaufen, die seit siebzehn Jahren in dieser Gegend wohnt. Sie heißt Phipps. Kennen Sie sie?»
«Nur flüchtig», sagte er nach kurzem Zögern. «Eine eigenartige Person, nicht wahr? Drüben auf der ... wie heißt die Straße doch gleich?»
«Kilmarnock.»
«Ja, ja. Eins der Häuser von Pretty Boy.»
Der Groschen fiel langsam, aber er fiel. «Peritti», wiederholte ich im Stillen. Es klang wie *pretty*, wenn man es schnell aussprach.
«Der Sohn von Tony Peritti. Der Alte wurde ‹Pretty Tony› genannt, aber der Junior genießt nicht mehr solche Hochachtung. Wie ich gehört habe, steckt er hinter irgendwelchen Immobiliengeschäften, na ja, schließlich ist er ja auch Tony Perittis Sohn.»
Der alte Tony, einst im Schulausschuss, war Anfang der siebziger Jahre zum Stadtrat auf- oder abgestiegen, je nach Ansicht, und besaß gute politische Verbindungen. Ich hatte auch von Kontakten mit der Mafia gehört, aber nicht gerade aus blütenreiner Quelle.
Harry erzählte weiter.: «Der Junge ist nicht wie der Alte.

Wohnt nicht hier in der Gegend – feiner, trägt auch schicke Klamotten. Sonst ist er wohl in Ordnung, nehme ich an.»
«Sie haben alles ganz gut im Blick, nicht wahr?», sagte ich bewundernd. «Kommen die Cops, die hier Streife fahren, wie ich früher noch zu Ihnen und holen sich einen Rat?»
«Manchmal.» Er erhob sich endlich von seinem Hocker hinter der Theke. «Der Cop ist ein Frauenzimmer – äh, eine Dame, aber das juckt mich nicht. Hab mich ja auch an Sie gewöhnt.»
Ein Fortschritt.
Er schlurfte mir voran einen verstaubten Gang entlang und schwatzte dabei weiter. Der Geruch, eine erdhafte Mischung aus Metall und Mist, versetzte mich in eine längst vergangene Zeit zurück, als ich sonntagsmorgens mit meinem Dad Nägel für zehn Pennys das Stück aus hoch übereinander gestapelten Kartons zusammensuchte. Unter den an einer Wand ausgestellten Sicherheitsvorrichtungen waren FM-, Master-, Yale- und Schlage-Schlösser. Eine Packung Trilene-Feststeller für Holzfenster kostete 6 Dollar 49. Schwere Sicherungsstangen waren unordentlich in einer Ecke aufeinander gehäuft. Harry bot mir aus alter Freundschaft eine Tasse Kaffee und zwanzig Prozent Rabatt an. Ich traf meine Wahl und nahm, da ich mich noch gut an seinen Kaffee erinnerte, nur die zwanzig Prozent an.
Der Morgenhimmel war mit hohen, dünnen Wolken betupft. Die Luft zwischen Indianersommer und herbstlicher Frische strich mir weich übers Gesicht. Ich stopfte die Einkäufe in meinen Rucksack auf die Einbruchswerkzeuge, die ich aus meinem Schreibtisch genommen und in einen Lederbeutel gepackt hatte. Dann machte ich mich zu Fuß zur

Wohnung der alten Dame auf, die ich in Gedanken «Valentine» und nicht Mrs. Phipps nannte. Ich war entschlossen, meine Einbrecherfähigkeiten, mit denen ich geprahlt hatte, unter Beweis zu stellen, falls sie noch immer daran interessiert war, und ihr dann schnell die neuen Schlösser einzubauen.
Unterwegs kam ich an zwei «Zu verkaufen»-Schildern vorbei, die vor Backsteingebäuden im Rasen steckten, und drei ebenerdigen Läden mit Plakaten in den Schaufenstern, die die kleineren, altmodischen «Zu vermieten»-Schildchen verdrängt hatten: «GESCHÄFTSRÄUME ZU VERMIETEN. NATIONAL RETAIL RENTALS» stand darauf. *Überall nur noch Ladenketten,* dachte ich. In einem Eckgebäude arbeitete ein Haufen Bauarbeiter, die pfiffen, als hätten sie noch nie etwas von der Strafbarkeit sexueller Belästigung gehört. Wie immer ganz Dame, zeigte ich ihnen den Stinkefinger.
Vielleicht lag es nur daran, dass Harry sich so detailliert über die Veränderungen in der Gegend ausgelassen hatte, aber sie fielen mir allüberall ins Auge, unerwartet und drastischer als der langsame herbstliche Wechsel von Grün auf Braun.
Ich klingelte bei Valentine. Ob sie wohl steif und ablehnend war? Oder freundlich, mich «meine Liebe» nannte und Kaffee kochte?
Keinerlei Geräusche in der Sprechanlage, kein Summen des Öffners. Alte Leute sind nicht gerade die Schnellsten, rief ich mir ins Gedächtnis zurück, obgleich sie sich am Vortag ziemlich flott bewegt hatte. Wahrscheinlich war sie im Bad; wenn ich jetzt wieder klingelte, würde sie sich aufregen. Also wartete ich.
Dann drückte ich wieder auf den Klingelknopf von 4A und

horchte gespannt, obwohl ich wusste, dass ich kaum Geräusche drei Stockwerke über mir würde hören können. Vielleicht war die Klingel kaputt. Ich setzte meinen Rucksack im Hausflur auf dem Teppichbelag ab, überflog die Schilder von Mietern, deren Vorname abgekürzt war, und suchte nach einem Sternchen, das auf einen Hausverwalter oder -aufseher hinwies.

Gab es anscheinend nicht.

«Ich werde auf jeden Fall da sein. Klingeln Sie und sagen Sie laut Ihren Namen, so dass ich es höre.»

Ich drückte einen Klingelknopf nach dem anderen, von oben nach unten. Wartete und bemühte mich, nicht vor Ungeduld mit den Füßen aufzustampfen oder zu schreien. Die Sprechanlage rauschte, und ich rief mein fröhliches «Post», ohne abzuwarten, dass jemand mich fragte, wer da sei. Der Drücker summte. Der Türknauf fühlte sich kühl an.

Ich jagte die Treppen hinauf, wobei mir mein schwerer Rucksack gegen die Wirbelsäule schlug. Ich klopfte heftig an Valentines Tür. Irgendwo im Haus knallte eine Tür, dann noch eine. Eine Stimme schrie: «Ist da jemand?» Meine Kehle war wie zugeschnürt. Ich antwortete nicht. Eine zweite, tiefere Stimme sagte: «Verfluchte Kinder. Ich werde die …»

Ich bin zu meiner Zeit in genügend gesicherte Räumlichkeiten eingedrungen, um zu wissen, dass es keine so tolle Idee ist. Meine innere Stimme sagte: *Weg hier, ruf die Polizei.*

«Ich bin die Polizei», murmelte ich.

Gwen ist mit ihr zum Arzt gegangen, beruhigte ich mich selbst.

Ich klopfte an die Tür der Nachbarwohnung. Nichts. Kein Telefon in Reichweite. Wie konnte man – wie hieß er doch gleich? – Peritti, den Pretty Boy, den Vermieter, den Mann mit dem Pferdeschwanz und dem hitzigen Temperament, erreichen?

Mit dem Körper war ich bereits in Aktion, noch ehe ich mich geistig ganz darauf eingestellt hatte. Ich hatte schon meinen Rucksack abgesetzt, ihn aufgemacht und war dabei, nach meinem Einbruchswerkzeug zu suchen, bevor ich es selbst gemerkt hatte. Ich wusste, dass ich's tun musste. Ich hob die Plastiktüte mit den Eisenwaren heraus und stellte sie auf die Fußmatte. Meine Finger ertasteten den Lederbeutel. Ich rief: «Mrs. Phipps, bitte machen Sie die Tür auf», um vor etwaigen Zeugenohren die Tatsache klarzustellen, dass Einbrechen nur das letzte Mittel für mich war.

Mir gingen blitzschnell all die Male durch den Kopf, wo ich als Polizistin in abgeschlossene Wohnungen eingedrungen war, und ich hatte ein mulmiges Gefühl im Magen, als ich durch die Nase schnüffelte. Kein Verwesungsgeruch, nichts von dem Fäulnisgestank, den ich damals so gefürchtet hatte. Trotzdem blieb ein Gefühl von Déjà vu und erfüllte mich mit bösen Vorahnungen.

Meine Finger rutschten vom Dietrich ab, und ich fluchte automatisch. Mit gesammelter Aufmerksamkeit verfolgte ich die Bewegung kleiner Metallteile, übte Druck aus, löste den Druck wieder und bearbeitete die Zuhaltung, bis ich das leise, befriedigende Klicken hörte.

Die Diele war leer und still. Das Wohnzimmer sah genauso aus wie am Vortag, jedes Kissen lag an seinem Platz.

«Mrs. Phipps!», rief ich. «Valentine!»

Ihr Bett war ungemacht, so, als hätte sie letzte Nacht darin geschlafen, es am Morgen jedoch nicht wieder hergerichtet. Valentine Phipps hatte auf mich den Eindruck einer Frau gemacht, die noch mit ihrem letzten Atemzug ihr Bett selbst machen würde. Ich ging in das Zimmer hinein und trat auf die andere Seite des Bettes. Alte Menschen fallen schon mal und verletzten sich, so dass sie nicht mehr zum Telefon kriechen können.

In der Küche waren die Rollläden heruntergelassen. Auf dem Linoleum lag ein umgekippter Telefonapparat, der Hörer war von der Gabel gefallen.

Ich fand sie zusammengesackt auf dem Badezimmerboden, sie wirkte sehr klein in ihrem weißen Morgenrock mit Bindegürtel. Ich kniete rasch nieder, ohne das offen stehende Arzneischränkchen bewusst wahrzunehmen, presste meine Hand auf ihren Hals und fühlte an der Schlagader nach dem Puls. Irgendetwas bohrte sich in mein Knie, und als ich mich bewegte, bemerkte ich, dass die Fliesen übersät waren mit pastellfarbenen Pillen.

Nicht die leiseste Regung. Mit den Augen suchte ich ihren Körper nach Wunden ab. Ihr Haar, so weiß wie ihre Augenbrauen, fein und spärlich, ließ stellenweise die rosa Kopfhaut durchscheinen. Ihre Augen waren tief in die verrunzelten Tränensäcke eingebettet. Ihre Haut roch nach feinem Staub. Kein Blut. Ich wusste, dass ich Wiederbelebungsversuche machen sollte, auch wenn sich ihr Hals an meiner Hand eiskalt anfühlte. Ich schloss die Augen, sah Peritti, wie er an die Tür hämmerte, hörte Gwens besorgtes Gestotter und den Triumph in Valentines Stimme. Mein Erste-Hilfe-Training beim Roten Kreuz stand im Widerspruch zu meiner Polizeiausbildung; das eine drängte mich, ihre Atemwege freizulegen, während das andere mir gebot, alles unverändert zu lassen. Der Streit in meiner Brust war noch nicht allzu lange im Gange, als ich Füße die Treppen hinaufstürmen hörte.

«Keine Bewegung!»

Ich hockte mit dem Rücken zur Tür. Mir wurde auf einmal bewusst, welchen Anblick ich bieten musste, so über Valentine gebeugt.

Ich sagte: «Immer mit der Ruhe. Ganz ruhig.» Die Stimme hatte mir befohlen, mich nicht zu bewegen, aber ich musste den Sprechenden sehen, um die Situation richtig einschätzen zu können. Ich hob die Hände hoch wie ein Musterhäftling, hielt Abstand zu meinen Taschen.

«Achtunddreißignullzwei», bellte die Stimme. «Verstärkung bitte.» Die Funkerwiderung konnte ich wegen des Rauschens nicht verstehen. «Sie, bleiben Sie, wo Sie sind.» Augen, die sich über der Mündung einer Waffe mit den meinen treffen, vergesse ich nie.

Als ich im Polizeidienst war, habe ich bei einem Einsatz im Rotlichtviertel einen Mann getötet. Seine Augen waren rote Löcher in einem wettergegerbten Gesicht, tote Augen, die Brauen unter einer schwarzen Strickmütze verborgen. Zwei Monate später quittierte ich den Dienst.

Die Frau in Uniform hatte graue Augen. Blondes, dünnes Haar quoll unter ihrer Mütze hervor. Ihr Mund bildete einen geraden, entschlossenen Strich. Sie war nicht besonders groß, nicht einmal von meinem Blickwinkel auf dem Fußboden aus, aber sie hatte alle Muskelkraft und Autorität, die sie aufbringen konnte, in ihrer rechten Hand vereint.

Alles war auf den Finger am Abzug konzentriert, auf den

nötigen Druck, die auslösende Bewegung. Mit ihrem ausgestreckten Arm bot sie bei einem Schusswechsel die geringste Angriffsfläche. Sie hielt den Arm und die Waffe als Verlängerung ihres Arms mit felsenfester Bewegungslosigkeit.

Genau nach Lehrbuch, dachte ich. Ich wäre am liebsten in den Boden versunken oder hätte mich an die Fliesen gedrückt, mich in einem verschlungenen Knoten geduckt. Stattdessen zwang ich mich zu einem Lächeln. Cops töten niemanden, der sie anlächelt. Wenn sich ein Wolf geschlagen gibt, dreht er sich auf den Rücken, entblößt seine Weichteile, und der Sieger verschont ihn. Ein Mensch lächelt. Und bleibt am Leben.

Eine irrwitzige Sekunde lang wollte ich sagen: «Ich möchte das Foto von meiner kleinen Schwester zurückhaben», als wenn das die Situation entschärfen würde. Aber beim Gedanken daran, dass ich dann erklären musste, wie es in Valentine Phipps' Besitz gelangt war, dass ich etwas über das Bild der kleinen Paolina sagen musste, weil ich es sonst ebenso sicher wie das Original verlieren würde, blieben mir die Worte im Halse stecken.

Jede Spur von Speichel war von meiner Zunge weggetrocknet. Ich schluckte hörbar und brachte mühsam hervor: «In der Tasche ist mein Ausweis.»

«Rühren Sie die Hände nicht von der Stelle.»

Zehn

Ich wachte nicht im Gefängnis auf. So weit, so gut. Ich trat den Kühlschrank mit der Ferse zu und versuchte, eine zu volle Bechertasse in der einen und einen Karton Orangensaft in der anderen Hand zu balancieren. Das hätte mühelos funktioniert, wenn ich nicht gleichzeitig versucht hätte, mit den Ellbogen die Morgenzeitung zu mir herüberzuschieben, und der Kater mir nicht zwischen die Füße gelaufen wäre.

Mein Nacken war immer noch steif vom Standbildspielen mit Officer Theresa Kiley. O ja, sie hatte mich in die Mangel genommen: Ob ich dies getan hätte? Ob ich jenes getan hätte? Ob ich die Vorschriften nicht kennen würde? Was genau ich berührt hätte? Warum genau ich da sei? Wer ich sei, und ob ich es beweisen könne?

Saft tropfte auf den Boden. Im Bewusstsein meines neuen Ersatzmutterstatus zwang ich mich dazu, nur leise zu fluchen.

Officer Kiley ließ mir kaum Zeit, eine Frage zu beantworten, ehe sie blitzschnell die nächste stellte. Ich wusste, dass sie nur ihre Pflicht tat, aber ich wurde nicht warm mit ihr, wahrscheinlich wegen des Revolvers.

Ich warf Papiertücher in die Pfütze auf dem Fußboden und wischte die Schweinerei mit dem Fuß auf. Dann nahm ich einen Schluck aus der zu vollen Kaffeetasse und verbrühte mir die Zunge.

Während sie den Kürassier mimte und mich aus der Fassung zu bringen versuchte, entfaltete sich um uns herum das ganze Protokoll eines plötzlichen Todesfalls. Binnen weniger Minuten war die Feuerwehr mit Leiterwagen da. Als bei Mrs. Phipps der Tod festgestellt wurde, nickte Officer Kiley, klopfte aus einem Reflex heraus auf ihre Waffe im Koppel und behielt mich im Auge. Der Kriminalbeamte in Zivil, der dreißig Minuten später eintraf, nannte sie Teri.

Officer Kiley befahl mir, in den Flur zu gehen, um am Todesort nichts zu verändern – sie machte ihre Sache gut, aber für mich war das unangenehm. Jetzt bekam ich nicht mit, was dort passierte, aber ich nahm an, der Neuankömmling würde nach Anhaltspunkten für ein Verbrechen suchen. Als er Kiley fragte, ob sie Valentines Handtasche gesehen hätte, half ich weiter, indem ich sagte, sie könnte unter einem Sofakissen sein, wo er sie auch fand.

«Sieht nach natürlicher Todesursache aus», sagte er und suchte lustlos in der Tasche nach einem Ausweis, «es sei denn, der Gerichtsmediziner entdeckt ein Messer in ihrem Rücken, wenn er sie umdreht.»

«Was macht dann das Telefon auf dem Fußboden?», sagte ich giftig.

«Wer ist das?» Er nickte mit seinem Kahlkopf in meine Richtung.

Kiley antwortete: «Irgendeine Sicherheitsberaterin. Im Auftrag der Verstorbenen. Behauptet sie jedenfalls.»

«Sicherheitsberatung? Braucht man dafür eine Genehmigung?», fragte der Beamte in Zivil.

«Ich habe eine Lizenz», sagte ich und wünschte, ich würde den Mann kennen.

«Hol's der Teufel.» Er machte ein finsteres Gesicht und schaute auf die Uhr wie jemand, der gerade seinen freien Tag entschwinden sieht.

Der Besitz von Einbruchswerkzeug trug mir eine Fahrt zur Wache ein, wo ich in einem überheizten Konferenzraum allein gelassen wurde, bis der Gerichtsmediziner melden ließ, dass kein Messer gefunden worden war. Niemand richtete grelle Scheinwerfer auf meine Augen, sodass ich nicht zusammenbrach und einen Mord gestand. Einbruchswerkzeug ist keine so große Sache, anders als unerlaubter Waffenbesitz, der einem automatisch ein freudloses Jahr im Bau einbringt. Ich war bereit zu kooperieren; da ich keinen Klienten schützen musste, hatte ich auch keinen Grund, mich dumm zu stellen. Ich erzählte alles und verschwieg auch nicht, dass Valentines Tod aus der Sicht ihres Vermieters ein Glücksfall war. Außerdem erwähnte ich dem glatzköpfigen Beamten gegenüber, dass Valentine in der Presse als «echte Berühmtheit» bezeichnet wurde, wie Gwen es ausgedrückt hatte. Er war für meinen Hinweis immerhin so dankbar, dass er, nachdem er meine Papiere überprüft und meine Aussage aufgenommen hatte, einen übellaunigen Beamten davon überzeugte, die Wache würde sich nicht unbedingt mit Ruhm bekleckern, wenn eine gute Samariterin vor Gericht gestellt würde.

Valentine Phipps war also nicht erstochen worden: Das war unter dem Strich alles, was ich über ihren Tod sagen konnte, während ich an meinem Schreibtisch saß und meine verbrannte Zunge kühlte.

Auf der zweiten Seite der Morgenzeitung fand ich einen wenig aufschlussreichen Absatz mit der Überschrift: WITWE TOT AUFGEFUNDEN. *Witwe.* Von allem, was Valentine in ihrem Leben gewesen war und getan hatte, war das jetzt übrig geblieben.

Ich rief erneut beim Y am Central Square an, obwohl ich bei den letzten vier Versuchen schon kein Glück gehabt hatte. Ich hatte die Empfangsdame dazu rumgekriegt, beim frühen Volleyballtraining, das ich verpasst hatte, Gwen ausrufen zu lassen. Aber sie beharrte darauf, dass keine Gwen Taymore darauf reagiert hätte. Und sie könne auf *gar keinen* Fall Gwens Adresse herausgeben, das sei gegen alle geheiligten Regeln des Y, und dabei blieb sie auch eisern, egal, welche Tricks ich anwandte. Vielleicht übernahm eine neue, leichter zu beeinflussende Frau die Schicht um neun. Dieselbe Stimme. Ich sparte mir das Reden und legte auf. Es bedrückte mich, dass Gwen womöglich aus der Zeitung von Valentines Tod erfuhr, und es ärgerte mich, dass ich sie nicht auffinden konnte. Die Telefongesellschaft hatte keinen Eintrag, nicht einmal für eine Geheimnummer. Ich probierte es mit Taymore, Teymor, ja sogar Taimour. Ich hatte mehrere Teamgenossinnen vom Y angerufen; keine fand es merkwürdig, dass Gwen nie ihre Telefonnummer angegeben hatte.

Ich blätterte noch einmal zur Titelseite der Zeitung zurück. «Jetzt könnt ihr eure Maschinen, Bagger und Bulldozer kommen lassen», begann der Leitartikel, «denn eine der letzten unkündbaren Mieterinnen ist tot.»

Peter Breezes Spalte war es, darüber die Karikatur seines bärtigen Gesichts. Bostons schärfster Kommentator war nach einem Zwischenspiel bei der Detroiter *Free Press* unter großem Beifall der Öffentlichkeit in seine Heimatstadt zurückgekehrt. EINE FRISCHE BRISE IN DER STADT, hatte eine Werbetafel am Logan Airport schrill verkündet. Es dauerte eine Weile, bis er das abgearbeitet hatte, aber mit seinem Sinn für Humor setzte er sich schließlich durch. In einem der ersten Artikel hatte er seinen Fans dafür gedankt, dass sie ihn nicht «Feger» oder «neuer Besen» genannt hatten, und sich über die Werbeflächen ausgelassen, die ohne ihn durch schlimmere Slogans verunstaltet worden wären. An den Tagen, an denen ich die Zeitung lese, bevor ich sie zum Bodenbelag für den Vogelkäfig bestimme, lese ich Breeze.

«Nur wenige wussten», hieß es da weiter, «dass Valentine

Phipps Rückgrat bewies in Fenway. Ihre Mitmieter werden schnell merken, sobald ihre Mietverträge auslaufen, dass der Fortschritt jetzt mit eiserner Faust voranschreitet.»

Wenn Breeze schon vorher über sie geschrieben hatte, war es kein Wunder, dass sie in ihrem Stadtteil eine Berühmtheit war. Wenn Breeze etwas konnte, dann war es das Populärmachen; er nahm sich «gewöhnliche» Bostoner Bürger vor, sang ihr Lob oder spießte ihre Fehler auf, und damit würzte er seine Glossen über die Stadt.

«Wenn es mit einer Gegend bergab geht, rennt alles weg, um nicht die letzte Ratte zu sein, die das sinkende Schiff verlässt. Aber was ist, wenn eine Gegend Auftrieb bekommt? ‹Stadtteilsanierung› war mal ein heißes Thema, als Alteingesessene aus Trendvierteln wie dem South End vertrieben wurden. Das war in der Zeit, als die Leute noch Filmkritiken lasen statt Skandalgeschichten von Filmstars und ihnen die ‹Gratifikationen› unbekannt oder egal waren, die den Topmanagern zugeschoben wurden. Damals wurde über die Lebensqualität debattiert. Wir waren der Meinung, die kulturelle Vielfalt eines Stadtteils besitze vielleicht einen immateriellen Wert (der mit Geld nicht aufzuwiegen war – waren wir naiv, oder was?). Wir wussten, dass sich irgendwo in Beverly Hills die Reichen hinter elektrischen Zäunen und Alarmanlagen verkrochen, aber he, doch nicht hier im Nordosten!

Im Zuge des heutigen ‹Zeig, was du hast› ist Fenway ausverkauft worden, und es war kaum ein Mucks zu hören. Man könnte meinen, außer ein paar aufrechten Menschen wie Valentine Phipps würde niemand mehr dort wohnen. Geld regiert die Welt, und die Armen können sehen, wo sie bleiben. He, das ist keine Diskriminierung. Wenn du clever gewesen wärst und gekauft hättest, statt zu mieten, du Idiot, hättest du ein Vermögen verdienen können. Aber du warst zu blöd – schlimmer noch, du hattest die Kohle nicht –, und jetzt sitzt du in der Klemme.

Aus Beschämung und weil sie mangels eines Anwalts ihre wenigen Rechte nicht geltend machen können, ziehen die meisten Leute um. Valentine Phipps wollte nicht umziehen. Sie musste auch nicht. Zur Beruhigung unseres kollektiven Gewissens und zur Verhinderung der gewaltsamen Vertreibung älterer Menschen nach Dickens-Art dürfen Mieter, die vor 1995 schon in ehemals mietpreisgebundenen Wohnungen lebten, nicht vor die Tür gesetzt werden. Natürlich wissen viele das gar nicht, da sie das Kleingedruckte nicht gelesen haben. Valentine hat gedroht, alle Welt davon in Kenntnis zu setzen, die alten Kämpen zusammenzurufen.

Aufgebracht über ihren Vermieter, der mehr als einmal in ihre Wohnung einzudringen versuchte, wollte sie neue Schlösser anbringen lassen und bereitete sich auf einen Kleinkrieg vor. Nie wieder sollte er ihre Privaträume betreten mit seinen Plänen für ein Mezzanine hier oder ein Jacuzzi dort, die Art von Aufbesserungen, die auf die ‹feineren› Mieter anziehend wirken.»

Valentine musste gleich nach meinem Abgang mit Breeze gesprochen und ihm die ganze Geschichte erzählt haben einschließlich Perittis «Gequassel von Mezzanines und Jacuzzis». Ich las weiter.

«Die Bostoner Privatdetektivin Carlotta Carlyle kaufte gestern Morgen bei Harry's, einem örtlichen Eisenwarengeschäft, das bald der Vergangenheit angehören wird, neue Schlösser für Mrs. Phipps. Als sie bei Mrs. Phipps erschien, um sie anzubringen, brauchte die letzte aufrechte Mieterin keine Sicherheitsvorkehrungen mehr.»

O nein, dachte ich. *O verdammt.* Mein Name sprang mir in die Augen. Wer hatte mich bloß den Wölfen vorgeworfen? Teri, die Polizistin? Der glatzköpfige Beamte in Zivil? Oder Harry? Harry, der ein bisschen Werbung für seinen letzten Ausverkauf wegen Geschäftsaufgabe brauchte? Harry war genau der Typ, den Breeze als Quelle benutzen würde.

Ich atmete tief durch und las den letzten Absatz.

«Die Gerichtsmedizin hat sich noch nicht zu dem Fall geäußert; ein Gewaltverbrechen wird seitens der Polizei weder angenommen noch ausgeschlossen. Aber wenn ich das lückenhafte Bild etwas ausmalen darf, würde ich sagen: Schreibt als Todesursache ‹Habgier›. In ihrer Jagd nach dem allmächtigen Dollar haben die Immobilienhaie der Stadt Mrs. Phipps nicht in Ruhe gelassen. Der allmächtige Dollar hat eine tapfere alte Dame das Leben gekostet.»

Ende. Ich verfluchte Harry, dass er meinen Namen preisgegeben hatte, und Breeze, dass er ihn genannt hatte. Ich machte mir eine zweite Tasse Kaffee. Die Milch im Kühlschrank roch sauer, deshalb trank ich ihn lieber schwarz mit mehr Zucker.

Als das Telefon klingelte, hob ich sofort ab in der Hoffnung, es sei Gwen.

Ich kenne die Stimme. Mooney.

Er brauchte sich nicht mit Namen zu melden, was gut war, denn er machte sich sowieso nicht die Mühe. Lieutenant Mooney von der Kripo, der Chef des Bostoner Morddezernats. Ich nannte ihn früher «Boss». Wenn ich gestern nicht seinen Namen fallen lassen hätte, säße ich wahrscheinlich immer noch auf der Wache.

«Was genau hast du eigentlich bei Valentine Phipps gemacht?» Er sprach leise; ich drückte den Telefonhörer fester an mein Ohr.

«Wie geht's dir? Warm für einen Herbsttag.»

«Hast du Breezes Artikel gelesen?»

«Ja.»

«Wenn Breeze etwas von sich gibt, horcht der Bürgermeister auf, falls du also irgendetwas Komisches von Valentine Phipps' Tod weißt, will ich es hören. Jetzt sofort, nicht später.»

Mooneys leiser Bariton macht Eindruck. Wie überhaupt der ganze Mensch. Ich stellte ihn mir bildlich vor, wie er jetzt an seinem Schreibtisch saß, das Telefon unter sein eigensinniges Kinn geklemmt. Sein braunes Haar sieht immer so aus, als hätte er gestern vorgehabt, es schneiden zu lassen, und sein irisches Gesicht wirkt «jungenhaft», obwohl er über vierzig ist. Ich mag die Fältchen um seinen Mund.

Ich sagte nicht ohne Befriedigung: «Sie ist ermordet worden, stimmt's?» Nicht, weil ich froh gewesen wäre, dass sie ermordet wurde; ich freute mich nur, dass mein Instinkt offenbar noch funktionierte.

«Ich habe nichts an der Hand, was darauf hinweisen könnte, dass sie getötet wurde.»

«Spricht der Gerichtsmediziner von Herzversagen?»

«Er hat seinen Befund noch nicht abgegeben.»

«Moon», sagte ich, «niemand stirbt so passend.»

«Sie war immerhin fünfundsiebzig», warf er ein.

«Na und?»

«Die Leute sterben nun mal. Alte Leute sterben öfter.»

«Nicht auf Befehl», sagte ich.

«Keine intuitiven Einsichten bitte.»

«Was hattest du denn erwartet?»
«Eine klare Drohung. Hast du so was gehört?»
«Zwangsräumung, ja, aber nicht Mord.»
Stille.
Ich sagte: «Wenn der Gerichtsmediziner sein Handwerk versteht, wovon ich ausgehe, weißt du bald Bescheid.»
«Du hast dir auf ungesetzliche Weise Einlass in die Wohnung verschafft.»
«Intuition. Du brauchst dir keine Sorgen zu machen.»
«Du hattest Glück, dass Teri Kiley die Meldung entgegengenommen hat und nicht irgendein Hitzkopf.» Ich hörte einen Unterton von Bewunderung, als er Teri Kiley erwähnte, für den ich keinen Grund sah.
«Auf mich wirkte sie hitzig genug», sagte ich. «Ich habe mir ‹ungesetzlichen Einlass› verschafft, weil ich dachte, ich könnte ein Leben retten.»
«Na schön», sagte er nach einer Pause zustimmend. Ich merkte, wie sich meine Kinnpartie wieder lockerte. «Tut mir Leid», fuhr er fort, «aber du weißt ja, wie es hier ist, wenn die Politiker Dampf ablassen.»
Ich wusste es.
«Carlotta, unterstütz mich in dieser Sache.»
«Ich habe Kiley alles erzählt.»
«Ich will nicht in der Zeitung darüber lesen», sagte er warnend.
«Ich auch nicht. Und schon gar nicht, wenn mein Name genannt wird.»
«Gut.»
Ich sagte: «Rufst du mich kurz an, wenn sich der Gerichtsmediziner meldet?»
«Warum?»

«Komm schon, Moon. Eine Hand wäscht die andere.»
«Ich werd's mir überlegen.»
Ich wollte eigentlich fragen, ob Gwen benachrichtigt worden war, aber bei Polizeibeamten bin ich von Natur aus schweigsam. Gwen würde sich früher oder später von selbst melden. Ich tat ihr womöglich keinen Gefallen damit, wenn ich die Cops auf sie aufmerksam machte.
Im selben Augenblick, in dem ich den Hörer auflegte, klingelte das Telefon erneut. Ein Bekannter aus meiner Zeit bei der Polizei behauptete, er hätte meinen Namen in der Zeitung gelesen und wolle nur hallo sagen. Als er erwähnte, er sei vor kurzem geschieden worden, sagte ich, es klingele an der Tür. Eine blanke Lüge, aber ich hatte keine Lust, mich mit dem Problempartner einer anderen Frau zu befassen.
Kaum steht dein Name in der Zeitung, kommen die Leute wie die Würmer aus dem Holz. Mein Telefon schrillte alle zehn Minuten, Gratulationen und Mitleidsbezeigungen. Breeze hatte seine Fans.
Ich beschloss, noch einen letzten Anruf entgegenzunehmen und dann den Anrufbeantworter einzuschalten.
«Hallo.» Ich fürchte, ich klang nicht gerade erfreut.
«Miss Carlyle?»
«Ja.» Eine fremde Stimme. Jemand, der Dämmplatten zu verkaufen hatte? Ein Vertreter?
«Haben Sie heute Nachmittag Zeit?»
«Wer ist denn da, bitte?»
«Hm. Mein Name ist Bronson Hohen.»
Ich setzte mich kerzengerade hin.
«Ja, Mr. Hohen», sagte ich, «was kann ich für Sie tun?»
«Falls es Ihnen passt, hätte ich heute Nachmittag unerwartet Zeit und würde gern mit Ihnen über einen Auftrag re-

den – einen Auftrag für Sie, meine ich. Ich weiß, dass es sehr kurzfristig ist, aber ...»

Selbst ein Bronson Hohen wird verlegen, wenn es um die Anstellung eines Privatdetektivs geht.

«Wäre es Ihnen um zwei Uhr recht?»

Ich legte eine kurze Pause ein, die für einen Blick auf meinen leeren Kalender reichte. «Das ginge. Wo?»

«In meinem Büro. Eins Beacon Street. Sechzehnter Stock. ‹Hohen Music›.»

Das war mir bekannt. Bronson Hohen. Hohen Music.

«Dann bis zwei, Mr. Hohen.»

«Ausgezeichnet. Ich danke Ihnen.»

Er legte auf und ich gleichfalls, um mir dann vergnügt die Hände zu reiben. Bronson Hohen, der König der Musik! Näher konnte ich einem Megahonorar gar nicht kommen, als wenn ich für ihn arbeitete.

Und mal ehrlich: Für Mrs. Phipps konnte ich nichts mehr tun. Sie war tot, und vielleicht war sie ja eines natürlichen Todes gestorben, wenn er auch für manchen sehr gelegen kam. Ich schuldete ihren Erben dreißig Bucks, aber mit Hohen als Klienten konnte ich mir das wohl leisten.

Verdammt. Ich hätte Mooney bitten sollen, mir Paolinas Bild wieder zu besorgen. Ich tippte seine Nummer aus dem Gedächtnis ein. Besetzt.

Elf Irgendwann im Laufe dieses Tages würde der Gerichtsmediziner vielleicht feststellen, dass Valentine Phipps ermordet worden war. Irgendwann im Laufe dieses Tages würde ich vielleicht dank Bronson Hohen eine einträgliche Beschäftigung haben. Vorerst jedoch zog ich mir eine

Windjacke gegen die Kälte an und schlug beim Rausgehen die Tür hinter mir zu. Während ich mich durch den chaotischen Verkehr kämpfte, der sich in der Concord Avenue zum Broadway schlängelte, stellte ich mir vor, dass ich Marta zu Hause antraf, vielleicht, wie sie gerade Brownies backte und dabei eine Rüschenschürze trug wie die Mütter aus den Comedyserien der fünfziger Jahre.

Vor einigen Jahren noch war Marta immer da, ans Haus gefesselt durch Beschwerden, die die Ärzte irrtümlich als rheumatische Arthritis diagnostiziert hatten. Nach richtiger Diagnose und entsprechender Behandlung geht es ihr wieder gut. Besser als gut. Zu gut.

Schürzen gehören nicht zu Martas Salsa-Outfit, das eher in Pfennigabsätzen, dicken Lidstrichen und der unerschütterlichen Überzeugung besteht, irgendein Mann würde sie aus ihrem Leben in Armut erlösen. Sie betrachtet Jugend, Schönheit und Sex als ihre Handelsvorteile und hat tödliche Angst davor, den letzten Rest ihrer Jugend zu verlieren. Sie ist wahrscheinlich in den Dreißigern, etwa mein Alter, aber sie hat erheblich mehr hinter sich; das kann man an ihren Augen ablesen.

Der Anblick eines Streifenwagens zu meiner Linken bewog mich dazu, meinen Fuß vom Gaspedal zu nehmen. Ich sollte keine Dietriche bei mir tragen, aber irgendwie hatte ich versäumt, sie aus meinem Rucksack zu nehmen, nachdem Teri Kiley – die am Ende vielleicht doch nicht so ein Kürassier war – sie nicht konfisziert hatte. Ich ertappte mich dabei, wie ich den merkwürdigen Unterton in Mooneys Stimme zu deuten versuchte, als er von ihr gesprochen hatte. War es mehr als professionelle Bewunderung gewesen? Ein persönliches Interesse?

Machte mir das etwas aus? Lag mir womöglich etwas daran, dass er allein stehend blieb? Sah ich in ihm einen Mann, mit dem ich mich trösten konnte, wenn mein Hormonpegel, der mich von einer katastrophalen Affäre in die andere treibt, keine so starke Triebkraft mehr darstellt?
Ich hoffte nicht. Es wäre sehr egoistisch, Moon – ein toller Typ, ein Freund, den ich wie einen Bruder liebe – vom Markt fern halten zu wollen. Und ich hoffe doch, dass mir mein Hormonpegel auch weiterhin erhalten bleibt.
Mooney sagt immer, auch wenn es zwischen zwei Leuten gefunkt hätte, könnten sie gute Freunde sein, aber das nehme ich ihm nicht ab. Ich halte Abstand von Kerlen, die den Beifall meiner Mutter gefunden hätten.
Ich parkte und schloss den Wagen automatisch ab. In Cambridge fixiert jeder sein Lenkrad mit der eigenen patentreifen Wegfahrsperre, schließt die Türen ab, kettet das Auto an eine mächtige Eiche und weiß, dass es trotzdem gestohlen werden könnte. Ich stapfte durch graues Gras und zersplitterte Glasflaschen zu dem heruntergekommenen netzlosen Basketballplatz neben Paolinas Zuhause. Graffiti verunstalteten den angrenzenden Spielplatz. Kinder, die Himmel-und-Hölle spielten, mussten ihre Kieselsteine über obszönes Gekritzel schieben.
Ich trat gegen eine Dose. Sie hüpfte auf die Fahrbahn. Ich hätte sie selbst aufgehoben, aber ein gebeugter alter Mann kam mir zuvor. Er hatte sichtlich Angst, ich könnte ihm seinen Anspruch auf die fünf Cent Pfand streitig machen. Ich lächelte, und er bog eilig in eine Hinterhofgasse.
Eine tolle Nachbarschaft für Kinder.
Die Sicherheitsvorkehrungen waren schlechter als an Valentine Phipps' Haus. Die Grundausstattung war vergleichbar,

aber einer der Mieter hatte zur Freude der Einbrecher einen Stock zwischen die Tür geklemmt. Ich weiß, wer das macht. Die Frau aus dem dritten Stock betrinkt sich oft und vergisst ihre Hausschlüssel. Sie klettert äußerst ungern die Hintertreppe hinauf, deshalb stapelt sie immer Stöcke neben der Haustür und klemmt sie dazwischen, wann immer sie ausgeht. Angesichts der Voraussicht, mit der sie diese Stöcke sammelt, sollte man meinen, sie würde auch an den verdammten Hausschlüssel denken. Ich entfernte den eingeklemmten Stock und schob die restlichen Hölzer mit dem Fuß unter eine dürre Hecke, so dass sie außer Sicht waren.

Zwei Treppen hoch. Das Treppenhaus stank. Heißes Öl und orientalische Gewürze gehörten zu den Duftkomponenten, aber der strenge Uringeruch überwog. Kein Wunder, dass Paolina rauchte.

Nachdem ich zweimal geklopft und gewartet hatte, versuchte ich meine Kunst an der Tür. Das leise *Klick* des nachgebenden Schlosses war wie ein anerkennendes Rückenklopfen. Dieses Einbrechen und Eintreten fing an, mir Spaß zu machen.

Die Luft in der Wohnung war stickig und überraschend heiß. Ich warf einen Blick auf die Wand und sah, dass der Thermostat locker hing und nur noch von einem Streifen schwarzem Isolierband und zwei losen Drähten gehalten wurde.

Die Tür öffnete sich zu einem quadratischen Kabuff mit zwei schmuddeligen Fenstern und einem Fernseher. Einem elektrischen Heizofen, dessen Stecker ich rauszog. Einem Sofa und einem durchhängenden Sessel, beide statt mit Schonbezügen mit verwaschenen Chenille-Decken behängt.

Das Zimmer hinter der Küche war Martas. Das andere gehörte den Jungen. Paolina hatte es mit ihnen geteilt, aber als sie ihre Periode bekam, musste sie auf Geheiß ihrer Mutter aufs Wohnzimmersofa umziehen. Die Tür zu Martas Zimmer war geschlossen. Ich klopfte noch einmal. Es bestand kein Grund, eine ohnehin schon peinliche Situation noch dadurch zu verschlimmern, dass ich bei einer Frau hereinplatzte, die gerade mit ihrem Liebhaber im Bett war.

Ich drehte den Knauf und trat ein. Eine dünne gelbe Bettdecke tat nichts dazu, den Ort freundlicher zu gestalten, sondern betonte nur das Grau des ehemals braunen Linoleumbelags. Der mit Volants besetzte Toilettentisch, der kleine Hocker, der von Glühlampen eingerahmte Schminkspiegel auf einem wackeligen Ständer griffen mir ans Herz. Es war das Zimmer eines erwachsenen kleinen Mädchens. Wenn Barbie billig zur Miete gewohnt und nichts gegen Unordnung gehabt hätte, wäre sie begeistert gewesen.

Die linke Seite der Wäscheschublade war bis oben voll, aber auf der rechten Seite hatte jemand einen Stapel entfernt, ein Zeichen dafür, dass gepackt worden war. Ich kniete mich hin, schaute unter das Bett und tastete. Staubmäuse von Rattengröße gerieten mir in die Finger. Kein Koffer, nicht einmal ein billiger aus Pappkarton.

Ich wischte mir schnell die Hände an meiner Jeans ab, inspizierte das Badezimmer und zog kräftig an der klebrigen Tür des Wandschränkchens. Keine Zahnbürsten. Wenn sie Zahnbürste und Unterwäsche mitgenommen hatte, war sie wahrscheinlich freiwillig abgezogen. Aber wie lange mochte sie fortbleiben wollen? Was gab es, wofür sich eine Rückkehr lohnte?

Außer ihren Kindern?
Es waren keine Notizen zu finden, nicht eine einzige gekritzelte Nachricht. Kein Block neben dem Telefon. Kein Adressbuch.
Jetzt ist der Abfall dran, dachte ich lustlos. Na los, Carlyle, an die Arbeit.
Ich fing in Martas Zimmer an, mit ihrem kleinen runden Papierkorb. Dann kam das Badezimmer an die Reihe: Kleenex, Tampax, ein leeres Nagellackfläschchen, fleckige Wattebälle. Verdammt. Blieb nur noch der wirkliche Müll unter der Küchenspüle.
Für diesen Fall hatte ich ein Stück Zeitung mitgebracht. Ich breitete den Sportteil auf dem Küchenfußboden aus, obwohl es nicht weiter geschadet hätte, den Müll direkt auf das Linoleum zu kippen.
Außer in FBI-Büros und Microsoft-Chefetagen haben die Leute immer noch das Gefühl, Zeug, das sie in die runde «Ablage» stopfen, würde sich spurlos in Luft auflösen. Falsch. Privatermittler wie ich können vorbeikommen und in aller Freiheit herumstöbern. Steht der Müll erst einmal vor der Haustür, gilt alles, was darin ist, vor Gericht als zulässiges Beweismittel.
Ich hatte gar nicht im Sinn, vor Gericht zu ziehen. Ich wollte bloß den Anfang einer Spur finden. Eine Telefonnummer in New Hampshire mit der Vorwahl 603, die ich durch ein Gesamtverzeichnis laufen lassen konnte, um Ort und Straße ausfindig zu machen, wäre super. Selbst der mit Bleistift notierte Name eines Nicht-Latinos wäre schon ein Schritt in die richtige Richtung. Hölle und Teufel, ich wäre schon mit dem Streichholzbriefchen einer Bar in New Hampshire zufrieden.

Ich kämmte Apfelsinenschalen, Kaffeemehl, Matschbananen und Pralinenschachteln durch. Der Geruch war scheußlich, die Beschaffenheit des Zeugs noch scheußlicher. Ich wünschte, meine Nase würde ihren Dienst quittieren. Ich sortierte Papierabfälle auf einen Haufen, Geflügelknochen auf einen anderen.

Ich hörte, wie die Tür hinter mir aufschwang. Zuerst dachte ich, es wäre Paolina. Dann dachte ich, Marta: *He, tolle Art, seine Kinder allein zu lassen. Willkommen daheim.*

Ich drehte mich um, und der Typ von Dunkin' Donuts starrte mich über den Müllberg hinweg mit einem schiefen Grinsen auf dem Gesicht an.

Schon stand ich. Ich muss ziemlich einschüchternd ausgesehen haben. Sein Lächeln ging aus den Fugen. Er hatte zwar einen langen Rumpf, brachte es aber mit den Beinen zusammen nicht über einszweiundsiebzig, so dass ich mit meiner Größe im Vorteil war. Er sah nicht sehr kräftig aus.

«Wollten Sie hier etwas?», fragte ich.

«He, bin nur reingeschneit, weil die Kleine mir sagte …»

«Sie hat ihre Meinung geändert.» Ich bewahrte eine ruhige Miene. «Geben Sie mir den Schlüssel.»

«*Jódate,* Mama. Auf gar keinen Fall.»

«Hüten Sie Ihre Zunge», sagte ich. «Her mit dem Schlüssel.»

«Hoho.»

«Den Schlüssel.»

«*Vieja hijueputa, malparida de la mierda.* Woll'n Sie mal meine Zunge in Aktion sehen?»

Helle Wut stieg so schnell in mir auf, dass ich ihm den Arm auf den Rücken gedreht hatte, ehe ich wusste, was ich tat,

als ich ihn durch das Rauschen in meinen Ohren schreien hörte: «Stopp! Stopp!» Das Geschrei passte genau zu dem Sirenengeheul der nahenden Ambulanz, die gestern für Mrs. Phipps zu spät gekommen war. Es passte zu meiner Frustration, als ich sie hilflos, allein, tot auffand, weil auch ich, verflucht noch mal, zu spät gekommen war, um ihr beistehen zu können.
Ich ließ ihn so abrupt los, dass er zu Boden fiel, wo er sich den Ellbogen rieb und auf Spanisch fluchte.
Ich sagte noch einmal energisch «den Schlüssel» und streckte die Hand aus, als hätte er gar keine andere Wahl. *«La llave.»* Ich sagte es nicht auf Spanisch, weil ich der Meinung war, er hätte nicht verstanden, sondern weil ich ihm Zeit geben wollte. Selber Zeit schinden wollte.
«Ella no vale la pena», murmelte er und warf mir den Schlüssel unfreundlich in die Hand. *Sie ist es nicht wert.*
«Richtig. Sie ist es nicht wert, sich für sie einlochen zu lassen.» Alles, was ich bisher getan hatte, strafte meine Worte Lügen. Sie *war* es in meinen Augen wert, sich für sie einlochen zu lassen. «Und ich garantiere Ihnen, dass Sie sitzen werden, wenn Sie es noch mal bei ihr versuchen. Es gibt genügend Frauen im passenden Alter.»
Während er sich mühsam wieder auf die Füße stellte, kehrte seine frühere Großspurigkeit zurück. «Woher sollte ich denn wissen, dass sie noch so jung ist?»
«Fragen.»
«Niñas bonitas son mentirosas», sagte er. *Hübsche kleine Mädchen sind Lügnerinnen.*
«Raus hier.»
«He, he.» Er hielt respektvollen Abstand. «Wenn's nur um sie ginge, würde ich ja gehen. So sexy ist sie ja gar nicht.»

«Dann raus», sagte ich, immer noch schwer atmend. Ich musterte seine Hände. Die Fingernägel waren lang und schwarz gerändert. Die Tätowierung auf seinem rechten Oberarm war ein Totenschädel.

«Es geht um Knete», sagte er. «Ich kann das Geld nicht in den Wind schreiben. Schlecht fürs Geschäft, müssen Sie wissen.»

Diego liebt mich. Ich sah förmlich vor Augen, wie die Worte Paolina von den Lippen kamen.

«Interessiert mich nicht», sagte ich vorsichtig.

«Ihre Mama schuldet es mir. Ich passe ein bisschen auf Baby auf, bis ich meinen Teil bekomme. Vielleicht kann sie es wieder gutmachen, falls ich nicht bezahlt werde. He, he, immer mit der Ruhe. Ist mir nur so rausgerutscht, war nicht persönlich gemeint.»

Diego liebt mich.

«Dass wir uns klar verstehen», sagte ich, «alles, was mit dem Mädchen passiert, nehme ich persönlich.»

«Geben Sie mir dann die Kohle, die ihre Mutter mir schuldet?»

«Einen Scheiß schuldet Ihnen ihre Mutter.»

«Geschäft ist Geschäft», sagte er.

«Dope oder Sex?» Ich dachte, der Kerl wäre vielleicht so großmäulig, dass er es mir sagen würde. Angesichts der Tatsache, dass er vor kaum fünf Minuten von einer Frau niedergezwungen worden war, würde ihn bald sein Stolz zwicken.

«Ich arrangiere gewisse Partys», sagte er. «Ich bin der Party-Man. Ich organisiere alles, auch den Ort, und wenn die Kerle den Mädchen Geld für das geben, was sie tun, nehme ich meinen Anteil davon.»

«Hat Marta auf einer Ihrer ‹Partys› einen Mann aus New Hampshire kennen gelernt?»
«New Hampshire», wiederholte er nachdenklich, «das klingt eher nach einem Auftritt in eigener Regie, aber keine Sorge. *No importa.* Ich lass mit mir reden.»
Für einen Zuhälter war er verdammt redselig.
«Wie viel schuldet Ihnen die Dame denn angeblich?»
«Dreihundertfünfzig», sagte er. «Die großen Beträge kann ich nicht unter den Tisch fallen lassen.»
«Ich hoffe, Sie sind sich über die Ungesetzlichkeit Ihrer Geschäfte im Klaren», sagte ich. «Verschwenden Sie keine Zeit an verlorene Einnahmen. Sollte ich Sie noch einmal in der Nähe des Mädchens erwischen, bekommen Sie Besuch von der Einwanderungsbehörde. *La Migra* ist kein Vergleich zu einem normalen Knast mit nettem Anwalt, Haftverkürzung und dergleichen. Sie werden festgenagelt und bekommen eine einfache Fahrkarte nach Hause. Verstanden?»
«Ich muss wenigstens etwas haben», winselte er. *«Necesito algo.»*
«Holen Sie es sich woanders.»
Er grinste blöd. «Ich glaube, das Baby könnte doch was zu bieten haben. Was Einträglicheres, falls Sie wissen, was ich meine.»
Er musste die Wut in meinen Augen gesehen haben. Er entglitt so schnell wie ein Aal. Die Tür knallte, und dann war es unnatürlich still in der Wohnung.
Ich schob die Sicherheitskette vor, damit ich hier und er draußen blieb. Ein Teil von mir wollte hinter ihm her, zu Ende bringen, was ich begonnen hatte, ihm seinen verdammten Arm brechen. Ich holte tief Luft, kehrte der Tür

den Rücken und rutschte daran herunter, bis ich saß, ohne den Gestank des Abfalls noch zu bemerken.
Wenn er sein Messer gezogen hätte, hätte ich dann schnell genug eine Küchenschublade erreichen und mir eine Waffe schnappen können? Das Blut, das in meinen Schläfen hämmerte, sagte ja, hätte ich, und wünschte, er hätte es getan. Die Wut, die mich überkommen hatte an dem Tag, als ich den Mann erschoss, meinem letzten richtigen Tag im Polizeidienst, hatte mich so erschreckt, dass ich ausschied. Ich sagte damals dem Psychologen, dass alles in Ordnung wäre, auch mit mir – es war nichts als Lüge, Lüge, Lüge.
Ich erhob mich und schüttelte den Kopf, um ihn wieder klar zu bekommen. Ich fühlte mich so schlapp wie eine Stoffpuppe. Stockend wie ein kaputter Motor wickelte ich den Abfall in das Zeitungspapier. Ich hatte nichts Nützliches in Martas Hinterlassenschaft gefunden. Und meine einzige heiße Spur hatte ich davonlaufen lassen.
Ich packte den Müll in eine Tüte, trug ihn hinunter in den Lichthof zwischen zwei Häusern und senkte ihn tief in eine schmutzige Eisentonne. Auf dem Weg zum Auto kamen zwei Teenies an mir vorbei und schnupperten mit gerümpften Nasen. Ich musste dringend duschen, bevor ich mich zu meinem Treffen mit Bronson Hohen aufmachte.
Sowohl um Roz' als auch um meinetwillen hoffte ich nur, dass die Wanne sauber und leer war.

Zwölf

Nummer eins Beacon Street ist ein in den Himmel ragender Hochhauskasten am Fuß des Beacon Hill. Die betonierte Plaza ringsum hallt wider vom Tritt der gutbeschuhten Anwälte und Manager, die darin arbeiten. Hinter dem schmiedeeisernen Zaun des nahe gelegenen Ganary-Friedhofs liegen die Gräber von Mother Goose, John Hancock und Samuel Adams. Jugendliche mit übergroßen Jeans, die ihnen von den mageren Hüften zu rutschen drohen, hängen dort herum. Stadtstreicherinnen schieben Einkaufswagen voller leerer Flaschen an den Gedenktafeln vorbei.

Ich glättete die Jacke meines dunkelblauen Hosenanzugs, zupfte mein türkisblaues Seidentop zurecht und fragte mich, warum Hohen ausgerechnet mich für eine dringende Sache ausersehen hatte. Dee Willis, die Sängerin, ist eine Freundin von mir – nun ja, was man so Freundin nennt, wenn der Ex-Ehemann mit ihr durchgegangen ist. Mein Exmann, der Bassgitarrist Cal Therieux, arbeitet mit Unmengen von Tonstudioleuten und Musikmanagern zusammen. Früher, als Hohen noch mehr Musikproduzent und weniger Magnat oder das war, was in dieser Stadt einem solchen am nächsten kommt, stand er mit ihm auf gutem Fuß. Vielleicht hatten Dee oder Cal von mir gesprochen. All das schoss mir durch den Kopf, während ich auf den Fahrstuhl wartete, einstieg und den Knopf für das oberste Stockwerk drückte.

Die Empfangsdame, eine dunkelhaarige Frau in gnadenlosem Schwarz, teilte mir mit, Mr. Hohen hätte sich verspätet, und ich möchte doch bitte Platz nehmen. Sie sprach mit einem starken Akzent und tiefer Stimme.

Gerahmte Gold- und Platin-Schallplatten hingen an den getäfelten Wänden. Hier war ebenso Geschichte zu finden wie auf dem Friedhof unten, nur eine andere Art von Geschichte. Ich las die klein gedruckten Aufschriften: Ray Charles, Chuck Berry, Wilson Pickett, Mick Jagger, Bob

Dylan. Mit solchen Künstlern an der Hand hatte Hohen sicher ein unternehmerisches Niveau erreicht, auf dem er machen konnte, was er wollte, so stellte ich es mir wenigstens vor. Einschließlich der Arbeit mit Leuten aus seiner Heimatstadt. Und egal, was er von mir verlangen würde, wenn es nicht gerade der Mord an Mick war: Ich würde den Job annehmen. Eine Empfehlung von Bronson Hohen konnte mich auf Jahre hinaus sanieren.
«Folgen Sie mir bitte.» Die überschlanken Hüften der Empfangsdame wiegten sich den Gang entlang.
Wenn ich einmal erwachsen bin, will ich ein Büro genau wie das von Bronson Hohen haben. Natürlich hätte ich keine Freude mehr daran, wenn ich je wirklich erwachsen würde. Hohen sammelte Spielzeug – und spielte damit, wie es den Anschein hatte. Drei elektrische Eisenbahnen, wahre Schmuckstücke, kreisten rings um den Raum und tuckerten oben über Borde, in die maßstabsgetreue Schienen und indirektes Licht eingepasst waren. Im hinteren Teil des Raums führte eine Treppe zu einer Empore, von der aus der jeweilige Operateur die Bahn steuern konnte. Leise Musik rieselte aus einer Alco-Diesellok: «Atchison, Topeka and the Santa Fe.» Die Dampflokomotive stieß Rauch aus einem pechschwarzen Schornstein aus. Die dritte Maschine, stromlinienförmig und silbern, war dem japanischen Hochgeschwindigkeitszug nachempfunden. Ich fragte mich, ob Hohen sie wohl alle zu meiner Begrüßung in Bewegung gesetzt hatte.
Bei dem Golfrasen auf einer Seite des saalartigen Raums handelte es sich nicht um handelsübliche Auslegeware, sondern um eine Sonderanfertigung mit drei Löchern, aus denen Fähnchen ragten. Bronson Hohen rückte gerade Arme

und Hintern zurecht und schielte mit ungeteilter Konzentration auf einen kleinen weißen Ball. Ich wünschte, er hätte mit den Zügen gespielt, dann hätte ich darum gebettelt, auch mal zu dürfen.

Hohen maß ruhigen Blicks die Entfernung zum Loch, während ich ihn ansah. Er war ein paar Zentimeter größer als der Lateinamerikaner, mit dem ich zuvor die Machtprobe hatte, aber ungefähr dreimal so alt wie Diego, sah noch immer gut aus und war bis auf seine nackten Füße elegant bekleidet.

In der Mitte des Büros befand sich eine erhöhte Plattform, fast schon ein Podium, das von tief herabreichenden Halogenlampen beleuchtet wurde, die über einem schmalen Schreibtisch hingen, einer Platte aus Holz, das so exotisch war, dass ich nicht wusste, wie es hieß.

Hohen schlug den Ball ins Loch, dann hob er den Kopf. Seine hellen Augen funkelten mich aus einem Netz feiner Linien an.

«Ah», sagte er, «danke, dass Sie einen Termin für mich freimachen konnten.»

«Wunderbar, Ihre Eisenbahnen.» Ich schüttelte die dargebotene Hand. Für sein Alter hatte er einen kräftigen Druck. «Carlotta Carlyle.»

«Klingt wie ein Bühnensong.»

«Ich habe ihn mir nicht ausgesucht.»

«Sie haben ihn auch nicht geändert.»

«Er hat mich nie gestört.»

«Meiner auch nicht, obwohl ich mich manchmal frage, wie das Leben wohl gewesen wäre, wenn ich Joe oder Jack geheißen hätte statt Bronson.»

Ich sank in den Leder-und-Stahl-Sessel, den er mir angeboten hatte und der zu einer Sitzgruppe um einen runden Glastisch gehörte. Das riesengroße Büro war bis auf einen hohen Stapel Zeitungen, die neben dem Schreibtisch auf dem Boden lagen, unglaublich ordentlich.

«Ist es ein Name aus der Familie?», fragte ich.

«Ja», sagte er, offenbar angenehm überrascht von der Frage. «Genau. Er kam in der Familie vor. So ist das mit dem Sammeln.» Er breitete die Arme aus, eine Geste, die den ganzen Raum umfasste. «Spielzeug, Sport, Eisenbahnen. Ich freue mich, dass Sie sie mögen.»

Er hatte ein herzliches Lächeln, ungekünstelte Bewegungen und einen entwaffnenden natürlichen Charme. Sein silbriges Haar war fein frisiert, die Fingernägel glänzten gepflegt. Er heftete die Augen auf mich und ließ mir die gleiche ungeteilte Konzentration zukommen wie vorher seinem Golfball.

«Etwas zu trinken?», fragte er. «Kaffee, Tee? Es ist noch etwas früh für einen Wodka, aber ich hätte nichts dagegen, den Sonnenuntergang vorzuverlegen.»

«Kaffee», sagte ich.

Er drückte auf einen Knopf und sagte leise: «Yale, bitte zweimal Kaffee.»

«Wir haben uns schon einmal gesehen.» Er wandte sich wieder mir zu und musterte aufmerksam mein Gesicht.

«Ja.» Bei einem Konzert zwischen zwei Auftritten wurden wir hinter der Bühne kurz miteinander bekannt gemacht. Ich hatte Cal begleitet.

«Dee Willis meint, ich könnte auf Ihre Diskretion zählen.»

Ich schwieg, um zu zeigen, wie diskret ich war. Die Empfangsdame brachte den Kaffee in papierdünnen Porzellantassen auf einem silbernen Tablett. Hohen trank seinen schwarz. Ich goss mir Sahne zu und rührte Zucker hinein, dankbar, etwas tun zu können. Smalltalk ist nicht gerade meine Stärke. Ich wartete darauf, dass er weitersprach.

Er sagte: «Sie waren doch bei einer Frau in Fenway engagiert, die gestern gestorben ist, nicht wahr?»

Ich hatte wer weiß was erwartet – dass ich überprüfen sollte, ob ein neu eingestellter Vizepräsident des Unternehmens auch den nötigen Pflichteifer besaß, oder dass ich bei einer Konzertveranstaltung die Dienste eines Bodygards versehen sollte. Selbst der Auftrag, nach Elvis zu suchen, hätte mich kaum mehr überrascht als Bronson Hohens Erwähnung von Mrs. Phipps.

«Ja», sagte ich.

«Es handelt sich um eine Kleinigkeit. Sie wird kaum viel Zeit erfordern, aber ich wäre dankbar, wenn Sie sich ihrer persönlich annehmen könnten. Bei Erfolg habe ich vielleicht noch ein andermal Verwendung für – äh – eine diskrete Person wie Sie. Dies könnte eine Art Probelauf sein.»

Das war eine sehr dicke Mohrrübe, die er da vor meiner Nase baumeln ließ.

«Welchen Dienst hätten Sie denn gern von mir?«, fragte ich argwöhnisch.

Er senkte den Kopf und blickte mich dabei mit spitzbübischem Grinsen an. «Ich hätte gern, dass Sie herausfinden, ob diese Mrs. Phipps meine – hm, ja, meine Großmutter ist oder war. Lachen Sie nicht.»

Die Leute altern unterschiedlich. Äußerlich sah Hohen aus, als wenn er Ende Sechzig wäre. Die plastische Chirurgie mag zwar Wunder vollbringen, aber …

«Ich will es Ihnen erklären. Ich halte es für möglich, dass ich ihr Stiefenkel bin; es ist keine Blutsverwandtschaft, Sie

möchte ich darum bitten, es mit Sicherheit festzustellen. Und – äh – nachzuforschen, ob sie irgendetwas hinterlassen hat, das uns beide miteinander verbindet – Briefe, Bücher, etwas in dieser Art.»
«Hinterlassen wie in ‹vererbt›? Testamentarisch vermacht?»
Er veränderte die Haltung, stützte die Ellbogen auf die Sessellehnen und legte die Hände über der Brust zusammen.
«Bitte. Es – mein Interesse an Mrs. Phipps – wurde durch einen Zeitungsartikel geweckt.»
Er machte eine Pause, und ich sagte: «Peter Breeze?», um ihn wieder zum Reden zu ermuntern.
«Ja, sein Artikel, aber nicht der in der Zeitung von heute. Vor über einem Monat. Es ging um die steigenden Mieten in Fenway, nichts, was mich betroffen hätte, aber als ich ihn überflog, stieß ich auf einen Namen, der mich in alte Zeiten versetzte: Valentine.»
Das Telefon auf seinem Schreibtisch klingelte. Er ging hinüber, hob ab, hörte kurz zu und sagte in neutralem Ton: «Ich werde es mir überlegen.» Dann drückte er einen Knopf am Sockel des Apparates und sagte: «Yale, meine Liebe, denken Sie bitte daran, keine Anrufe durchzustellen, wenn ich mit jemandem ein Gespräch habe.»
Sein Jackett und seine Krawatte hingen in einer holzverkleideten Garderobennische. Alles maßgeschneidert. Die schwarzen Slipper unter der Garderobe strahlten in einem feinen Glanz.
Er erklärte Yale eingehend, dass er zwar Anrufe von Hal, Mel und Ellis annehmen würde, aber auf keinen Fall von Andy. Punktum.
Ich musterte sein schmales Gesicht. In seinen Augen schien sich das zarte Blau des langärmeligen Hemdes zu

spiegeln. Den besten Hinweis auf sein Alter lieferte seine Halspartie.
Er legte auf. «Entschuldigen Sie bitte, sie ist relativ neu. Kommen Sie doch zu mir herüber. Ich finde die Sessel hier bequemer. Ich frage mich wirklich, für wen diese modernen Sitzmöbel eigentlich entworfen sind.»
Ich ging zu dem weichen blauen Clubsessel hinüber, wobei ich einen Bogen um den Zeitungsstapel machte.
«Ich interessiere mich über alle Maßen für die Genealogie», bekannte er. «Und Sie? Wollen auch Sie unbedingt wissen, wer Ihre Urgroßmutter war oder ob Sie vielleicht noch irgendwelche in Vergessenheit geratenen Familienangehörigen haben?»
«Ich bin meine ganze Familie», sagte ich.
«Das kann von Vorteil sein. Aber es tut mir Leid, falls ...»
«Ist schon gut.»
«Meine Verwandtschaft mit Valentine Phipps, wenn sie sich nachweisen ließe, wäre bestenfalls eine sehr weitläufige. Das Leben meines Großvaters verlief im Großen und Ganzen in konservativen Bahnen, Aktien und Anleihen, Wertpapiere usw., bis er eines Tages – so heißt es in der Familienchronik – seine Frau davon in Kenntnis setzte, dass er eine junge Frau von überragender Schönheit als Privatsekretärin eingestellt habe, die im Hause leben und arbeiten sollte. Er hatte nie zuvor eine Sekretärin gebraucht. Sie war an die vierzig Jahre jünger als er, und sie verbrachten viel Zeit zusammen hinter geschlossenen Türen. Es dauerte keine zwei Wochen, da hatte meine Großmutter die Nase voll und zog aus. Danach gab es eine Scheidung – zu einer Zeit, als Scheidungen noch nicht in Mode waren. Binnen zwei Jahren war mein Großvater tot. Das bildschöne Mädchen

– er heiratete sie, als die Scheidung rechtskräftig war – hieß Valentine.»

«Was wissen Sie denn sonst noch von ihr?»

«Sehr wenig. Valentine ist ein ungewöhnlicher Name, und sie hieß dann Valentine Hohen. In der Zeitung war eine Initiale angegeben, H. – Valentine H. Phipps, die in Fenway wohnte und sich nicht vertreiben lassen wollte. Ich malte einen Kreis um den Namen und nahm mir vor, nachzuforschen, ob sie wohl die Valentine war, die mein Großvater damals heiratete, die aus den Unterlagen.»

«Was für Unterlagen?»

«Meine Familie hebt alles auf. Briefe, Rezepte, alte Zettel.» Hohen sichtete und signierte Papiere auf seinem Schreibtisch, während er redete. Das hätte mich normalerweise in den Wahnsinn getrieben. Ich konzentriere gern die ungeteilte Aufmerksamkeit eines möglichen Klienten auf mich. Aber bei Hohen störte es mich nicht weiter. Er hatte eine solche Energie, soviel Saft, Mark und Feuer, dass es nur natürlich schien, wenn er sich mehreren Dingen auf einmal widmete. Die komplizierte Telefonanlage auf seinem Schreibtisch wirkte nicht affektiert, sondern wie schlichte Notwendigkeit. Vielleicht waren die Eisenbahnen und das Spielzeug ebenfalls notwendig. Er kam mir vor wie eine gespannte Sprungfeder oder ein schlummernder Wirbelsturm.

«Und was soll ich nun für Sie tun?», fragte ich.

«Die Papiere meines Großvaters sind in Kisten verpackt; sie sind nicht einmal chronologisch geordnet. Ich hatte noch keine Zeit, sie durchzusehen. Ich hatte es zwar vor, als ich den Namen las, habe die Sache jedoch verschoben. Jetzt tut es mir Leid. Falls sie irgendwie mit mir verwandt war und finanzielle Unterstützung gebraucht hätte, hätte ich ihr helfen können.»

«Sie müsste eigentlich von Ihrer Existenz gewusst haben.»

«Ich war weg, auf einem Internat, als der Eklat passierte. Ich war nicht auf der Hochzeit meines Großvaters. Niemand von meiner Familie war da. Ich glaube, das Paar hat sich in aller Heimlichkeit von einem Friedensrichter trauen lassen. Ich habe die Frau nie kennen gelernt.»

Er holte mit spitzen Fingern eine Flexi-Spirale aus einem Korb mit bunten Plüschbällen, der auf seinem Schreibtisch stand, und ließ das Spielzeug zwischen seinen Handflächen hin und her wandern.

«Wenn sie die Frau ist, die meinen Großvater geheiratet hat, ist sie schlecht behandelt worden. Niemand aus meiner Familie hat ihr je seine Hilfe angeboten, nachdem er gestorben war. An mir ging das alles einfach vorbei. Ich hatte nur Interesse für meine Musik. Rein künstlerisch natürlich – wer hätte auch gedacht, dass damit Geld zu verdienen wäre? Ich ging vollkommen in der Musik auf, und der Rubel rollte, als würde er mich verfolgen. Aber meine Mutter, meine verstorbene Mutter, hat immer diese Valentine beschuldigt, sie hätte das Familienerbe verjubelt und sich schließlich mit den Erbstücken, die nicht versteigert worden waren, aus dem Staub gemacht.»

«Ich war in Mrs. Phipps' Wohnung», warf ich ein. «Es war eigentlich kaum etwas da, was als Erbstück durchgehen könnte. Selbst wenn Sie nachweisen könnten, dass Sie der nächste Verwandte sind.»

«Wie genau haben Sie sich umgeschaut?» Er hatte aufgehört, Unterlagen durchzusehen. Die Spirale lag bewegungslos auf dem Schreibtisch.

«Sind Sie hinter etwas Bestimmtem her?», fragte ich.

Er kam wieder in Bewegung, stieß seinen Sessel zurück und legte seine nackten Füße auf einen kleinen Schemel. «Zuerst würde ich gern wissen, ob sie dieselbe Frau ist … war, die 1940 meinen Großvater – er hieß auch Bronson Hohen – geehelicht hat.»

Valentine Phipps hatte einmal einen reichen Mann geheiratet, der Bankrott gegangen war. Das passte.

«Ich kann mir nicht vorstellen, dass es noch andere Verwandte gibt, es sei denn, sie war schwanger, als mein Großvater starb», sagte er nachdenklich.

«Das kann ich feststellen.»

«Gut. Sie haben ja für sie gearbeitet – können Sie in ihre Wohnung? Nur um sich umzusehen, meine ich?»

«Schon möglich. Sagen Sie, suchen Sie nach etwas – etwas von Wert?» Ich wählte absichtlich ihre Worte, und während ich sie sprach, sah ich förmlich die veilchenblauen Augen der alten Dame vor mir. Es kam mir so vor, als billigten sie meine Frage.

«Na ja, ich wüsste natürlich gern, ob sie ein Testament hinterlassen hat. Ohne dass es publik wird, verstehen Sie? Ich möchte mich nicht einmischen, falls sich herausstellt, dass sie Kinder aus einer späteren Ehe hatte.»

Zwei spätere Ehen.

«Ja», fuhr er fort, «ein paar Briefe würden mich glücklich machen. Bücher. Andenken. Ein Testament. Berechnen Sie Ihre Arbeit stundenweise oder pauschal?»

Es war das reinste Vergnügen, mit einem reichen Mann das Honorar auszuhandeln, der normalerweise Anwälte bezahlen musste, die auf die Musikbranche spezialisiert waren. Wir einigten uns schnell. Ich bat um eine kurze schriftliche

Auftragsbestätigung und um eine Art Referenzschreiben, mit dem ich zum Beispiel den Vermieter zur Kooperation bewegen konnte.

Er zögerte. «Ich würde meinen Namen gern aus der Sache heraushalten.»

«Ich kann's ohne versuchen, aber es wäre schon nützlich, mit einer gewissen Autorität auftreten zu können.»

«Ich zögere eigentlich nur mit Blick auf die Medienwirkung. Es macht einen schlechten Eindruck. Mittellose Frau, erfolgreicher Verwandter.»

«Ich hatte nicht unbedingt vor, Peter Breeze auf den Plan zu rufen», sagte ich. «Ich benutze die Briefe nur, wenn es sein muss.»

Er schrieb widerstrebend auf ein Blatt Papier ohne Briefkopf. Ich betrachtete unterdessen die Eisenbahnen und richtete mein Augenmerk schließlich auf den Stapel Zeitungen, vielleicht, weil er das Einzige im Raum war, was mich an mein eigenes bescheidenes Büro erinnerte. Zuoberst lag der alte *Globe,* den ich vor zwei Tagen im Dunkin' Donuts gelesen hatte. Ratten im Fenway-Park. Die Jewish Reclamation League. Ich überlegte, ob ich um die Titelseite bitten sollte, um den Artikel für Paolina auszuschneiden.

Hohen unterzeichnete die Briefe mit dem gleichen unleserlichen Gekrakel wie auf dem Scheck. Der Scheck war auf die First Boston ausgestellt, und am linken Rand stand in kursiver Goldprägung *Hohen Music.* Die Bank hatte kaum zwei Straßen weiter eine Zweigstelle.

Beim Hinausgehen strahlte ich die dunkeläugige Empfangsdame an, und im Aufzug nach unten summte ich eine Tanzmelodie vor mich hin. Jetzt konnte ich mir Paolinas

Foto zurückholen, schließlich wurde ich dafür bezahlt, noch einmal im Fall Phipps herumzuschnüffeln.
Wer sagt denn, es wäre schlecht, seinen Namen in der Zeitung zu lesen?

Dreizehn Ich zahlte den Scheck auf mein Konto ein. Was du heute kannst besorgen …
Beim Aufstieg von der Bank zum Parlamentsgebäude bereute ich, meine Pumps zu tragen. In Zimmer 272, wo sich das Amt für Bevölkerungsstatistik befand, füllte ich Antragsformulare für Kopien der Geburts- und Heiratsurkunde sowie des Totenscheins von jenem Bronson Hohen aus, der 1942 gestorben war. Da die Akten bis 1848 zurückgehen, rechnete ich mir eine ziemlich gute Chance aus, den Mädchennamen seiner jungen Frau zu finden und mit Valentines zu vergleichen, den ich anhand der Geburts-, Todes- oder Heiratsdokumente zwischen den Papieren in ihrer Wohnung feststellen konnte. Es würde seine Zeit dauern, bis ich die Urkunden des verstorbenen Bronson Hohen in Händen hatte, aber die Dokumente alter Jahrgänge sind nicht online abrufbar. Ich spähte zur Theke, ob vielleicht ein Neuer Dienst tat. Die alten kenne ich. Sie sind unbestechlich. Kein neues, frisches Gesicht zu sehen.
Wenn die Dokumente eintrafen, war es gut – dann hatte ich richtige Beweise und brauchte keine Spekulationen mehr anzustellen. Bis dahin jedoch musste ich ungewissere Spuren verfolgen.
Ich schwor mir im Stillen, nicht noch einmal in der Kilmarnock Street einzubrechen. Nein. Teri Kiley würde mich mit Wonne hochnehmen, und Mooney würde sie noch an-

feuern. Gwen hatte vielleicht noch einen Schlüssel oder wusste, wo Valentine einen Ersatzschlüssel für den Notfall versteckt hatte, aber ich hatte keine Ahnung, wo ich sie finden sollte.

Hingegen wusste ich, wo ich Peritti finden konnte.

Ich war hin und her gerissen, ob ich vorher anrufen sollte. Sein Büro lag laut Eintrag in Fenway in der Nähe des Kenmore Square. Ich beschloss, einfach bei ihm aufzukreuzen und es darauf ankommen zu lassen. Schnelligkeit schien angesagt zu sein. Sobald der Gerichtsmediziner «Mord» schrie, was ich in Kürze erwartete, würde es verdammt schwierig werden, in Wohnung 4A einzudringen.

Nach Bronson Hohens Büro wirkten Perittis Räumlichkeiten wie düstere Gewerberäume. Der Geruch von Farbe und Reinigungsmitteln hing in dem kahlen Flur, und die Beleuchtung ließ sehr zu wünschen übrig. Peritti machte nach außen nicht viel her, aber wenn Fenway, das Zentrum seines Empires, groß als Geschäftsviertel herauskam, konnte er genauso reich wie Hohen werden.

In mancher Hinsicht erschwert das Fernsehen mir die Arbeit, in anderer erleichtert es sie mir. Ich habe immer Geschäftskarten dabei, auf denen in kleiner Schrift mein Name und das Wort *Privatdetektivin* steht. Die Leute sehen eine echte *Privatdetektivin* einfach so herumspazieren wie in den vielen Fernsehkrimis und werden neugierig. Es öffnet mir ziemlich oft die Türen, aber dann sind die Leute enttäuscht, weil ich keine süße Puppe und keine Gourmet-Köchin bin und erst recht nicht mit Hundertdollarnoten für Informationen um mich werfe, die ich im Telefonbuch nachschlagen kann.

Ich hielt einer Frau an einem Pult mit dem Schild «Emp-

fang» meine Karte hin. Sah zu, wie ihr langes Gesicht in die übliche Hinhaltemimik verfiel.
«Warten Sie hier», befahl sie mir mit einer so näselnden Stimme, dass sie wahrscheinlich immer nur auf Zeit angestellt wurde.
Während ich wartete, schaute ich mir ein Modell von Fenway an, eine Pappmachéattrappe auf einem niedrigen Tisch. Hohens Eisenbahn hätte in Nullkommanichts hindurchfahren können, Hauptverkehrsstraßen waren blaue Linien ohne Namen, aber als ich das netzartige Geflecht bis zu einem größeren Knotenpunkt verfolgte und feststellte, dass es sich um den Kenmore Square handeln musste, sah ich, dass sich das Modell von Kenmore bis zum Melnea Cass Boulevard erstreckte. Ich suchte und fand die Huntington Avenue, stieß auf das Kunstmuseum, dann auf das Isabella-Gardner-Museum, die Berklee-Musikhochschule und schließlich auf die Symphonie.
Acht große Bauvorhaben waren durch verschiedene Grauschattierungen gekennzeichnet. Harry, der Eisenwarenhändler, hatte stark untertrieben. Fenway würde nicht mehr wiederzuerkennen sein, falls all diese Gebäude wirklich gebaut wurden. Was mochten die verschiedenen Schattierungen bedeuten? Waren einige, die dunkelgrauen, vielleicht schon im Bau? Hotels und Bürogebäude. Kinos. Ein neues Studentenheim der Northeastern University war eierschalenweiß ausgeführt. An der Stelle des Häuserblocks, in dem Valentine Phipps gewohnt hatte, stand ein hoher grauer Monolith mit der Beschriftung MILLENNIUM TOWERS.
«Hier entlang bitte.»
Es hätte an meiner untadeligen Karte liegen können, dass

ich zu Peritti durchdrang, aber beim Anblick der Zeitung, die aufgeschlagen auf dem Schreibtisch lag und Breezes Artikel erkennen ließ, kamen mir Zweifel.

Wie er da hinter seinem Schreibtisch hockte und mich aus zusammengekniffenen Augen abwägend ansah, wirkte der Hauseigentümer so, als versuche er gerade mein Alter oder mein Gewicht einzuschätzen. Ich betrachtete seine Miene, während er die Verbindung herstellte zwischen dem Namen auf der Karte, dem Namen in der Zeitung und mir, der Frau, die mitbekommen hatte, wie ihn eine alte Dame, die jetzt tot war, demütigte. Seine Zähne leuchteten blendend weiß aus seinem gebräunten Gesicht. Mit seinem Pferdeschwanz und dem goldenen Halskettchen wirkte er mehr wie ein Unternehmer aus der Musikbranche als Hohen.

Er sagte: «Ein Schock, kann ich Ihnen sagen, von ihrem Tod zu lesen.»

Ich nickte. «Kann ich mir denken.»

Ob die Cops ihn schon vernommen hatten? Vielleicht ja, vielleicht nein. Wenn ich die Ermittlungen leiten würde, hätte ich womöglich lieber das gerichtsmedizinische Ergebnis abgewartet. Andererseits hätte ich ihn vielleicht schnell kennen lernen und ihm in die Augen schauen wollen, während ich zuhörte, was er sich zu seiner Verteidigung unbedingt von der Seele reden musste. Sein erster Satz war schon recht interessant: Er wollte mir weismachen, dass er von Valentines Tod aus der Zeitung erfahren hatte.

Er tippte mit dem Zeigefinger auf den Artikel. «Ich will ja nicht annehmen, dass dieses Arschloch von Schreiber Sie hergeschickt hat, um meine Ansicht von der Geschichte einzuholen.»

«Hat er nicht.» Ich gab absichtlich keinen Grund für mein Erscheinen an. Er wirkte so nervös, dass er sicher weiter spekulierte. Es war nicht warm in dem Büro, und trotzdem schwitzte er.
«Ich muss mich noch entschuldigen für die Szene an der Wohnungstür der alten Dame. Habe die Geduld verloren. Ich weiß, dass man Toten nichts Schlechtes nachreden soll, aber ehrlich, Mrs. Phipps hat gelogen, als sie Ihnen erzählte, sie hätte mir nicht gestattet, vorbeizukommen. Ich bin ein nachsichtiger Mensch, müssen Sie wissen. Ich glaube, sie war tatsächlich dabei, ihren Verstand zu verlieren.»
In seinen Augenwinkeln bildeten sich Fältchen, wenn er lächelte. Ich schätzte ihn auf Mitte dreißig, obwohl er sich wie Mitte zwanzig kleidete. «Wollen Sie sich nicht setzen?», fragte er.
«Danke.»
«Dieser Zeitungsfritze ist mir eine dicke Entschuldigung schuldig.» Seine Fingernägel waren abgekaut. «Hat er Sie interviewt?»
«Nein.» Ich zog einen Metallklappstuhl hinter einem Kartentisch hervor und setzte mich. Es war zu viel Zeug überall, als dass man das Büro spartanisch hätte nennen können. Sonst bestand die billige Einrichtung nur aus dem Allernötigsten.
«Er hätte mich anrufen sollen, wenn er auf die wirkliche Story aus war. Es bringt mich in Rage, wenn die Leute ‹Hauseigentümer› hören und gleich einen Teufel vor Augen haben. Sicher gab es Probleme mit dem Haus, aber sie hat es jedes Mal, wenn der Aufzug kaputtging, für reine Schikane gehalten. Sie hat mich Tag und Nacht angerufen, um sich über irgendetwas zu beschweren. Muss ich die

Elektrizität überwachen? Bin ich für die Ratten verantwortlich?»
Er hatte sich richtig in Fahrt geredet und war nicht mehr zu bremsen. Ich sagte keinen Ton, sah ihn nur aufmerksam an.
«Sie halten mich für ein Schwein», sagte er. «Dann will ich Ihnen mal was sagen: Die arme Frau tut mir Leid, sie hat diesem Hirngespinst von der immer gleichen Miete angehangen und über ihre Verhältnisse gelebt. Eine üble Situation, aber schließlich nicht meine Schuld.»
Er klang wie ein trotziges Kind: nicht meine Schuld.
«Ich habe selbst ein Haus», sagte ich, um ihm Mut zu machen. «Und bin Vermieterin. Ich weiß, wovon Sie reden.»
«Soso», sagte er, sichtlich erfreut. «Schlauer Zug. Gut für Sie. Dann wissen Sie ja, wie viel Hausbesitzer für diese Stadt tun, außer immense Steuern zu zahlen.»
«Allerdings.» Ich lehnte mich zurück, als hätte ich alle Zeit und alles Interesse der Welt. Vielleicht übertrieb ich es. Zwei Falten erschienen zwischen seinen Augenbrauen, und er fing an, sein Hirn in Tätigkeit zu versetzen statt seinen Mund.
«Sie arbeiten also für diesen Breeze?», sagte er.
«Ich arbeite weder für Breeze noch für seine Zeitung.»
Er verschränkte die Hände hinter dem Kopf und setzte wieder sein Lächeln auf. «Wollen Sie etwas mieten?»
«Nein.»
«Warum sind Sie dann hier?»
«Sie sehen so aus, als würden Sie die Augen offen halten.»
«Und?»
«Ich habe einen Klienten, der einiges über die verstorbene Mrs. Phipps wissen will. Und da dachte ich mir, dass Sie bestimmt alles Wissenswerte wissen.»
«Wer ist es denn?» Er reagierte nicht auf meine Schmeiche-

lei, sondern auf die Erwähnung meines Klienten. War anscheinend doch nicht so blöd.
Beim Namen «Hohen» hätte es gleich geklickt. In Anbetracht des Rufes, den Hohen genoss, hätte Mrs. Phipps' Vermieter sich förmlich überschlagen, um dem Mann einen Gefallen zu tun. Der Trick war nun, ihn in die gleiche Begeisterung zu versetzen, ohne den Namen «Hohen» zu nennen.
Die Schreiben, in denen Hohen um Kooperation mit mir bat, waren nur ein letzter Notanker. Wenn ich sie ihm in unversehrten Umschlägen zusammen mit einer Kopie von Valentines Testament und einer Liste ihres Wohnungsinventars zurückgab, bekam ich sicher eine Sondergratifikation.
«Jemand, der sich dankbar zeigen könnte», sagte ich.
«Dankbarkeit mag ich», sagte er.
«In Ihren Akten sind doch Mrs. Phipps' nächste Angehörige vermerkt, nicht wahr?»
«Sie hatte keine. Klar, früher einmal gab's den Ehemann, und der müsste irgendwen in den Formularen eingetragen haben, aber ich weiß nicht, wen. Als er tot war, hatte die gute alte Valentine niemanden mehr.»
Er hatte es nicht überprüft. Zwei Aktenschränke machten sich in der Ecke hinter seinem Schreibtisch breit, aber sein Blick hatte sie nicht gestreift.
«Haben Sie von all Ihren Mietern soviel im Kopf?»
«Sagen wir mal, sie war ein Sonderfall. Mein Vater hat mich gebeten, mich um sie zu kümmern, weil sie allein war, eine alte Frau und so. Sagen Sie mir, wer Ihr Klient ist?»
Ich erwiderte: «Vielleicht sollte ich mit Ihrem Vater sprechen.»
«Nein», sagte er schroff. «Das lassen Sie schön sein. Er erin-

nert sich an rein gar nichts mehr. Weiß kaum noch, wer ich bin, wenn ich ihn besuche.»

«Tut mir Leid.»

«Sobald er einen lichten Moment hat, werden ihm die Pflegerinnen diesen verfluchten Artikel zeigen. Jeder weiß, dass ich es bin, dem Breeze etwas am Zeug flicken will. Der Mann hätte mich ebenso gut einen Mörder nennen können, der Witwen auf die Straße setzt. Sie hätte eine Sozialwohnung beantragen können. Mit dem Sozialamt oder einer anderen Wohlfahrtseinrichtung reden können.»

Er hatte «Mörder» gesagt. Das musste mir auffallen.

Ich sagte: «Wissen Sie, wie Peter Breeze an Valentine Phipps' Story gekommen ist? Hat sie ihn angerufen?»

«Kann sein. Das ist ihr ohne weiteres zuzutrauen. Aber ich vermute eher, es war diese Polizistin mit der sozialen Ader, die immer auf den Mieterversammlungen große Töne redet. Bestimmt hat Breeze da die alte Dame kennen gelernt. Er ist doch genau dieser Typ, verflucht noch mal, die Stimme des Volkes, oder nicht?»

Ich hatte Teri Kiley nicht als Humanitätsapostel empfunden. Peritti erwartete keinen Kommentar von mir, sondern redete gleich weiter.

«Dieser Mistkerl von Breeze besitzt wahrscheinlich selbst ein Haus in irgendeinem schicken weißen Vorort und fährt dann mit seinem feinen Schlitten in die Stadt, um herumzumäkeln. Sie bringen mich in Rage, diese Menschenfreunde von außerhalb, besonders die, die an der Vergangenheit kleben. Sie wissen schon, die immer meinen, es ginge doch nichts über die gute alte Zeit. Die ewigen Nörgler. Deshalb tut sich absolut nichts in Fenway. Keine Luxusbauten, keine eleganten Lösungen, keine rosige Zukunft, verstehen Sie?

Da verspricht man ihnen ein herrliches neues Stadion, damit wir endlich mal Siegesfahnen flattern sehen, aber nichts tut sich. Die Tradition, wissen Sie – alles muss so bleiben, wie es immer gewesen ist. Sie wollen immer weiter das *Grüne Monster* sehen und die Hammondorgelmusik hören und Sitze haben, auf denen man kaum seinen Arsch unterbringen kann, so klein sind sie. Wie in den Sechzigern.»

Boston ist in den Sechzigern des 19., nicht des 20. Jahrhunderts stecken geblieben.

Ich wartete darauf, dass er weitersprach. Als er schwieg, fragte ich: «Könnten Sie mir wohl einen Schlüssel zu Mrs. Phipps' Wohnung leihen? Nur kurz.»

Er spitzte förmlich die Ohren. Wenn er ein Jagdhund gewesen wäre, hätte er jetzt Vorstehhaltung angenommen. Eindeutig nicht so blöd, wie er aussah. «Warum?», fragte er nach einer langen Pause.

«Mein Klient glaubt, möglicherweise mit der Frau verwandt zu sein.»

«Und damit rückt er jetzt heraus? Nachdem sie tot ist?»

Ich zuckte die Schultern.

Er spielte den Empörten. «Und für solchen Abschaum arbeiten Sie? Jemand, der sie hätte aufnehmen können, solange sie noch lebte, und einfach zugesehen hat, wie sie mich ausnutzte? Vergessen Sie's.»

«Mein Klient wusste nichts von Mrs. Phipps' Existenz. Wenn sie die Frau ist …» Ich ließ den Satz so im Raum hängen und sah Peritti vielsagend an.

«Er könnte sich dankbar zeigen, sagten Sie nicht so?»

«Ich sagte etwas von Dankbarkeit.»

«Eine kleine ‹Anerkennung›, sagen das nicht feine Kellner für ‹Trinkgeld›?» Er zog eine Augenbraue hoch.

«Ja», sagte ich.

«Na ja, so gern ich Ihnen und Ihrem Klienten behilflich sein würde, aber soviel ich weiß, hat die Polizei die Wohnung versiegelt. Denen möchte ich nicht in die Quere kommen.»

Verdammt.

Hatte der Gerichtsmediziner schon seinen Befund vorgelegt? Warum hatte Valentines Telefon auf dem Fußboden gelegen? Das Telefon ging mir seitdem im Kopf herum; es hatte schon auf den ersten Blick merkwürdig ausgesehen – nicht bloß fehl am Platz, sondern *merkwürdig*.

«Also, ich würde Ihnen gern den Gefallen tun», sagte der Vermieter gedehnt. «Aber ich kann keinen Ärger mit der Polizei gebrauchen. Verstehen Sie mich richtig, mir kann's eigentlich egal sein, nur sollen die Cops nicht sagen können, Sie wären eingebrochen, hätten etwas gestohlen, und ich hätte es gutgeheißen. Ich will Sie nicht kränken, aber früher oder später schreibt dieser Breeze in der Zeitung darüber, und dann kann ich nicht mehr abends nach Hause kommen, ohne dass mich die Nachbarn schief ansehen.»

«Ich wollte es sowieso mit der Polizei abklären. Wahrscheinlich weiß sie schon, wer die nächsten Angehörigen sind.» Vielleicht hatte Teri Kiley nach meinem Abgang ein Adressbuch gefunden – vorher jedenfalls nicht.

«Wunderbar. Dann ist ja alles in Ordnung.»

«Sie leihen mir also den Schlüssel? Für den Fall, dass mir die Polizei den Eintritt gestattet?»

«Tja, dann würde ich gern mitkommen und aufpassen, dass Sie nichts mitgehen lassen.»

«Ich bin nur an einem Testament oder Hinweisen auf einen nahen Verwandten interessiert.»

«Machen wir's doch so: Wenn Ihnen die Polizei die Erlaubnis gibt, kommen Sie wieder vorbei, und ich händige Ihnen den Schlüssel aus, ja? Vielleicht können wir zusammen einen trinken gehen, wenn wir in der Wohnung waren. Dann können Sie mir ein bisschen mehr über Dankbarkeit erzählen.»

«Okay.» Mir schoss flüchtig der Gedanke durch den Kopf, dass er aus seinem Drehstuhl fliegen würde, wenn ich ihn am rechten Schuh packen und nach hinten drücken würde. Ich hatte einfach auf grünes Licht gehofft, statt noch mehr Hürden überwinden zu müssen. Sollte ich gleich zu Mooney gehen oder es bei Teri Kiley versuchen, die bestimmt kein leichter Brocken sein würde?

Meine Dietriche fingen an zu klingeln, aber ich ignorierte sie und verabschiedete mich ohne den Versuch schwerer Körperverletzung.

Einen kurzen Abstecher auf die Damentoilette wollte ich noch machen. Da die Empfangsdame telefonierte, ging ich auf der Suche nach der entsprechenden Tür zurück durch Perittis Flur. Der Vermieter hatte das Gesicht zum Fenster gewandt und sah nicht, wie ich vorbeiging. Als ich aus der Toilette kam, war sein Büro leer.

Ich konnte seine Stimme im Eingangsraum hören, dann knallte eine Tür. Es erschien mir wahrscheinlicher, dass am helllichten Tag der Chef nach draußen ging und nicht die Empfangsdame.

Der Schrei der großen Aktenschränke übertönte das Klingeln der Dietriche. Ich widerstand nur sekundenlang, dann ging ich rasch und leise vor bis zum Wartebereich und warf unterwegs schnell einen Blick in jedes Büro. Die Angestellten waren fort, sie verhökerten irgendwo Häuser oder vermieteten Wohnungen. Nur das Fenway-Modell leistete der einsamen Empfangsdame Gesellschaft. Kein Peritti weit und breit.

Die Schränke hinter seinem Schreibtisch waren unverschlossen. Die gut geführten Akten in sauberen Ordnern waren nach Wohnadressen alphabetisch sortiert. Er besaß allein auf der Kilmarnock Street drei Häuser.

Er hatte die Wahrheit gesagt: In Valentines Mietunterlagen war kein naher Verwandter aufgeführt. Nachdem ich mir ihre Sozialversicherungsnummer und ihr Geburtsdatum notiert hatte, sah ich die Akten schnell nach dem Stichwort «Millennium Towers» durch. Es fand sich kein Hinweis, weder auf den ordentlichen Reitern noch unter einer Kilmarnockanschrift. Ich warf einen Blick auf Perittis Schreibtisch und sah eine große schwarze Rolodex-Kartei. Ich drehte sie bis zum Buchstaben M, aber Millennium gab's nicht.

Ein Fetzen Papier auf dem Fußboden fiel mir ins Auge. Ich überflog ihn zweimal, ehe mir klar wurde, dass ich die Telefonnummer kannte, weil ich sie erst am Vormittag mehrere Male angerufen hatte und jedes Mal vor eine Wand gelaufen war: keine Informationen über YWCA-Mitglieder.

Unter die sieben mit Bleistift geschriebenen Ziffern hatte Peritti immer wieder die Buchstaben *GT* gekritzelt. Gwen Taymore.

Vierzehn

Ich schob einen Vierteldollar in das ziemlich demolierte Münztelefon und wählte die Nummer des Y. Diesmal bat ich gar nicht erst um Informationen über Gwen, sondern verlangte einfach, sie zu sprechen, obwohl die Y-Zweigstelle am Central Square meines Wissens keine Zimmer vermietet. Nach einer Weile erklärte mir eine Frau, Gwen sei «nicht erreichbar». Als ich der Frau sagte, dann wolle ich Miss Taymore eine Nachricht hinterlassen, war sie einverstanden. Ich wunderte mich etwas, dass der Y jetzt für Mitglieder als eine Art Anrufbeantworter fungierte, traute mich aber nicht zu fragen, um keinen Verdacht zu erregen. Ich gab bloß meine eigene Nummer an und ließ das Wort *dringend* fallen. Mein nächster Anruf galt der örtlichen Polizeidienststelle – die Buchstaben *GT* auf einem Fetzen Papier in Perittis Büro rechtfertigten wohl kaum den Notruf 911. Während das Freizeichen ertönte, versuchte ich die Szene vor der Wohnung 4A noch einmal zu rekonstruieren. Wie hatte Gwen Peritti angeredet? Ich hatte hinter ihr gestanden; ihr Gesicht hatte ich nicht sehen können.

Würde Teri Kiley mir den Zugang zur Wohnung von Valentine Phipps gestatten? Sie sei nicht an ihrem Schreibtisch, wurde mir mitgeteilt, nachdem ich sechs Minuten gewartet, mit den Zehen getrommelt und weitere 30 Cent, bitte, nachgeworfen hatte. Ob ich eine Nachricht auf Band sprechen wollte? Nein danke. Ich erwog, Mooney anzurufen, kam jedoch zu dem Schluss, dass Teri das so auslegen könnte, als würde sie einfach übergangen. In meiner Sparte ist es nie verkehrt, einen wohlwollenden Cop mehr zu kennen. Es widerstrebt mir, Mooney zu oft um einen Gefallen zu bitten.

Im Copperfield's, einen halben Block weiter auf der Brookline Avenue, wechselte mir der Barkeeper Geld, woraufhin ich es mir am Münzfernsprecher im Vorraum der Bar mit dem abgegriffenen Branchenbuch bequem machte. Ich fuhr mit dem Zeigefinger die zwei Seiten häuslicher Pflegedienste entlang, die zwischen Hauseinrichtungen

und Hausrenovierungen aufgelistet waren. Ich wählte die erste Nummer – Acme, wirklich und wahrhaftig «Krise» hieß der Verein – und beschrieb der Frau, die sich mit weicher Stimme meldete, die missliche Lage meiner Mutter, ihre finanziellen Nöte und ihre Wohnsituation in Fenway. Die Stimme gab mir zu verstehen, dass ich es lieber anderswo versuchen sollte, erwähnte aber immerhin nach einigem Drängeln fünf Pflegedienste, die vielleicht im Ortsteil Fenway Hilfe leisten könnten. Ein kleiner Triumph.
Bis zum vergangenen Jahr nahmen die Bostoner Münzfernsprecher für Ortsgespräche noch Dimes an. Jetzt muss man einen Quarter berappen. Galoppierende Inflation. Nach fünf weiteren Telefonaten – für insgesamt zwei Dollar und einen Nickel, die ersten beiden Versuche miteingerechnet – hatte ich immer noch keine Menschenseele gesprochen, die je etwas von Gwen Taymore gehört hatte. Ich stattete dem Barmann einen zweiten Besuch ab, bekam neues Wechselgeld und rief bei kleineren Diensten zwischen Fenway, Dorchester und Jamaica Plain an. Keiner kannte eine Gwen Taymore.
Ich biss mir auf die Lippe und zählte einmal zusammen, was ich von Gwen überhaupt wusste. Erstens: Sie war eine gute Volleyballspielerin. Zweitens: Sie war nach eigenen Angaben in der häuslichen Pflege tätig. Sicher, sie war keine Klientin von mir, hatte nur die Vermittlerin gespielt, aber trotzdem kam ich mir blöd vor. Sollte ich im Y herumspionieren?
Teri Kiley war immer noch nicht an ihren Schreibtisch zurückgekehrt.
Es ärgerte mich, dass ich zur Untätigkeit verdammt war. Dabei wollte ich es eigentlich heute hinter mich bringen:

das Testament finden, Paolinas Foto wieder einkassieren und den Hohen-Auftrag abschließen, bevor der Fall Phipps zur Mordsache wurde, in die ich mich besser nicht einmischte. Stattdessen wählte ich nun mein eigenes Telefon an und hinterließ auf dem Anrufbeantworter die Nachricht, dass ich zum Abendessen zu Hause wäre, Paolina sollte doch bitte warten, damit wir gemeinsam essen könnten. Dann trank ich einen Kaffee an der Copperfield's-Bar, um mich für einen Besuch zu stählen, der unangenehm zu werden versprach.

Ich traf kurz vor fünf bei Martas Schwester ein und stapfte die Treppen hinauf, aber es war niemand da. Zu früh am Tag. Die Frau arbeitete, um Essen auf den Tisch zu bringen; sie war noch nicht zu Hause. «Essen auf den Tisch» brachte mich auf eine Idee. Ich fuhr zum Central Square, der von Lilias Wohnung in der Lopez Street nicht weit entfernt ist. Was ich im Sinn hatte, war ein Versöhnungsmahl, und was ich schließlich in Händen hatte, war eine Tüte von McDonald's. Vom Fettdunst überwältigt, erstand ich noch eine Extraportion Fritten und redete mir ein, dass sie mir keineswegs den abendlichen Appetit verderben würden. Überhaupt nicht. So bewehrt, fuhr ich wieder zu Lilias Wohnung zurück und fand eine Parklücke, von der aus ich alles im Blick hatte und gleichzeitig Fritten knabbern konnte.

Sie kam mit Paolinas kleinen Brüdern im Schlepptau, wahrscheinlich von dem Hort, wo sie nach der Schule gespielt hatten. Die Brüder haben ebenso wie Paolina dunkle Augen und dunkles Haar. Andere Väter, ein anderes Leben. In Martas Familie sind Jungen hoch geschätzte Rohjuwelen, die das Schleifen wert sind. Mädchen sind nur Sandkörner. Sobald Lilia mich sah, setzte sie eine verschlossene Miene auf und zerrte die Jungen zur Haustür. Wenn sie schnell genug gewesen wäre, hätte sie mir die Tür vor der Nase zugeknallt. Ich habe sie einmal um eine Arbeitsstelle gebracht. Martas ältere Schwester ist eine strenge Frau, die weder vergibt noch vergisst.

In seiner Eile ließ der Jüngste, ein Erstklässler, ein orangenes Blatt Malpapier fallen. Als er sich bückte, um es aufzuheben, schrie sie ihn an. Er erschrak und fing an zu weinen. Sein achtjähriger Bruder gab ihm einen Puff. Inzwischen hatte ich sie eingeholt und schwenkte mein Versöhnungsgeschenk.

«Junk-Food», sagte sie abschätzig, aber die Kinder hörten auf, sich um das zerknitterte Kunstwerk zu zanken, und schrien stattdessen, sie wollten Ketchup auf ihren Fritten.

Ich schaffte es, durch die Haustür zu kommen.

Lilia lebt allein in einer Wohnung, die gegenüber Martas um Klassen besser ist. Sie lässt niemanden an sich heran. Keinen Mann und normalerweise auch keine Kinder. Sie mag es genau so, die Zierdeckchen auf den Polsterlehnen, die ordentlich aufgereihten Gebetbücher, die Plastikblumen in den kleinen Glasvasen. Sie hatte die Jungs in ihr ordentliches Dasein gezwängt, und sie schienen sich ihr zu Gefallen geändert zu haben und ernsthafte kleine Erwachsene geworden zu sein, die jetzt essen wollten.

«Muy bien, chamacos», sagte sie, als sie die Reste des hastig verschlungenen Mahls zum Mülleimer brachte. *«Vayan a jugar en el cuarto.»* Gut, Jungs. Geht und spielt in eurem Zimmer.

«Okay», sagten die beiden Kleinen todernst.

«Wo ist Marta?», fragte ich, sobald sie die Küche verlassen hatten.

Lilia wischte mit dem Zeigefinger einen nicht vorhandenen Fleck von der grünen Plastiktischdecke.
«Sparen Sie sich die Zeit.» Sie konzentrierte sich auf das fleckenlose Tischtuch. «Ich weiß nicht, wo sie steckt. Und ich weiß auch nicht, wann sie zurückkommt.»
«Wer ist der Mann, mit dem sie auf und davon ist?»
«Weiß ich nicht.»
«Wie lange sollen Sie die Kinder hüten?»
«Hat sie nicht gesagt. Sie sagt, nur ein paar Stunden, aber sie hat was andres im Kopf. Sagt, sie hätte in den Tüten Spielzeug mitgebracht. Drin sind Schlafanzüge. Da weiß ich, dass sie weg ist.»
Ich hätte am Supermarkt halten sollen statt bei McDonald's, dachte ich.
«Alles in Ordnung mit den Jungs?», fragte ich.
Sie zuckte die Schultern.
«Was haben Sie ihnen erzählt?»
«Nada.»
Sie ging in das aufgeräumte Wohnzimmer hinüber. Ich folgte ihr, sah zu, wie sie die Kissen zurechtzupfte und Falten glättete. Ich rechnete nicht damit, zum Platznehmen aufgefordert zu werden. Sie enttäuschte mich nicht.
«Hören Sie, Paolina kann nicht allein bleiben», sagte ich und zwang mich dazu, ruhig und vernünftig zu klingen.
«Hierher kommt sie nicht», sagte Lilia giftig.
«Warum nicht?»
Lilia schniefte, klopfte ihre Taschen nach einem Papiertuch ab und überhörte meine Frage.
«Die Familie sollte doch zusammenbleiben. Oder nicht?», sagte ich.

«Glaub ich nicht.» Sie zog ihre formlose Strickjacke aus und hängte sie über einen Holzstuhl.
«Paolina könnte sich mit um ihre Brüder kümmern.»
«Nein.»
«Brauchen Sie Geld?»
«*Das* Mädchen nehme ich nicht.»
«Warum nicht?»
Lilia schürzte die Lippen. «Wissen Sie, was die Mutter macht?»
«Sie ist mit einem Kerl auf und davon. Hat sie seinen Namen erwähnt?»
«Sie nennt ihn *gringo,* klar?»
«Das nützt mir nichts, wenn ich ihn finden will. Oder sie.»
«Sie ist hinterm Geld her, meine Schwester. Das ist es. Wissen Sie nicht, dass die Großen, die *políticos,* sagen, es gibt keine Sozialhilfe mehr? So! Hat Marta vielleicht Arbeit? Glauben Sie etwa, sie hat etwas gelernt? Glauben Sie, dass sie ihre Wohnung behält? Sie wird bestimmt rausgeschmissen, und so sucht sie nach einem Idioten mit Geld in der Tasche. Sie würde jeden Kerl heiraten.»
«Was hat das mit Paolinas Aufenthalt hier zu tun?»
«Oh, Sie wissen ja nichts. Sie ist wie ihre Mutter.» Lilias Augen schlossen sich wie Läden vor einem Fenster. «Sie geht mit Männern mit.»
«Wovon reden Sie da?»
«Sie werden schon sehen.» Sie schrie fast. «Ich sage nicht mit *einem Mann,* ich sage mit *Männern.*»
«Und ich sage, Sie phantasieren, Lilia.»
«Dann gehen Sie doch.»
«Ein Typ namens Diego hat sich an Ihre Nichte gehängt. Dünner Oberlippenbart. Tätowierung auf einem Arm. Was

wissen Sie von ihm? Seinen Familiennamen? Wo ich ihn finden kann?»

«Gehen Sie.»

«Er weiß vielleicht, wo Marta ist. Wenn ich ihn finde, kann ich sie finden. Sie nach Hause schicken. Es ist besser auch für Sie.»

«Paolina benimmt sich wie eine *puta,* sie kommt nicht hierher.»

Eine *puta* ist eine Hure. Wäre ich geblieben, hätte ich Lilia jetzt einen Schlag auf ihren selbstgerechten Mund versetzt. Also ging ich lieber, trampelte laut die Treppen hinunter und blieb nur noch einmal stehen, um einen Zwanzigdollarschein durch ihren Briefkastenschlitz zu schieben, damit sie etwas zu essen für die Jungen kaufen konnte. Auf dem Heimweg fuhr ich viel zu schnell, jagte den Wagen über die Ampeln, das Radio lautgedreht.

Ich teilte mir eine mitgebrachte Pizza mit Paolina und lenkte das Gespräch auf Diego. Sie wollte weder über ihn noch über irgendetwas anderes Wichtiges reden, sondern plapperte immerfort nur von Roz' neuem Lover und wie total cool der Typ sei.

«Ja», bemerkte ich trocken, «ich kann ihn dir beschreiben: über einsachtzig, breite Schultern, blondes Haar, völlig mittellos, vorzeitig von der Schule abgegangen ...»

Sie sagte: «Klein und dunkel. Schön muskulös, das ja, aber klug, gibt irgendwo Vorträge über Kunstgeschichte.»

«Toll», sagte ich, «dann hat sie wohl auf die Schnelle keinen Blonden gefunden.»

«Er ist bei ihr eingezogen», sagte Paolina, «dabei hat sie ihn gerade erst kennen gelernt. Ich glaube, sie kennt nicht mal seinen Nachnamen.»

«Hör zu, Paolina, Roz ist über einundzwanzig, also alt genug, um selbst Entscheidungen zu treffen, auch schlechte. Sie ist alt genug, um Verantwortung für sich zu übernehmen. Sie kennt sich mit Verhütung aus und …»

«Ich auch.»

«Mein Schatz, manchmal ist der Körper dem Gehirn weit voraus. Du kannst mit deinem Körper alles machen, was eine erwachsene Frau kann; zum Beispiel ein Kind bekommen, kein Problem. Aber kannst du es dir auch leisten, ein Kind aufzuziehen? Bist du reif genug, um dein Kind zu einem anständigen Menschen zu erziehen?»

«Niemand hätte Kinder, wenn er so lange warten würde», sagte sie spöttisch. «Du hast auch keine.»

Ich habe ja dich, hätte ich gern gesagt.

Sex macht blind, wollte ich ihr sagen. Der dunkle Trieb wird so übermächtig, dass dein Blut in Wallung gerät, dein gesunder Menschenverstand aussetzt und du am Ende einem solchen Abschaum wie Diego deinen Schlüssel in die Hand drückst und deine verheißungsvolle Zukunft an seine unselige Vergangenheit kettest. Eines Morgens wachst du auf und merkst, dass du hinter Türen gefangen sitzt, die du für offen gehalten hast, und dann ist es das gleiche traurige Lied wie bei deiner Mutter.

Auf ihrem glatten Gesicht stand deutlich geschrieben, dass ich keine Ahnung hätte und ihr nichts weismachen könnte. Lernt man denn nur durch schmerzliche Erfahrung?

Nach Mitternacht, ich lag noch immer unruhig und schlaflos im Bett, riss ich mir endlich das verdrehte Laken vom Leib und setzte mich aufrecht hin. Der Farbgeruch war durchdringend. Da ich meine Anweisung, den zweiten Stock beige zu überstreichen, widerrufen hatte, fragte ich mich, welche künstlerischen Aktivitäten denn jetzt oben im Gange sein mochten. Malten Roz und ihr neuer Spielgefährte zusammen? Konnte Körpermalerei Schlaflosigkeit heilen? Sex nützt nichts. Ich hatte immer Schlafschwierigkeiten, ob mit Cal oder nach unserer Trennung, in meiner kurzen Rachephase mit wechselnden Partnern. Bei gutem Sex hat man wenigstens etwas, auf das man sich konzentrieren kann, wenn man nicht schlafen kann. Ich kreuzte die Beine zum Schneidersitz, roch Farbdünste, umarmte mein Kopfkissen und malte mir aus, was mein ehemaliger Geliebter Sam Gianelli wohl mit einer Dose Farbe machen würde. Ich hatte noch andere Lover außer Sam – Teufel auch, ich habe ja nach Sam erst geheiratet –, aber er ist der Mann, an den ich nachts denke, der, den das Wort *Lover* heraufbeschwört. Wo er jetzt sein mochte? Vielleicht irgendwo in Florida mit seinem einen etwas kürzeren Bein, eine Katastrophe, die ich hätte kommen sehen müssen, eine Katastrophe, die ich nicht hatte verhindern können.

Mooney hatte nicht angerufen. Die Abendnachrichten hatten nicht mit «Mord in Fenway» begonnen. Aber irgendetwas hatte Teri Kiley und ihre Kollegen dazu veranlasst, Wohnung 4A zu versiegeln. Warum hatte Mooney nicht angerufen? Ich hätte gerne seine Stimme gehört, ihm von Perittis maßstabgetreuem Fenway-Modell und Hohens Verbindung zu Valentine erzählt, ihm alles erzählt wie früher. Ihn dazu gebracht, nicht länger auf den verdammten Gerichtsmediziner zu warten, sondern die Ermittlungen aufzunehmen.

Aber nicht, solange ich nicht hatte, was Hohen haben wollte, mein Brot noch nicht verdient hatte.

Ich spulte die Szene mit der verstockten Lilia noch einmal ab. Wusste sie, wo ihre Schwester steckte? Ich sah Diego vor mir, wie er mit einem Anflug von Interesse meine Worte «New Hampshire» wiederholte. Er wusste irgendetwas. Oder hatte etwas von mir erfahren, was er noch nicht gewusst hatte. Jedenfalls war es ein Fehler gewesen, ihn laufen zu lassen.

Kurz nach zwei fing Roz zu stöhnen und zu schreien an. Roz lärmt, wenn sie liebt, und meistens schlafe ich unbehelligt weiter oder finde es amüsant. Diesmal schloss ich die Augen, drückte meinen Kopf unter das Federkissen und hoffte, dass Paolina schlief wie ein Stein.

Fünfzehn

Am nächsten Tag in aller Frühe fing es gleich wieder so an. Um sechs weckte Roz das ganze Haus auf, so laut kreischte sie, eine heiße Henne, die den Morgen begrüßt. Als ich dann über den Flur zu Paolina ging, ertappte ich sie, wie sie im Bett rauchte und eine welkende Gloxinie umbrachte, indem sie deren Topf als Aschenbecher benutzte.

«Meine Mam lässt mich aber», sagte sie weinerlich, während ich die Fenster aufriss und mich darüber ausließ, dass laut Statistik ein Feuer im Bett schon den Tod durch Rauchvergiftung herbeiführt, noch ehe Lungenkrebs die Chance hat, einen niederzustrecken.

«Und ich bin nicht deine Mam.»

«Weiß ich. Glaub mir, das weiß ich.»

«Zeit zum Anziehen.»

«Kann ich nicht. Ich hab vergessen, meine Sachen zu waschen.»

«Dann trag die dreckigen. Bei all dem Rauch fällt das niemandem auf.»
«Carlotta, hör bloß auf damit.» Sie drehte sich auf die Seite und starrte düster die Vorhänge am Fenster des Nachbarhauses an.
«Jetzt hör mal zu. Wenn du nicht zur Schule gehst, wird dich ein entsprechender Beamter zu Hause suchen. Er erkundigt sich überall nach dir, erfährt, dass du dort ganz alleine lebst und dass du überhaupt nicht da bist. Ehe du dich's versiehst, ist deine Mam die Wohnung los, um Platz zu machen für jemand anderen auf der Warteliste. Über deine Brüder und dich wird vorm Vormundschaftsgericht entschieden, und schon bist du für immer in einer Verwahranstalt verschwunden.»
«Ich gehe morgen wieder hin. Du kannst mir ja 'ne Entschuldigung schreiben.»
«Und lügen, wie krank du heute warst?»
«Als ob du noch nie gelogen hättest.»
«Dann schreibe ich, dass du unheilbar an Läusen erkrankt bist», sagte ich. «An Nikotinvergiftung. Ganzkörperherpes.»
«Prima. Da hast du ja verschiedene Möglichkeiten», sagte sie.
«Verschiedene Möglichkeiten», pflichtete ich ihr bei. «Möchtest du dich a) ankleiden und zur Schule gehen, b) ankleiden und zur Schule gehen oder c) ankleiden und zur Schule gehen?»
Sie warf sich ganz herum, so dass sie auf dem Bauch lag. «Weder noch.»
Roz, rosig, strahlend und gut gelaunt nach ihrem morgendlichen Liebesspiel, kam die Treppe herunter, um meine

knospende Pflichtvergessene zu übernehmen, und scheuchte mich unter vielen Beteuerungen aus dem Zimmer. Sie würde nicht nur ein Auge auf Paolina halten, sondern auch die Sozialversicherungsnummer von Valentine Phipps eingeben und schauen, was sich online in der Welt der Kreditinstitute und Datenbanken in Erfahrung bringen ließ.

Roz ist eine Internetmeisterin, eine Infohexe, eine Cyberspace-Queen. Auch ein Grund, sie dazubehalten, rief ich mir in Erinnerung, als ich den Motor anließ. Die Scheibenwischer sorgten schnell für Klarheit, aber die Morgenluft war feucht, und ich zitterte vor Kälte. Die Sonne brachte mich zum Blinzeln, als ich auf dem Memorial Drive nach Osten fuhr. Ich lenkte mit einer Hand und wühlte mit der anderen in meinem Rucksack herum, bis ich die Sonnenbrille gefunden hatte. Selbst mit der Brille auf der Nase musste ich die Sonnenblenden herunterklappen; die Lichtreflexe auf dem Charles River blendeten mich. Der Verkehr war schleppend.

Trotzdem kam ich bei der Polizeiwache an, noch ehe Teri Kileys Schicht begonnen hatte. Nach einem Schwätzchen mit dem Wachhabenden vom Dienst ging ich an seinem Pult vorbei zur Treppe statt zum Aufzug und lungerte ungeduldig vor dem Spindraum herum.

Perittis Räumlichkeiten waren mir ja schon düster vorgekommen. Aber hier gab es nicht einmal Einzelzimmer. Wegen Überfüllung und aus Geldmangel war die gesamte zweite Etage in einen Kaninchenstall mit vielen kleinen Abteilen verwandelt worden. Graue, taillenhohe Trennwände schrien «billig», und der Lärmpegel war so hoch, dass niemand es mitbekommen würde, wenn die Cops mal wieder durchdrehten und in die Wände ballerten. Eine

Gruppe von uniformierten Beamten drängte sich um eine geräuschvolle Kaffeemaschine, zwei Beamte in Zivil brüllten ins Telefon, während sie auf ihren Spiralnotizblöcken etwas notierten.
Ein Polizist mit beginnender Glatze bellte gerade: «Mrs. DelVecchio, würden Sie das bitte noch einmal wiederholen?» Er nickte und sagte leiser: «Und sind ihr die Zähne ausgefallen, oder hat er sie ihr ausgeschlagen? Wie bitte? Sie sagen, sie lagen bereits in dem Glas?»
Officer Kiley, als sie schließlich eintrat, sah völlig entnervt aus und war alles andere als begeistert über ihren Besuch. Ob ich sie bitte entschuldigen würde, da sie erst einiges Schriftliche erledigen müsse? Sie hätte vorvorgestern einen Einbrecher geschnappt und eins von zig Formularen auszufüllen vergessen, die den Verdächtigen in die U-Haft begleiten müssten. Ohne irgendeine Reaktion meinerseits abzuwarten, hockte sie auch schon auf einem Stuhl und hämmerte mit leerem Gesicht in die Computertasten. Sie war keineswegs geübt im Tippen, aber bei aller Fahrigkeit schnell.
Sie schaute nicht auf, wenn das Telefon klingelte oder ein kurzer, lauter Wortwechsel im Raum vonstatten ging. Da sie für nichts anderes mehr Augen hatte, nutzte ich die Gelegenheit, um sie genau zu betrachten und Spekulationen anzustellen.
In Uniform war sie schwer einzuordnen. Die Wahl der Kleidung enthüllt im Allgemeinen mehr als die Lieblingsfarben; sie sagt etwas über die Einkommenshöhe, die Gesellschaftsschicht und die Zielsetzungen aus. Alles, was ich an ihrer Uniform ablesen konnte, war, dass sie frisch gewaschen war. Ein Punkt für Körperpflege.

Bei unserer ersten Begegnung hatten es mir ihre grauen Augen angetan; sie hatten mich grimmig über die Waffe hinweg angeschaut. Alles in allem hatte sie ganz schön Eindruck auf mich gemacht; ich hätte sie bei einer Gegenüberstellung leicht identifizieren können mit ihrer hohen Stirn und der Stupsnase. Ihr streifig helles Haar war vermutlich anfangs blond gewesen und inzwischen etwas nachgedunkelt. Sie trug es so kurz, dass der Friseur ihren Nacken glattrasiert hatte.

Ich fand den kurzen Haarschnitt ungünstig; mit dem nackten Hals wirkte sie sehr verletzlich.

Sie hatte Ohrringe an, kleine Goldtropfen, die ihr einziges Zugeständnis an die Eitelkeit zu sein schienen. Kein Makeup auf der schönen reinen Haut. Mitte zwanzig. Keine Ringe an den Fingern, ein scharfkantiges Kinn. Sie tippte mit halb zugekniffenen, etwas verschleierten Augen, die sie allerdings manchmal weit aufriss, um auf die Tastatur zu starren, als benötigte sie eine Brille.

Die Ausstattung ihres Abteils war karg. Andere Beamte hatten Familienfotos; sie hatte Aktenordner. Andere hatten Garfield-Poster oder Kunstkalender; sie hatte zwei Loseblattmappen und einen Notizblock mit Spirale. Auf ihrer Kaffeetasse prangte das Logo einer Bank; ein Werbegeschenk, kein Zeichen der Treue. Auf einem Wandbrett lag ein Kunst- und Antiquitätenmagazin, und ich fragte mich, ob sie vielleicht einen zu teuren Geschmack hatte. Sie konnte die Zeitschrift allerdings auch bei einem Einsatz ergattert haben.

Ihr kleines Abteil erinnerte mich an Mooneys spartanisches Büro. Irgendwas an dem Vergleich missfiel mir.

Sie lehnte sich auf ihrem Stuhl zurück, lockerte die Schultern und seufzte. «Kommt mir so vor, als würde ich nur

Papierkram erledigen. Mein Schreibtisch ist ein totales Chaos.»
«Sieht doch gar nicht so schlimm aus», sagte ich.
Sie sah mich fest an. «Als Sie im Polizeidienst waren, haben Sie da auch den ganzen Tag getippt?»
«Ziemlich viel.» *Sie hat sich also über mich informiert,* dachte ich. *Na ja, wenn ich Polizistin wäre, hätte ich das auch getan.*
«Ich habe ein bisschen mit Ihrem alten Chef geplaudert.»
«Aha.»
«Wie sind Sie denn mit ihm ausgekommen?»
Ich musterte ihr Gesicht, aber sie schien es in aller Unschuld zu meinen. Als ich noch für Moon arbeitete, gab es einen Männerbund unter den Cops, der die Lüge verbreitete, ich hätte mit ihm geschlafen, um meine Kripomarke zu bekommen.
«Gut», sagte ich.
«Muss wohl als Chef ganz in Ordnung sein.»
«Wollen Sie zur Kripo?» Normalerweise singe ich Mooneys Lob. Ich ertappte mich dabei, dass ich vor Teri Kiley nur ungern über seine Tugenden sprach.
«Wer wollte das nicht?» Sie schaute kurz nach links und nach rechts und senkte die Stimme. «Ich will hier raus, soviel ist sicher. Ich glaube allmählich, dass ich viel mehr tippe als alle anderen. Sind diese Typen einfach schneller mit dem ganzen Kram? Oder sehe ich so aus, als wäre ich jemandes Sekretärin?»
«In meinen Augen nicht.»
«Man kriegt hier leicht die Paranoia, wenn man sich vorstellt, dass man immer zurückgesetzt wird, weil man eine Frau ist.»

«Nur weil Sie die Paranoia haben ...», hob ich an.
«Ich bin zum Beispiel so paranoid zu glauben, dass ich keine Chance habe, es bis in die Abteilung Ihres Kumpels zu schaffen. Keiner ruft mehr nach der Solofrau im Dezernat.»
«Wieso?»
«Sie waren doch die einzige Frau, stimmt's?»
«Ja.»
«He, natürlich gibt's keine Diskrimierung: Seht her, wir haben einen Schwarzen, einen Latino, eine Frau ... Sie kennen das sicher. So war es immer, aber in jüngster Zeit ist den Chefs sogar die Quote egal. Ihnen kann ich es ja sagen, aber sobald das jemand anders hört – schon heißt es, ich wäre paranoid.»
Gelächter erscholl bei einer Gruppe von drei Polizisten am Kaffeeautomaten. Einer machte eine obszöne Geste, und ein anderer tat so, als wolle er ihn dafür in den Magen boxen.
Teri Kiley merkte, dass ich hinsah. «Raten Sie mal, wovon die reden.»
Ich fragte mich sekundenlang, welche Rolle ich wohl im Abteilungstratsch über Teri spielte. War ich die lesbische Geliebte der strammen Polizistin oder die treue Ehegattin, die ihren Mann aus deren zarten Fängen reißen wollte?
«Football?»
Teri lehnte sich wieder auf ihrem Stuhl zurück und brachte fast ein Lächeln zustande. «Was kann ich für Sie tun?»
«Geben Sie mir die Genehmigung, Valentine Phipps' Wohnung betreten zu dürfen.»
«Heute wollen Sie's genehmigt haben?» Sie betonte das Wort *heute*.

Ich erklärte ihr flüchtig meinen Auftrag, ließ jedoch den Namen von Bronson Hohen geflissentlich aus dem Spiel. Sie drehte eine ihrer kurzen Haarsträhnen zur Locke und bedachte mich mit einem kühlen Blick aus ihren grauen Augen.

«Hat vielleicht jemand ein Adressbuch gefunden?», fragte ich. «Das würde Zeit sparen.»

«Nein.»

«Oder ein Testament?»

«Nein. Der Vermieter müsste die nächsten Angehörigen in seiner Akte haben.»

«Hat er aber nicht.»

«Nein?»

«Er ist damit einverstanden, dass ich selbst danach suche – sofern die Polizei fertig ist.» Ich sprach den letzten Teil des Satzes so wie eine Frage.

Sie antwortete wieder mit einer Frage. «War doch eigentlich reine Routine, oder?» Ich hörte einen herausfordernden Unterton heraus, der vielleicht gar nicht da war.

«Kommt ganz darauf an. Haben Sie auch unter der Leiche Tabletten gefunden oder nur ringsherum?», fragte ich.

Sie warf mir einen prüfenden Blick zu.

«He, ich hab schließlich mal mit Mooney zusammengearbeitet.» Ich zog eine Show ab, das gebe ich zu. Pillen, die effektvoll verstreut worden waren, während Valentine bewusstlos auf dem Boden lag, wären ein deutlicher Hinweis auf einen inszenierten Selbstmord gewesen.

«Der Bericht ist noch nicht da.» Sie hätte ebenso gut sagen können: «Das geht Sie nichts an.» So war es nämlich gemeint.

«Warum haben Sie dann den Schauplatz versiegelt?»

«Befehl», erwiderte sie lakonisch. «Wegen der Presse.»

«Ich jedenfalls habe nicht vor, mit der Presse zu reden.»

Sie ließ meine Bemerkung eine Weile im Raum stehen. «Irgendetwas beunruhigt Sie. Was?»

Sehr helle, dachte ich anerkennend. Sie hatte es anteilnehmend und mit dem Ernst einer Beichtmutter gesagt.

«Nichts», sagte ich.

«Na hören Sie, man verliert doch seinen siebten Sinn nicht, nur weil man den Dienst quittiert hat!»

«Sie haben zu viel Phantasie.» Ich ließ mir meinen Verdruss nicht anmerken. Mit diesem Schmarren mochte sie ja bei Straftätern Erfolg haben, aber nicht bei mir. Sicher, Valentines Telefon auf dem Fußboden beunruhigte mich ebenso wie Gwens Verschwinden oder ihre Initialen in Perittis Büro, aber nur weil ich beunruhigt bin, schütte ich noch lange nicht einer Polizistin mein Herz aus.

Sie stopfte das Formular, das sie gerade am PC ausgefüllt hatte, in einen braunen Umschlag, leckte an der Klebekante und pappte ihn mit einem vehementen Schlag zu.

«Gut, machen wir's so: Ich öffne Ihnen die versiegelte Tür, aber nur, wenn ich mitfahren darf. Wie finden Sie das? Was dagegen?»

Es würde mir die Suche nach Paolinas Foto erschweren. «Würde es etwas ändern, falls ja?»

«Keineswegs», erwiderte sie.

Sechzehn

Beim Verlassen der Polizeiwache, auf dem Weg einen halben Block weiter bis zum Parkplatz und während ich den Beifahrersitz des verbeulten Dienstfahrzeugs für mich herrichtete, erwog ich verschiedene Möglichkeiten, wie ich Teri loswerden konnte. Allem Augenschein nach hatte vorher ein zu kurz geratener Cop seinen Hintern hier geparkt und drei Päckchen Camel geraucht. Überall Asche rings um den überfüllten Aschenbecher und auf den feuchten grauen Fußmatten. Teri plauderte unentwegt fröhlich über das Wetter, aber ich hielt nicht mit. Ich vermisste Mooneys Ruhe an ihr, die Art, wie er eins nach dem anderen anging, ohne je etwas zu überstürzen, aber auch ohne je zu langsam zu sein. Diese Frau war für meinen Geschmack viel zu nervös, sie fummelte ständig an den Knöpfen ihrer Uniformbluse herum oder trommelte mit den Händen aufs Lenkrad.

Immerhin fuhr sie nicht schlecht, das musste ich ihr lassen. Sie passte sich der Ebbe und Flut des Verkehrs an, ohne zu schnell Gas zu geben oder dauernd auf die Bremse zu treten.

«Schlüssel?», fragte ich.

«Wir stoppen kurz beim Hausverwalter.»

«Es gibt keinen Hausverwalter.»

«Doch, zwei Häuser weiter, und er hat zu allen Peritti-Wohnungen in der Kilmarnock Schlüssel.»

Das hatte Peritti mir nicht gesagt. Ich ärgerte mich, dass Teri besser informiert war.

«Wenn er nicht zu Hause ist, dürfen Sie wieder einbrechen», bemerkte sie trocken.

Einem Cop zeigen, wie man ein Schloss knackt? Bestimmt nicht. Zu meiner Erleichterung war der Verwalter nur allzu glücklich, die Schlüssel einer Frau in Uniform auszuhändigen. Ein Blick auf den blauen Anzug, und die Bitteschöns troffen ihm nur so von den Lippen. Ich erinnere mich noch daran, dass die Leute bei mir auch so reagierten.

Sollte ich kein Testament und keine Heiratsurkunde finden, dachte ich, als ich unten in dem engen Vorraum darauf wartete, dass Teri die Tür aufschloss, *dann liegt vielleicht wenigstens irgendwo ein Adressbuch herum, in dem Gwen Taymore steht.* Gwen konnte mir bestimmt sagen, ob Valentine je den Namen ihres ersten Mannes oder den seines erfolgreichen Enkels aus der Musikbranche erwähnt hatte.

Teri und ich einigten uns darauf, die Treppen übungshalber zu Fuß hinaufzusteigen, statt den Aufzug zu nehmen.

«Ihr Klient hat die Frau also jahrelang nicht gesehen», sagte sie auf dem ersten Treppenabsatz nachdenklich.

«Hat sie nie gesehen», verbesserte ich.

«Aber falls sie etwas besitzt, beansprucht er es für sich. Wegen all der liebevollen Fürsorge, die er der alten Dame gewidmet hat.»

«Wenn sie *wirklich* die besagte Frau ist und *wirklich* etwas hat, das seinem Großvater gehörte, würde er es einfach gern wieder in den Schoß der Familie zurückführen. Er will niemanden berauben.»

«Klar.»

Im Flur vor Wohnung 4A war es still. Teri schlitzte die Versiegelung mit ihrem Taschenmesser auf.

«Keine Kratzer», bemerkte sie, als sie den Schlüssel umdrehte. «Gute Arbeit, das Schlossknacken.»

«Danke.»

«Wenn ich den Namen Ihres Klienten wüsste, könnte ich Ihnen sagen, ob ich ihn irgendwo in den Papieren gesehen habe.»

Netter Versuch, dachte ich.

Valentine Phipps' Wohnung, kaum zwei Tage leer, roch schwach nach Mottenkugeln und schmutziger Wäsche.

«Kein Schreibtisch», rief Teri aus dem Wohnzimmer. «Jedenfalls nicht hier.»

Auf einer vollgestellten Konsole in der Diele standen zwei gleiche Werbebroschüren neben einer dicken Paperbackausgabe von *Vom Winde verweht* und einem Hardcover mit dem Titel *Helden der Bibel.* Außerdem eine Bechertasse voller Stifte und ein Blechdöschen mit Pfefferminzchen gegen schlechten Atem.

Keine Rechnungen. Nichts von Wert.

Ich prägte mir den Grundriss von Valentines Wohnung ein. Die Flure und Zimmer. Die Möbel. Je genauer ich Hohen alles beschreiben konnte, umso besser.

«Wo wollen Sie anfangen?» Teri sah mich argwöhnisch an.

«In der Küche.» Wenn es kein Arbeitszimmer oder Büro gibt, ist das Schlafzimmer der Ort, an dem man aller Wahrscheinlichkeit nach private Dokumente findet.

«Gut.»

Ich zog mir Einmalhandschuhe aus Latex an, als wir das Wohnzimmer durchquerten. Teri ebenfalls. Sie gehören zur Standardausrüstung der Polizei. Nicht zur Vermeidung von Fingerabdrücken. Im Zeitalter von Aids fühlen sich Polizisten, die ja bekanntlich mit mehr Körpersäften in Berührung kommen, als ihnen lieb ist, in der Öffentlichkeit wie in Privaträumen ohne Handschuhe nackt.

Falls ich das Foto von Paolina in einer Küchenschublade fand, konnte ich leichthin sagen: «Hoppla, das muss mir runtergefallen sein.» Oder ich sagte gar nichts und steckte es einfach in die Tasche. Und was war, wenn mich Teri ausgerechnet in dem Augenblick beobachtete?

Ich begann mit einer Schublade rechts neben der Spüle und holte systematisch zusammengefaltete Rezepte, Gummiringe, Klebeband und Schnur heraus. Aus einer Plastikflasche war flüssiger Klebstoff über einen Haufen Büroklammern gelaufen.

Ab welchem Alter sollte man seine Schubladen aufräumen und sich auf den Tod vorbereiten? Mich verfolgt immer die Vorstellung, jemand würde meine Sachen durchwühlen, wie ich jetzt Valentines durchwühlte. Ich wünsche mir eine häusliche Feuerbestattung, bei der all meine dummen Siebensachen mit verbrannt werden, so dass niemand etwas von den Lippenstiften erfährt, die ich gekauft habe und die absolut, wirklich absolut daneben sind, von den unterfütterten BHs und den spitzen Schuhen, die ich nie getragen habe und die immer noch im Karton in Seidenpapier vor sich hin modern.

Ich bezweifle, dass meine umweltbewussten Nachbarn in Cambridge einen solchen Scheiterhaufen gutheißen würden. Vielleicht konnte Roz einen Trödelmarkt am Totenbett veranstalten.

Teri fing am Lichtschalter an und arbeitete sich nach rechts weiter. Ich bewegte mich von der Speisekammer aus nach links wie das Hebräisch in den Büchern meiner Großmutter. Ich spürte förmlich, dass mich Frau Polizistin im Auge behielt. Vielleicht, um zu sehen, ob ich etwas stibitzte. Oder sie war einfach nur neugierig, wie ich vorging. Ich hatte schließlich einmal den Job im Morddezernat gehabt, den sie anstrebte, und ihn aufgegeben. Sie hatte allen Grund zur Neugier.

Valentine hatte eine Schublade ausschließlich mit Parfümproben aus dem Kaufhaus gefüllt. Warum? Hatte sie irgendeinen Wert darin gesehen?

Das Telefon lag immer noch da, wo ich es zuletzt erblickt

hatte, auf dem Fußboden. Das Kunststoffgehäuse war zerbrochen. Deshalb hatte es so merkwürdig ausgesehen …

«Sie glauben, dass sie ermordet worden ist.» Teris Worte gaben so präzise wieder, was ich gerade dachte, dass ich das Gefühl hatte, sie könnte Gedanken lesen.

Ich weiß es. Das sprach ich jedoch nicht laut aus, weil ich fürchtete, dann würde sie mich vom Tatort verscheuchen, Handschuhe hin, Handschuhe her. Ich zwang mich, von dem zerschmetterten Telefon wegzuschauen.

«Nichts zu finden», sagte Teri.

«Vielleicht hat Mrs. Phipps beschlossen, sich von persönlichen Dingen zu trennen, nachdem der Vermieter das erste Mal bei ihr hereingeplatzt ist.»

«Sie wegzuwerfen?»

«Das eine oder andere. Und den Rest zu verstecken. Sie hat mich gefragt, wo ich etwas verstecken würde, wenn es sein müsste.»

«Sie würde doch so etwas Normales wie ein Adressbuch nicht verstecken! Jeder hat ein Adressbuch.» Wie zur Bekräftigung schob sie eine Schublade mit einem Knall zu.

«Dann wird es wohl auch zu finden sein.»

«Tut mir Leid, ich wollte nicht laut werden oder – wie soll ich sagen – spitz klingen. Ich hasse diese Art von Arbeit. Die Angehörigen sollten alles durchsehen, wenn jemand gestorben ist, oder Freunde. Keine Fremden …»

Wir suchten weiter, einander ebenso fremd, wie uns Valentine Phipps fremd war. Ich versuchte es mit dem Spielchen «Kennen Sie den-und-den?», wobei ich die Namen von Beamten einstreute, mit denen ich zusammengearbeitet hatte, aber wir hatten kaum gemeinsame Bekannte. Ich habe lange Zeit allein gearbeitet und hatte nie einen kamerad-

schaftlich-lockeren Umgang mit meinen Kollegen, außer mit Mooney.
Zu hören war nur das Rascheln von Papier und das Geklapper von Gegenständen. Dann seufzte Teri. «Ich würde mein Testament nicht in einer Küchenschublade aufbewahren.»
Ich auch nicht. Ich würde höchstens ein Foto in eine Küchenschublade legen.
«Okay, vielleicht sollten wir die Räume aufteilen. Wohnzimmer, Küche, Schlafzimmer und Bad. Ganz schön viele Schränke, und dann noch die Kartons an der Wand …» Ich sagte es bewusst so, als erfordere die Durchsuchung der Wohnung, so klein sie war, einen ganzen Tag, in der Hoffnung, sie hätte am Nachmittag einen Gerichtstermin.
«Wo haben Sie Ihr denn geraten, ihr Zeug zu verstecken?»
«Ich habe ihr nicht geraten, überhaupt etwas zu verstecken.»
«Aber Sie sagten doch …»
«Sie hat mich gefragt, wo ich etwas lassen würde, wenn ich etwas zu verstecken hätte.»
«Und was haben Sie ihr gesagt?»
«In einem Banksafe.»
«Dann sollten wir nach einem Schlüssel dafür suchen», sagte Teri langsam.
«Der überall und nirgends sein könnte. Sagen Sie, haben Sie die Telefonnummer des häuslichen Pflegedienstes gefunden?» Ich sagte es ganz beiläufig. «Die Pflegerin wüsste vielleicht, wo die alte Dame ihren Privatkram aufbewahrt hat.»
«Nein. Aber wenn wir sie brauchen, finden wir sie auch.»
Das sagte sie mit dem Nachdruck einer Repräsentantin des

großen Polizeiapparats. Dann fügte sie noch hinzu: «Ich nehme mir mal das Wohnzimmer vor.» Sie wollte also ihren Posten nicht aufgeben und zur Wache zurückfahren. «Dann werde ich das Schlafzimmer durchforsten.» Ich sagte es so, als hätte ich das nicht längst vorgehabt.

Ich stellte mich neben das Doppelbett, so weit wie möglich in die Mitte des Zimmers, und drehte mich langsam um mich selbst. Das Bett war ungemacht, die schäbige Steppdecke lag auf dem Fußboden. Die Kommode mit ihren drei Schubladen war aus billigem Kiefernholz zusammengezimmert. Auf einem Nachtschränkchen aus dunklerem Holz stand eine Messinglampe in Leuchterform. Die Grundfarbe war Blau, die Vorhänge dunkel, die Steppdecke hell. Weiße Laken.

Keine Erbstücke oder Kunstgegenstände, soviel ich sehen konnte. Kein silbergerahmtes Foto von einem älteren Herrn, das eine Familienähnlichkeit mit Hohen aufgewiesen hätte.

Ich trat unruhig hin und her, und während ich meine Augen kreisen ließ, wuchs meine Erregung. Die obere Schublade des Nachttischchens stand einen Zentimeter offen. Die mittlere Schublade der Kommode war nicht richtig zugeschoben worden. Eine Ecke des Bettvorlegers war umgeschlagen; in der Mitte des Teppichs hatte sich eine leichte Falte gebildet, als wäre er hastig aufgenommen und wieder hingelegt worden.

Einzeln betrachtet war das alles unbedeutend. Aber zusammen fielen diese Spuren ins Auge wie eine Plakatwand am Straßenrand. Jemand hatte das Zimmer durchsucht. Ich kauerte mich hin, spähte unter das Bett und tastete die Unterseite der Matratze ab. Dann zog ich die Nachttischschubladen auf und durchstöberte sie gewissenhaft, obwohl ich wusste, dass schon jemand anders vor mir darin herumgesucht hatte.

Ich hatte den Eindruck gewonnen, dass Valentine Schmuck gemeint hatte, als sie mich fragte, was man mit «etwas von Wert» tun sollte. Frauen bewahren ihren Schmuck in Bettnähe auf. Diebe wissen das.

Hohen war sehr vage geblieben, was die «Familienerbstücke» betraf. Meines Erachtens konnte er es ebenso gut auf das Familiensilber abgesehen haben wie auf das Eierlikörrezept der Familie. Ob er seiner Mutter geglaubt hatte, als sie die Witwe ihres Vaters des Diebstahls bezichtigte? Wer hatte das Schlafzimmer durchsucht? Warum war es mir nicht letztes Mal schon aufgefallen, als ich laut nach Valentine gerufen hatte? Ich hatte mich schnell bewegt, mich darauf konzentriert, sie zu finden, aber …

«He!» Teri rief aus dem Wohnzimmer.

«Was ist?» Ich war selbst überrascht, wie nonchalant meine Erwiderung klang.

«Kommen Sie mal her! Das finde ich gar nicht gut.» Sie sprach barsch und etwas gepresst.

«Was denn?»

«Hier. Was ist das Ihrer Meinung nach?»

Sie wies auf die Ritze zwischen Sofarücken und Kissen. Ich kniete nieder, um einen besseren Blickwinkel zu haben, und sah ein grünes rundes Plastikdöschen, das mit einem weißen Stöpsel verschlossen war.

«Eine Pillendose.»

Sie beugte sich vor und schnappte es sich mit ihrer behandschuhten Hand, ehe ich vorschlagen konnte, es erst an Ort und Stelle zu fotografieren.

«Wahrscheinlich nichts Besonderes.»
«Ja», pflichtete ich ihr bei. «Trotzdem ...»
Sie hielt es ins Licht, so dass das Etikett von der Apotheke zu erkennen war. «Novodigoxin. 0,5 mg.» Auf einem kleinen Aufkleber stand der Hinweis: DIESES MEDIKAMENT NICHT MIT MILCH ODER MILCHPRODUKTEN EINNEHMEN.
Ein Herzmittel. Digitalis.
Teri studierte das Etikett, als wollte sie es auswendig lernen. Ich fragte mich, ob sie wusste, was es war. Ich kannte es, weil meine Tante Bea etwas Ähnliches genommen hatte, bevor sie starb. Wenn sie Schmerzen im Arm oder in der Brust hatte, legte sie sich eine Tablette unter die Zunge.
Teri drehte das Röhrchen in der Hand. «Vor kurzem verschrieben. Das Verfallsdatum ist noch weit entfernt, das Zeug ist also nicht alt.»
«Hätte Mrs. Phipps nicht viel genützt, da hinten in der Sofaritze.» Ich folgte Teri in die Küche, sah zu, wie sie eine Plastiktüte aus der Sammlung unter der Spüle hervorzog und das Pillendöschen hineinfallen ließ.
«Mir kommt da gerade eine Idee», sagte sie.
«Und?»
«Besuchen wir Ihren Kumpel Mooney.»

Siebzehn

Moons Office ist in der alten Straßenwache D in Southie, wo das Morddezernat auf höhere Anordnung seit Jahren untergebracht ist, in erster Linie, um in dieser Gegend für etwas Ruhe zu sorgen. Vor kurzem wurde ihm gedroht, ins neue Hauptquartier in der Ruggles Street umziehen zu müssen, damit er mehr Papierkram erledigt bekommt und «im Sinne einer besseren Kommunikation auf Führungsebene», wie es im Fachjargon heißt. Mooney liebt die D-Wache. Mich hingegen macht Southie nervös. Der Stolz, den die amerikanischen Iren dort herauskehren, geht mir auf den Keks. Die Anwohner behandeln mich immer so, als sei ich eine der Ihren, als wären mein rotes Haar und mein halbwegs irisches Äußeres eine Art Passierschein für diesen Stadtteil. Ihre Anbiederung ist mir unangenehm und weckt bei mir ein Gefühl, als würde ich unter falscher Flagge segeln.

Teri, die den Dienstwagen auf dem Parkplatz mühelos rückwärts in eine enge Lücke setzte, schien sich auszukennen. Während der Fahrt hatte sie wenig gesagt. Ich hatte beobachtet, dass sie auf den vollen Straßen ständig die Augen schweifen ließ, wie es Polizistenpflicht ist, und die falsch geparkten Lieferwagen, das kaputte Verkehrsschild und die herumlungernden Jugendlichen in Lederjacken im Blick hatte. Sie hatte über Funk entsprechende Angaben gemacht und in ihrem Dienstbuch herumgekritzelt.

In der D-Wache ist Moons Zimmer außer den Toiletten der einzige Raum mit verschließbarer Tür. Wir meldeten uns beim wachhabenden Beamten, der wissend lächelte und uns erklärte, wie wir dorthin gelangten, obwohl ich das noch nicht vergessen hatte.

Teri strich mit der Hand durch ihr Haar und verzog nervös den Mund zu einem Probelächeln. Es schockiert mich immer wieder, aber Tatsache ist, dass die Truppe Angst hat vor Mooney, während er mich überhaupt nicht einschüchtert. Allerdings hatte er, als ich ihn kennen lernte, weder den Rang noch den Ruf, den er heute genießt. Damals war ich noch zu jung, um die Hackordnung unter den Beamten zu erkennen, und zu naiv, so dass ich die Leute nur nach ihren Fähigkeiten beurteilte. Zu blöd.

Wer Angst vor Kompetenz hat, den lehrt Moon wahrhaftig das Gruseln. Wenn man jedoch seine Arbeit tut, hat man von ihm nichts zu fürchten. Teri zupfte am Saum ihrer Uniformjacke, holte tief Luft und klopfte an die Tür.

«Herein.»

Er starrte uns beide einen Augenblick an, dann nahm er die Lesebrille ab und schob sie in die oberste Schreibtischschublade. Er musste sich diese Lesehilfe zulegen, als er vierzig wurde. Damit er sich erinnern könnte, wie alt er sei, sagte er, und langsamer träte.

«Hat sie dich verhaftet?» Er zog die rechte Augenbraue hoch.

«Sehr witzig», erwiderte ich.

«Hallo, Theresa, was gibt's denn?» Er bedachte sie außer mit ihrem vollen Namen mit einem breiten Lächeln. So liebevoll, wie er dieses «Theresa» aussprach, klang es zärtlicher als ein Spitzname. Ich sah ihn scharf an.

Mit seinem graugrünen Hemd, das in einer Khakihose mit Gürtel steckte, sah er nicht aus wie ein Cop – eher wie ein Professor, der häufig ein Fitness-Studio besucht. Die Lesebrille hatte eine rote Druckstelle auf seinem Nasenrücken hinterlassen. Einen Moment lang malte ich mir den muskulösen Körper unter dem Hemd aus, wie ich es vielleicht bei einem Mann tun würde, den ich in einer Bar bei einem Glas Guinness kennen gelernt hatte. Ich fragte mich, ob ich ihn mit den gleichen Augen sah wie Teri.

«Haben Sie schon den Laborbericht über den Todesfall Phipps?» Sie war sich anscheinend der unterschwelligen Spannung nicht bewusst. «Die alte Frau aus Fenway?»

«Versucht sie, einen Mordfall daraus zu drehen?» Er wies

mit dem Kinn in meine Richtung. «Sie braucht vielleicht mehr Arbeit, wir aber nicht.»
«Ich fürchte, sie könnte Recht haben.» Teri sprach in einem entschuldigenden Ton. «Es ist etwas zu Tage gekommen. Wenn Sie es einem Kollegen aus dem Dezernat überlassen wollen, gut, aber falls Sie gerade personalknapp sind, würde ich es gern übernehmen.»
Hatte Teris Stimme immer so einen warmen, kehligen Klang, wenn sie mit männlichen Kollegen sprach? Arbeitete ich etwa mit dem gleichen Trick? Hoffentlich nicht.
«Wenn es sich lohnte, würde ich Sie darauf ansetzen», sagte Mooney. «Es handelt sich jedoch um einen sauberen Tod.»
«Nicht ganz», fiel ich ihm ins Wort.
«Carlotta, der Gerichtsmediziner hat gerade einen hübschen Herzinfarkt diagnostiziert. Die Frau war in ärztlicher Behandlung …»
«Das wissen wir. Warum erzählen Sie's ihm nicht, Teri?»
Sie straffte die Schultern und wies mit einem Nicken auf mich. «Sie ist für einen möglichen Erben tätig. Ich habe sie zur Wohnung der Verstorbenen begleitet, wo sie nach einem Testament suchen wollte.»
«Sie sind aber dabei geblieben.»
«Eine reine Vorsichtsmaßnahme.»
«Ich glaube, Theresa traut dir nicht», sagte er zu mir gewandt. «Sie ist clever.»
Las ich mehr in die Blicke hinein, die sie wechselten, als ich sollte? Teri hatte nichts darüber verlauten lassen, dass ihre Beziehung über gelegentliche Hallos und ihr Interesse an einem Wechsel zum Morddezernat hinausging. Ich dachte an Moons Bemerkungen am Telefon zurück. Was genau hatte er über sie gesagt?

Teri sah ihm immer noch in die Augen. «Ich habe ein Pillendöschen gefunden, ein rezeptpflichtiges Herzmittel – hinter einem Sofakissen versteckt.»
«Komischer Platz.» Er erwiderte ihren Blick.
Ihre Wangen röteten sich. «Ich habe nach einem Adressbuch gesucht, dachte, es könnte dahinter gefallen sein …»
«Gute Arbeit», sagte Moon.
«Mrs. Phipps ist im Badezimmer gestorben», mischte ich mich ein. «Man kann sich gut vorstellen, dass sie dort nach ihrem Medikament gesucht hat. Das Arzneischränkchen stand offen. Pillen lagen auf dem Fußboden herum.»
«Wollt ihr mir erzählen, dass sie ihre Pillen verlegt hatte?»
«Nummer eins», sagte ich schroffer, als ich eigentlich wollte: «Im Schlafzimmer gibt es Anzeichen dafür, dass es durchsucht worden ist. Es sei denn, die Polizei hat aufzuräumen vergessen.»
Teris Augen verengten sich. «Absolut nicht.»
«Und Nummer zwei …»
Moon verdrehte die Augen. «Ich will das nicht hören.»
«Das Telefon.»
«Was ist damit?»
«Als ich die Leiche entdeckte, habe ich bemerkt, dass das Telefon von der Küchenanrichte heruntergerissen worden war.»
Moon holte Luft. «Okay, kapiert. Kranke Frau kann Pillen nicht finden, will Arzt anrufen, reißt Telefon runter.»
«Ihre Pillen waren versteckt», sagte ich.
«Verlegt», korrigierte mich Moon.
«Sieh dir das Telefon mal genau an.»
«Warum?»
«Es ist kaputt.»

«Kein Amtszeichen?»
«Das Gehäuse ist zerbrochen.»
«Es ist ja auch runtergefallen.» Er sah mit hochgezogener Braue Teri an, als sollte sie in seinen Spott über meine «blühende Phantasie», wie er es zu nennen pflegte, einstimmen.
Ich nahm sein Schreibtischtelefon, riss daran, um zu sehen, ob die Schnur lang genug war, und ließ es fallen. Es landete mit einem befriedigenden Knall und leisem Klingeln auf dem Holzfußboden.
Beide Beamte protestierten. Mooney rief: «He! Was machst du denn da!», während Teri einen völlig unpassenden Schrei ausstieß und sich die Ohren zuhielt.
Ich bückte mich und hob den Apparat vom Boden auf, legte den Hörer wieder auf die Gabel und zeigte, dass sein Gehäuse unbeschädigt war.
Mooney murmelte leise: «Ja, ich sehe, da haben wir ein Problem.»
Ich stellte das Telefon auf den Schreibtisch zurück. «Diese alten Apparate gehen nicht so schnell kaputt. Die Bell Company wusste, wie sehr sie einen zur Weißglut bringen können, und hat sie verdammt bruchsicher hergestellt. Stell dir mal vor, du müsstest dein Telefon jedes Mal, wenn du es über den Fußboden gezerrt hast, durch ein neues ersetzen.»
«Was wollt ihr mir denn nun eigentlich sagen?» Moon lehnte sich in seinem Sessel zurück.
Teri, die in ihrem Notizbuch herumgeblättert hatte, hob den Kopf. «Ich bin da vielleicht auf einer Spur. Ich habe jede Menge Anrufe gemacht – die Pflegerin der verstorbenen Frau scheint für keinen der eingetragenen Pflegedienste zu arbeiten.»
«Das ist noch kein Verbrechen.»

Weshalb ich es nicht erwähnt hatte, ebenso wenig wie die Tatsache, dass Tony Peritti ihre Initialen auf ein Stück Papier gekritzelt hatte.
Hatte ich bloß das Telefon fallen lassen, so ließ Teri jetzt die Bombe hochgehen. «Ich habe also weiter nachgeforscht. Und diese Gwen Taymore, die Pflegerin, ist vorbestraft.»
Ich machte schon den Mund auf, um zu widersprechen, um zu sagen, das könne nicht wahr sein. Stattdessen kam heraus: «Was für eine Vorstrafe?»
Teri schien meine Reaktion zu gefallen. «Ich hab's letzte Nacht durchlaufen lassen. Ich weiß nicht alle Einzelheiten, weil es sich zum Teil um Jugendstraftaten handelt, über die nichts Näheres im Register erscheint. Aber sie ist mehrmals wegen Prostitution und Bagatelldiebstählen verurteilt worden.» Ihre Wangen hatten eine attraktive Rosafärbung angenommen, ihre Augen leuchteten.
«Gut gemacht.» Moon strich sich das braune Haar aus der Stirn und kratzte da, wo die roten Stellen waren, seine Nase. «Klingt so, als sollten wir in dieser Richtung weitermachen. Vielleicht war die Pflegerin gerade anwesend, als die alte Dame einen Herzanfall bekam, hat ihr das Medikament vorenthalten und auch noch das Telefon zerstört.»
«Warum?», fragte ich.
«Über das Warum brauchen wir uns jetzt noch keine Sorgen zu machen», erwiderte Moon. «Suchen wir die Frau, und reden wir mit ihr.»
Teri nickte feierlich, aber ein Lächeln kräuselte ihre Lippen.
«Theresa, Ihr Fall», sagte Moon.
Kein Wunder, dass sie lächelte. Sie wurde gerade befördert.
«Carlotta», fuhr er fort, «danke für deinen Einsatz. Aber von jetzt an hältst du dich raus.»

«Ich möchte gern helfen.»
«Du bist eine Privatperson. Und hältst dich da raus.»
Er wandte sich wieder Theresa zu, widmete ihr seine volle Aufmerksamkeit. Sie waren «wir», die Cops, das Team. Ich war außen vor. Teri setzte sich auf die Ecke von Moons Schreibtisch. Er lächelte. War das bloß eine herzliche Beziehung zwischen Kollegen? Ihre gegenseitige Bewunderung ließ mich im Regen stehen.
«Wenn ihr ein Testament findet», sagte ich, «ruft an.»
Ich bin nicht sicher, ob sie mitbekamen, dass ich ging.
Ich verbrachte den Nachmittag im Y. Ich überprüfte die Sporthalle, den Umkleideraum, die Schwimmhalle, tauschte Grüße und Klatsch aus und brachte das Gespräch immer unverfänglich auf Gwen Taymore. Keins der Mitglieder, mit denen ich sprach, schien zu wissen, wo sie wohnte. Sie hatte sich auch bisher nicht gemeldet, um Nachrichten entgegenzunehmen, und das betreffende Arrangement bestand nur inoffiziell. Die verantwortliche Frau lief knallrot an, als ich mit ihr darüber sprach, und erklärte, dass diese Bevorzugung, wenn sie denn existierte, sofort ein Ende haben würde. Eine Angestellte mit tränenfeuchten Augen und dem Namen Doris schwor, sich keines Unrechts bewusst gewesen zu sein, und die Vereinbarung mit Gwen habe schon vor ihrer Zeit bestanden. Die anderen drei Mitarbeiterinnen wussten nichts von Gwen. Rein gar nichts.
Ich fuhr nach Hause.

Achtzehn

Ich war raus.
Von Guinivere Taymores Verhaftung las ich am nächsten Morgen in der Zeitung, nicht meine Lieblingsart, die

Sportergebnisse zu erfahren und am allerwenigsten etwas über eine Frau, die ich kenne – eine Teamkameradin. Verdammt noch mal, ich hatte nicht einmal ihren Namen richtig mitbekommen; ich hatte gedacht, Gwen sei die Abkürzung von Gwendolyn. Ich studierte die Story zwei-, dreimal. Vielleicht habe ich die falsche Einstellung, aber die Fragen, die Journalisten stellen, sind selten die, auf die ich eine Antwort wissen möchte, während das, was sie auslassen, genau das ist, was ich unbedingt wissen will.

Ich fragte mich, ob die Polizei Gwen durch ihren Bewährungshelfer gefunden hatte. Eine Vorbestrafte …

Auf Seite fünf zitierte der Kommentator einen Ethiker aus medizinischen Kreisen, der meinte, dass viele Todesfälle von alten Menschen mit der Krankenpflege unqualifizierter Pflegekräfte in Zusammenhang ständen, doch würden die meisten jener Tode «Gott sei Dank» nicht vorsätzlich herbeigeführt. Er erwähnte Fälle, in denen reiche alte Menschen, von den eigenen, ach so beschäftigten Kindern verlassen, mit Katzenfutter ernährt und um Immobilien geprellt worden waren.

Peter Breeze hatte dem in den Stadtnachrichten eine Menge hinzuzufügen. Über unsere bösen Zeiten voller Niedertracht, über Alte, die als Kuh betrachtet wurden, die man melken konnte, statt als Familienangehörige, über Städte, die ihr Herz für Geld verkauften. Mit wenig Fakten, aber viel Getöse fiel er über die Hausbesitzer her, stellte jedoch keine Verbindung zwischen Peritti und Taymore her.

Gwens Foto prangte auf der ersten Seite, ein Porträt, auf dem sie verschreckt dreinschaute wie ein Reh ins Scheinwerferlicht. *Auf frischer Tat ertappt,* schien es zu sagen, als ob sich ihre Augen bereits schuldig bekennen würden, um mildernde Umstände zu erwirken. Ihr Anwalt, ein Pflichtverteidiger, von dem ich noch nie gehört hatte, erklärte, seine Mandantin sei das Opfer einer Vorverurteilung, verlangte wegen der Voreingenommenheit der Presse eine Verlegung der Verhandlung und sagte, dass er zwar höchst ungern das Argument der Rassendiskriminierung anwende, aber hier wäre der Fall ja wohl klar.

Boston hat einen Ruf als Rassistenstadt, und die Bostoner Polizei gilt ebenfalls als rassistisch. Es ist noch nicht allzu lange her, da haben Bostoner Polizisten Schwarze verhaftet, die auf die Straße gespuckt haben, und sie routinemäßig in die Mangel genommen, obwohl sie keine weitere Ähnlichkeit mit einem Verdächtigen aufwiesen als die gemeinsame Hautfarbe. Als Schwarzer durch einen weißen Vorort zu fahren ist immer noch gleichbedeutend mit einer Straftat. Und ausgiebige Presseberichte über Verbrechen, die Schwarze an Weißen begehen, schüren das Feuer noch.

Die Kommentatoren ließen sich über Pfleger aus, die das Vertrauen alter Menschen missbrauchten. «Nicht einmal die stärksten Schlösser können uns vor den ‹Helfern› bewahren, die wir in unseren Wohnungen willkommen heißen», tönte einer. Gwens Verhaftung hatte weit verbreitete schlummernde Schuldgefühle und schreckliche Ängste geweckt bezüglich der Altenpflege.

Ich schmiss die Zeitung mit einem verächtlichen Schnauben auf den Boden. Ich brauchte hieb- und stichfeste Informationen, Tatsachen, mit deren Hilfe ich mir einen Weg in den Fall zurückbahnen konnte.

Ich musterte meine Kühlschranktür, die als schwarzes Brett mit Magnethaltern dient. Roz war mir einiges schuldig, die Ergebnisse ihrer Computersuche über Valentine Phipps zum Beispiel, aber sie lagen nicht auf meinem Schreibtisch, und ich fand auch keine Entschuldigung oder Erklärung in dem ganzen Wust von abgelaufenen Gutscheinen, Sonderangeboten und Konzertankündigungen.

Als ich die Treppe hinaufging, verdichtete sich der Farbgeruch. Auf dem zweiten Treppenabsatz konnte ich ihn noch tolerieren, aber als ich mich Roz' Tür näherte, wurde er fast unerträglich. Ich trat auf jeder Stufe so kräftig wie möglich auf, um mein Kommen anzukündigen. Ich hörte keine Liebesschreie. Es war gegen zehn.

Die Mieterin – die Mieter – waren einigermaßen munter. In Hochform, könnte man sagen.

Roz, angetan mit einer Art Bergsteigergurten, hatte sich an der Zimmerdecke angeseilt. Ihr Aufzug schien ebenso für Freskenmalerei auf großer Höhe geeignet wie für sexuelle Ausschweifungen mit Peitschenspielen.

Der ziemlich kleine, dunkelhaarige neue Spielgefährte war ganz in die Aktion vertieft. Er kam gerade eine Aluleiter herunter und fuchtelte dabei mit einem Pinsel herum. Es hätte bedrohlich gewirkt, wenn er nicht barbrüstig gewesen wäre, Jockey-Shorts getragen hätte und mit gelber Acrylfarbe bekleckert gewesen wäre, die die kunstvolle Tätowierung auf seinem rechten Unterarm verschmierte. Roz steht auf Tätowierungen, besitzt selbst ein paar irrwitzige. Wo, zum Teufel, findet sie immer diese Typen? Wie füllt sie Nacht für Nacht ihr Bett, ohne eine nennenswerte Pause zwischen den Männern zu machen? Ich habe sie nie mit einem unattraktiven Partner zusammen gesehen, sie hält sich also zumindest an gewisse körperliche Normen.

Die Fresken hatten sich mächtig weiterentwickelt. Zu den Bögen, den Schwüngen und dem herrlichen Big Mac hatten sich herausfordernde politische Symbole gesellt: Stars and Stripes, Stern und Halbmond, Hammer und Sichel in ehemaligem Glanz. Roz malte anscheinend gar nicht. Sie befestigte eifrig ein Kunstfasernetz an herabbaumelnden Haken.

Wenn sie runterfiel, wie, zum Teufel, sollte ich das einem Versicherungsvertreter erklären?

Sie blickte zu mir herab. «He, Carlotta, jetzt wird eine Installation daraus. Wir basteln an einer Art fetten Spinne, einer Denkspinne, mehr als Dekoration. Und dann setzen wir richtige Viecher …»

«Überleg's dir noch mal.»

«Sie werden in Plexiglaskästen sitzen. Ich hoffe, auch ein paar Eidechsen. K-Rob hat Wassermolche und meint, dass die cool sind. Und ein paar ausgestopfte Florida-Alligatoren, also Tod und Leben gegenübergestellt …»

«Entspricht dem Lebendig-Toten der kapitalistischen Marktwirtschaft, die das Deckengemälde darstellt.» Der Freund schien sich in Unterhosen und Farben ganz wohl zu fühlen. «Die platte Gegenständlichkeit des Big Mac hier wird von der Mehrdimensionalität des Plastiknetzes aufgefangen, und die gefangenen Insekten und Echsen symbolisieren den spirituellen Kerker des organischen Verfalls …»

«Nett, Sie kennen zu lernen.» Ich streckte ihm die Hand hin. «Sie sind K-Rob?»

«Ich bin Künstler.» Er ließ mich in den vollen Genuss riesiger dunkler Augen unter schweren Lidern kommen. Seine dichten Wimpern waren kohlrabenschwarz.

O ja, dachte ich, *ein Angeber bist du.*

«Ich wollte mir eigentlich keinen Vortrag anhören», sagte

ich. «Roz, wenn ein einziges Vieh dem Plexiglas entkommt, ist es vorbei mit dir.»

K-Rob fuhr ungerührt fort. «Damien Hirst hat eine Acrylkiste mit einem Rinderkopf und Maden drin verwendet. Ich glaube nicht, dass er irgendwelche Schwierigkeiten hatte, weder durch ausreißende Maden noch durch wanderndes Rinderhirn, Sie brauchen sich also keine Sorgen zu machen.»

Er ließ sich noch weiter darüber aus, während ich mir im Stillen vornahm, Gesundheit und Wohlergehen meines Katers T. C. und meines Sittichs Red Emma im Auge zu behalten, damit sie nicht Teil dieser surrealistischen Menagerie wurden. Der Typ war keine der typischen Eroberungen von Roz. Immerhin brachte er ganze Sätze zustande.

Ich beschloss, meine Informationen einzuholen und zu gehen. «Roz, hast du mir die Daten über Valentine besorgt?»

«Die von der Pflegerin umgebracht worden ist?»

«Sie ist keine Pflegerin, und sie hat es vielleicht gar nicht getan.»

«Oh.» Wie sie es sagte, hieß oh «ach was». Soviel zur überparteilichen Presse und aufgeklärten Bürgerschaft.

«Roz, hast du den Suchlauf fertig?»

«Ja, ja, sicher. Der Ausdruck muss in der Küche sein, wo habe ich ihn bloß hingelegt? Ich hatte gerade Erdnussbutter gegessen, hab ihn also wahrscheinlich in den Schrank getan. Tut mir Leid.»

«Schon gut.»

«Wenn die Installation fertig ist, Carlotta, gibt's eine Besichtigung.»

«Nun mal langsam. Das ist immer noch mein Haus.»

Der Freund kletterte wieder die Leiter hoch. «Tja, aber es ist ihre Kunst. Ihre Schöpfung, ihr Eigentum.»
«Ihr sollen meine Wände gehören? Das ist mir ja ganz neu.»
Roz schaltete sich ein. «K-Rob arbeitet für die Museumsschule. Er wird mein Werk fotografieren.»
Ich fand, dass er lieber ein Video machen sollte. Dann war das Video ihr Eigentum. Nicht die Wände. Die Museumsschule ist Teil des Museums für bildende Künste. Eine angesehene Einrichtung.
«Habt ihr euch da kennen gelernt? In der Schule?» Ich hätte nicht fragen sollen, aber ich war neugierig. Bei mir dauert es immer eine Ewigkeit, bis ich einen Mann kennen lerne, mit dem ich eventuell schlafen würde. Ich hatte auf einmal Mooney vor Augen: seine schlanken Hüften in den Khakis, die Brille, die er so hastig abnahm, die Druckstelle auf seiner Nase. Hatte ich zu lange gewartet, war ich einfach einsam oder ausgedürstet, oder ließ ich mich von der Vorstellung «Mooney und Teri» so hinreißen? Wurde Mooney etwa immer begehrenswerter, nur weil eine andere Frau ihn attraktiv fand?
Roz kicherte. «Schule? No.»
«Gemeinsame Freunde?»
«Kennenlernen ist doch völlig out.»
«Ich habe sie mir geschnappt», ergriff K-Rob das Wort. «Ich wusste es auf den ersten Blick. Die Kunst in Person.»
«Und Lust auf den ersten Blick», warf Roz ein.
Wie übel dieses Abenteuer auch ausgehen mochte, ich nahm mir vor, keine Schuldgefühle zu entwickeln und die leise Stimme zu überhören, die mir zuflüsterte, dass sie diesen Mr. Jockey-Shorts nie kennen gelernt hätte, wenn ich ihren vorigen Liebhaber nicht rausgeschmissen hätte.

«Paolina ist in der Schule, ja?»
«Aber sicher.»
«Woher weißt du das?»
«Wir haben einen kleinen Handel abgeschlossen. Ich vertraue ihr, sie ist cool.»
«Roz, ich nehme diese Sache sehr ernst.»
«Der Sozialbeauftragte der Schule will mich sofort anrufen, wenn Paolina schwänzt.»
«Und was ist mit dem Kerl? Diego?»
«Keine Spur von ihm.»
«Verdammt», murmelte ich.
«Was? Du bist darüber enttäuscht?»
«Die Dinge liegen jetzt anders. Ich möchte, dass du ihn für mich auftreibst.»
«Warum?»
«Spielt keine Rolle. Ich gebe dir eine Beschreibung mit. Damit gehst du zur Polizeiwache von Cambridge und lässt ihn auschecken. Ich wette, die haben bestimmt was über ihn. Ich will seine Adresse und wissen, wo er sich rumtreibt.»
«Wann?»
«Sofort.»
«Mit Zulage?»
«Bei schnellem Erfolg, ja.»
Über beige Farbe nachsinnend, zog ich mich zurück.
Ich fand den Ausdruck in einer Schublade im Küchenschrank unter dem Besteck. Ich sah ihn mir genau an, suchte nach Fehlern, damit ich einen Grund hatte, Roz aus dem Haus zu werfen, aber sie hatte wie immer Superarbeit geleistet.
Nicht, dass der Job schwer gewesen wäre. Wenn man die

Sozialversicherungsnummer hat und die betreffende Person lebt und registriert ist, gehen die Türen ganz von selbst auf, und Hindernisse lösen sich in Luft auf. Aber manche kommen besser mit Datenbanken zurecht als andere, und Roz besitzt einen natürlichen Riecher, der sich bezahlt macht.

Valentine Hohen Barryman Phipps geborene Hayes. *Hohen.* Das war's. In Southie geboren. Kein Wunder, dass Frauen unauffindbar werden, wenn sie mit jedem Mann den Namen wechseln. Ich habe meinen Namen behalten, als ich Cal heiratete. Vielleicht wusste ich von Anfang an, dass es schief gehen würde. Vielleicht hatte Valentine immer das Gegenteil gedacht. Aber wahrscheinlich war es nur eine Frage der jeweiligen Mode.

Valentine war während ihres Lebens fast immer verheiratet gewesen. Als ihr erster Mann Bronson gestorben war, hatte sie binnen eines Jahres einen gewissen Edgar F. Barryman geehelicht. Selbst mit CBD-Infotech hatte Roz nichts über den längst verstorbenen Großvater meines Klienten herausgefunden. Und sie listete ein paar vage Daten von Einkäufen in Künstlerbedarfsgeschäften über Barryman auf, der noch lebte und in Iowa von seiner MasterCharge Gebrauch machte. Ich fragte mich, ob er je ein zweitklassiges Porträt von Valentine gemalt hatte. War Valentine, von ihrer angeheirateten Verwandtschaft verstoßen, zu einem früheren Liebhaber zurückgekehrt?

Nachdem sie sich hatten scheiden lassen, hatte sie sieben Monate später Phipps, James A., geheiratet. Als Jim Phipps starb, blieb sie allein.

Valentine war einmal (mit Phipps zusammen) Miteigentümerin eines bescheidenen Doppelhauses in Jamaica Plain gewesen, mit Erbanspruch. Das war auch schon ihr ganzer Besitz. Gelegentlich hatte sie als Verkäuferin in lokalen Geschäften gearbeitet.

Eine Überprüfung ihrer medizinischen Daten würde vier bis sechs Wochen dauern, hatte Roz vermerkt. Das ging bei Mooney schneller.

Ich nahm den Telefonhörer ab und wählte Bronson Hohens Nummer. Hatte erst seine Sekretärin, dann Musik, dann ihn selber dran.

Nachdem wir uns begrüßt hatten, teilte ich ihm mit, dass Valentine tatsächlich einmal mit seinem Vorfahren verheiratet gewesen war. «Ein Dokument darüber habe ich noch nicht, aber es ist angefordert. Falls Sie sofort eine Bestätigung brauchen, kann ich …»

«Ich bin froh, dass Sie anrufen. Ich bin, hm, auf dem Laufenden, habe die Zeitungen gelesen und stehe in Kontakt mit der Polizei.»

Mein Herz sackte mir in die Hosen. «Oh.»

«Ich habe die Sache mit meinem Anwalt durchgesprochen, hätte ihn vermutlich gleich hinzuziehen sollen. Er hat mir geraten, meine Interessen deutlich zu machen. Der Polizei gegenüber. Er hat mir auch gesagt, dass Sie sich raushalten müssen, da es sich um einen Mordfall handelt. Ich brauche also Ihre Dienste nicht länger. Es sei denn, Sie haben zufällig schon das Testament der Frau gefunden …»

Ich musste zugeben, dass ich es noch nicht hatte. Nach Ansicht seines Anwalts war kaum anzunehmen, dass die Gerichte von Massachusetts seine Stiefverwandtschaft mit Mrs. Phipps anerkennen würden, wenn die Dame kein Testament hinterlassen hatte. Auf Anraten seines Anwalts forstete er jetzt die Unterlagen seines Großvaters durch,

Quittungen und dergleichen mehr. Der Anwalt hatte gesagt, er hätte trotz allem noch eine Chance, weil die Gerichte nur ungern Privateigentum dem Staat zuschlagen würden.

Er versicherte mir, er sei mir dankbar für meine diskrete Arbeit, und bat mich, ihm die Empfehlungsschreiben zurückzugeben.

Ich tat mein Bestes, aber als klar wurde, dass ich nicht länger für Bronson Hohen am Fall Phipps arbeiten durfte, legte ich auf.

Starrte zur Decke hoch, aß eine Scheibe Weißbrot mit Erdnussbutter und machte mich wieder an meine private Suche nach Marta.

Paolinas Mutter hatte sich nicht gemeldet, woraus hervorging, dass sie noch immer mit ihrem New-Hampshire-Mann fort war. Ich erwog ein weiteres Vieraugengespräch mit Lilia, die eigentlich ein paar Einzelheiten wissen musste. Ich konnte die Zeitungen noch einmal sorgfältig durchsehen und die Artikel mit den klein gedruckten Überschriften lesen, etwa UNBEKANNTE IN STEINBRUCH TOT AUFGEFUNDEN.

Das Schrillen des Telefons schreckte mich aus meinen trostlosen Gedanken auf.

«Carlyle», meldete ich mich knapp. Ich musste lernen, am Telefon mehr Optimismus auszustrahlen. Und nicht nur am Telefon.

«Henry Fine.»

«Kenne ich Sie?»

«Sie kennen meine Mandantin Guinivere Taymore.»

«Ja.» Bingo. Henry Fine war der Pflichtverteidiger, von dem in der Morgenzeitung die Rede gewesen war.

«Meine Mandantin würde Sie gern sprechen.»
«Das beruht auf Gegenseitigkeit.»
«Haben Sie heute Nachmittag etwas vor?»
«Absolut nicht.»
«Wunderbar. 14 Uhr 15. Haftanstalt Nashua Street. Nehmen Sie den Seiteneingang.»

Neunzehn Verbaut, feucht, zu klein, dreckig, überaltert, hoffnungslos. Man füge getrost weitere abfällige Adjektive hinzu, vergesse aber nicht, dass die Haftanstalt Nashua Street nur eine Behelfseinrichtung ist. Die Verdächtigen werden ziemlich schnell vor Gericht gestellt, mit Bussen nach Concord, Walpole oder in den Frauenknast nach Framingham überführt. Ein schwacher Trost, könnte man meinen.

Kamerabewehrte Pressetypen hielten sich in der Nähe der Tore auf in der Hoffnung, Gwen vor Redaktionsschluss vor die Linse zu bekommen und *das* Foto zu schießen. Sie lungerten auch herum für den Fall, dass die Sache nationales Interesse erregen sollte und zu einem TV-Prozess hochstilisiert werden konnte. Ich weiß nicht, was schlimmer war, dieses plötzliche Pseudo-Interesse durch geifernde Paparazzi oder der Nebel des Vergessens, der sich normalerweise in Boston ausbreitete, wenn es sich bei der inhaftierten Person um eine Farbige handelte.

Ein Blick auf Gwen genügte, um meine abstrakten Sorgen durch ganz konkrete zu ersetzen. Sie atmete kurz und flach. In der Gefangenentracht war sie um eine Größe geschrumpft. Ihr Haar sah stumpf und struppig aus. Wie sie da mit gesenktem Kopf und niedergeschlagenen Augen vor mir stand, wirkte sie so hoffnungslos, dass mir der Verdacht kam, sie hätte vielleicht schon gestanden, Valentines Medikament versteckt zu haben, und Teri Kiley die Einzelheiten erzählt.

In den Zeitungen war keine Rede von einem Geständnis gewesen, doch die Anklagebehörde hätte nichts lieber als das. Valentine Phipps war eines natürlichen Todes gestorben; folglich war eine Verurteilung ohne Geständnis so gut wie unmöglich.

Ich versuchte, es mir bildlich vorzustellen: Gwen und die zerbrechliche alte Dame, wie sie miteinander stritten. Die Schmerzen eines jähen Herzanfalls. Hastiges Aufsuchen des Badezimmers. Gwen, wie sie sich die Pillen schnappte. Valentine, die sich zum Telefon schleppte. Gwen, wie sie darauf einschlug – womit? Einem Kochtopf? Einem Hammer? Was hatten die Cops wohl gefunden? Gwen, wie sie die Pillen unter das Sofakissen schob. Und Valentine dem Tod weihte.

Warum?

Wegen einer versäumten Bezahlung? Eines Diebstahlverdachts? Oder der Beteiligung an Perittis Immobilienempire? Wegen «etwas von Wert»?

Die Wärterin, eine große Frau, die ihre Zähne in einem sowjetischen Gulag hatte richten lassen, wies auf einen Stuhl. Ich setzte mich. Der großen Frau war an den Augen abzulesen, dass ich zwar die Eingangskontrolle überwunden haben mochte, sie das jedoch noch keineswegs gutheißen musste. Gwen trug Handschellen, die an einer Kette um ihre Taille befestigt waren, und humpelte, weil ihre Füße ebenfalls mit Schellen gefesselt waren.

Die Wärterin versprach, in Rufweite zu bleiben. Warnte

uns, dass wir per Videokamera gefilmt würden: keine Berührungen, kein Austausch von Gegenständen. Und ging. Der kleine, kühle Raum roch nach Desinfektionsmitteln; ein hohes, vergittertes Fenster bot keinerlei Aussicht. Ich konnte gedämpften Verkehrslärm hören, das Rattern einer Hochbahn der Green Line.

Gwen versuchte, ihre gefesselten Hände auf den zerkratzten Holztisch zu legen. Sie machte nicht den Eindruck, als sammle sie ihre Gedanken oder als suche sie nach Worten.

«Alles okay?», machte ich den Anfang.

Es dauerte fast dreißig Sekunden, bis sie ein Nein herausbrachte. Dann starrte sie wieder auf den Fußboden.

«Willst du nicht sagen, dass du es nicht getan hast?»

«G-glaubst du denn, dass ich's war?»

Ich ließ den Film noch einmal vor meinem geistigen Auge ablaufen. Valentine, auf dem Fußboden dem Tod geweiht. Mir schauderte. «Hör mal, ich kenne dich kaum. Zum Beispiel dachte ich, du wärst Altenpflegerin.»

«Bin ich auch.»

«Kaufe ich dir nicht ab.»

«Ab-ber …»

«Bei welcher Organisation?»

«Selbständig. Du k-klingst wie eine Polizistin.»

«Selbständig?»

«Schwarzarbeit, Arbeit für arme Leute. G-gegen Bargeld.»

«Und wofür genau hat Mrs. Phipps bezahlt?»

«P-putzen, Einkaufen, Hilfe bei ihren Rechnungen. D-dass ich sie erinnerte, ihr Medikament einzunehmen.»

Sie wusste also von dem Medikament. Ganz offensichtlich.

«Wie hätte ich mich d-denn nennen sollen? Das Hausmädchen? Die Schwarzarbeiterin?» Statt den Kopf weiter

zu senken, streckte Gwen ihr Kinn trotzig vor. Ich war froh, dass sie überhaupt noch etwas Kampfgeist besaß.
«Schrei nicht, wenn du nicht willst, dass die Wärter hier zusammenlaufen», ermahnte ich sie.
Sie ballte die Hände. An ihren Oberarmen sprangen die Muskeln hervor, und ich fragte mich, was sie außer Volleyball noch spielen mochte. Basketball ist in den Gefängnissen sehr beliebt. Und Gewichtheben.
«Wie hast du es geschafft, den Job zu bekommen?», fragte ich.
«Hab s-sie im S-supermarkt getroffen. Alte Leute g-gehen immer Mittwochmorgens einkaufen, sobald sie die G-gutscheine aus der Zeitung ausgeschnitten haben.»
«Red mal Klartext. Ich kann dir nicht folgen.»
Sie schürzte aufgebracht die Lippen. «Ich habe ihr mit den Einkaufstüten geholfen. Ich habe g-gesagt, wie schwer das Tragen und Schleppen ist und d-dass ich meinen Tanten immer geholfen habe, als sie älter wurden, und bald d-darauf hat sie mich gefragt, wie viel ich nehme. S-so macht man das.»
«Wollte sie keine Empfehlungen sehen? Von deinen Tanten?»
«Ich habe k-keine Tanten.» Ihr Ton war mitleidig ob meiner Blödheit.
Ich machte eine sekundenlange Pause. «Peritti.»
«Was?»
«Ich nehme mal an, du hast Mrs. Phipps verschwiegen, dass du für ihn gearbeitet hast.»
«Woher hast du das? Haben die C-cops das gesagt?»
«Ich sage es.»
«Du liegst falsch.»

«Ich weiß, dass er dich angerufen hat, beim Y Nachrichten für dich hinterlassen hat.»
Sie holte tief Luft. «Na und?»
«Und ich glaube, dass er deine Arbeit bei Mrs. Phipps arrangiert hat.»
Sie öffnete den Mund und schloss ihn wieder, ohne einen Ton zu sagen. Ihre Unterlippe sah wund aus, als hätte sie darauf herumgekaut.
«Lassen wir ihn aus d-dem Spiel.» Sie spähte zu der Kamera oben in der Zimmerecke hoch.
«Die kann nichts von den Lippen ablesen.»
Sie gab ein verächtliches Geräusch von sich, sagte *Pfff.*
«Warum hat er dich beim Y angerufen?», fragte ich.
«Hast du den Cops erzählt, d-dass er das getan hat? Hat er mit den C-cops geredet?»
«*Du* bist hier drin. Nicht er. Zieh deine eigenen Schlüsse daraus.»
«Ich b-bin hier drin, weil ich vorbestraft bin», sagte sie bitter.
«Wahrscheinlich gibt's da noch ein bisschen mehr.»
«Ich habe Mrs. Phipps nichts zu L-leide getan.»
«Wie viel hat Peritti dir bezahlt?»
«Wofür?»
«Für die Maus in der Küche, das Außer-Betrieb-Schild am Aufzug.»
«He … n-nein.»
Ich zog eine Augenbraue hoch. Ihre Stimme klang jetzt anders. Sie wusste, wovon ich sprach.
«Er hat mal s-so was erwähnt», murmelte sie leise, als spräche sie zu sich selbst. «Im Scherz.»
«Du hast also mit ihm gesprochen.»

«Vergiss es.»
«Gwen, um Himmels willen ...»
«Lass ihn d-da raus.»
«Warum?»
Stille.
«Hat er mit d-dir geredet?», fragte sie schließlich.
Ich verneinte es nicht.
«Es macht ... m-macht die Sache nur noch schlimmer.»
«Gwen.»
«Okay, ja, er hinterlässt manchmal eine Nachricht für mich. Seit wann ist d-das ein Verbrechen? Meinst du, ich arbeite für ihn, nur weil er manchmal N-nachrichten für mich hinterlässt?»
«Er könnte auch für dich arbeiten.»
«D-dass du's weißt: Ich gehe mit ihm. Ist mein Freund. B-bin seine Freundin, klar? Wir gehen zusammen aus.» Sie reckte ihr Kinn noch höher. «Manchmal b-bleiben wir auch zu Hause. Kapierst du?»
Es m-macht die Sache nur noch schlimmer.
Allerdings.
Paare unterschiedlicher Rasse waren einmal ein seltener Anblick in Boston, aber heute nicht mehr. Das heißt nicht, dass sie allgemein akzeptiert sind. Würde eine normale Geschworenenjury glauben, dass die Beziehung zwischen Gwen und Peritti mehr mit Sex als mit Mrs. Phipps zu tun hatte?
Würde ich das glauben?
Ich stellte mir die zwei vor: beide gut aussehend, beide auffallend, er mit seinem Pferdeschwanz und sie mit ihren Perlenzöpfen. Eine Telefonnummer und Initialen auf einem Fetzen Papier. Warum hatte ich nicht gleich daran gedacht? Weil sie sich vor Valentines Tür wie Fremde benommen

hatten. Aber vor allem deshalb, weil ich mich an Geschichten über Peritti senior erinnerte. Den alten Peritti, Stadtverordneter zur Zeit der rassistischen Schulbusaufstände, immer vorweg, wenn der Mob marschierte, ein Befürworter rein weißer Schulen.

«K-können wir nicht über was anderes reden?», fragte Gwen.

«Etwa, ob er wusste, dass du vorbestraft bist?»

«Hör mal, k-kannst du mir helfen? Oder willst du lieber in meinem Sexleben rumschnüffeln?»

«Wenn er dich benutzt hat, bist du in ein Scheißding gerasselt.»

Sie wollte es nicht glauben. Sie machte schon den Mund auf, um zu widersprechen, dann verengten sich ihre Augen, und sie kniff die Lippen zusammen.

«Hast du ihn in der Kilmarnock Street kennen gelernt?»

«Nein», sagte sie wütend.

Ich wartete, aber sie half mir nicht auf die Sprünge.

«Wie denn?», fragte ich. Das bildhafte «Jemandem etwas aus der Nase ziehen» war für solche Augenblicke gedacht.

«B-beim Tanzen in 'ner Disco.» Ich stellte sie mir mit ihren bernsteinfarbenen Augen und ihrem breiten Lächeln im blitzenden Zerhackerlicht vor. Bei der rhythmischen Musik kümmerte niemanden ihr Stottern, es war gar nicht zu hören.

«Wo?»

«Avalon.»

Diese Disco am Kenmore Square lag tatsächlich in Perittis Revier, sie war keine fünf Minuten Fußweg von seinem Büro entfernt.

«Wann?»

Sie zuckte die Schultern.

«Sag schon, bevor oder nachdem du angefangen hast, für Mrs. Phipps zu arbeiten?»

«Ungefähr zur g-gleichen Zeit.»

«Vorher oder hinterher?»

«Ich b-bin nicht ganz sicher. Warum, zum Teufel, sollte es d-denn eine Rolle spielen?»

«Es ist womöglich das Einzige, was eine Rolle spielt. Komm schon, Gwen. Hast du ihn reingelegt – und mich hinbestellt, um Zeuge seines Streites mit Mrs. Phipps zu werden –, oder hat er dich reingelegt?»

«Ich habe ihn nicht …»

Sie brach so abrupt ab, dass sie wie ein Spielzeug wirkte, dessen Batterie plötzlich leer ist.

«Haben die Cops dich über ihn ausgefragt? Über den Zeitpunkt?»

Es kam wieder genug Leben in sie, dass sie den Kopf schütteln konnte.

«Antworte nicht darauf, wenn sie es tun», riet ich ihr.

Sie nickte erbittert.

«Was weißt du von den Immobilien, die er besitzt?»

«Ihm gehört d-das Haus von Mrs. Phipps und noch ein paar andere», bemerkte sie vorsichtig.

«Und was ist mit den Millennium Towers?»

Sie senkte ihre ohnehin kaum hörbare Stimme noch mehr.

«Ich werde ihm k-keine Schwierigkeiten machen.»

«Gwen, wach endlich auf. Du bist in Schwierigkeiten, nicht er.»

«Er wird aber Schwierigkeiten b-bekommen. In seiner Familie wimmelt es von Rassisten.»

«Aber du bist diejenige, die in Schwierigkeiten steckt. Was ist denn nun mit den Millennium-Türmen?»

«Nie was davon gehört.» Das sagte sie direkt in Richtung des Camcorders in der Ecke. Ich konnte nicht beurteilen, ob sie log oder die Wahrheit sprach, aber sicher war, dass sie der «Vertraulichkeit» unseres Gesprächs nicht traute.
«Carlotta, s-sie haben mir einen Pflichtverteidiger zugeteilt. Es steht ihm ins Gesicht geschrieben, d-dass ich vorbestraft bin und er mich nur verteidigt, weil er muss. Ihm ist völlig egal, was mit mir p-passiert.»
Sie hielt inne, wartete darauf, dass ich etwas sagte. Ich machte mir nicht die Mühe, ihr zuzustimmen oder zu widersprechen.
«Er will, d-dass ich mich schuldig bekenne, sagt, dass es gut als K-körperverletzung mit Todesfolge durchgeht. Ich tu's aber nicht. Ich will nicht für nichts sitzen.»
«Gwen, wie krank war Mrs. Phipps?» Ich hatte schon Geistesgestörtheit in Betracht gezogen, wenn man bedenkt, wie Mrs. Phipps von einem Thema zum anderen gesprungen und zwischen gebieterischem Auftreten und flehentlichem Bitten hin und her gewechselt war.
«Es ging ihr im Großen und G-ganzen gut. Sie hatte ein paar Gebrechen, gegen die sie etwas nehmen musste, eine P-pille unter die Zunge. Sie sollte sich nicht aufregen, deshalb war ich auch so b-böse auf Tony. Er hätte sie nicht anbrüllen dürfen.»
«Wann?»
«Als du dabei warst. Selbst wenn ihn Mrs. Phipps angelogen hat, hätte er nicht so zu schreien brauchen.»
«Du hast ihm von dem Medikament erzählt.»
«Nein.»
«Nie?»
«N-nie.»

«Gwen, überleg es dir noch einmal, vielleicht willst du deine Meinung noch ändern.»

Sie ließ voller Frust die Hände mit den Handschellen auf die Tischplatte krachen. Jetzt war es an mir, einen Blick auf die Kamera in der Ecke zu werfen, um sie zur Ruhe zu ermahnen.

«Ich möchte zu ihrer Beerdigung g-gehen.» Diese Worte flüsterte sie nur. «Wer w-würde sonst hingehen?»

Ihre stockende Sprechweise brachte mich völlig durcheinander. Ich halte mich für eine begabte Lügendetektorin und schmeichle mir, den leichten Unterton hören und das kaum merkliche Entsetzen in den Augen eines geübten Lügners erkennen zu können. Gwens abgehackte Sätze würden sogar einen Experten mit Hochfrequenzlügendetektor in den Wahnsinn treiben.

«Sie hat mir vertraut», verkündete Gwen nachdrücklich, als wäre es wichtiger als alle nackten Fakten.

«Wieso?» Mir war Valentine Phipps nicht gerade wie eine vertrauensvolle Seele vorgekommen.

«Sie wusste B-bescheid über mich.»

Ich hatte Gwen nicht nach ihren Vorstrafen gefragt. Sie war auch so schon abwehrend genug. Ich nahm an, dass ihr Anwalt mich aufklären würde.

Ich bohrte also nicht weiter, sondern sagte bloß: «Du hast es ihr gesagt.»

«Nach einiger Zeit. Sie mochte Geheimnisse. Es k-kam so, dass sie mir eigentlich ihren Wohnungsschlüssel g-geben wollte, aber ein bisschen b-besorgt war deswegen. D-da haben wir getauscht. Meine Story gegen ihren Schlüssel.»

Ich habe schon Seltsameres gehört in Gefängnissen. Aber nicht oft.

Gwens Zähne blitzten, als sie lächelte, und sie sah kurze Zeit wieder richtig hübsch aus, wie eine sorglose Schwester der inhaftierten Frau. «Sie hatte ihre Eigenarten. B-bevor sie mir Geld für die Einkäufe aushändigte, musste ich ihr immer etwas g-geben, egal was, es konnte auch ein Nickel sein, sie wollte nur etwas im Tausch d-dafür. Ein Pfand.»

Wie mein Foto von Paolina.

«Sie hat mir vertraut», wiederholte Gwen noch einmal nachdrücklich.

«Hat sich dein Freund mal den Schlüssel ausgeliehen?»

«N-nein.»

«An dem Tag, als wir zusammen zu Mrs. Phipps gegangen sind, hast du ihn nicht benutzt. Erinnerst du dich? Du hast gewartet, bis sie uns aufgedrückt hat.»

«Sie hat ihn zurückgenommen.»

«Warum?»

«D-das weiß ich nicht.»

«Wann?»

«Als s-sie anfing, sich zu fürchten.»

«Hat Mrs. Phipps je erwähnt, von jemandem gehört zu haben, einem angeblichen Verwandten?»

«Nein.»

«Hat sie jemanden mit Namen Hohen erwähnt? Oder Bronson?»

«Nein.»

«Hat sie irgendetwas Ungewöhnliches in ihrer Wohnung gehabt?»

«W-was zum Beispiel?»

«Altes Zeug. Papiere, eine Briefsammlung. Andenken. Etwas von Wert», schloss ich, indem ich bewusst die Worte der alten Dame wählte.

«Fehlt etwas?», fragte Gwen argwöhnisch.
Ich durfte eine ganze Kunstgalerie entwerfen, hatte Mrs. Phipps mir stolz erzählt.
«Zum Beispiel Kunst? Ein Gemälde?»
Gwen zog die Schultern hoch.
Die Wärterin füllte den Türrahmen mit ihrer klobigen Gestalt. «Noch zwei Minuten, dann ist Schluss.» Sie verschwand.
Gwen ließ die Augen im Raum schweifen, fand aber keine Fluchtmöglichkeit. Ihre Brust hob und senkte sich, und sie begann wieder genauso hektisch zu atmen wie zu Anfang, als sie hereingeführt worden war.
«Also, Gwen, ich muss wissen, was die Cops in Händen haben.»
«Mein Strafregister.»
Ich sah ihr starr in die Augen, bis sie meinen Blick nicht mehr aushielt und wegsah. Ein alter Trick, aber er funktioniert.
«Jemand sagt, er hätte mich g-gesehen.»
«Im Haus? Oder in Mrs. Phipps' Wohnung?»
«Im Haus. An dem b-betreffenden Abend.»
«Jemand, den du kennst?»
Sie zuckte die Schultern.
In dem Haus gesehen worden zu sein, in dem sie rechtmäßig arbeitete, klang nicht gerade nach einem unüberwindlichen Hindernis. Damit wurde ein anständiger Anwalt schon fertig, wenn er von einer Verwechslung sprach. Hatte sich Peritti als guter Bürger aufgespielt und der Polizei etwas Saftigeres geliefert?
«Und jemand anders sagt, er hätte mich an dem Abend, als sie g-gestorben ist, mit Mrs. Phipps laut streiten hören.»

«Habt ihr euch gestritten?»
«Ich habe mich nie mit ihr g-gestritten. D-das habe ich auch den Cops gesagt.»
«Hör mal, falls ihr euch gestritten habt, gibst du es besser zu. Jemand könnte euch ein andermal gehört und die Tage verwechselt haben …»
«Ich habe mich nie mit ihr g-gestritten.»
«Die Cops werden fragen, wo du gewesen bist. Zu dem Zeitpunkt, an dem ihr euch laut Zeugenaussage gestritten haben sollt.»
«Das ist das P-problem.»
«Wieso?»
Sie antwortete nicht.
«Warst du mit Peritti aus?», fragte ich ins Blaue hinein. Sie wollte ihn nicht hineinziehen, deshalb benutzte sie ihn nicht als Alibi. Wie blöd man doch sein kann! War ihr denn nicht klar …
«Nein.»
«Wo warst du dann? Und mit wem?»
«Zu Hause. Allein. Was spielt es schon für eine Rolle? Ich b-bin eine vorbestrafte Schwarze. Sie ist eine Weiße, d-die in der Zeitung steht.»
«Ich kenne die Cops …», setzte ich an.
«Cops!» Sie spuckte das Wort voller Abscheu aus.
«Na schön, wo bist du zu Hause?»
«Cambridgeport.»
«Wohnst du dort unter deinem eigenen Namen?»
«Unter Taylor. Glenn Taylor.»
«Warum?»
«Hattest du schon mal alte Freunde, die dich besucht haben?»

«Ja.»
«Bei den Freunden, die ich hatte, ist es b-besser so.»
«Stehst du als Glenn Taylor im Telefonbuch?» Kein Wunder, dass ich die Frau nicht hatte finden können.
«Hab k-keins.»
«Du hast keins?», wiederholte ich. Ich konnte mir ein Leben ohne gar nicht vorstellen.
«Ich habe zweimal am Tag nach Nachrichten für mich g-gefragt. Wer mit mir reden will, k-kann das tun, wenn er mich sieht.»
«Und die Arbeit? Wie kannst du Arbeit finden, wenn du kein Telefon hast?»
«Wenn du ein Telefon hast, k-können dich die Leute immer finden.»
Da hatte sie Recht. «Wie hat die Polizei dich denn gefunden, Gwen?»
«An der Bushaltestelle.»
Verdammt. Sie war weggerannt. Fast so gut wie ein Geständnis.
«Wie hast du erfahren, dass sie gestorben ist?»
«T-tony.»
«Hat er dich angerufen?»
«Ich hab dir d-doch gerade gesagt, d-dass ich kein Telefon habe.»
«Dann …»
«Ich war b-bei ihm, als er es erfuhr.»
«Meine Damen.» Die Wärterin erschien drohend in der Tür. «Zeit.»
«Bitte.» Gwen sprach so leise, dass ich sie kaum hören konnte. «Tust du mir einen G-gefallen?»
«Was?»

«Bitte. G-geh in meine Wohnung, füttere meine K-katze und gieß meine Blumen.»
Die große Frau kam näher. Gwen hob die Hände, als könnte mich eine flehentliche Geste überzeugen, da Worte versagt hatten. Die Kette klirrte, zog sich straff und riss ihre Hände wieder auf Taillenhöhe.
Ich würde nicht einmal einen Hund anketten; trotzdem kenne ich eine Menge Menschen, denen ich eine Freiheitsbeschränkung gönne. Die Wärterin tappte ungeduldig mit der Fußspitze, schob das Kinn vor und starrte Gwen an, als würde sie ihr, der kleineren Frau, durchaus einen Sprung zur Tür zutrauen.
«Wie komme ich denn rein?», fragte ich.

Zwanzig Demonstranten patrouillierten auf dem Bürgersteig vor dem Gefängnis. Ich würde nicht so weit gehen, von einer gut organisierten Demo zu sprechen. Ein stämmiger Schwarzer in dunkelblauem Anzug trug auf seinen breiten Schultern ein Schild, auf dem FREIHEIT FÜR SCHWESTER GWEN stand. Zwei schmächtige dunkelhäutige Frauen in scharlachroten Chorgewändern schwenkten ähnliche Plakate: ARMUT IST KEIN VERBRECHEN und NATÜRLICHER TOD: LOCHT DIE SCHWARZE EIN. Einkaufende und Geschäftsleute machten einen großen Bogen um sie.
Vor Jahren erschoss der Weiße Charles Stuart in der Bostoner Mission-Hill-Gegend seine weiße, schwangere Frau, zehn Minuten, nachdem sie beide an einem Geburtsvorbereitungskurs im Frauentrakt des Brigham-Krankenhauses teilgenommen hatten. Er war selbst verletzt und konnte der

Polizei nur mit Mühe einen Schwarzen im Jogginganzug beschreiben, der die Tat angeblich begangen hatte. Die Bostoner Kripo kaufte ihm das ab, trat die Bürgerrechte mit Füßen und veranstaltete unter den schwarzen Anwohnern eine Menschenjagd, die bis heute nachwirkt. Monate später sprang Charly, nachdem sich die Beschuldigungen gegen ihn häuften, von der Tobin-Brücke in den Tod.
Der Staatsanwalt, der gesamte Polizeiapparat, alle Beamten mussten wissen, dass Gwens Inhaftierung unter Umständen alte Wunden aufriss. Jemand drehte einen Videofilm, was die Demonstranten natürlich noch anfeuerte, und ab und an waren Fetzen eines Gospelsongs zu hören. Ein Pressefotograf, von der Musik oder der Farbe der Gewänder beeindruckt, machte Aufnahmen.
Ich ging über den Haymarket auf das Government Center zu. Der Wind zauste mein Haar, und einen kurzen Moment lang meinte ich, das Meer riechen zu können. Dann wechselte die Ampel, und Abgase verdrängten den salzigen Geruch.
«Also gut, machen wir in dieser Angelegenheit doch mal ein Brainstorming», schlug mir der Pflichtverteidiger Henry Fine zwanzig Minuten später vor.
Sein grauer Anzug von der Stange stammte offenbar aus einem Ausverkauf und sah so aus, als stecke immer noch ein Drahtkleiderbügel im Rücken. Seine schmale Krawatte war grell rot. Er hatte ein gebräuntes, kantiges Gesicht, das von kessen Locken gekrönt wurde.
«Also, ein Brainstorming», fuhr er fort. «Ich habe heute nicht viel Zeit. Würden Sie mir wohl bei einer Frage weiterhelfen? Was sollte sie Ihrer Meinung nach anziehen? Bei ihrem Erscheinen vor Gericht?»

«Ich bin eine schlechte Modeberaterin.» Mein Glaube an einen Freispruch Gwens vor Gericht schwand rapide dahin.
«Okay, gut. Sie sind Privatermittlerin, stimmt's?»
«Sie haben mich auschecken lassen, stimmt's?» Kein Anwalt hätte mich ohne eine vorherige Überprüfung zu Gwen gelassen.
«Also schön.» – Seine schmächtigen Schultern hoben sich und sanken dann jäh wieder. Der Knoten seiner Krawatte war ein klein wenig verrutscht. «Ich weiß, dass die Mandantin nichts lieber hätte, als wenn Sie mit von der Partie wären, aber die Rechtsfürsorge hat keine Mittel, um die Hilfe Außenstehender zu bezahlen.»
«Ach nein?» Die Rechtsfürsorge zahlt immer. Nicht viel und sehr zögernd, aber irgendwann kommt ein Scheck mit der Post. «Bei einem Sensationsprozess wie diesem? Keine Mittel? Das hört die Presse gar nicht gerne.»
In der darauf folgenden Stille setzte ich mich auf meinem quietschenden Sessel zurecht und machte damit klar, dass ich nicht vorhatte, so bald wieder zu gehen.
Er presste die Lippen zusammen. «Hat Ihr Gespräch einen Hinweis darauf ergeben, wo Nachforschungen angestellt werden könnten?»
Ich hatte nicht unbedingt das Verlangen, Henry Fine Vertrauen zu schenken. Über sein Geschick in der Prozessführung wusste ich nicht viel, aber er hatte mich bereits hinsichtlich der Geldmittel angelogen, als wir uns kaum begrüßt hatten.
«Was ich meine, ist Folgendes: Ich würde Sie nur ungern in der Vorgeschichte herumschnüffeln lassen», sagte er ganz ernst, «weil Sie dadurch als Leumundszeugin ausfallen

könnten. Sie könnten Gwen doch als Zeugin einen guten Dienst leisten.»

«Meinen Sie?»

«Wenn es zur Verhandlung kommt, wird das Urteil der Jury ausschlaggebend sein, das sage ich Ihnen.» Er beugte sich aus seinem Stuhl vor und sprach in einem verdächtig anbiedernden Wir-wissen-ja-Bescheid-Ton weiter. «Geschworene wollen vom Bewährungshelfer oder Verteidiger keinen Lobgesang auf die Tugenden eines Angeklagten hören. Aber Sie wären ...»

«*Wenn* es zur Verhandlung kommt ...» Ich ließ den Satz mit deutlicher Betonung des ersten Wortes in der Luft hängen.

«Also, wollen Sie einen Kaffee?»

«Gern.»

Er verschwand in den Flur. Ich fragte mich, ob er wohl das Telefon benutzen wollte, fragte mich, welcher Lokalpolitiker wohl seinen Nachmittagstermin telefonisch abgesagt bekam.

Auf seinem Schreibtisch lagen Aktenstöße und stapelweise ungeöffnete Post; das gerahmte Foto eines Hundes wurde halb von einer zerknitterten Tüte Käsecracker verdeckt. Er hatte aufgeschlagene Zeitungen auf dem Boden abgelegt und mit dicken juristischen Werken beschwert. Als ich ein politisches Flugblatt hochhob, kam darunter die Ecke eines gelben Blatt Papiers zum Vorschein, das Programm eines Sonntagsgottesdienstes in der New African Baptist Church. Die Wand hinter seinem Schreibtisch war gespickt voll mit Fotografien, einige davon eingerahmt und ordentlich angebracht, andere einfach mit Heftzwecken befestigt. Die meisten zeigten Fine händeschüttelnd mit anderen Män-

nern. Auf manchen gab es ein Autogramm. Ich erkannte die Namen verschiedener lokaler Größen, Leute im Aufwind, die in dem Ruf standen, Macher zu sein und etwas zu bewegen.
Der Kaffee, den er schließlich in Styroporbechern brachte, war hell und süß.
Er nahm seinen Platz hinter dem Schreibtisch wieder ein. «Ich will ehrlich mit Ihnen reden. So wie ich es sehe, haben wir eine gewisse Chance, der Verhandlung eine Richtung vorzugeben.»
Ich nickte. Der Kaffee war auch nicht heiß.
«Zunächst einmal geht es nicht um die alte Dame als Opfer. Wir formulieren es neu: Es geht um das Opfer Gwen Taylor.»
«Taymore», verbesserte ich.
«Egal. Schauen Sie sie an. Ja, sie ist arm, sie ist schwarz, sie ist vorbestraft, aber sie bemüht sich, ihren Lebensunterhalt selbst zu verdienen. Sie lebt nicht von der Sozialhilfe. Es ist nicht viel, was sie verdienen kann, aber sie schuftet dafür. Bittet nicht um Almosen, sondern schlägt sich aus eigener Kraft durch. Sie rackert sich ab.»
Er machte eine Pause, als erwarte er ein Zeichen der Begeisterung, vielleicht eine Runde Applaus. Ich nickte wieder. Das reichte, um ihm das Mundwerk zu schmieren.
«Wir haben den Bericht eines Gerichtsmediziners, in dem als Todesursache ein Herzanfall genannt ist, Himmel noch mal, und eine toll aussehende Mandantin, die unglaublich fotogen ist. Ich vertrete eine schwarze Bürgerschaft, die in letzter Zeit ruhig gewesen ist, in der es leise brodelt, könnte man sagen. Ich habe eine Wahl vor mir. Wenn ich es richtig drehe, gibt es gar kein Problem. Ich habe bereits versucht,

Gwen davon zu überzeugen, dass es keine große Sache zu werden braucht, und Sie können ihr wirklich einen Gefallen tun, von Frau zu Frau sozusagen. Raten Sie ihr, nicht mit dem Kopf durch die Wand zu gehen. Ich werde ganz unten anfangen und bei einem Geständnis auf Fahrlässigkeit plädieren. Kein Risiko, wahrscheinlich ein Freispruch, maximal zwei Jährchen in Framingham.»

Sein Optimismus wollte nicht recht zum Aufschrei der Presse passen.

«Worauf ist der Staatsanwalt aus?»

«Mord.» Er griff mit der Hand an die Krawatte, schaffte es jedoch nicht, den Knoten gerade zu rücken. «Aber das ist nur die Eröffnung. Mord kriegt er nicht durch.»

«Da wäre ich nicht so sicher.»

«Was ich meine, ist, dass wir einen anderen Fall daraus machen, als der Staatsanwalt denkt. Wenn sie gewillt ist, sich schuldig zu bekennen.»

«Und wenn sie ein bezeugtes Alibi hat?»

«Die Polizei behauptet, sie hätte keins.»

«Die Polizei arbeitet nicht für sie. Ich wohl.»

«Wenn Sie unbedingt Zeit verschwenden, den Staat etwas kosten, ihn melken wollen wie alle anderen, dann bitte, solange wir uns beide darüber klar sind, dass es Zeitverschwendung ist.» Er starrte auf seine Schreibtischplatte, als erwarte er, eine deutliche Maserung in dem billigen Resopal zu finden, und sah dann mit zusammengekniffenen Augen auf. «Was wissen Sie eigentlich über Ihre Freundin Gwen?»

Ich zuckte die Schultern.

«Bei den meisten vorbestraften Frauen geht es um Prostitution, Scheckbetrug, Bagatelldiebstähle. Ihre Freundin hat auch Gewaltanwendung auf dem Kerbholz, und das tut weh. Sie hat zwei Mithäftlinge in Framingham zusammengeschlagen.»

Wenn ich in Framingham sitzen müsste, würde ich auch über kurz oder lang jemanden zusammenschlagen. «Und warum ist sie überhaupt dort eingelocht worden?»

Er warf einen Blick auf seine Bürotür, um sicherzugehen, dass sie auch wirklich zu war, und senkte die Stimme. «Ihr Vorstrafenregister ist ellenlang. Wenn es in diesem Staat wie in anderen nach drei Malen kein Pardon mehr gäbe, wäre sie nie mehr rausgekommen. Verurteilungen wegen Prostitution; Vergehen gegen das Betäubungsmittelgesetz; Betrügereien an Freiern im Rotlichtviertel.»

Im Rotlichtviertel kann man kaum die Betrüger von den Betrogenen unterscheiden.

«Nach Aussage zweier Zeugen war sie bei der alten Dame, und sie behauptet, nicht dort gewesen zu sein. Nicht nur einer, zwei! Wenn Sie sich an die Sachlage halten, würde ich an Ihrer Stelle lieber klein beigeben.»

«Ihr Motiv?»

«Na hören Sie! Der Polizei ist ein Streit bezeugt worden. Ex-Knasti wird wütend. Aber trotzdem könnte sich die Presse noch eines anderen besinnen und für uns Partei ergreifen.»

Ich mochte es, wie er mich in dieses «uns» einschloss.

«Realistisch betrachtet», fuhr er fort, «und wenn Gwen Ihre Freundin ist, sollten Sie sie zu einem Handel überreden. Ein Eingeständnis von Fahrlässigkeit kann nicht so leicht vom Tisch gewischt werden, und vielleicht geht die Anklage darauf ein. Jemand, der darauf hofft, Gouverneur dieses Staates zu werden, will nicht unbedingt ein schwarzes Mädchen kreuzigen, und schon gar nicht, wenn in den Kirchen

von Roxbury bereits Gebetsversammlungen für sie abgehalten werden.»
Wie in der New African Baptist Church.
«Waren die Demonstranten Ihre glorreiche Idee?», fragte ich.
Er zog eine Augenbraue hoch und setzte ein selbstzufriedenes Lächeln auf.
Ich gab ein passendes Lächeln zurück. «Ich möchte mit den zwei Zeugen reden, nach deren Aussage Gwen am Abend der Tat in dem Haus war.»
«Na ja, so weit ließe sich das Budget sicher strecken. Warum versuchen Sie nicht, rassistische Reaktionen herauszulocken, vielleicht das böse Wort mit *N*?»
«Und die anderen Mieter würde ich auch gern befragen.»
«Nicht so gierig! Wenn Sie bei den ersten beiden nichts erreichen, dann vergessen Sie's.»
«Sie verstehen nicht richtig. Ich habe vor, ein paar echte Arbeitsstunden an Ermittlungen für diesen Fall aufzuwenden.»
«Dafür gibt's nichts.»
Ich trank meinen Kaffee aus und warf den Becher in den Papierkorb. «Ach nein? Sagen Sie, wie viel gibt's denn für Demonstranten? Oder sind das unbezahlte Handlanger? Haben Sie vielleicht die Kirchgänger missbraucht, ihnen erzählt, wie unschuldig die süße Gwen doch offenkundig ist? Als rechtliche Taktik sozusagen?»
Seine Lippen pressten sich fest aufeinander, und das Lächeln verschwand.
«Es könnte damit enden, dass Sie in der Zeitung über sich lesen. Wohnen Sie immer den Gottesdiensten in Roxbury bei? In der New African Baptist Church? Oder verfolgen Sie mit Ihrer religiösen Hingabe vielleicht politische Ambitionen, wie manch einer es sehen würde?»

Ambitionen für Henry Fine und lokale Amtsinhaber, aber nicht unbedingt für Gwen Taymore. Bei einem Geständnis mit Plädoyer auf fahrlässige Tötung wäre die drohende Rassenauseinandersetzung schnell aus den Schlagzeilen, was sich politisch günstig für Henry Fine auswirken würde. Er wäre nämlich der Mann, der das Feuer gelöscht hatte, bevor es zu einem gewaltigen Flächenbrand wurde. In einem Wahljahr konnte sich das auszahlen, wenn nicht in barer Münze, dann zumindest in Gefälligkeiten.

Henry Fine konnte nichts dabei verlieren. Er würde keine zwei Jahre damit verbringen, Gefangenenkleidung zu waschen.

Er verschränkte erst die Finger, dann faltete er die Hände und ließ sie genau auf die Mitte der Schreibtischauflage sinken. «Wie wär's hiermit? Ich stelle Ihnen einen Freischein aus. Sie bekommen Ihre Stunden und die Spesen vergütet, alles im Rahmen natürlich.»

Er hatte eindeutig die Demonstranten gekauft.

«Ich melde mich», versprach ich.

Einundzwanzig Cambridgeport liegt nicht weit ab vom Weg, und so beschloss ich, Gwens Katze zu füttern und ihre Blumen zu gießen, bevor ich nach Hause fuhr, um mein Anwaltserpressungsoutfit mit bequemen Klamotten zu vertauschen. Ich hatte nichts gegen den Umweg. Im Gegenteil, die Aussicht darauf munterte mich auf; solange sich Gwen noch Sorgen um solche Dinge daheim machte, hatte sie die Hoffnung sicher nicht aufgegeben, Katze und Philodendron wieder zu sehen. Außerdem wollte ich ein bisschen herumschnüffeln. Ich dachte mir, ich könnte

vielleicht manches Interessante finden. Etwa Briefe von Peritti.
Ich hupte laut, als sich ein grüner Landrover direkt vor mich quetschte, abrupt bremste und in eine Seitenstraße abbog. Der Fahrer machte sich nicht die Mühe, seinen Blinker zu benutzen, und brachte mich ins Grübeln, ob ich meinen Toyota nicht lieber gegen einen M-40-Panzer eintauschen sollte.
Der Rest der Fahrt verlief glatter. Auch schneller, da meine Gedanken erst zu Gwens Vorstrafenregister abschweiften und dann zu ihrer intimen Beziehung mit dem Sohn eines bekanntermaßen rassistischen ehemaligen Stadtverordneten. Ich fand es erstaunlich, dass ich Seite an Seite mit dieser Frau Spiel um Spiel bestritten und so wenig von ihrer Vergangenheit oder Gegenwart mitbekommen hatte. Vielleicht war es doch nicht so erstaunlich; hatte ich in meiner Schulzeit nicht angenommen, alle meine Klassenkameradinnen seien Einzelkinder wie ich und würden in einer Küche wie meiner frühstücken mit Müttern und Vätern wie meinen, die sich stritten, mit Lampen bewarfen und von Zeit zu Zeit verschwanden, um Gewerkschaftsmärsche anzuführen oder sich in heimlicher Verzweiflung zu betrinken?
Ich beobachtete die Fußgänger, die den Memorial Drive entlangeilten, versuchte hinter die Oberfläche zu schauen, den Putz abzuklopfen. War die energische Frau im dunkelblauen Anzug Anwältin, wie die Stöckelschuhe und Nadelstreifen vermuten ließen? Oder war sie die gestresste Mutter von sechs Kindern in einem Sonderangebot ab Fabrik? Oder beides? Die Straßen wimmelten nur so von anonymen Fußgängern, Leuten, die mit unerzählten Geschichten angefüllt waren wie ein zugeklapptes Buch.

Der grüne Buick mit Beule auf der Beifahrerseite wäre den meisten Menschen gar nicht als «Polizeiauto» aufgefallen, aber ich weiß zufällig, dass Moons rechte Tür nicht aufgeht und man als Beifahrer auf unwürdige Weise über die Gangschaltung klettern muss. Er weigert sich, den Schaden ausbeulen zu lassen, und bleibt dabei, dass der Wagen durch Unvollkommenheit mehr Charakter bekommt. In Bostons aggressivem Verkehr, so behauptet er, ist ein unbeschädigtes Fahrzeug eine Zielscheibe.

Der Buick parkte vor Gwens Haus. Ich erwog, Reißaus zu nehmen und später wiederzukehren, wenn die Luft rein war. Andererseits würde ich dann vielleicht auf eine weitere polizeiversiegelte Tür stoßen.

Die Schindelverkleidung war einmal blau gestrichen, aber die Farbe war fast vollständig zu einem verwitterten Grau verblichen, und die Veranda vor dem Eingang hing lustlos durch. Im Vorraum setzte mich ein billiges, handgemachtes Schild davon in Kenntnis, dass das Gebäude sowohl Wohn- als auch Geschäftsräume beherbergte; ein Chiropraktiker und ein Handleser teilten sich das Erdgeschoss, während die Privatmieter oben wohnten, jeweils zwei Familien pro Stockwerk – außer auf dem fünften, wo Gwen allein lebte.

Moon klapperte vielleicht die Türen ab und überprüfte Gwens Alibi. Mordkommissare gehen im Allgemeinen nicht selber von Tür zu Tür, aber Moon ist von einem anderen Schlag. Er macht sich gern die Hände schmutzig.

Ich auch, und das ist gut so. Im Vorraum vor der Haustür inspizierte ich auf Gwens Geheiß einen kränkelnden Gummibaum, dessen Kübel Holzspäne, Erde und eine kleine, mit einem gelben Knebel zugebundene Plastiktüte enthalten sollte. Ich fand nichts. Kein Schlüssel in dem verdammten Topf. Eine Menge Dreck unter meinen Fingernägeln.

Ich drückte auf den Klingelknopf unter dem Briefkasten mit der Aufschrift G. TAYLOR. Beim dritten Mal wurde ich mit einem barschen «Was?» von Mooney belohnt.

«Greenpeace», schrie ich in die Sprechanlage.

«Nein danke.»

Ich klingelte wieder. «Heilsarmee. Hare Krishna. Brot statt Bomben. Backwaren.»

«Komm schon rauf.» Nach der Resignation zu urteilen, mit der Mooney das sagte, hatte er meine Stimme erkannt.

Kein Fahrstuhl. Ich stieg vier Etagen hoch und schien am Ende des Treppenhauses angelangt zu sein. Nachdem ich an 4A und B vorbeigegangen war, stieß ich auf eine Tür ohne Zeichen, hinter der eine steile Holztreppe nach oben führte, die so eng war, dass ich beim Hinaufklettern mit den Schultern fast die Wände abfegte.

Als Mooney oben die Tür aufriss, erhaschte ich einen Blick auf Teri Kiley im Hintergrund.

«Suchst du mich?» Er lud mich nicht ein, an der Party teilzunehmen.

«Gwen hat mich gebeten, ihre Blumen zu gießen.»

«Was noch Dümmeres fällt dir wohl nicht ein.»

Wenn ich die Wahrheit sage, glaubt mir keiner.

Eine nackte Glühlampe beleuchtete den Flur.

«Falls du vorhattest, die Blumen zu gießen, was wolltest du in diesem Fall als Schlüssel benutzen?», fragte Mooney.

«Gwen hat einen Ersatzschlüssel in dem Blumenkübel im Vorraum vergraben.»

«Warum klingelst du dann?»

«Er ist weg.»
«Wann hat sie es dir gesagt?»
«Heute Morgen. Ich bin jetzt für den Pflichtverteidiger tätig.» Ich sah von drei Stufen tiefer zu meinem ehemaligen Chef hoch. Er ist groß – über einsneunzig –, aber ich war daran gewöhnt, ihm eher auf Augenhöhe zu begegnen.
Er trat zur Seite.
«Teufel auch», murmelte ich unwillkürlich, als ich mich unter dem Türrahmen hindurchduckte. Ich machte drei Schritte und blieb stehen, denn weiter kam ich nicht.
Gwens Wohnung war ein fensterloser Dachverschlag mit schräger Decke. Die «Wände» bestanden aus rosa Dämmplatten mit einer grauen Papierabdeckung und ein paar dünnen Sperrholzbrettern. Das wellige Linoleum fühlte sich trotz meiner Schuhsohlen kalt an.
«Was ist das denn für eine Behausung?»
«Illegal.» Mooney ging tiefer in den höhlenartigen Raum hinein und bückte sich, um nicht mit dem Kopf an die Sparren zu stoßen.
Rechts hing eine Kochplatte halb in der Luft, halb auf einer Anrichte, die aus einem Holzbrett und zwei Hohlblocksteinen zusammengebaut war. Ein Kühlschrank, kleiner als die Minibar in einem Hotelzimmer, summte stotternd in der Ecke. Hätte ich den linken Fuß vorgesetzt, wäre ich vor Gwens Bett getreten, eine dünne Matratze auf einem Metallrahmen mitten im Chaos.
Dass sie kein Telefon hatte, war wohl das geringste ihrer Probleme.
An der festesten «Wand» hatte sie eine Garderobenstange angebracht. T-Shirts und Jeans lagen zerknittert auf dem Boden davor. Ich sah mich mit wachsendem Verständnis

um. Gwens Pflanzen brauchten kein Wasser mehr, wenn sie nicht wiedereingepflanzt wurden, und zwar in unversehrte Töpfe. Porzellanscherben bedeckten den Fußboden vor dem Kühlschrank. Polizeibeamte reißen keine Kleidungsstücke herunter oder werfen Geschirr kaputt.

Die zwei großen Kissen hatten sicher einmal nebeneinander gelegen und als Sofa gedient, bevor jemand dagegen getreten hatte.

Der kleine Fernseher, von seinem Metallsockel gestoßen, lag zwischen einem Haufen Küchengerät, obenauf eine verbeulte Kaffeekanne.

«Lebt die Katze noch?», fragte ich.

«Läuft irgendwo herum. Maunzt ganz schön.»

«Hat sie jemand gefüttert?»

«Ich nicht.»

Ich wartete eine Sekunde. «Schade, dass sie dir nicht sagen kann, wer hier eingebrochen ist.»

«Wer sagt denn, dass hier jemand eingebrochen ist?»

«Na, wenn nicht, dann muss er den Schlüssel benutzt haben, den ich in dem Pflanzkübel nicht finden konnte.»

Teri Kiley, die in graue Freizeithosen und dazupassenden Pullover gekleidet war und ohne Uniform schlanker wirkte, ließ von einem Pappkarton ab, den sie durchwühlt hatte, und erhob sich vom Boden. Sie war so klein, dass sie nicht auf ihren Kopf achten musste. «Vielleicht jemand, der hinter Drogen her war. Ein Junkie.»

«Der instinktiv den Blumenkübel durchsucht hat?», sagte ich.

«Ein Blumentopf ist nicht gerade ein einfallsreiches Versteck.»

«Und ich nehme mal an, dass Gwen ihren Schlüssel mit ihrer Zimmernummer versehen hat, um es diesem mutmaßlichen Junkie recht einfach zu machen.»

«Sie ist schon mal des Drogenmissbrauchs überführt worden», erinnerte mich Teri spitz. «Sie kannte ihn vermutlich.»

Autsch.

«Sanitäre Anlagen?», fragte ich.

Moon nickte zur gegenüberliegenden Ecke hin. «Der Flur – wenn man's so nennen kann – hinter dem Duschvorhang. Führt zu einer Kammer mit Waschbecken und Klo.»

«Keine Dusche?»

Er schüttelte den Kopf. «Nur das Becken.»

Ich vermute mal, sie benutzte den Y nicht nur zur Nachrichtenübermittlung.

Moon drehte sich voller Unbehagen mit gesenktem Kopf um. «Der Hausbesitzer hat diesen Raum angeblich nie zur Vermietung vorgesehen. Sein Neffe verwaltet das Haus und hat zugegeben, den Raum aus ‹Gefälligkeit› der Freundin eines Freundes vermietet zu haben. Er sackt also selber ein, was Gwen ihm bezahlt.»

«Das kann nicht viel sein.» Ich wandte meine Aufmerksamkeit wieder dem Zerstörungswerk zu. In Valentines Wohnung hatte es nur unauffällige Anzeichen gegeben. Hier war hastig und voller Zerstörungswut gesucht worden. Ein Hinweis auf zwei verschiedene Täter? Erheblich einfacher wäre es, wenn es nur einer war, ein telefonzerstörender Pillenverstecker, der bei Val nach etwas ganz Bestimmtem suchte und der sich, als er es dort nicht fand, die gleiche Beute bei Gwen erhoffte. Das gefiel mir.

«Was haben sie eurer Meinung nach gesucht?»

Moon räusperte sich und warf Teri einen warnenden Blick

zu, nicht laut zu spekulieren. Er deutete meine Frage richtig als Haken mit Köder, den ich vor ihnen baumeln ließ. Ich lächelte. Die alten Zeiten kamen mir wieder in den Sinn. Ich weiß, wie Mooneys Verstand funktioniert. Zumindest bildete ich mir ein zu wissen, wie Mooneys Verstand funktioniert.

«Erzählt mir bloß nichts von Drogen», sagte ich. «Hier nicht. Wenn Gwen mit Crack gedealt hätte, würde sie in einer anständigen Behausung wohnen.»

«Wer sagt denn, dass sie überhaupt etwas suchten?» Mooney lehnte sich mit seinem vollen Gewicht gegen die inzwischen geschlossene Tür, die einzige Fläche, die dafür stark genug erschien.

«Wonach sucht *ihr* denn?»

Jetzt war er dran mit Lächeln. «Geht dich nichts an. Teri, sind Sie mit dem Bad fertig?«

«Fast.»

«Bringen wir's zu Ende.»

Sie schlüpfte hinter den Duschvorhang aus Plastik. Offenbar waren die beiden allein da. Ich fragte mich, wie das auf die anderen aus Mooneys Team wirkte. Waren sie eifersüchtig auf die junge Neue? Ich wartete einen Augenblick, um festzustellen, ob Mooney Teri fortgeschickt hatte, weil er Neuigkeiten hatte, die er nur mir mitteilen wollte. Er sagte jedoch nichts, sondern starrte nur hinter ihr her.

«Ein Motiv», sagte ich. «Danach sucht ihr.»

«Wie kommst du darauf?» Er schluckte den Köder, aber er wusste, dass es ein Köder war. Das konnte ich an seinen Augen ablesen.

«Die Tabletten gehörten der Phipps, es war ihr eigenes Medikament. Das Tatwerkzeug war also schon da. Und was

die Gelegenheit angeht, habe ich gehört, du hättest jemanden, der Gwens Aufenthalt in dem Haus bezeugt.»
«Zwei Jemande.»
«Aber Geschworene brauchen unbedingt ein Motiv. Wenn du etwas finden könntest, was Gwen aus der Phipps-Wohnung entwendet hat ...»
«Dies ist nur eine Routinedurchsuchung.»
«Wenn es nur Routine ist, warum bist du dann selbst hier?»
«Ich will keinen Fehler machen. Es gibt Druck in diesem Fall, durch Fernsehen und Presse. Ich habe das Gefühl, als würden wir der Kleinen was anhängen. Guck dir doch an, wie sie lebt.»
Martas armselige Wohnung war der reinste Palast dagegen. Er gab einen Stoßseufzer von sich. «Aber was soll ich machen? Sie nicht einlochen, nur weil sie arm, schwarz und vorbestraft ist? Ich muss den Kopf dafür hinhalten, und da kann ich mich auch gleich selbst in die Ermittlungen stürzen. Wir haben ohnehin zu wenig Personal. Ich habe Teri für die Dauer der Ermittlungen zu uns geholt. Vielleicht behalte ich sie sogar. Findest du das gut?»
Er hatte die Stimme gesenkt und flüsterte fast.
«Miss Kiley?»
«Ja.»
«Sie wird schon okay sein.» Eigentlich wollte ich sagen: Warum, zum Teufel, fragst du mich? Wie? Bin ich Expertin für die «Kleinen»? Brauchst du meinen Segen? Ich hoffte, dass es nur ein Mittel war, um das Thema zu wechseln, ein Trick, um mich aus dem Gleichgewicht zu bringen.
«Sie ist anders», murmelte er.
Ich wollte keineswegs mit Mooney über Teri Kiley plauschen, weder jetzt noch irgendwann. Wollte auf der Rück-

fahrt nicht immer an ihre lockere, kameradschaftliche Art denken müssen, an den Klatsch über die beiden in der Abteilung, die Witze am Kaffeeautomaten, das Klettern über die Gangschaltung.

Eines Nachts, als ich verdeckt ermittelte, trotz meines Protests vom Morddezernat zur Sitte versetzt, und mir in meinem schenkelfreien Minirock und hautengen Top den Arsch abfror und vor Wut schäumte über einen Dienst, der kaum mehr beinhaltete, als mich an jämmerliche Freier heranzumachen, um sie dann zu verhaften, rasselte in meinem verborgenen Funkgerät Mooneys Stimme los. Ein Informant hatte ihn auf bevorstehenden Ärger im Rotlichtviertel hingewiesen und dass eine verdeckte Agentin dort hochgehen sollte, woraufhin er mich so schnell wie möglich raushaben wollte. Die Sitte wusste Bescheid; sie hätten mich warnen müssen. Taten sie aber nicht. Ich weiß noch, wie ich durch eine vereiste, dunkle Gasse rannte und in Moons Buick sprang. Wenn ich nicht meine hochhackigen Schuhe von den Füßen geschleudert hätte, um schneller laufen zu können, hätte das Brecheisen, das aus dem Dunkel angesegelt kam und die Beifahrertür traf, stattdessen mich erwischt.

Irgendwie gefiel es mir, dass Moon die Beule nie hatte beseitigen lassen. Was mir nicht schmeckte, war die Vorstellung von Teri Kiley, wie sie über den Schaltknüppel rutschte, auch wenn sie Hosen statt Mini trug.

Ich konzentrierte mich angestrengt wieder auf die Zweifel, die Mooney geäußert hatte. Wenn er irgendwie nicht an Gwens Schuld glaubte, gut so. Er würde so lange sieben, bis alles an seinen passenden Platz fiel.

Vorsichtig, als wolle er mich prüfen, sagte er: «Ich glaube, sie hat es für ihren Kerl getan. Gefällt mir gar nicht, aber so scheint es zu sein.»

«Klingt wie ein schmalziger Country-Song.»

«Ja? Was reimt sich denn auf Peritti?»

«Hat er mit dir gesprochen?»

«Warum sollte er nicht?»

«Und wie hört sich seine Version an?»

«Version?» Mooney verschränkte die Arme vor der Brust. Ich war in Versuchung, es ihm gleichzutun. Angesichts des kalten Luftzugs fragte ich mich, wie Gwen wohl durch den Winter kam.

«Wie sie sich kennen gelernt haben und wann.»

«Beim Tanzen.»

«Avalon», pflichtete ich bei.

«Sie war ihm in seiner Gegend schon aufgefallen, wie sie in sein Haus ging und wieder herauskam, und da war es ein Leichtes, mit ihr ins Gespräch zu kommen.»

Von da war keine Hilfe für Gwen zu erwarten. Peritti hatte zugegeben, sich ihr genähert zu haben, ja, aber nur, weil sie ihm bekannt vorgekommen war. Mit anderen Worten: Sie hatte zu der Zeit schon für Mrs. Phipps gearbeitet.

Mooney strich das Haar aus seiner Stirn. «Ich kann ihn nicht als den vollkommen Unschuldigen sehen.»

«Gut.» Ich hatte plötzlich Perittis Bild vor Augen, nicht in seinem Büro, sondern wie er mit seiner herabbaumelnden Werkzeugschürze vor der Wohnung 4A stand. Hätte ein von ihm ausgeführter Hammerschlag das Telefon nur angeknackst oder es in Stücke zerschmettert?

Mooney sprach schnell weiter. «Er malt ihr aus, wie viel Geld er verdienen würde, wenn er das Haus verkaufen könnte, und sie glaubt, er würde sie heiraten, sodass sie endlich alles haben könnte, wenn bloß die starrsinnige alte Frau nicht im Weg wäre.»

«Okay. Wer hat dann dieses Zimmer so verwüstet?»

«Peritti», erwiderte er trocken.

«Warum?»

«Weil er meiner Meinung ist. Er glaubt, sie hat es getan. Und er macht sich Sorgen, sie könnte ein Tagebuch geführt haben, in dem steht, dass sie alles für ihn täte.»

«Nein.»

«Warum nicht?»

«Peritti war noch nie hier. Ich wette, dass er nicht einmal weiß, wo sie wohnt.»

«Wieso?»

«Schau dich doch um, Moon.»

«Ein Tohuwabohu. Sieht nicht gerade schön aus.»

«Und schön aufgeräumt ist das hier ein Liebesnest? Ein romantisches Plätzchen? Sag mal, würdest du dich hier drin nackt ausziehen wollen?»

Kaum hatte ich das gesagt, war mir klar, dass ich einen Fehler gemacht, eine Grenze überschritten hatte. Mooney und ich hatten jahrelang nicht mehr Seite an Seite gearbeitet; wir waren nicht mehr wie Bruder und Schwester.

Er zog die rechte Augenbraue hoch und bedachte mich mit einem Blick, der meine Befürchtungen bestätigte. Immerhin sagte er nicht: «Soll das ein Angebot sein?» Er sagte es nicht, aber er dachte es; er dachte ans Ausziehen, und verflucht noch mal, ich auch.

«Hinter den Dämmplatten sind bestimmt Ratten», sagte ich schnell. «Wenn wir ruhig sind, können wir sie nagen hören.»

«Carlotta, du weißt doch, dass es heißt, Liebe macht blind.

Und Sex macht nicht nur blind und taub, sondern auch blöd. Ein Typ, der bumsen will, guckt sich nicht lange im Zimmer um.» Mooneys Stimme klang rau.

Wie mag Teris Wohnung aussehen?, fragte ich mich. Ich beherrschte mich gerade noch rechtzeitig, sonst hätte ich ihn danach gefragt.

«Moon, wir reden hier nicht von einer schnellen Nummer in einem Seitensträßchen oder einem Abenteuer für eine Nacht. Gwen hat ‹Freund und Freundin› gesagt.»

«Wer weiß, wie Peritti es nennt.»

«Stimmt. Wie *hat* er es denn genannt?»

«Wenn du noch bei der Polizei wärst, könnte ich es dir sagen.»

«Sie hat ihn jedenfalls nicht hierher mitgebracht.» Ich legte mehr Gewissheit in meine Stimme, als ich empfand.

«Woher weißt du das?»

Ich wollte schon sagen: «Das Bett ist zu schmal», merkte jedoch, dass der Witz nicht ankommen würde. Das Bett wirkte auf einmal sehr groß, geradezu geräumig, als hätte es sich aufgebläht und nähme die gesamte Dachstube ein. Ich erwog, «weil ich sie kenne» zu sagen, aber ich kannte die Frau, die in dieser Absteige wohnte, eigentlich gar nicht. Die Gwen, die ich kannte, spielte Volleyball; sie war ruhig, zuverlässig und schön. Wie konnte sie hier wohnen und trotzdem so aussehen, wie sie aussah, mit zurechtgemachten Haaren und sauberen Kleidern?

Sie hatte in einer Zelle gelebt. Schlimmer konnte das hier auch nicht sein.

Ich hatte das ungute Gefühl, dass Mooney meine Gedanken las. Ich griff nach einem Strohhalm. «Die Wohnung der alten Dame ist auch durchsucht worden. Meinst du,

dass Peritti dafür verantwortlich ist? Oder ist es reine Koinzidenz?»
Moon überlegte, biss sich auf die Lippen und ließ den Blick umherschweifen, wobei er vermied, ihn auf dem Bett ruhen zu lassen. «Okay. Ich lasse die Spurensicherung nach Fingerabdrücken suchen.»
«Okay», pflichtete ich ihm erleichtert bei.
«Aber mach dir keine falschen Hoffnungen. Ich bezweifle, dass wir irgendetwas Ungewöhnliches finden. Sicher nur Spuren von Gwen und dem Freund.»
«Trotzdem …», setzte ich an.
«Du solltest vielleicht lieber hoffen, dass Peritti dahintersteckt und dass Teri und ich es ihm anhängen können, weil wir ein Testament gefunden haben.»
Wie er das sagte, verhieß es nichts Gutes. Wie er «Teri und ich» sagte, verhieß auch nichts Gutes.
«Darin wird alles der angestellten Pflegehilfe vermacht. Das kann natürlich vom Nachlassgericht angefochten werden, wegen unzulässiger Einflussnahme. Jemand wie Bronson Hohen könnte dagegen Einspruch erheben. Übrigens hättest du, wenn du vertrauensvoll sein wolltest, Hohen ruhig erwähnen können.»
Ich brauchte fünfzehn Minuten, um die zitternde Katze hinter einer Sperrholzplatte hervorzulocken. Fünf, um einen verrosteten Dosenöffner zu finden. Als ich das Hühnerklein aus der Dose in den Futternapf leerte, erwog ich, die Katze mit nach Hause zu nehmen.
Ich verwarf den Gedanken. Ich hatte genug streunende Katzen zu Haus.

Zweiundzwanzig Vielleicht wollte ich nur mit der elektrischen Eisenbahn spielen.

Jedenfalls machte ich mitten auf der verkehrsreichen Mass. Ave. kehrt, was mir zu Recht Drohgebärden und wutentbranntes Hupen eintrug. Als ich meinen Wagen wieder unter Kontrolle hatte, fuhr er Richtung Bronson Hohens Innenstadtbüro. Wenn derlei passiert, gebe ich einfach nach, weil ich glaube, dass in diesem Fall tief in meinem Unterbewusstsein etwas brodelt.

Vielleicht wollte ich die Santa-Fe-Diesellok ihr Lied singen hören, während sie den Schienenkreis entlangtuckerte und auf ein Seitengleis auswich, sobald die Dampflokomotive pfiff.

Er war da und nicht zu sprechen. Seine Sekretärin Yale, wieder in Schwarz, wusste meinen Namen noch, wollte Hohen jedoch nicht einmal mit der Anfrage stören, ob ich ihn vielleicht kurz sprechen könnte. Ich lehnte mich schwer gegen ihren Schreibtisch, pflanzte mich unübersehbar vor ihr auf, ohne mich von der Stelle zu rühren und ohne die mindeste Absicht erkennen zu lassen, mich von der Stelle zu rühren. Ich habe jahrelange Erfahrung darin, mich aufzudrängen, vom Polizeidienst her. Ich bin durch nichts zu erschüttern.

Sie gab schließlich mit einer Grimasse nach, schürzte schmollend die Lippen. Wenn ich warten könnte, würde er mich in etwa einer Stunde empfangen. Ich wünschte, er hätte seine Spielzeugsammlung im Vorzimmer aufgebaut. Ich wäre auch schon mit seinem Stapel Zeitungen zufrieden gewesen.

Yale war nicht gerade mit Arbeit überlastet. Gelegentlich klapperten ihre Fingernägel auf den PC-Tasten. Einmal brachte eine eingehende Nachricht das Faxgerät zum Leben; das Telefon klingelte zweimal. Das Arbeitstempo entsprach nicht der Hektik, die ich mit einem florierenden Unternehmen assoziiere. Ich wünschte, die Dame würde ihren Posten aufgeben und mich mit dem Computer allein lassen. Um fünf streckte sie sich, lächelte und tat so, als hätte sie gar nicht immer wieder auf die Uhr gesehen.

Hohen hatte mich nicht aus einer Ahnenforschungsmarotte heraus angeheuert, damit ich herausfand, ob Valentine mit seinem Großvater verheiratet war. Das hatte ich ihm nie geglaubt. Mehr Glauben hatte ich wohl seinem fetten Scheck geschenkt. Und im Stillen überlegt, ob er dringend eine Erbschaft brauchte. Ein reicher Mann wie Hohen?

Er hatte nie verlangt, dass ich etwas Ungesetzliches tun sollte.

Wie reich war er eigentlich? Plattenfirmen sind nicht gerade die stabilsten Unternehmen. Sie werden erworben und wieder verkauft oder großen Konzernen einverleibt, und die meisten haben ihren Hauptsitz in New York, L.A. oder Nashville, nicht in Boston.

Der kleine Zeiger meiner Uhr rückte nur langsam weiter. Der einzige Lesestoff war ein Packen Hochglanzmagazine auf dem Besuchertisch aus Glas. Ich überflog aufgeregte Artikel über Künstler im Studio, «Superstars», von denen ich noch nie etwas gehört hatte und deren Ruhm nur durch einen «top-selling, superheißen Megahit» begründet war. *Was machen wir bloß, wenn wir alle Superstars sind,* fragte ich mich. Wer wird dann noch bei unserem glorreichen Auftritt vor Ehrfurcht erschauern?

Eine Gruppe schmuddeliger Teenager unbestimmbaren Geschlechts, angeführt von einem verdächtig gut frisierten älteren Mann, quoll aus Hohens Büro. Die Teens trugen Löcher, die von verschlissenen Batikstoffen zusammengehalten wurden. Sie unterhielten sich in einem eigenen Kauderwelsch über den Gang der Dinge, über Tantiemen, Titelrechte und Tourneeeinnahmen. Sie hatten Stil; jedes zweite Wort war *fuck.* Ich glaubte, in dem älteren Typen den ehemaligen Insassen einer Gefängniszelle wiederzuerkennen, der dauernd vor sich hin gepfiffen hatte und von einem Spaßvogel «Rattenfänger» getauft worden war, aber ich war mir nicht ganz sicher.
Hohen sah gestresst aus, raffte sich jedoch zu einem Lächeln auf und mimte Begeisterung.
«Die kommen riesengroß raus», sagte er nach dem geräuschvollen Abschied der Gruppe mit vielen Luftküssen.
«Wer?»
«Das Trio. Sie nennen sich ‹Monster Grunge›, aber wir werden sie neu benennen. Wir haben eine ganze Abteilung, die vorwiegend Namen für Bands erfindet, würden Sie das für möglich halten?»
Ich zuckte die Schultern.
Sein Lächeln schwand. «Ich könnte manchmal schwören», sagte er und schüttelte den Kopf, «dass sich die Gruppenmitglieder erst fünf Minuten, bevor ich sie zu Gesicht bekomme, zusammengetan haben. Man nehme einen Star aus der einen Gruppe und einen aus der anderen, und *voilà* – schon hat man eine Superband! Aber es fehlt die Chemie. Der eigene Sound. Ich spreche nicht von dieser Gruppe, nicht von diesen Kids. Aber zitieren Sie mich bitte nicht. Ich bin heute nicht in bester Verfassung.»

«Hat das irgendetwas mit Valentine Phipps zu tun?», fragte ich.

Er schloss die Tür seines Spiel- und Arbeitszimmers. Die Züge standen still. Seine hellen Augen wirkten plötzlich so müde und aller Lebenskraft beraubt, dass er fast seinem Alter entsprechend aussah. «Was ich im Fernsehen gesehen und in der Zeitung gelesen habe, stimmt mich traurig – entsetzt mich. Zuerst waren alle empört, aber jetzt scheinen sie nur noch Sympathie für die Schwarze zu empfinden, während Valentine keinen mehr kümmert. Sie war reizend, müssen Sie wissen, wirklich reizend.»

«Ich dachte, Sie hätten sie nie persönlich kennen gelernt.»

«Habe ich auch nicht.» Er ließ sich nicht aus der Fassung bringen. «Im Eingangsraum im Hause meines Großvaters hing ein Porträt von ihr. Haben Sie den Prediger im Fernsehen gesehen, der von der Beleidigung der schwarzen Bevölkerung sprach und für Vergebung statt Hass plädierte? Es klang, als hielte er sie durchaus für schuldig.»

«Kennen Sie das Testament?»

«Die Polizei hat mich freundlicherweise davon in Kenntnis gesetzt. Jetzt sieht es schlimm aus für die Pflegerin, finden Sie nicht auch? Wenn die Idioten vom Fernsehen etwas von dem Testament wüssten, würden sie vielleicht aufhören, von der Taymore als willkommenem armem Opfer zu sprechen. Verdammt, hätte ich gewusst, dass Valentine häusliche Pflege brauchte, hätte ich ihr eine zuverlässige Hilfe besorgt.»

«Das Ganze geht Ihnen sehr nahe.»

«Nicht das Testament, verflucht noch mal, aber ihr Tod für nichts und wieder nichts. Ich wollte sie so vieles fragen. Ich wollte mehr über meinen Großvater erfahren, einigen Familiengeschichten nachgehen.» Er nahm die Flexi-Spirale und ließ sie zwischen seinen Händen hin und her wandern. «Immerhin weiß ich jetzt dank Ihrer Bemühungen, dass sie die richtige Frau war. Und ich hoffe, dass ich ihre Sachen einmal durchsehen darf, vielleicht hat sie ja irgendwas von meinem Großvater aufbewahrt. Ich wäre schon dankbar für Briefe, irgendwelche Familienandenken.»

«Andenken», wiederholte ich.

«Ja.»

«Andenken welcher Art?»

«Briefe.» Er zuckte die Schultern. «Tagebücher, irgendwas über meine Familie.»

Er war ein guter Lügner. *Im Musikgeschäft muss man das sein,* dachte ich. Ja, er log.

Ich weiß, ich weiß, wer bin ich schon, etwa ein Lügendetektor? Ja, ich bin eingebildet, was meine Fähigkeiten betrifft, Lügen zu erkennen, bleibe aber bescheiden, indem ich mir ins Gedächtnis rufe, dass alle Menschen lügen. *Warum* sie lügen, ist die spannende Frage. Und da habe ich im Allgemeinen keinen blassen Schimmer.

«Ihr Großvater war ein reicher Mann, stimmt's?»

«Was spielt das für eine Rolle?»

«Ich bin für den Pflichtverteidiger von Gwen Taymore tätig.» Er schaute drein wie jemand, der etwas gegessen hat, was ihm nicht bekommt.

«Vielleicht können Sie mir da weiterhelfen? Hat Ihr Großvater seiner jungen Braut ein besonderes Verlobungsgeschenk gemacht, einen wunderbaren Ehering zum Beispiel, irgendetwas Kleines, Wertvolles …»

«Klingt, als wären auch Sie ein Nagel zum Sarg der jungen Schwarzen.»

«Hat Ihr Großvater seiner Frau wertvolle Geschenke gemacht?»
«Alles, was mein Großvater besaß, ist unter den Hammer gekommen, um die Schulden aus seinem Konkurs zu tilgen. Er hat in seinen letzten Lebensjahren wild spekuliert, sowohl auf dem Kunst- und Immobilienmarkt wie in der Liebe. Meine Mutter meinte, er hätte an Altersschwachsinn gelitten. Sein Tod und der finanzielle Ruin gingen ihr sehr nahe, ihr und der ganzen Familie. Ich musste plötzlich selbst für mein letztes Jahr im College aufkommen; meine Mutter zog von Beacon Hill in einen Vorort, ein Abstieg, den sie als tiefe Demütigung empfand. Ich wüsste nur zu gern, ob die Polizei etwas gefunden hat.»
Jetzt versuchte er mir etwas aus der Nase zu ziehen.
«Ihr Großvater hieß Bronson wie Sie?»
«Ja», sagte er unwirsch.
«Und er war Sammler? Wie Sie? Hat er auch Spielzeug gesammelt?»
«Hat die Polizei in Valentines Wohnung etwas gefunden? Oder in der Wohnung der jungen Schwarzen, wo immer das ist? Wenn ja, hat man mich nicht darüber informiert. Sollte man aber.»
Ich zuckte mit den Schultern.
«Wissen Sie es?», erkundigte er sich.
«Wenn ich wüsste, wonach Sie suchen, könnte ich die richtigen Fragen stellen. Der für die Ermittlungen zuständige Beamte ist ein guter Freund von mir.»
Er nahm einen blau-gelben Plüschball vom Schreibtisch und ließ ihn nervös von einer Hand in die andere rollen.
«Ich habe Ihre Briefe mitgebracht, in denen Sie bitten, mei-

nen Wunsch zum Betreten der Wohnung von Mrs. Phipps wohlwollend aufzunehmen», fuhr ich fort. «Ich habe sie nicht gebraucht, auch Ihren Namen nie erwähnt. Sie sind noch zugeklebt.»

«Danke.»

«Ich kann durchaus diskret sein», murmelte ich, während ich die Umschläge auf seinen Schreibtisch legte.

«Ja.» Er warf den blau-gelben Plüschball in die Luft, fing ihn wieder auf und schloss die Hand fest darum.

Ich glaube, er hätte noch mehr gesagt, wenn nicht gerade Yale ins Zimmer getänzelt wäre mit leisem Vorwurf in der Miene und einem dicken Stapel von Papieren.

«Entschuldigen Sie bitte, Mr. Hohen, aber es ist schon spät, und diese Verträge müssen heute noch raus.»

«Bin gleich so weit, Yale.»

Ich erwartete, dass sie wieder gehen würde. Sie blickte mir nur kühl ins Gesicht, blieb, wo sie war, und verkündete: «Ich habe Gespräche für Sie auf zwei und vier.»

Hohen seufzte. «Bitte begleiten Sie Miss Carlyle hinaus.»

«Aber …»

«Sollte ich etwas benötigen, rufe ich Sie an.» Seine letzten Worte waren von einer eiskalten Höflichkeit. Wenn ich Musikerin gewesen wäre, wäre ich nie wieder in dieser Stadt aufgetreten.

Dreiundzwanzig Die Rushhour war über Beacon Hill hereingebrochen, und so befolgte ich die Fahrregel des geringsten Widerstandes: mit dem Auto auf die schnellste Spur, raus aus dem Stau der Innenstadt und weiter auf weniger befahrenen Nebenstraßen. Ich habe nichts gegen längere Entfernungen oder Umwege, solange ich in Bewegung bleibe. Ich staune neu entdeckte Straßen so an, wie in meiner Vorstellung Christoph Kolumbus nach monatelanger Seefahrt die Inseln der Neuen Welt angestaunt haben muss. Nichts gefällt mir besser, als eine Alternativstrecke von A nach B ausfindig zu machen, und erfolgreich getestete Strecken sind bei meinem Ersatzjob als Taxifahrerin sehr nützlich.

Der Wagen auf der anderen Straßenseite gegenüber meinem Haus war nicht aus der Nachbarschaft. Der Mann darin, der sich tief in den Fahrersitz geduckt hatte, las Zeitung. Statt in meine Einfahrt einzubiegen, rollte ich mit stetigen vierzig Stundenkilometern weiter, fuhr einmal um den Block und ließ mir verschiedene Möglichkeiten durch den Kopf gehen.

Ich spielte mit dem Gedanken, fest auf die Hupe zu drücken, während ich hinter dem grauen Ford hielt, aber falls Mr. Unauffällig von der Polizei war, wie ich vermutete, oder vom FBI, was ich immerhin für möglich hielt, oder von der Mafia, einer Organisation, mit der ich im Laufe der Jahre auch in Kontakt gekommen bin, war er vielleicht empfindlich gegen laute Geräusche und reagierte böse, indem er die Waffe zog.

Ich schmetterte einfach die Autotür mit einem Knall zu, als ich ausstieg. Ich hatte nicht damit gerechnet, der Karikatur über Peter Breezes Kolumne von Angesicht zu Angesicht gegenüberzustehen. Eine seiner Augenbrauen war besonders buschig, genau wie in der Zeichnung. Seine Nase war gebogen, aber kein so übertriebener Haken wie in der Abbildung. Er machte sich nicht die Mühe, sich vorzustellen, was ich als äußerst arrogant registrierte.

«Hübsches Haus.» Seine Stimme war voller Argwohn. Das war kein Kompliment; vielmehr hätte er gern gewusst, wieso ein Armeleutekind wie ich es sich leisten konnte, unter der Intelligenz von Cambridge zu wohnen.
«Mir gefällt es», sagte ich.
«Ich habe mich über Sie informiert. Dies hier hatte ich nicht erwartet.»
«Es gehört mir.»
«Mündel treten im Allgemeinen nicht in den Polizeidienst ein.»
«Von wegen Mündel. Aber das geht Sie nichts an.» Verdammt, jetzt merkte ich, wieso Leute ihr Leben vor Journalisten offenbarten. Er hatte mich reingelegt, mir eine falsche Vermutung serviert, die ich natürlich korrigierte.
«Ich bin Reporter», bemerkte er lakonisch. «Mich geht alles was an. Darf ich mir das Haus ansehen?»
«Sie wollen über mein Haus berichten?»
Er brachte ein schwaches Lächeln zustande. «Ich würde gern mit Ihnen reden, und das macht sich besser, wenn Sie mich reinlassen.»
«Worüber wollen Sie denn mit mir reden?»
«Ich habe ein Foto von Ihnen, wie Sie heute Morgen ins Gefängnis an der Nashua Street gehen. Sie haben Guinivere Taymore besucht.»
«Kein Kommentar.»
«Ich werde einen meiner Kumpels bitten, es in den Lokalnachrichten zu bringen», sagte er süffisant, «mit Ihrem Namen.»
Ich tue ein Gutteil Arbeit, bei der ein Privatermittler von seiner Anonymität profitiert. Nach der Art und Weise zu urteilen, wie Breeze seine Drohung aussprach, wusste er

das. Publicity mochte cool sein für die Grunge-Gruppe in Hohens Büro; ich kam ohne sie aus.

«Eine nette kleine Erpressung von Seiten der Presse?»

«Niemand will mehr mit mir reden», sagte er bekümmert. «Was soll ich bloß machen?«

Such dir eine ehrliche Arbeit, dachte ich.

«Kommen Sie rein», sagte ich.

Der Gestank von Terpentin schlug uns entgegen, sobald ich die Tür aufgeschlossen hatte. Er erfüllte den Flur. Breezes Nasenflügel zuckten, und er hielt vorsichtigen Abstand von den Wänden, als erwarte er eine Begegnung mit frischer Farbe.

«Renovieren Sie?», fragte er.

«Unfreiwillig.»

«Sollen wir in Ihrem Büro miteinander reden?»

«Wie viel müssen wir denn reden, um mein Bild aus der Zeitung herauszuhalten?»

Er spähte die Treppe hinauf und registrierte die hohe Decke des Eingangsraums einschließlich der braunen Stockflecken, die im Fall eines Hausverkaufs den Preis mächtig drücken würden. Seine Augen wanderten vom Vorraum zu dem Bogendurchgang, der ins Wohnzimmer führt.

«Hören Sie, ich bin kein so übler Kerl. Ich schreibe etwas über die städtischen Sanierungspläne und dass die Armen sie ausbaden müssen. Ihnen, die Sie hier leben, ist das wahrscheinlich ziemlich egal.»

Ich lud ihn ein, durch den Bogen zu gehen. «Vorsicht, Stufe.»

«Eine Expolizistin in dieser Gegend. Kaum zu glauben, mitten unter den überzeugten liberalen Menschenfreunden von Cambridge.»

«Werden Sie dafür bezahlt, andere Leute abzustempeln?»
Das Wohnzimmer schien ihn in Verblüffung zu versetzen. Die gediegene Mahagonieinrichtung spiegelt im Grunde den Sinn meiner Großtante Bea für Schnörkel und Spitzendeckchen wider, nicht meinen eher prosaischen Geschmack.
Er sagte: «Die Stadt stempelt Gwen Taymore als schuldig ab. Oder nicht?»
«Anscheinend. Haben wir nun lange genug miteinander geredet?»
Er setzte sich ungebeten in den geradlehnigen Klientenstuhl gegenüber meinem Rollpult. Ich nahm auf dem bequemen Schreibtischsessel Platz.
«Ich glaube, Gwen wird so richtig gelinkt», sagte er. «Meines Erachtens geht es überhaupt nicht um sie. Oder nicht?»
«Kein Kommentar.»
«Rein privat.» Seine tief liegenden Augen waren blaugrau, und er wusste sie einzusetzen. Ich schätzte ihn auf Ende Dreißig. Er war gut gekleidet. «Sie kommt auf jeden Fall in die Schlagzeilen, einmal abgesehen vom Thema ‹Rassismus›. Sie ist schwarz, ja, aber sie ist auch in der häuslichen Altenpflege tätig, und das ist heutzutage ein heißes Eisen – Ausländer, die angeblich alte Leutchen betrügen, Herumtreiber, die als angebliche Helfer vertrottelte Alte in ihrem Bett umbringen, nachdem sie sich vorher den Wagenschlüssel haben geben lassen. Ich habe gehört, dass Gwen Taymore schon drei Monate lang Schecks mit Mrs. Phipps' Unterschrift versehen hat.»
«Wo haben Sie das denn her?», fragte ich und dachte, *aha, großartig, Henry Fine erzählt mir, dass er die Presse auf seine Seite bringen und auf Fahrlässigkeit plädieren kann, während*

die Presse in Gestalt des führenden Kolumnisten des Globe *behauptet, die Story käme auf die Titelseite, mit oder ohne Rassismus. Wer bringt hier wen auf seine Seite?*

«Woher ich das habe? Aus einer Quelle, die ungenannt bleiben will.»

«Ich bezweifle, dass Gwen Mrs. Phipps bestohlen hat. Sie dürfen mich zitieren.»

«Toll», sagte er, «saftig, saftig. Wissen Sie, ich möchte die Sache anders aufziehen und mehr auf die Hintergründe eingehen. Mrs. Phipps glaubte, ihr Vermieter wollte sie reinlegen, und ich sehe nicht ein, warum dieser Gesichtspunkt plötzlich vom Tisch sein sollte. Wenn die Taymore überhaupt was damit zu tun hat, dann durch den Hausbesitzer. Wie ich höre, hatten sie was miteinander, der Vermieter und Gwen Taymore, was den alten Peritti ins Grab bringen würde, der immer die Überlegenheit der Weißen propagiert hat. Einmal angenommen, der Sohn schlägt dem Vater nach, meinen Sie, er könnte so verdorben sein, dass er Gwen Taymore die Ehe versprochen hat unter der Bedingung, dass sie die alte Dame ins Jenseits befördert?»

Das war nicht weit entfernt von Mooneys Theorie der Liebestorheit.

Der Journalist sagte: «Wollen Sie gar nicht bestreiten, dass eine Beziehung zwischen Peritti und der Taymore besteht?»

Ich lehnte mich zurück und lachte. «Und dann schreiben Sie, dass Privatdetektivin Carlotta Carlyle es bestritten hat. Und benutzen mein Dementi dazu, Ihren Quatsch zu legitimieren.»

«Wir müssen einmal gemeinsam essen gehen.»

«Nicht in diesem Leben», erwiderte ich lächelnd.

«Wissen Sie irgendetwas über den Phipps-Ehemann?»
«Warum?»
«Jemand hat angerufen und eine Nachricht hinterlassen: Ich müsse den Mann mal durchleuchten, das würde eine Bombenstory. Ich konnte nur feststellen, dass Mr. Phipps Zimmermann war und gestorben ist, was gerade mal eine Weihnachtskolumne geben würde, sonst aber nichts.»
Er war dem falschen Ehemann auf der Spur. Wusste nichts von Hohen. Noch nicht.
Ich sagte: «Man weiß ja nie, was eine gute Story wird. Haben Sie beispielsweise in jüngster Zeit mal ‹Peritti Immobilien› besucht?»
«Nein.»
Ich stand auf. «Da Sie im Begriff sind zu gehen, will ich Ihnen einen Tipp geben. Eine Aufnahme von dem Modell in Perittis Büro, dem brandneuen sanierten Fenway, dürfte ein besserer Blickfang sein als das Foto von einer x-beliebigen Schnüfflerin.»
«Danke.»
«Und vielleicht sollten Sie mal Ihre eigene Zeitung lesen», riet ich ihm.
«Wieso?»
«Nehmen Sie sich all Ihre Artikel über Fenway vor. Zwei, drei Jahre zurück müssten reichen. Die Rattenplage – das war erst vor ein paar Tagen –, der Müll, der nicht eingesammelt wird, eine Reihe von Stromausfällen …»
«… die Überschwemmung von Fenway», murmelte er.
«Es dürfte nicht ganz einfach sein, Regen zu manipulieren, aber jemand könnte dabei auf eine Idee gekommen sein.»
Ein leises «Prrrrr» war von ihm zu hören. Er steckte die Zunge zwischen die Zähne und kritzelte schnell ein paar

Worte auf einen gelben Notizblock, den er aus der Tasche seines Button-down-Hemdes gezogen hatte.
«Sie meinen – sagen wir – eine Art von Sabotage? Um die Bewohner rauszutreiben, Platz zu machen für die Stadtplaner?»
«Könnte ja sein.» Ich hatte ein Gefühl, als hätte ich einem tollwütigen Hund einen saftigen Knochen hingeworfen. Über mein Bild in der Zeitung brauchte ich mir keine Sorgen mehr zu machen.
Unsere Blicke begegneten sich, und Breeze lächelte, wie eine Schlange lächeln würde, wenn sie Lippen hätte. Er stand auf und wandte sich zum Gehen. Als er weg war, checkte ich zweimal das Türschloss.
Wie weit würde er die Sache treiben? Nach kurzem Überlegen, ob ich eigentlich etwas zu Mittag gegessen hatte und was, aß ich im Stehen zwei etwas gewellte Scheiben Schweizer Käse.
Dann suchte ich das überfüllte schwarze Brett am Kühlschrank ab. Ich fand zwei Bons, Sonderangebote für Katzenfutter und eine Nachricht in Paolinas Handschrift, «heute Abend Probe mit der Band».
Ich stieg die Treppen hoch, zögerte auf dem ersten Stock und schnüffelte.
«Roz?«, rief ich.
«Ja?»
Sie war zu Hause. Sie klang munter. Ich blinzelte, holte tief Luft und ging nach oben. Sie war nicht zu sehen. Ich stellte meine Frage ins Blaue hinein.
«Was für eine Band?»
«Wie?»
«Paolina. Probe mit der Band.»

«Hat was mit der Schule zu tun. Eine Konzertband, kein Pop, kein Funk. Ich hole sie um acht ab.»
Sie war über mir, lag praktisch direkt unter der Decke auf einem schmalen, auf zwei Leitern aufliegenden Brett. An einer Seite hing ein nacktes Bein herab. Ihre Zehennägel waren schwarz lackiert. Ich konnte eine Hand sehen, die einen Schwamm auf eine sattgrüne Stelle des Deckengemäldes presste.
«Willst du Arbeit?», fragte ich.
«Kein Babysitting.» Der Schwamm betupfte die Decke, Farbe tropfte herunter, und sie grummelte leise etwas.
«Die Millennium Towers. Ein Bauprojekt in Fenway. Ich möchte alles darüber wissen, Pläne, Investoren. Ich schreib's auf und häng's an den Kühlschrank.»
«Gut. Brauchst du's schnell?»
«Ja. Hast du mit der Cambridger Polizei gesprochen?» Es machte Spaß, sich die Reaktion der Wache auf Roz vorzustellen.
«O ja. Warte mal eben.»
Beide Beine erschienen. Die Zehennägel am linken Fuß waren fuchsrot. Dann kam sie ganz zum Vorschein und schlüpfte in ein langes Jeanshemd. Sie war nackt am Werk gewesen, und ihr bemerkenswerter Körper war mit grünen und gelben Farbspritzern bekleckert.
«Maldonado», sagte sie. «So heißt dein Diego mit Nachnamen. Er ist den Cops wohlbekannt. Ein Totenkopf auf dem Unterarm, richtig?»
«Das ist der Kerl.»
«Ein Beamter namens Schultz hat sich erboten, ihn aufzugabeln, freut sich, dir einen Gefallen tun zu können. Gehst du mit ihm?»

«Wo finde ich Diego, Roz?»
«Kommt drauf an, wann.»
Ich seufzte. Randtypen haben meist keinen geregelten Tagesablauf.
«Der Kerl hat feste Termine», half Roz mir weiter.
«Zum Beispiel heute Abend?»
«Freitag?» Sie schloss die Augen. Auf ihrem linken Nasenflügel war ein dicker gelber Klecks. «Im Riley's auf der Western Avenue. Taucht meist gegen elf da auf, mit ein paar Mädchen.»
«Zuhälter?»
«Amateur. Hält seine Girls bei der Stange, sagt Schultz, lädt die Männer zu 'ner Party ein. Was die Mädchen machen, hängt davon ab, wie viel die Freier bezahlen.»
«Hat Diego denn einen Platz zum Feiern?»
«Mal hier, mal da. Motels, verschiedene Etablissements – was deinen Cop ziemlich ärgert.»
«Ist nicht mein Cop.» Jay Schultz und ich sind zusammen zur Polizeihochschule gegangen. Sonst nichts.
«Okay.»
«Machen wir doch heute Abend mal einen kleinen Zug durch die Bars.»
«Bezahlt? Super. Wie soll ich mich anziehen?»
Ich sah sie an. «Am besten sexy, oder?»

Vierundzwanzig

Roz kam zu spät, sodass ich mir notgedrungen ein Harp vom Fass gönnte, während ich an der Bar vor mich hin brütete. Eigentlich wollte ich mir nur die Fakten noch einmal durch den Kopf gehen lassen, Gründe, aus denen Gwen in Framingham schmachten oder nicht schmachten musste, aber ich ertappte mich dabei, wie ich Spekulationen anstellte. Ob Teri Kiley wohl Mooneys Geplauder richtig einordnete – als den besten Unterricht, den sie in ihrer Polizeilaufbahn je genießen würde? Seit Mooney auf der Erfolgsleiter aufgestiegen und Chef geworden war, zog er selten mit jemandem zusammen los. Wusste Teri ihr Glück zu würdigen? Fehlte Mooney ein Partner? Fehlte ich ihm?

Ein Barhocker ist ein mieser Platz, um über eine nicht realisierte Beziehung nachzusinnen. Ich habe das schon einmal durchgemacht. Einsamkeit verleiht dem Versager auf dem Nachbarhocker einen Hauch von Romantik.

Ich trank in kleinen Schlucken, dachte an die kurze Entschuldigung, die ich Paolina zurückgelassen hatte, an die wenigen Fastfood-Abendmahlzeiten, die wir gemeinsam eingenommen hatten, seit sie bei mir war. Ich spielte meine Rolle als Ersatzmutter mehr schlecht als recht. Trotzdem erwog ich immer wieder, ihr ein dauerhaftes Heim anzubieten und die Suche nach Marta aufzugeben.

Paolina ist in dem Glauben aufgewachsen zu wissen, wer ihr Vater ist. Jimmy, der Vater ihrer Brüder, umarmte sie weder so herzlich wie die Jungen, noch misshandelte er sie, und sie nahm an, das sei eben der Unterschied zwischen Jungen und Mädchen. Sie nannte ihn Dad; er hatte nie widersprochen. Die Wahrheit hatte sie nur durch Lauschen mitbekommen, durch einen Zufall.

Die *Newsweek* hatte einmal ein Farbfoto von ihrem leiblichen Vater gebracht. Ein geheimer Drogenfahnder hatte das Foto aufgenommen, im Hintergrund nebelverhüllte hohe Andengipfel. Titel: KOLUMBIENS DROGENBARONE LEGEN STREIT BEI. Von den fünf Männern auf dem Bild sind noch zwei am Leben, einer davon ist Paolinas Vater. Ihr leiblicher Vater, Carlos Roldan Gonzales, ein Mann mit vielen Decknamen und Feinden, schickt gelegentlich ein Geldpaket. Ich bin Zwischenstation, Geldwäscherin, was auch immer. Das Geld wird für Paolinas Collegejahre zurückgelegt. Wenn sie nun den Highschool-Besuch einfach abbrach, was dann?

Wo, zum Teufel, blieb Roz? Sie kannte doch die vereinbarte Zeit! Die Bar war nicht schwer zu finden. Nebenan waren Karosseriewerkstätten. Einige Kunden waren direkt von der Arbeit hergekommen, sie trugen Overalls mit ihrem auf der Brusttasche eingestickten Namen. Zuerst wunderte ich mich, dass sie sich nicht vorher umgezogen hatten, dann wurde mir klar, dass der sichtbare Beweis für eine Arbeitsstelle in dieser Gegend echte Signalwirkung auf das andere Geschlecht hatte. Starker Altölgeruch mischte sich mit Zigarrenrauch. Wohl die Hälfte der Barkundschaft war mit Demontage und Zusammenbau von Autowrackteilen beschäftigt, kam nach der Arbeit in die Bar, trank und fuhr ab.

Das Lokal war wesentlich größer als die üblichen Eckkneipen, weshalb ich von dem Saal voller Stammgäste auch nicht als Eindringling betrachtet wurde. Gekreuzte Billardstöcke dekorierten die Wände; das Motiv war etwas übertrieben in Anbetracht des einen vorhandenen Billardtisches. Es herrschte gelbliches Schummerlicht, die Wände waren mit astreichem Kiefernholz verkleidet, der Teppichboden in geschmacklosem Golfrasengrün war abgetreten. Es gab genug hohe Frauenstimmen zwischen denen der Männer in Arbeitsoveralls, sodass der Wirt einen der drei Fernsehapparate über der langen Holztheke auf ein Frauen-

Basketballspiel eingestellt hatte. Die Spielerinnen waren stark in der Verteidigung.

Ich saß an der Bar, ließ mich von dem einhüllen, was «Atmosphäre» sein sollte, und nahm die Discomusik aus der Jukebox, den Geruch von verschüttetem Bier, das Geklapper der Billardstöcke aus der hintersten Ecke des Raums in mich auf. Das gespenstische Geflacker der Bildschirme hatte kaum einen Bezug zu den Geräuschen im Lokal.

Das, worauf ich horchte, war nicht zu hören: schnelles, wohlklingendes Spanisch. Diego und sein Gefolge waren immer noch nicht aufgetaucht, als Roz mit 32 Minuten Verspätung endlich erschien. Ich ließ ihre Unpünktlichkeit durchgehen.

«Plan?» Sie lümmelte sich auf den Hocker zu meiner Linken. Ich brauchte nur in den Spiegel zu schauen, um einzusehen, wie überflüssig der Rat an Roz gewesen war, sich sexy zu kleiden. Sie würde noch in einer Polizeiuniform wie ein Flittchen wirken; die überlasteten Knöpfe würden von selbst aufspringen.

Vom Leder war sie abgekommen, aber sie stand immer noch auf hart. Schwarz war die Farbe und hauteng der Stil. Ihr Röhrentop endete oberhalb der Taille, und ihr Rock fing erst an, nachdem man eine Menge Rippen, Bauch und den glänzenden Ring in ihrem Nabel gesehen hatte.

«Wir müssen improvisieren.»

Sie bestellte ein Budweiser beim Barmann, der nur so spurtete, um ihren Wünschen nachzukommen.

«Roz, stell das Fernlicht aus», empfahl ich ihr.

«Hä?»

«Dimme mal die Lichtsignale, mit denen du den Typen mit dem Coors-Hut bedenkst.»

«Er ist aber nett», protestierte sie.
«Roz.»
Zu spät. Der Schnösel mit Hut, der an einem der Tische saß, schickte ein paar Bier herüber. Falls sich die Luft nicht abkühlte, mussten Roz und ich noch Händchen halten, um Anträge abzuwehren. Mir zuckte es in den Mundwinkeln. Ich hoffte aber, nicht mit Roz über gleichgeschlechtliche Ambitionen als Tarnung diskutieren oder gar darauf zurückgreifen zu müssen.
«Wo ist denn dein Freund?» Mit dieser Frage wollte ich sie dazu bringen, ihr Augenmerk auf die Bar zu richten. Sie zuckte die Schultern.
«Komischer Name, K-Rob.»
Wieder ein Schulterzucken.
«Was macht er denn?»
Die meisten Liebhaber von Roz sind Rausschmeißer in schrägen Etablissements. Einer ist Karatelehrer.
«Forschung», sagte sie.
«Welcher Art?»
«Kunst, Geschichte, Bibliotheken, Museen. Ich glaube, heute Abend hält er im Fogg einen Vortrag.»
Das Fogg-Kunstmuseum von Harvard ist weltberühmt. Als ich mir K-Rob bei einem Vortrag vor illustrem Publikum vorzustellen versuchte, streikte meine Einbildungskraft. Ich probierte es stattdessen mit gut ausgeleuchteten Gängen, in denen er Objekte von den Wänden klaute oder mit einem Mob den Fußboden abwedelte.
Diego traf um elf mit zwei Latinas im Schlepptau ein. Ich sah sie mir genau an. Beide erinnerten mich an Paolinas Mam wegen ihrer gemeinsamen Vorliebe für dicke Lidstriche und dunkelroten Lippenstift. Die eine trug ihre wirren

dunklen Locken offen, genau wie Marta. Die andere hatte ihr Haar kurz geschnitten und die Deckschicht knallblond gefärbt. Ihre Augen blitzten und funkelten vor einer Lebenslust, die auch an Marta zu beobachten war. Allem Anschein nach hatte keine der beiden die Abgebrühtheit einer erfahrenen Nutte.

«Da kommt er», sagte ich leise zu Roz.

«Soll ich ihn zusammenschlagen?», fragte sie.

«Ich hätte es lieber etwas subtiler.»

«Kennt er dich schon?»

«Wir sind uns begegnet.»

«Das könnte ein Problem sein», bemerkte sie.

Ich trug nachtblaue Seide, in enge schwarze Jeans gestopft. Mein geföhntes Haar – ich kämme mein dickes, lockiges Haar selten – war auf der linken Seite exakt gescheitelt. Ich hatte Make-up aufgelegt.

«Ich bin gut getarnt», sagte ich, «aber ich lass doch für alle Fälle lieber dich ran.»

«Ran?» Sie rümpfte die Nase.

«Flirte. Spiel den Vamp. Verdreh dem Kerl so den Kopf, dass er das Geschäft vergisst, Roz.»

«Das könnte dich eine Zulage kosten.» Sie betrachtete Diego abschätzig.

«Tu's für Paolina», sagte ich feierlich.

Sie seufzte und zog ihr Röhrentop einen Fingerbreit tiefer.

«Ich werde dir ein Zeichen geben», sagte ich.

«Wo gehst du denn hin?»

«Ich wette, eine von diesen Hübschen kennt Marta. Ich wette, sie können kein Bier trinken, ohne aufs Klo zu müssen.»

Fünfzehn Minuten später hatten die Damen vier saufende

Bauarbeiter ins Auge gefasst, und ich konnte nur bewundern, wie schnell und präzise sie vorgingen.
Diego spielte die Rolle des gönnerhaften Bruders. Er machte seine Sache gut, er übertrieb nicht, ihn schien das freche Herumalbern seiner «Schwestern» zu amüsieren.
Die eine mit dem Haar wie Martas setzte sich einem rotgesichtigen Blonden auf den Schoß. Sie war nicht unbedingt schüchtern, und sie bewegte sich gerade genug, um ihm einzuheizen und einen Vorgeschmack zu geben.
«Dann mal los», sagte ich zu Roz. «Wenn die Damen die Toilette wieder verlassen haben, kommst du mich dort besuchen.»
«Und wenn sie überhaupt nicht aufs Klo müssen?»
Ich zuckte die Schultern. «Dann kommt Plan B dran.»
Die Toilettentür war mit einem dicken W markiert, auf das irgendein Witzbold an den richtigen Stellen Brustnippel gemalt hatte.
Drinnen: ein Waschbecken, zwei WC-Kabinen, Neonröhren und eine gedruckte Ermahnung an die Angestellten, unbedingt ihre Hände zu waschen.
Das grausig kalte Licht wirkte inspirierend. Na ja, um die Wahrheit zu sagen, kam ich dadurch, wie ich in dem Licht aussah, auf eine Idee. Ich verstärkte den schaurigen Anblick noch, indem ich mir am Waschbecken die Haare nass machte und das Rouge von den Wangen wischte. Dann begab ich mich in eine der Kabinen, wartete und las die Sprüche an den Wänden. Als ich die Außentür mit einem Quietschen aufgehen hörte, betätigte ich die Spülung. Eine dralle Dame in Caprihosen kam herein, woraufhin ich meinen ersten Auftritt abbrach.
Beim zweiten Mal hatte ich mehr Glück. Meine Opfer er-

schienen zusammen und plauderten im schönsten Spanisch miteinander. Ich stöhnte und klammerte mich an die geöffnete Klotür.

«*¡Cuidado!*», warnte die Blondgefärbte ihre Freundin besorgt, vermutlich aus Angst, ich könnte mich auf ihre Schuhe übergeben.

Ich glitt auf den Boden, stöhnte weiter und vergrub den Kopf in den Händen.

«*Pobrecita*», murmelte die Lockige. Einsfünfundachtzig große Frauen werden im Allgemeinen nicht so schnell bemitleidet, es sei denn, sie liegen auf dem Boden.

«Bitte, sind sehr schlecht?» Ihr Englisch war noch holperiger als Martas.

«*Tengo unos cólicos menstruales los hijueputas*», ächzte ich. Krämpfe. Schreckliche Krämpfe. Von da an ging das Gespräch auf Spanisch weiter, und sie äußerten sich entzückt über meine Sprachkenntnisse und meinen Akzent, gelobt sei Paolinas Nachhilfeunterricht. Ich erzählte ihnen, ich sei in Bogotá aufgewachsen, wo mein Dad für eine Bergbaugesellschaft gearbeitet hätte. Sie waren beide aus der Dominikanischen Republik, erfuhr ich zu meiner Erleichterung. Keine Gefahr, gemeinsame Kindheitserinnerungen austauschen zu müssen.

Verdammt, sie waren wirklich nett. Ziemlich unverdorben. Sie kamen zum Beispiel gar nicht auf die Idee, dass ich eine verlogene Drogensüchtige sein könnte. Sie schnalzten mit der Zunge und befeuchteten raue Papiertücher, um sie mir auf die Stirn zu legen. Zwischendurch gingen sie zur Toilette, und dann fragten sie mich, ob sie meinem Freund draußen etwas ausrichten sollten. Die eine bot mir ein Tampax aus ihrem winzigen Täschchen an und sagte dabei zu der anderen, sie hoffte nicht, in den nächsten Stunden ihre Periode zu bekommen, denn es sähe doch so aus, als wären die *cabrónes* ganz versessen darauf, sich einen vergnügten Abend zu machen.

«Du solltest lieber hoffen, dass du sie bald bekommst», sagte die andere lachend.

Wir waren schon gut Freund, als ich der Lockigen, meiner neuen *amiga* Zita, sagte, sie komme mir bekannt vor. Bei der Frage, ob wir uns durch Marta einmal kennen gelernt haben könnten, glomm kein Argwohn in ihren Augen auf. Ich war ja auch nicht hereingestürmt gekommen und hatte eine Marke geschwenkt. Ich war eine von ihnen, und noch dazu in Bedrängnis.

Sicher kannte sie Marta.

Ich musste schneller vorgehen, als mir lieb war, denn ich fürchtete, der Bauarbeitertrupp würde ungeduldig werden. Und dann würde Diego an die Tür hämmern. Falls Roz abgeblitzt war.

Ich kannte die Namen von Martas Kindern, wusste, wie schwer sie es hatte, seit Jimmy nach Puerto Rico zurückgekehrt war. Als Freunde von Freunden, die die gleiche Sprache sprachen, gehörten Zita und ich praktisch zu einer Familie.

Die Blonde wurde losgeschickt, die Kerle zu beschwichtigen und mir ein Glas Wasser zu holen, das mir wieder auf die Beine helfen würde.

Sofort fragte ich Zita, ob sie damit rechne, dass Marta später am Abend noch hier vorbeischaue.

«Sie fehlt mir», sagte ich, «ich würde sie zu gern wiedersehen.»

«Sie heiratet vielleicht demnächst!»

Bei so guten Neuigkeiten wären meine Krämpfe schon deutlich erträglicher, sagte ich zu Zita. Sie schien wenig über den Bräutigam zu wissen, kannte nicht einmal seinen Namen. Er sei ein Gringo, ja, aber das wusste ich bereits. Zita wollte von ihren Hoffnungen auf einen Wintertrip in die Karibik plaudern.

Blondie kam wieder.

«He», sagte sie, «der *pendejo* will, dass wir rauskommen.»

«Geht's jetzt einigermaßen?» Zita hatte Mitleid.

«Du bist ein Engel. Könntest du Marta etwas von mir bestellen? Oder mir sagen, wo ich sie finde? Ich schulde ihr noch Geld.»

«Ach ja?»

«Wenn sie heiratet, kann sie es bestimmt gut gebrauchen. Für ein neues Nachthemd, stimmt's?»

Blondie lachte. «Lieber für eine Flasche Parfüm.»

Jetzt lachten beide und witzelten herum, und so erfuhr ich, dass Martas Zukünftiger ein Anglercamp leitete, kleine, heruntergekommene Hütten an einem See, der vielleicht, vielleicht aber auch nicht, Silver Pond hieß. Die Mädchen waren einmal abends dort zu Besuch gewesen, hatten zu viel Tequila getrunken, um noch heim zu fahren, und die Nacht auf dem Fußboden verbracht. Es hatte geregnet, und der Fischgeruch war nicht gerade angenehm gewesen. Deshalb Parfüm.

Ich fragte mich, ob dieses Camp wohl eine von Diegos Partyadressen war. Eigentlich war New Hampshire zu weit entfernt.

«Wenn ich hin wollte, wie würde ich es finden?»

Sie hatten nur schwache Erinnerungen daran. Keine war selbst gefahren. Es war dunkel und spät gewesen.

«Wenn man ganz in der Nähe ist, gibt's ein Schild.»
Zita meinte, darauf stände etwas von *tumbas* und *cemeterios*.
«Gräber», bemerkte ich. Blondie nickte.
Also Graves Cabins, Silver Pond, New Hampshire.
Zita wühlte in ihrer Tasche nach einem Aspirin und gab mir einen freundlichen Klapps auf die Schulter. Sie meinten beide, ich hätte ein paar Retuschen nötig, und boten mir ihre Kosmetikartikel an. Ich dankte ihnen, sagte, ich würde noch bleiben, bis die Krämpfe ganz abgeklungen wären.
Sie winkten, als sie sich wieder ihren Verpflichtungen zuwandten.
Als Roz zehn Minuten später eintrat, wies ich sie an, Diego abzuhalftern, und erbot mich, auf sie zu warten und sie nach Hause zu fahren. Sie lächelte hinterhältig, sagte, es würde ihr wirklich ein Vergnügen sein, ihn abzuhalftern, aber hinterher hätte sie noch eine Verabredung, ich sei also aller Pflichten ledig.
Ich machte mich auf den Weg zum Hinterausgang. Nachdem ich so lange Krämpfe vorgetäuscht hatte, tat mir jetzt wirklich der Bauch weh. Vielleicht hatte ich das verdient, weil ich die Mädchen angelogen hatte, sie belogen hatte, obwohl sie so nett waren.

Fünfundzwanzig

Es war nicht nur mein Magen. Mein Kopf brummte von der Kombination aus Alkohol und Billardstockgeklapper. Ein Rauchwölkchen von verbotenen Zigaretten stieg mir in die Nase, bevor der Wind den Duft zerstreuen konnte. Ich habe früher Päckchen um Päckchen Kools geraucht, die nächste am Stummel der vorigen angezündet. Obwohl es zehn Jahre her ist, seit ich mir die letzte mit einer Geste aus einem alten Lauren-Bacall-Film zwischen die Lippen gesteckt habe, giere ich noch immer danach. Ich war wirklich süchtig; nur einen Zug heute, und ich würde morgen wieder rauchen wie ein Schlot.

Meine Hand mit den Schlüsseln ballte sich automatisch zur Faust. Kann ich sehr empfehlen: Autoschlüssel bilden einen guten Schlagring. Es ist einer meiner pawlowschen Reflexe bei Dunkelheit. Eigentlich sollte ich in eine Hütte am Silver Pond, New Hampshire, einziehen, um meinen Überfallschutzreflex, ruckartig mit dem Knie zuzustoßen, zu vergessen. Eine Waffe trage ich nur, wenn es notwendig ist.

Der Wagen stand fest abgeschlossen unter einer Straßenlaterne. Trotz der späten Stunde war es laut in dieser Gegend, Geräusche drangen aus den verhangenen Fenstern, der Rhythmus von Salsa-Musik, plötzliches gedämpftes Gelächter. An einem Abend wie diesem hätte ich gut eine Kneipe besuchen können, wo die Cops nach Dienstschluss herumhängen, mich entspannen, vergessen, dass ich Marta suchen und Gwen befreien wollte, und mir lieber ein bisschen Blues anhören.

Ich riss mich von dem Lachen los und drehte den Schlüssel, um das Auto anzulassen. Ich fahre nur zu gern durch nächtliche Straßen, die still und ruhig im gelben Schein der Natriumdampflampen daliegen, hier und da getupft mit schattenhaft vorbeihuschenden Nachtmenschen. Der Motor und ich begleiteten mit unserem Summen Chris Smither vom Tape, der wie der Teufel Chuck Berrys *Maybelline* sang. Mir wurde auf einmal bewusst, dass ich auf dem Heimweg war.

Paolina lag zusammengerollt im Bett, von Beanie Babys

und dem Plüschhai umgeben, den sie erstanden hatte, als sie unterwegs nach Bogotá war. Ein Souvenir vom internationalen Flughafen in Miami und der Reise, auf der sie die wahre Identität ihres Vaters erfahren hatte. Manchmal rede ich mir überzeugend ein, dass sie mein Kind ist. Wäre es wirklich so schlimm, wenn Marta für immer verschwand? Würde Paolinas Selbstachtung unter der doppelten Last des Verlassenwerdens, erst vom Vater und dann von der Mutter, zusammenbrechen?

Ich sagte mir, dass Marta wieder auftauchen würde. Ganz bestimmt. Man lässt nicht einfach seine Kinder zurück, nicht einmal für eine letzte romantische Chance.

Wann bekommt man seine letzte Chance?

Die Frage hallte in mir nach, als hätte ich sie laut gestellt. Mir war, als könnte ich sie rauschen hören, während ich mir das Gesicht mit Wasser und Seife wusch. Auch im Geräusch meiner Slipper kehrte sie wieder, als ich den Eingangsraum durchquerte und ins Bett kroch.

Welchen Dreck würde Peter Breeze wohl morgen in seiner Kolumne zu Tage fördern? Daran dachte ich, während ich einschlief …

Ich war aufgebracht über den Lärm, der mich weckte, hatte einen schalen Biergeschmack im Mund. Verfluchtes Geräusch, dieses ständige *Piep, Piep, Piep,* auch die Stimme, ein dunkler Bass, der etwas rief, schrie, immer lauter, ein Wort, das allmählich in meinem Kopf Gestalt annahm, auf das mein Körper reagierte und durch das ich jäh aufschreckte, hellwach, schlaflos, und dieses Wort war: «Feuer!»

Falls das zuckende Licht nur ein letztes Aufflackern meines Traums war, würde ich den Schreier erwürgen. Ich blinzelte wütend – das gedämpfte Leuchten pulsierte weiter. Sein

Flackern bedeutete Feuer, keine Fehlfunktion des Rauchmelders, kein Traum: Feuer!
Paolinas Bild, scharf wie eingraviert, Säure auf Stein, riss meine Füße auf den Boden. Ich kann aus meinem Schlafzimmerfenster auf die Eiche vorm Haus klettern. Raus in zwanzig Sekunden; los! Aber Paolina schlief auf der anderen Seite des Flurs. Ich schlug mit der flachen Hand gegen die Tür. Sie war so glühend heiß, dass ich zurückzuckte und die Hand wieder fallen ließ.
Ich weiß, dass man eine heiße Tür nicht öffnen darf, das weiß ich, wie ich meinen Namen weiß, aber ich musste durch diese Tür, wider besseres Wissen, entgegen dem Gefühl in meinem Bauch, denn nur so konnte ich zu Paolina gelangen.
Bedecke Mund und Nase. Schön und gut, nur dass Handtücher und Wasser, beides im Badezimmer, ebenso gut auf dem Jupiter hätten sein können. Halt dich dicht am Boden. Fakten und Warnungen purzelten in der Eile durcheinander, aber was taugte eine Empfehlung, die ich nicht in die Tat umsetzen konnte?
Dreh nicht durch, sagte ich streng zu mir selbst, und meine Stimme, nur mehr ein Unkenkrächzen, erschreckte mich so, dass ich endlich aktiv wurde.
Auf meinem Nachttisch stand ein Glas Wasser. Ich goss es über eins der Männerunterhemden, die ich als Nachthemd trage, und band mir das feuchte Kleidungsstück wie ein Bandit vors Gesicht. Diesmal legte ich gar nicht erst Hand an die Tür. Ich kniete mich stattdessen hin und drückte sie Zentimeter für Zentimeter auf, immer in Angst, die plötzliche Sauerstoffzufuhr könnte eine Flammenlohe auslösen. Unwirkliches Licht stieg von der Treppe her nach oben. Ich

zwang Luft in meine Lungen und brüllte Paolinas Namen, während ich links über den Flur und rechts durch ihre Tür sprintete. *Feuer ist schnell,* dachte ich. Feuer breitet sich rasch aus, läuft Flure entlang, schießt durch Wände, bahnt sich einen Weg.

Sie hatte sich in die Kissen vergraben und die Steppdecke über den Kopf gezogen. Ich riss das Bettzeug weg, warf es zu Boden, musste niesen, und in dieser Sekunde, in der sich meine Augen geschlossen hatten, schien die Luft grau und vernebelt geworden zu sein. Ich dachte, Paolina wäre vielleicht durch eingeatmeten Rauch bewusstlos, und beugte mich hinab, um sie vom Bett zu heben.

Sie brabbelte etwas und setzte sich abrupt mit wirren Haaren und wildem Blick auf. Sie wand sich unter meinem Zugriff, dann schlug sie mit geballter Hand zu und traf mich kräftig am Wangenknochen. Nase und Mund mit dem Unterhemd vermummt, musste ich wie eine Erscheinung aus einem Albtraum auf sie gewirkt haben, wie ein Kidnapper aus dem Drogen- und Bandenmilieu ihres Vaters.

«Ich bin's. Raus!» Lieber ein Albtraum, dachte ich, als dieser nur allzu reale beißende Gestank, das erstickende Bedürfnis zu schlucken, das Husten und Würgen, die Erkenntnis, dass der Atem ein Feind ist. Meine Kehle schloss sich, und ich hatte ein Gefühl, als ertränke ich in Luft.

Während mein Adrenalin mir die Botschaft *Flieh, flieh, flieh!* durch die Adern pumpte, wirkten Paolinas Reaktionen wie gedehnt, als bewege sie sich in Zeitlupe, ein Film mit falscher Geschwindigkeit.

«Schnell!» Ich packte sie grob und begann, sie zur Tür zu zerren.

Sie widersetzte sich und schrie. «Nein! Ich muss noch …»

Einen Moment lang presste sich ihr dunkles Haar gegen meinen Mund, dann hatte ich ihr die Füße weggerissen; halb schleifte ich sie, halb trug ich sie. Ich entschloss mich schon, sie bewusstlos zu schlagen, falls sie weiterhin Widerstand leisten sollte, als mir einfiel, dass sie sich ja am Regenrohr festhalten und zum Baum hinüberschwingen musste, dass ich also auf ihre Behändigkeit und Kraft angewiesen war. Sie benahm sich jetzt so, als hätte sie begriffen, als hätte sich mein Drängen auf ihre Füße übertragen. Wir schafften es bis zum Flur. Dann stolperte sie und blieb stehen, und ein sonderbarer Laut drang aus ihrer Kehle.
Der große Spiegel auf dem Treppenabsatz reflektierte den Eingangsraum im Erdgeschoss. Lodernde Flammen zuckten gierig an der Wand hoch, während eine dunkle Gestalt die schweren Vorhänge von beiden Fenstern neben der Haustür riss und auf die gelben Feuerzungen fallen ließ, die zu einer dichten grauen Qualmwolke erstickten.
Ich schrie voller Entsetzen: «Raus hier!»
Paolina stöhnte und streckte wie hypnotisiert vom Spiegelbild der Flammen den Zeigefinger aus. Sie taumelte, und wir fielen gemeinsam mit dumpfem Aufprall zu Boden.
Bleib unten. Ja, die Luft war deutlich besser hier. Ich hörte polternde Schritte, wandte den Kopf und sah, dass K-Rob von unten hochkam. Ich wollte ihm sagen, dass es verrückt war, völlig irre, die Vorhänge herabzureißen, die Flammen zu bekämpfen und heraufzukommen, statt rauszulaufen. Ich deutete auf die Eingangstür.
«Blockiert!», schrie er.
«Wo ist Roz?»
K-Rob murmelte etwas. Vielleicht schrie er auch laut.
Dann sah ich sie, in ein nasses schwarzes Laken gehüllt, vor

Nässe triefend, als regnete es. Ich konnte sehen, dass erst sie und dann K-Rob die Lippen bewegten, aber es kamen keine Laute bei mir an, die einen Sinn ergeben hätten. Ich gestikulierte, zeigte auf das Badezimmer mit seinem Fensterfluchtweg via Baum, und Roz raste in diese Richtung los. K-Rob, ebenfalls in ein Laken gewickelt, packte fachmännisch Paolina am Arm. So hievten wir sie zwischen uns weiter, als wöge sie nur zwanzig Pfund.

Wir erreichten die Tür, und ich hörte das Holz unter der Anspannung quietschen und knarren und K-Rob husten und würgen, das hagere Gesicht rußverschmiert, dann winkte er mich zum offenen Fenster. Roz rief jemandem unten zu, dass wir zu viert hier oben wären, he, und keiner sonst bis auf die Katze und den Vogel. K-Rob und Roz lösten Paolina aus meinem festen Griff, und sie konnte sich jetzt selbst helfen, machte mit. Roz grinste mir zu, senkte den Kopf, ließ ihr Laken fallen und verschwand durchs Fenster. Paolina gleich hinterher, während Roz ihr von draußen beistand, und dann wurde es plötzlich hell, leuchtete ein riesiger Lichtkegel auf, ein Scheinwerfer, der die Eiche anstrahlte.

Ich hörte jaulende Sirenen und wusste nicht, ob sie gerade erst ankamen oder ob meine Ohren vorher taub dafür gewesen waren, als all meine Sinne nur aufs Überleben ausgerichtet waren.

Ich hatte Rauch eingeatmet, ja, aber ich bin sicher, dass das, was ich jetzt sah, keine Halluzinationen waren. Ehe er aus dem Fenster kam und sich vom Regenrohr zum Baum hinüberschwang, um hinunterzuklettern, warf K-Rob sein tropfnasses Laken ab, und darunter kamen ein nackter Oberkörper und Khakishorts zum Vorschein. Er senkte den Kopf, hob den linken Fuß und langte rasch nach hinten an sein Kreuz, eine Geste, die mir nur allzu vertraut ist, eine Bewegung, mit der eine zu hastig in den Hosenbund geschobene Pistole gesichert wird. Ich sah alles genau: die Bewegung, den Hosenbund, den Griff der silberbeschlagenen Automatik. Er bemerkte meinen Blick, und unsere Augen trafen sich, bevor ich wegsehen konnte.

Dann hing ich auch schon am Regenrohr, während mir Stimmen von unten laut Mut machten und mir zuriefen, mich zu beeilen, mich schneller zu bewegen. Ich tastete mit dem nackten rechten Fuß nach dem vertrauten Ast, der zu der breiten Gabel führte, kletterte gleich darauf keuchend und nach Luft ringend durch die kratzigen Zweige hinab. Behandschuhte Hände ergriffen mich, als ich fast unten war.

Sechsundzwanzig Früher im Polizeidienst, wenn ein Zeuge klagte, er hätte nur noch verschwommene Erinnerungen an den Vorfall, hielt ich diese Bemerkung für eine Schrulle und meinte, er müsse doch etwas getan haben, eins nach dem anderen, wie man einen Fuß vor den anderen setzt, um zu gehen. In den Minuten, nachdem ich die frische Nachtluft geatmet hatte, begann ich zu ahnen, was «verschwommen» heißt; gedrungene Gestalten und grelle Farben; Stimmen, die sich überlappten und aus allen Richtungen an mein Ohr zu dringen schienen; Lärm, der sich steigerte und außer Kontrolle geriet. Bis jetzt entziehen sich die Einzelheiten meiner Erinnerung.

Ich weiß, dass die Feuerwehr zur Stelle war, als ich den Halt verlor und vom Baum ins Gras fiel. Männer mit weiten gelben Hosen und tief ins Gesicht gezogenen Helmen beugten sich über mich, die Gesichter hinter Sauerstoffmasken versteckt. Im grellen Licht der Suchscheinwerfer sahen sie aus wie Wesen von einem anderen Stern. Ich war geschockt, als einer seine Maske abnahm und ich einen Nachbarn wiedererkannte, den ich oft im nächsten Laden traf.

Ich spürte nasses Gras im Rücken. Wasser zischte aus dicken Schläuchen, die sich über den Rasen schlängelten, und wurde durch gebrüllte Anweisungen wie «Höher!» oder «Ruhig halten!» an die richtige Stelle gelenkt. Ein Außerirdischer gab mir etwas zu trinken, das erst wie Wasser und dann wie Limonade schmeckte, wunderbar und beruhigend und besser als jeder Schnaps. Ich schluckte und verschluckte mich, versuchte, das Getränk an Paolina weiterzugeben, die in der Nähe kniete und sich hustend übergab. Von Roz und K-Rob keine Spur mehr. Warum war er im Erdgeschoss gewesen? Sollte ich die Feuerwehrleute warnen, dass er eine Pistole trug? Ein Mann in orangenem Overall setzte Paolina eine Maske aufs Gesicht. Als ich gerade dagegen protestieren wollte, schob mir eine Frau in Orange ein ebensolches Ding über Nase und Mund, und einen Augenblick lang packte mich erneut Erstickungsangst.

Ich habe keine Ahnung, wer meine Hand ergriff und beruhigend drückte, aber ich danke demjenigen, wer immer es war, der mir diesen Rettungsdienst erwies.

War ich auf eigenen Füßen zum Rettungswagen gestolpert, oder war ich getragen worden? Das Martinshorn gellte auf der Fahrt zum Mount-Auburn-Krankenhaus. Ich protestierte laut, mir gehe es gut, ausgesprochen gut, aufhören bitte, wo ist Paolina?, als mich noch mehr Orangene auf eine Rollbahre schnallten. He, mir fehlte nichts bis auf ein paar Kratzer von den Ästen und einem lilablau angelaufenen Bluterguss da, wo mir Paolina den Schwinger versetzt hatte. Ich versuchte, einen untätigen Mann in Orange davon zu überzeugen, dass ich nur in den Rettungstransport einwillige, um Paolina zu begleiten. Verflixt und zugenäht, ich war doch keine Patientin, die eingeliefert werden musste!

Ich muss aber doch wie eine Patientin gewirkt haben, denn meine Handgelenke wurden festgeschnallt, und ich wurde so behandelt wie eine Patientin, und das Krankenhauspersonal war so hektisch und besaß so viel Autorität, dass ich mich seinen helfenden Händen nicht entziehen konnte. Die hellen Strahler im Foyer taten mir in den Augen weh. Ich war innerlich zerrissen und hatte das unbestimmte Verlangen, an zwei Orten gleichzeitig zu sein. Ich wollte mich ordentlich anziehen und mein Haus retten, und ich wollte Paolina trösten, das Kind, das schon viel zu oft verlassen worden war. Dann überkam mich mit der Wucht eines Zwanzigtonners Erschöpfung, und ich war dankbar für eine Pritsche neben Paolinas Bett. Ich schlief sofort ein, dabei hätte ich fünf Minuten früher noch gewettet, dass ich nie wieder das Bewusstsein verlieren würde aus Angst, von dem Geruch und dem Schrei aufgeweckt zu werden: «Feuer!»

Leises Reden drang an mein Ohr, ich erwog tatsächlich den Bruchteil einer Sekunde lang, ob ich sagen sollte: «Wer bin ich?», konnte es mir aber gerade noch verkneifen.

«Ja», fuhr die tiefe Stimme fort, «habe ich gesehen, ich weiß, ich weiß.» Ihre beruhigende Vertrautheit war tröstlich, und sie lullte mich wieder ein.

Später, als ich noch einmal halb wach wurde, sagte dieselbe Stimme etwas sanfter: «Danke, Teri, vielleicht gegen fünf. Sicher.»
Als ich schließlich erwachte, hielt Mooney, der auf einem Blechstuhl neben meinem Bett saß, ein Handy an sein Ohr. Ich versuchte mich aufzusetzen, wobei ich merkte, dass ich ein Krankenhaushemdchen trug und nichts darunter. Das zerrissene, nach Rauch stinkende Sweatshirt alias Nachthemd der vergangenen Nacht war verschwunden.
«Paolina?», sagte ich und starrte ungläubig das leere Bett neben mir an. Heiser war gar kein Ausdruck für das traurige Gekrächze, das aus meinem Mund kam. Ich goss Wasser aus einer Stahlkanne in einen Pappbecher und trank gierig.
«Sie haben sie für ein paar Tests abgeholt», sagte Mooney.
«Was für Tests, Teufel noch mal?»
«Irgendwas mit dem Sauerstoffgehalt im Blut, und sie ist bald wieder zurück, es ist nichts Ernstes.»
«Warum haben sie sie dann überhaupt mitgenommen?»
Er zuckte die Schultern. «Ich musste ihr schwören, dass ich bei dir bleibe, falls du aufwachen würdest. Sie hat gesagt, sie würde mich umbringen, wenn ich dich aufwecken würde, und ich soll dir sagen, dass es ihr Leid tut, aber sie hat nicht gesagt, was.»
«Moon, es beunruhigt mich, dass sie herausfinden könnten, dass sie nicht meine Tochter ist. Ich hab keine Versicherungskarte von ihr. Ich weiß nicht einmal, ob sie überhaupt versichert ist.»
«Wo ist denn Marta?»
«Eine lange Geschichte.» Ich hielt inne und atmete tief ein. «Moon, was ist mit meinem Haus?»
Bei seinem Gesichtsausdruck war ich sicher, er würde mit

so etwas wie «nicht mehr zu retten» herausplatzen. Ich holte nochmals Luft und wappnete mich.
«Nicht so schlimm.» Er schien mich anzuschauen, doch dann meinte ich, er starre über mich hinweg auf die kalten, alle Lebensfunktionen aufzeichnenden Geräte an den Wänden.
«Wie schlimm?», fragte ich und hatte wieder das flackernde Licht im Treppenhaus vor Augen. Ich erlebte einen schauerlichen Flashback – K-Rob mit der Waffe –, aber ich schluckte und schwieg. K-Robs Schrei hatte mich geweckt. Er hatte die Flammen mit den schweren Vorhängen zu ersticken versucht, mir geholfen, Paolina über den langen Flur zu bringen. Ich würde ihm das nicht dadurch vergelten, dass ich einem Polizisten gegenüber eine Bemerkung über seine Schusswaffe fallen ließ, nicht einmal gegenüber Mooney.
«Immer mit der Ruhe. Ich will nichts beschönigen. Die Feuerwehr ist schnell da gewesen und hat alles durchweicht. Es wird überall unter deinen Füßen quietschen vor Nässe; alles, was Wasser ruinieren kann, ist hin.»
«Kann man noch drin leben?»
«Du hast verdammtes Glück gehabt.»
«Mein Kater?»
«Hat's überlebt. Sogar dem Sittich geht's gut. Irgendein barmherziger Feuerwehrmann hat den Käfig aus einem kaputten Fenster gehievt.»
«Stimmt das?»
«Stimmt. Dein Vogel hat den Feuerwehrmann ‹Arschloch› genannt. Der Mann sagte, er hätte ihn fast wieder braten lassen.»
Red Emma hat keine Manieren. Ich wäre am liebsten gleich

aus dem Bett gesprungen und nach Hause gefahren, um den Schaden zu begutachten. Ohne Kleidung und Paolina fühlte ich mich genauso in einen Käfig eingesperrt wie der Sittich.

Moon berührte sein Gesicht. «Wo hast du das Veilchen her?»

Ich machte ihm die Geste nach und betastete mit den Fingern meinen linken Wangenknochen, wo das Fleisch angeschwollen war.

Ich zuckte zusammen. «Reiß nie Paolina plötzlich aus dem Schlaf», riet ich ihm. «Ich muss die Schwestern noch warnen.»

«Sie hat dir eine geknallt?»

«Sie war noch halb im Schlaf. Weiß man schon, wie das Feuer ausgebrochen ist?» Mein Hals fühlte sich an, als sei er mit Stahlwolle geschrubbt worden. Ich kippte noch ein Glas Wasser hinunter und kleckerte dabei ein paar Tropfen auf mein Hemdchen.

«An was für Fällen arbeitest du denn sonst noch?»

Ich fragte betont sanft zurück: «Warum?»

«Sind einige deiner Klienten absonderlich? Gestört? Sauer auf dich?»

«O Scheiße.» Ich wiederholte es und gab dann noch andere Flüche von mir, die Mooney abscheulich findet.

Moon sagte: «Der Brandmeister will dich sprechen.»

«Der Brandmeister denkt doch nicht etwa – was? Er meint, irgendein – ein *Feind* hat mein verfluchtes Haus niedergebrannt?»

Ich hatte zuerst auf Roz getippt – nicht, dass sie gezündelt hätte, aber dass sich am Ende der leicht entflammbare Kram in ihrem «Atelier» als Brandursache herausstellte.

Meine zweite Vermutung war ein Defekt in den Stromleitungen. Verflucht, eine Verstopfung des Trockners durch Wäschefusseln hätte auf meiner Liste höher gestanden als Brandstiftung. Feuer ist eine riskante Art, jemanden umzubringen. Es spricht mehr destruktiver Hass daraus als der Wunsch zu töten. Wer würde mich töten wollen?

Ich ertappte mich dabei, dass ich mit der Hand an meinen Hals fuhr, ohne mir dessen bewusst zu sein, und meine trockenen Lippen leckte. Ein unbekannter Dreckskerl hätte mich umbringen können. Paolina umbringen können. Ein ums andere Mal tief ein- und ausatmend, ergriff ich die Wasserkanne, wobei ich den Impuls unterdrückte, sie an die Wand zu pfeffern. Eins, eintausend, zwei, eintausend – ich zählte die Sekunden und wartete, dass sich mein Puls wieder beruhigte.

«Ein ätzender Morgen», bemerkte Moon.

Meine Kehle streikte. Ich konnte nicht antworten.

Er fuhr fort: «Ich nehme mal an, du hast gestern nicht ferngesehen, oder?»

Ich schüttelte den Kopf.

«Dann hast du einen aufschlussreichen Bericht über kirchliche Protestveranstaltungen für Gwen Taymore verpasst. Hat mir drei Anrufe vom Sonderbeauftragten des Bürgermeisters für Bürgerrechte eingetragen. Er wollte wissen, wann ich endlich meinen Rassismus aufgebe.»

«Du kannst dich hier verstecken», brachte ich mühsam hervor. «Schmeiß das Telefon weg.» Ich klang, als hätte ich einen Liter Whiskey runtergegurgelt und zwei Päckchen Camel geraucht. Das Wort *Brandstiftung* hämmerte in meinen Ohren.

«Es wird heute Vormittag noch schlimmer werden.»

«Warum?» *Brandstiftung.* Jemand hatte ein Streichholz entzündet, mit Bedacht, vorsätzlich, wollte meinen Tod.
Moon nahm eine Zeitung von einem Blechwagen und hielt sie mir hin. Er sagte: «Ich schau mal, ob ich Kaffee auftreiben kann, während du die Kolumne von Breeze liest.»
«Da steht doch wohl nichts von mir drin, oder?», fragte ich rasch.
Moons Augen blitzten. «Hast du mit ihm gesprochen?»
«Kurz», gab ich zu.
«Über den Bürgermeister?»
Ich starrte Moon vollkommen verständnislos an. «Den Bürgermeister?» Ich hatte nur noch Brandstiftung im Kopf. Feuer.
«In seinem Artikel von heute Morgen macht Breeze den Bürgermeister der Mitschuld am Tod von Valentine Phipps verantwortlich, er beschuldigt ihn, nicht nur die alte Dame auf dem Gewissen zu haben, sondern den ganzen verdammten Stadtteil Fenway. Viel Vergnügen.» Er reichte mir die Zeitung und spazierte zur Tür hinaus.
Der Artikel unter der wohl bekannten Karikatur auf der Titelseite, linke Spalte, trug die Überschrift SABOTAGE AN DER STADT.
Ich konnte mich nicht gleich darauf konzentrieren. *Brandstiftung.* Ich habe tonnenweise Ermittlungsarbeit geleistet, darunter ein gut Teil heikler Nachforschungen. Ich komme nicht immer zu den gewünschten Ergebnissen, aber wen mochte ich aufgebracht haben?
Ich fing an zu lesen:
«In Manhattan bahnen sich die feinen Adressen allmählich einen Weg in die Außenbezirke, bis sie knirschend an Harlem stoßen und zurückschrecken. Mit Bostons Stadtvier-

teln geht es eher unregelmäßig mal auf- und mal abwärts. Jamaica Plain, Charlestown, South End und Hyde Park sind zeitweilig in und dann wieder aus der Mode, sie folgen irgendeinem unhörbaren Puls, einem eigenen Rhythmus. Zumindest bis jetzt. Sehe nur ich es so, oder pokert das Rathaus wirklich mit Fenway?

Der brutale Mord an Valentine Phipps macht die Öffentlichkeit auf einen Stadtteil aufmerksam, der kurz vor dem Abgrund steht. Valentine Phipps' Tod kann als tragisches Symptom einer kranken Gesellschaft betrachtet werden. Versuchen wir einmal, diese Krankheit zu bestimmen. Wir könnten sie Machtmissbrauch nennen. Oder Gier.

In Fenway haben die städtischen Dienstleistungen nicht nur nachgelassen, sondern sie sind auf einen absoluten Tiefstand abgestürzt. Nach Angabe des Gesundheitsamtes sind in Fenway allein in den vergangenen sechs Monaten siebzehn schwerwiegende Verstopfungen in der Kanalisation vorgekommen. Das Stadtbauamt hat in den gleichen sechs Monaten zwölfmal Arbeitstrupps einsetzen müssen, um Lecks an den Hauptwasserrohren zu beseitigen, ein Rekord in Bostoner Ortsteilen. Die Bostoner Elektrizitätswerke verzeichnen acht große Stromausfälle, achtmal so viele wie in der angrenzenden Back Bay. Die Nachbarn von Valentine Phipps äußern zusätzliche Klagen. Von den verkehrsreichen Kreuzungen in Schulnähe sind die Lotsen verschwunden; der Vandalismus gegen Autos nimmt in Fenway seuchenartig zu. Es hat drei Tage, ja, wahrhaftig: drei Tage! gedauert, bis nach dem Schneesturm im April die Straßen freigeräumt wurden. Immer mehr Schlaglöcher entstehen und werden nicht repariert. Ratten bevölkern die Gassen. In Fenway dauert es viel länger als in anderen

Stadtteilen, bis die Polizei auf einen Notruf reagiert, was die Beamten mit der Behauptung rechtfertigen, das läge an der Flut falscher Anrufe in diesem Stadtbezirk.

Einmal angenommen, ich wäre der Bürgermeister. Ich wollte mich mit einem Bauboom brüsten und zugleich die Mittel für meine Wahlkampagnen durch Spenden von bedeutenden Immobilienunternehmern aufpeppen. Sagen wir, Umweltschützer aus Southie, die um das Hafenviertel fürchten, würden mir dort dauernd Knüppel zwischen die Beine werfen. Kein Problem: ein paar strategisch gut platzierte Memos an die entsprechenden Ressortleiter, und ein anderer Stadtteil geht vor die Hunde – auf einmal gibt es dort Freiraum in Hülle und Fülle. Für sich genommen ist das nur der alltägliche Kleinkrieg städtischen Lebens. Sieht man genauer hin, zeigt sich daran jedoch die systematische Zerstörung eines Stadtviertels.

Der Mieterexodus begann mit dem Wegfall der Mietpreisbindung, um deren Aufhebung unser Bürgermeister lange und heftig gekämpft hat. Wo wird er enden? Der Unterzeichnete bezweifelt, dass Valentine Phipps das letzte Opfer der hochfliegenden Immobilienpläne des Bürgermeisters ist.»

«Oioioi», murmelte ich vor mich hin. Breeze hatte scharfe Worte gefunden, aber ich war es, die ihm ein paar Hinweise geliefert hatte.

Durch die Nase zu atmen war etwas angenehmer als durch den Mund. Ich überflog den Artikel noch einmal. Kein Wort von Peritti. Nichts über die Millennium Towers. War Breeze dieser Sache noch auf der Spur? War dies nur der Startschuss?

Wenn Roz eine Internetsuche nach den Millennium-Türmen angestellt hatte, könnte das Feuer uns um die Früchte ihrer Arbeit gebracht haben. Mir kam der Gedanke, dass einer der Millenniumsinvestoren vielleicht Hohen hieß. Bronson Hohen war an Musik interessiert, nicht an Grund und Boden, aber Unternehmen legen ihre Gewinne ja gern breit gestreut an.

«Interessant» war alles, was ich äußerte, als Mooney die Tür mit dem Knie aufstieß, in jeder Hand einen Kaffeebecher.

«Heiß», warnte er und meinte den Kaffee. «Das Ganze ist hoch spekulativ.»

«Breeze nennt keine Immobilienunternehmer beim Namen.»

«Immobilienunternehmer klagen; Bürgermeister tragen es mit Fassung. Nein, das nehme ich zurück. Bürgermeister schieben alles auf ihre Untergebenen ab.»

«Je mehr es stinkt, umso mehr Zeitungen verkauft Breeze.»

Sollte ich Moon erzählen, dass die Protestveranstaltungen der Kirchen ein Trick waren, um den nötigen Druck zu erzeugen und auf Fahrlässigkeit plädieren zu können? Henry Fine und Peter Breeze … Beide gewannen mit Sicherheit etwas bei diesem Fall – politisches Gewicht, Prestige.

Der Kaffee brannte sich einen Weg durch meine wunde Kehle. Valentine war tot. Inwiefern hatte Gwen von ihrem Tod profitiert? Wie sehr wünschte ich mir, ich hätte die neuen Schlösser noch am Tag unserer Begegnung an der Wohnungstür der alten Dame angebracht! Aber wenn Gwen den Mord auf dem Gewissen hatte, hätten auch neue Türschlösser das Verbrechen nicht verhindert, nicht wahr? Oder wollte Mrs. Phipps neue Schlösser haben, gerade um Gwen den Eintritt zu verwehren? Sie hatte Gwen einen

Schlüssel gegeben. Das hatte Gwen jedenfalls behauptet. Valentine konnte ihre Ansicht von Gwens Vertrauenswürdigkeit geändert haben. Falls sie sie mit Peritti zusammen gesehen hatte …

«Was stand in dem Testament?», fragte ich Moon.

«Wie?»

«Entschuldigung. Im Testament von Valentine Phipps. Gibt es noch andere Erben? Außer Gwen?»

«Nein.»

«Ist der Nachlass wertmäßig erfasst worden? Spezifiziert?»

«Ein einfacher letzter Wille, handgeschrieben, die Art, die man aus einem Buch kopiert. Alles geht an Gwen. Alles, was ich bei meinem Tode hinterlasse.»

Keine Beschreibung eines besonders wertvollen Gegenstandes. Kein neuer Verdächtiger. Kein Wort von Bronson Hohen.

Das Handy piepste schrill. Das Geräusch erinnerte mich an das Kreischen von Red Emma. Ich empfahl Mooney, sich der inzwischen gut bewährten Methode des Vogels zu bedienen, «Arschloch» zu brüllen und den Abstellknopf zu drücken.

Er seufzte tief, drückte einen Knopf und meldete sich mit seinem Namen.

Es war die Nachricht, die ihn ärgerte, nicht der Anrufer selbst. Ich beobachtete seine Augen und kam zu dem Schluss, dass der Anrufer am anderen Ende der Leitung Teri Kiley sein musste. Er nannte sie Theresa, und jetzt hätte ich am liebsten ebenfalls tief geseufzt.

Sie waren ein nicht ganz so unpassendes Paar wie Peritti und Gwen. Ob sie Moons Drachen von Mutter gefiel? Mich verachtete sie: Ich war geschieden, Halbjüdin, eine

«Wilde». Sie würde auch Teri nicht gerade anbeten, es sei denn, Teri zeigte sich willig, mit diesem Polizistenunsinn aufzuhören, wurde Hausfrau, nähte fleißig und kochte gesunde Mahlzeiten für die unweigerlich Jahr für Jahr um einen Kopf wachsende Nachkommenschaft.

«Ich muss gehen.» Moon drückte auf den Knopf und beendete das Handygespräch.

«Trouble?»

«Immer das Gleiche. Ärger satt. Politik.»

Ein Ausweichmanöver.

Ich glättete die dünne Bettdecke. «Und Teri arbeitet jetzt bei der Kripo?»

Ich habe einmal gesehen, wie selbstsicher Moon einem bewaffneten IRA-Terroristen entgegentrat, deshalb war ich einigermaßen überrascht, dass er plötzlich vollkommen aus dem Lot geriet. Er murmelte «ja, nein, ich weiß nicht», sank auf den nächsten Stuhl, fing an, sich das Haar aus der Stirn zu streichen, und hielt mitten in der vertrauten Geste inne, als wüsste er nicht mehr, wie sie weiterging.

«Mooney ...», setzte ich an.

«Verdammt», sagte er, «sag jetzt bloß nicht, ich soll darüber reden.»

«Okay.»

Wieder geriet seine Hand in Bewegung und kam schließlich im Nacken zur Ruhe, genau über dem Kragen seines hellblauen Hemdes. Der Ellbogen verdeckte sein Gesicht, sodass ich die Augen nicht sehen konnte.

«Willst du wirklich nicht darüber reden?», fragte ich zögernd.

«Ich sitze fest.»

Der Sekundenzeiger der Aluminiumuhr über der Tür be-

schrieb zwei volle Kreise. Ich schlürfte mit meinem Kaffee ein paar Körner vom Satz ein und behielt sie im Mund.
Er seufzte. «Wenn ich sie ins Team aufnehme, was sie eigentlich verdient hat und worauf sie absolut versessen ist, werde ich attackiert, weil ich eine Frau fördere, mit der ich … auch außerhalb des Dienstes verkehre.»
Eine Beziehung ließ sich nicht verheimlichen. Sobald Teri Moons Büro betrat und die Tür hinter sich schloss, würde irgendein Übereifriger auf die Uhr schauen und die Zeit stoppen. Wie konnten sie je hoffen, ihre Verliebtheit vor den neugierigen Kollegen, die geradezu süchtig nach Klatsch und Tratsch waren, verborgen zu halten?
«Wenn ich ihr keine Chance gebe, ist das verdammt unfair. Sie *will* ins Morddezernat, genauso wie ich früher, genauso wie du. Sie ist ehrgeizig und klug, stellt ständig Fragen, stellt neue Fragen. Teufel auch, sie könnte in fünf Jahren mein Chef sein! Aber wenn ich sie aufnehme, ist das unser Ende, unser gemeinsames Ende, oder? Ich kann förmlich hören, wie sie sagen: Er kann ihre Arbeit nicht objektiv beurteilen. Und wie sähe es auch aus? Weißt du noch, was mit …»
Ich schluckte erst langsam den Kaffee hinunter, bevor ich seinen Satz beendete: «… uns passierte?»
Er starrte seine Turnschuhe an. «Du hast eine Wand zwischen uns aufgebaut.»
«Teri ist nicht ich.» *Vielleicht ist sie tapferer,* dachte ich. *Vielleicht beachtet sie die hochgezogenen Augenbrauen und die Rippenstöße bei ihrem Eintritt in einen Dienstraum gar nicht. Vielleicht verletzen die spöttischen Bemerkungen gar nicht ihren Stolz.*
Ich hätte tröstende Worte finden können, aber um ehrlich

zu sein, ich fand, Moon sah die Situation ganz richtig. Solange Teri nicht den Dienst quittierte, konnte es keine Romanze geben … Solange er nicht den Dienst quittierte …

Er verlagerte voller Unbehagen sein Gewicht. «Ich bin spät dran. Vergiss nicht, mit dem Brandmeister zu reden.»

«Mach ich.»

Er beugte sich vor und strich mir eine Haarsträhne aus der Stirn, so schnell und sanft, dass ich kaum seine Fingerspitzen spürte. Dann war er auch schon zur Tür hinaus und weg.

Ich erwog, hinter ihm her zu rufen, zu lügen. Zum Teufel, ich war keine blauäugige Anfängerin, konnte nicht die erforderliche holde Unschuld mimen. Ich glaubte nicht daran, dass sich alles zum Besten wenden würde. Ich war auch nicht sicher, ob ich das überhaupt wollte, jedenfalls nicht für Moon und Teri.

Sekundenlang hatte ich ein gewisses Kribbeln in den Lippen gespürt, als er sich über mich beugte, und jetzt wünschte ich, er hätte mich zum Abschied geküsst. Ich hätte zum Bau der Mauer, die ich angeblich zwischen uns errichtet hatte, festeren Mörtel nehmen sollen.

«Arschloch», murmelte ich vor mich hin.

Siebenundzwanzig

«Wenn Ihnen jemand ein Kreuz in den Rasen vorm Haus gebrannt hätte, wäre es landesweit in den Nachrichten gewesen.» Peter Breeze seufzte wehmütig. Die eine seiner Hände steckte in der Tasche seiner Kordhose. Die andere hielt einen Notizblock mit Spiralheftung fest. Einen Stift sah ich nicht.

«Sie sind ein kranker Typ», erwiderte ich mit Blick auf den Trümmerhaufen.

Die Wasserschläuche hatten die neu gepflanzte Hecke platt gemacht; der Rasen war von Dinosauriern zertrampelt worden. Über dem Eingangsraum klaffte ein Riesenloch im Dach wie ein zahnloser Mund. Das Erkerfenster im Wohnzimmer war weg, nicht etwa zersprungen oder zersplittert, sondern weg, und die eiserne Vorhangstange hing krumm und schief an einer Seite des Loches, herabgezogen von der Schwere des nassen Stoffes. Das Wasser und die Axthiebe der Feuerwehrleute hatten mehr Schaden angerichtet als die Flammen.

«Ein kranker Typ? Darf ich Sie zitieren?» Jetzt kam die Hand aus der Hosentasche mit einem kurzen Bleistiftstummel zum Vorschein.

«Jederzeit.»

Nachdem ich seine sensationslüsterne Morgenkolumne gelesen hatte, überraschte es mich, dass er hierher zu meinem verwüsteten Haus kam, statt seinen Ruhm auszukosten, eine Pressekonferenz abzuhalten und eifrig Benzin in das politische Feuer zu gießen, das er entzündet hatte. Ehe ich fragen konnte, was er eigentlich wollte, kam Roz mit schwarzen Radlershorts und knappem Oberteil den Eingangsweg entlanggerannt, T. C. auf dem Arm. Ich drückte den übel riechenden Kater zur Begrüßung an mich. Er schnurrte und versuchte, unter meinen Pullover zu kriechen.

«Das Deckengemälde ist in Ordnung», versicherte mir Roz. Breeze stellte sich eilends vor und schien enttäuscht zu sein, als Roz nicht auf seinen Namen reagierte. Mich wunderte das nicht, denn ich bezweifle, dass sie je eine Zeitung gelesen hat. Als ich sie bat, T. C. mit hineinzunehmen und zu füttern, sah Breeze mit Bedauern ihre schwingenden Hüften verschwinden.

Ich hatte gerade eine äußerst erfolglose Stunde mit dem Brandmeister zugebracht. Captain Ed Flowers, ein Mann mit verhärmtem Gesicht, der aussah, als wäre er dazu geboren, Uniform zu tragen, hatte mir rasch seine Gedanken zum Brand unterbreitet. Als Hauptverdächtiger kam für ihn eigentlich nur ich mit meiner schamlosen Gier nach Publicity in Frage. Die für Brandstiftung zuständige Abteilung würde jetzt die finanziellen Verhältnisse überprüfen, die Besitzrechte, ungewöhnlich hohe Hypotheken sowie zu erwartende Versicherungsleistungen.

«Kennen Sie Ed Flowers?», fragte ich.

«Aber sicher.» Breeze nickte. «Ich singe immer das Lob unserer Männer in Gummimänteln.»

Flowers' Mannschaft hatte die gesamte Brandstätte fotografiert. Er selbst hatte mir noch gesagt, der Hintereingang sei nutzbar, mich jedoch ermahnt, Eingangsraum und Treppe zu meiden, bis die Firma zur Behebung von Brand- und Wasserschäden, die ich engagiert hatte, es gestattete.

«Flowers.» Breeze wiederholte den Namen noch einmal und runzelte die Stirn.

«Ja.»

«Wer weiß, dass Sie für den Anwalt der Taymore tätig sind?», fragte der Reporter scharf.

«Sie zum Beispiel.»

«Und wer sonst noch?»

«Es ist kein Geheimnis, für wen ich arbeite. Ich bin schließlich nicht durch den Lüftungsschacht in Fines Büro geklettert.»

«Wenn Flowers im Spiel ist, handelt es sich um Brandstiftung, richtig?»
Für ein relativ neues Gesicht in der Stadt kannte er sich schon gut aus.
«Wenn jemand Ihr Haus in Brand steckt, während Sie in einem Fall wie diesem ermitteln, können Sie davon ausgehen, dass beides miteinander zu tun hat.» Aus seiner Stimme waren Neugier und Spannung herauszuhören.
«Es gibt da noch eine andere Verbindung: Irgendein Verrückter liest meinen Namen in Ihrer Kolumne, und mein Haus brennt ab.»
Als mich Flowers rein routinemäßig um eine Liste aller etwaigen Brandstifter in meiner Bekanntschaft bat – er führte als Beispiel unzufriedene frühere Klienten, Ex-Ehemänner und Nachbarn an, die meine wilden Feten nicht mochten –, hatte ich auf einmal Diego vor Augen. Ich hatte ihn gedemütigt, ihm sowohl eine Unterschlupfmöglichkeit als auch eine leichte Eroberung verdorben. Er hätte mir nach Hause folgen oder Paolinas unbekümmertem Geplauder entnehmen können, wo ich wohnte.
Paolina war in Mount Auburn geblieben, wo sich eine Krankenschwester mit nettem Gesicht ihrer annahm. *No peligro, no peligro,* hatte mir die Schwester versichert. Keine Gefahr. Nur ein hartnäckiger Husten, noch ein paar Stunden Beobachtung.
«Müssen Sie nicht anderswohin?», fragte ich Breeze.
«Ich nehme die Stimmung hier auf. Sie brauchen nicht gleich grob zu werden.»
Die Reinigungsexperten waren nirgendwo in Sicht, und ich konnte sie auch nicht vom kaputten Telefon aus anrufen, um herauszufinden, wo sie blieben. Ich entschuldigte

mich, weil ich fand, dass ich meine Zeit besser nutzen konnte, wenn ich mal den Inhalt meines Schreibtischs prüfte, insbesondere den Inhalt meiner abgeschlossenen Waffenschublade. Breeze blieb draußen auf dem Rasen und kritzelte etwas auf seinen Notizblock.

Mein Schreibtisch lag auf der Seite, entweder hatten ihn die Feuerwehrleute umgeworfen oder die starken Wasserstrahlen. Er war nur an einer Ecke angekohlt, hatte aber trotzdem schwer gelitten. Die Schubladen waren herausgerissen und fortgeschleudert worden. Eine hatte keinen Boden mehr, eine andere war vollständig zertrümmert; durchweichte Papierstapel füllten die dritte. Endlich entdeckte ich die abgeschlossene Schublade, sie steckte noch im rückwandlosen Schreibtischrahmen, nur eins ihrer Seitenteile war ramponiert. Ich nahm ein zerborstenes Brett zu Hilfe und stocherte in der Schublade. Meine Smith & Wesson 40 lag sicher in ihrem Behälter.

K-Rob hatte sie also nicht gestohlen.

Waren die Schubladen von den ersten Feuerwehrleuten, die auf der Bildfläche erschienen, herausgezogen worden? Oder war es das Werk von Captain Flowers' Team gewesen?

Valentine Phipps hatte mich gefragt, wo ich etwas von Wert verstecken würde. Sie war tot, offenkundig einem Herzversagen zum Opfer gefallen, und irgendjemand hatte ihre Wohnung nach ihrem Ableben durchsucht. Gwen saß im Gefängnis, und nach ihrer Verhaftung war ihre Dachkammer ebenfalls durchwühlt worden. Wenn Valentines Mörder «nichts von Wert» in der Kilmarnock Street gefunden hatte und ebenso wenig bei Gwen …

Ich hockte auf den Fersen und wog meinen Revolver in der Hand. Wenn ein Mörder hier in meinem Haus nach «etwas von Wert» gesucht hatte, was sollte dann das Feuer? Hass? Frust? Valentine Phipps hatte mir nichts zur sicheren Aufbewahrung anvertraut. Auch Gwen hatte mir nichts gegeben. Ich schloss die Augen, um die Verwüstung nicht mehr zu sehen und mich konzentrieren zu können.

Ich hörte förmlich noch Flowers' gepressten Tenor: «Bei diesem Feuer gab es mehrere Flammpunkte, mehrere Brandherde, so dass es unzweifelhaft auf Brandstiftung zurückzuführen ist. Und es war ein Amateur am Werk, denn es war schlecht gelegt.»

«Wie war es denn gelegt?»

Er hatte mich angestarrt, als müsste ich besser als jeder andere die Antwort auf diese Frage wissen.

«Streichholzbriefchen und mit Benzin gefüllte Plastikbeutel – aber nicht annähernd genug davon, deshalb kann ich Ihnen auch die Details beschreiben.»

Streichholzbriefchen. Benzingefüllte Plastikbeutel. Das erinnerte mich dunkel an etwas.

Breeze, der den Kopf durch die Fensteröffnung hereinstreckte, musste sich erst laut räuspern, damit ich ihn bemerkte. «Äh, kann ich Ihnen irgendwie behilflich sein?»

«Ja.»

Meine Zustimmung schien ihn zu überraschen. «Wie?»

«Haben Sie mal einen Artikel über Brände geschrieben? Vor kurzem?»

«Warum?»

«Ich suche jemanden, der sich in örtlichen Bränden auskennt. Der alles darüber weiß, die Geschichte, die ...»

«Frank Hennessee. Den brauchen Sie. Der ist mit Abstand der Beste.»

«Machen Sie mich mit ihm bekannt.»
«Wann?»
«Wie wär's mit jetzt sofort?»

Achtundzwanzig Der Reporter fuhr einen kompakten grauen Honda mit dunkelroten Ledersitzen. Ich fahre im Allgemeinen lieber selbst in meinem eigenen Wagen, aber eine Nacht im Krankenhaus bedeutet Neonlicht, endloses Piepen und ständige Lautsprecherdurchsagen statt Schlaf. Bedrohliche Kopfschmerzen kündigten sich durch Hämmern an, und das Schlucken, eine Aufgabe, die ich bisher durch Autopilot geregelt hatte, erforderte jetzt meine Aufmerksamkeit und Mühe. Ich bat Breeze, sein Handy benutzen zu dürfen, und drang zu Paolina durch, die mit verräterisch rauer Stimme erklärte, ihr gehe es blendend. Voller Begeisterung fragte sie mich, ob Krankenschwestern eine vierjährige Collegeausbildung haben müssten.

«Darauf kannst du wetten. Krankenschwestern sind fast wie Ärzte. Manche haben sogar einen Doktortitel.» Ich formulierte im Geiste schon das Schreiben ans Krankenhaus, in dem ich Paolinas neue Mentorin pries.

Meine kleine Schwester antwortete mit einem nachdenklichen «Hmm».

«Ich komm dich bald abholen», versprach ich ihr.

Dann telefonierte ich in rascher Folge nacheinander mit meinem Versicherungsagenten, der schon in Aktion getreten war, und machte den längst überfälligen Notfallreparaturdienst ausfindig, der meine Fenster verbrettern und eine Plane über das kaputte Dach spannen sollte. Ich leitete die Informationen meines Versicherungsagenten an die Sekre-

tärin dieser Firma weiter und hörte, dass der Schaden am Haus auch ohne meine Anwesenheit dort geschätzt und behoben werden könnte.
Nach kurzem Zögern rief ich dann meine Freundin Gloria an, ehemalige Inhaberin des Taxiunternehmens «Green & White», von der ich sicher war, dass sie gehört hatte, wie es mir ergangen war. Gloria hat nicht nur den heißesten Draht zur Gerüchteküche der Stadt, es ist auch jedes Mal sehr angenehm, ihren Gospelsängerinnenalt zu hören. Wenn ich jemanden brauchte, um Paolina zu hätscheln, sagte sie, würde sie gern einspringen. Außerdem kenne sie praktisch das gesamte Baugewerbe und würde zusehen, was sie an Sonderpreisen für Baumaterialien herausholen könne. Sonst noch etwas?
Die Frau ist ein Segen. Ich dankte ihr, merkte, dass meine Kopfschmerzen durch ihre überschwänglich freundliche Anteilnahme bereits im Schwinden begriffen waren, stellte das Telefon aus und konnte mich endlich meiner Umgebung widmen. Ich hatte angenommen, dass wir über die Stadtautobahn und über den Storrow Drive in die Außenbezirke unterwegs waren. Als wir an Storrow vorbeifuhren, revidierte ich meine Vermutung.
«Er wohnt in Fenway?»
«Am Tatort.» Breeze hupte einen langsamen VW an und scherte links auf die Überholspur aus.
«Autor? Forscher?»
«War früher Feuerwehrmann. Jetzt ist er ein ‹Sparkie›.»
«Ein Sparkie?»
«Ein Fex, Enthusiast, absoluter Fan, jemand, der alles über die Feuerwehr weiß, so wie manche Typen alle Spielernamen und Ergebnisse der Red Sox runterrasseln können.»

«Aha. Ein Fan.» Polizisten haben auch Fans.

«Es gibt drei Clubs in Boston nur für solche Fans, die gern Gummimäntel tragen und zu jedem Brand hinjagen, die Bucket Brigade, die Tappers und Fifty-twos.»

Er parkte in einer Halteverbotszone und klatschte ein rechteckiges Schild mit der fett gedruckten Aufschrift *Presse* auf die Ablage über den Armaturen.

«Und das funktioniert?»

«Oft.»

Ich würde mir von Roz genau so eins machen lassen.

Breeze nannte seinen Namen an der Sprechanlage eines Backsteingebäudes auf der Westland Avenue, und gleich summte der Türöffner. Der Hausflur roch nach Möbelpolitur mit Zitronenduft. Ich hörte eine Tür knarren, dann schlurfende Schritte und eine brüllende Stimme.

«Der Pressehengst, ja?»

Der Reporter ging mir voraus die enge Treppe zum ersten Stock hoch. Die Tür der dritten Wohnung links war angelehnt.

«Verdammt, immer dieser falsche Alarm!», schrie ein Mann bei unserem Eintritt. Er trug ein offenes Feuerwehrhemd über einem schmuddeligen T-Shirt und schlabberigen Jeans. Eine Polizei-Schirmmütze bändigte einen Schopf weißer Haare. Eine Narbe lief vom Außenwinkel seines linken Auges zur Kinnspitze hinunter und zerfurchte diese Gesichtshälfte. Er war außer Atem, als wäre er gerannt. Meines Erachtens war er im Pensionsalter.

«Das macht elf – nein, ich bin ein verfluchter Lügner – zwölf diese Woche», fuhr er fort, «und jeder könnte ebenso gut eine Katastrophe sein.»

Wenn es je im Hauptquartier der Bostoner Feuerwehr

brennen sollte, könnten die Leute gleich bei Frank Hennessee einziehen und sich wie zu Hause fühlen. Karten, in denen Nadeln und Fähnchen steckten und auf denen hier und da mit Farbmarker ein Wort eingetragen war, hingen an allen vier Wänden des Wohnzimmers. In einer Ecke knatterte ein Funkgerät, mit dem er Notrufe abhörte, und spuckte abgehackte Sätze aus. Der Schmuck des Esszimmers bestand, wie durch einen Türbogen hindurch zu sehen war, aus Feuermeldern, Feuerwehremblemen und gerahmten Fotografien so gut wie aller Löschtrupps des Staates, wenn nicht gar des Landes.

Der Mann schaute zu mir auf und kniff die blauen Augen zusammen. «Kenne ich Sie?» Er war höchstens einsfünfundsiebzig groß.

«Noch nicht.» Ich streckte die Hand aus. «Carlotta.»

«Frank. Augenblick mal eben, da kommt was von einem Rettungswagen durch. Löschtrupp vierzehn, Allstons beste Leute. Will's nur kurz notieren.»

Ich zog eine Augenbraue hoch, so dass Breeze es merken musste.

«He.» Breeze gewann Frank Hennessees Aufmerksamkeit einfach dadurch, dass er ihm auf die Schulter klopfte. «Haben Sie kurz Zeit zum Reden?»

«Worüber?»

«Brandstiftung», sagte ich. «Und deren Geschichte.»

«Ist Sie 'ne Art Professor?» Er sprach mit Breeze, als wäre ich gar nicht da.

«So was Ähnliches», erwiderte Breeze mit einem Schulterzucken.

Hennessee belohnte mich mit einem bewundernden Blick. Mit seiner rotgeäderten Nase, der gewölbten Brust und den dünnen Beinen erinnerte er mich an einen der alten irischen Bostoner Cops. Er strich sich mit der Hand über die Wangen, als wollte er prüfen, wann er sich zuletzt rasiert hatte, dann durchquerte er das Zimmer und pflanzte sich auf ein altersschwaches buntkariertes Sofa. Er klopfte einladend auf ein Sofakissen neben sich und wartete, bis ich saß.

«Brandstiftung», sagte ich noch einmal.

«Was wollen Sie denn wissen?»

«Alles, was Sie mir erzählen können.»

«Nun, Brandstiftung ist heute sicher etwas ganz anderes, als es früher war.» Er blickte finster drein, nahm seine Mütze ab und fummelte an der Krempe herum. «Die Technik von heute und die Brennstoffschnüffelhunde, davon hatten wir doch so gut wie keine Ahnung! Bis in die Achtziger wussten wir nicht gerade viel über Brandstiftung. Für den also, der sein Haus loswerden wollte, um Platz für einen Neubau zu schaffen, war ein Brand eine sehr einträgliche Sache. Die heutige Computerisierung macht es leicht, in den Unterlagen eine Spur zu verfolgen und herauszufinden, wer einen Gewinn aus dem Brand zieht. Die Brandaufklärung hat große Fortschritte gemacht, und so ist die profitable Brandstiftung drastisch zurückgegangen.»

Profitable Brandstiftung. Bei mir kam bestenfalls plusminus Null heraus, höchstwahrscheinlich sogar ein Verlust. Wer würde von meinem Verlust profitieren?

«Mehr?», fragte Hennessee.

«Alles, was Sie wissen.»

«Heutzutage wird Brandstiftung meist aus Rache betrieben. Oder aus terroristischen Motiven, aber davon gibt's hier Gott sei Dank nicht viel, wir sind ja nicht in New

York. Es ist nicht sonderlich schwer auszumachen, wer es war – das Opfer weiß es meistens. Aber es ist äußerst schwierig, dem Täter etwas nachzuweisen. Es sind ja keine sauberen Fingerabdrücke da, denn die brennen im Allgemeinen mit ab.»
Das Opfer weiß es meistens.
«Erinnern Sie sich noch an die Freitagsbrände?», fragte ich.
«Allerdings. Da war ich als Aktiver dabei.»
«Wunderbar. Konzentrieren wir uns mal darauf.»
«Warum?»
«Seien Sie nett zu ihr», meldete sich Breeze zu Wort, «sie ist Akademikerin.»
Der Mann seufzte und warf einen sehnsuchtsvollen Blick auf das still gewordene Funkgerät. «Okay, ich referiere: 1982 und 1983 sind in Boston und den umliegenden Städten – Revere, Chelsea usw. – 264 Feuer gelegt worden. Das ist eine Menge – 360 Menschen wurden verletzt –, und zuerst wurden jugendliche Straftäter dahinter vermutet, dann Banden und schließlich der allgemeine gesellschaftliche Niedergang. Aber wir von der Feuerwehr wussten von Anfang an, was vorging. Da war so eine Gang von hirnverbrannten Jungs, die nichts toller fand, als Feuer zu legen, insbesondere freitags. Sie legten sie, und dann kamen sie nachmittags zum Zuschauen und brüllten begeistert wie Cheerleader …»
«Sparkies», warf Breeze ein.
Hennessee wandte sich zornig zu ihm um. «Hirnkranke, einer wie der andere. Ein echter Sparkie behindert niemals die Feuerwehr und legt auch niemals Feuer. Sparkies sind Fans, ja, und manchmal übertreiben sie's ein bisschen, aber was schadet das? Eine Menge anständiger Leute findet die

Einsätze der Feuerwehr genauso spannend wie ein Footballspiel. Wer wollte schon einem Footballfan verübeln, dass er sich ein Spiel ansieht? Die Brandbekämpfung ist eine der letzten Bastionen wirklicher Helden, und vielleicht ist es gar nicht so schlecht, wenn die Leute hingehen und die Arbeit der Feuerwehr begutachten. Werfen Sie also bitte nicht die Guten mit diesen Monstern in einen Topf. Monster, das sind sie, und fünf von ihnen sitzen immer noch im Gefängnis.»

«Entschuldigung», sagte Breeze ruhig.

«Ich meinte nur, dass sie sich selbst Sparkies *nannten.*»

Hennessee wandte sich wieder mir zu. «Nachdem sie gefasst worden waren, haben diese Mistkerle wahrhaftig gesagt, sie hätten die Brände gelegt, um gegen die Entlassungen bei der Feuerwehr zu protestieren. Glauben Sie mir, die Leute legen Feuer, weil sie im tiefsten Inneren ein geheimes Verlangen danach haben, dem sie folgen müssen, einen Drang, was rational überhaupt nicht zu erklären ist.»

Das Funkgerät gab einen Piepton von sich, dem eine Flut von Zahlen folgte. Hennessee lauschte mit geschlossenen Augen, dann eilte er zu einer Karte, suchte etwas mit gesammelter Konzentration und steckte triumphierend eine gelbe Nadel an eine Stelle dicht am linken Rand.

Ich ließ ihm Zeit, sich wieder auf die Couch zu setzen. «War da nicht etwas mit Streichholzbriefchen und benzingefüllten Plastikbeuteln bei den Freitagsbränden?»

«Sie haben's erfasst. Es ging so: Man stecke eine brennende Zigarette zwischen die Streichhölzer eines aufgeklappten Briefchens, decke Papier darüber und lege das Päckchen neben einen benzingefüllten Plastikbeutel. Gelegentlich wurden auch alte Autoreifen verwendet. Hat ein gutes Ge-

dächtnis, das Mädchen.» Er stieß Breeze anerkennend in die Seite. «Die können Sie jederzeit wieder mitbringen.»
«Moment mal. Carlotta, ist Ihr Brand so gelegt worden?» Der Notizblock erschien in Breezes Hand wie ein Pikass bei einem Zauberkunststück.
Hennessee sagte: «Wie meinen Sie das, *Ihr* Brand?»
Breeze klopfte seine Taschen ab, suchte wahrscheinlich nach einem Stift. «Ich glaube, ihr Interesse an diesem Thema ist nicht bloß akademisch.»
«Jemand hat vergangene Nacht mit Streichholzbriefchen und Benzinbeuteln mein Haus abgefackelt. Und wenn der Mistkerl das in der Zeitung liest, Breeze, werde ich ihn nie zu fassen kriegen.»
«Hausbrand?» Hennessee straffte den Rücken. «Vergangene Nacht, Freitagnacht, das Feuer in Cambridge?»
«Ja.» Ich war beeindruckt.
«Löschtrupp vier», sagte er. «Die Jungs haben sich wirklich ein Bein ausgerissen.»
Ich sagte: «Peter, das hier ist nichts für Ihre Kolumne.»
«Bekomme ich's denn irgendwann? Exklusiv?»
Ich nickte und wartete, bis der Notizblock wieder verschwunden war. «Frank, wissen Sie noch die Namen dieser Pyromanen? Der Typen, die im Knast sitzen?»
Mühelos und ohne irgendwo nachzuschauen ratterte Hennessee fünf Namen herunter, ohne dass es bei mir klingelte. «Die haben bloß zu ihrem Vergnügen gezündelt, richtig? Nicht in betrügerischer Absicht?»
Er kuschelte seine Kehrseite tiefer in die zerdrückten Sofakissen. «Na ja, ich hatte da meine eigene Theorie», gestand er. «Konnte sie aber nicht beweisen.»
«Lassen Sie mal hören.»

«Reine Spekulation.»
«Würde ich trotzdem gern hören.»
«Bei derart vielen Bränden nach einem bestimmten Muster könnte es doch sein, dass die Feuerfreaks irgendwelche Halbwelttypen, die unrentable Gebäude loswerden wollten, auf eine Idee brachten. Dass es jede Freitagnacht in der Stadt brannte, war bestimmt eine Versuchung. Da hat vielleicht einer gesagt – zuerst nur im Spaß –, er wünschte, die Feuerteufel würden sich auch mal sein Haus vornehmen. Nun konnte er nicht gerade ein Willkommensschild aufhängen und Freibier anbieten, aber er könnte versucht gewesen sein, dem schlechten Beispiel der Feuerfreaks zu folgen, besonders, wenn er obendrein selbst ein Pyromane war und wusste, wie Feuer gelegt wird und wonach die Brandfahnder suchen, um einen Zusammenhang zwischen verschiedenen Bränden herzustellen. Es gab einige Brände, zu denen sich die Feuerfreaks nie bekannt haben.»
«In Fenway», sagte ich leise.
«Stimmt.»
«Wem gehörten die betreffenden Gebäude?» Ich war sicher, den Namen zu kennen, aber ich wollte den Mann nicht durch Suggestivfragen beeinflussen. Ich warf Breeze einen warnenden Blick zu, den Mund zu halten. Hennessee bekam es mit und wurde argwöhnisch.
«Sie sind doch keine Anwältin, die mir eine Klage wegen Verleumdung anhängen will?»
«Nein.»
«Ist schon schlimm genug, einem Zeitungsmann die Ohren vollzuquatschen, und ich muss schließlich auf meinen guten Ruf achten.»
«Ich bin keine Anwältin», sagte ich noch einmal.

«Ich nenne trotzdem niemanden beim Namen. Theorien bringen einem nicht halb soviel Ärger ein.»
«Nun los», bettelte ich, «sagen Sie's.»
Er blieb trotz meiner Überredungsversuche eisern und widerstand auch Breezes Bitten. Ich lauschte hingerissen seinen Erklärungen der gelben, roten und blauen Stecknadeln auf den Wandkarten, bewunderte seine Sammlung von authentischen alten Feuermeldern und nickte mich durch drei lange Geschichten über die gute alte Zeit, alles vergebens. Jedes Mal, wenn ich das Gespräch wieder auf die Feuerfreaks und Fenway zu bringen versuchte, hielt er unerschütterlich meinem Blick stand und wechselte das Thema. Als wir gingen, entspannte er sich immerhin so weit, dass er sich auf die Fußspitzen stellte und mir etwas ins Ohr flüsterte: «Ich will Ihnen einen Tipp geben», raunte er mir zu. «Suchen Sie einen Sparkie aus dem Tapper-Club, ich glaube, er gehört ihm immer noch an. Einer von hier, aus Fenway, ehemals Immobilienboss.»
Der alte Peritti.
«He, was haben Sie ihr gesagt?», fragte Breeze Hennessee.
«Hab sie gefragt, ob sie mich heiratet, Sie alter Trottel. Bin jung genug, um noch zu wissen, wie's geht.»

Neunundzwanzig Breeze marschierte mit einer Geschwindigkeit zum Auto, als sollte ich weit zurückbleiben. Aber statt mich zu irritieren, mobilisierte mich sein Eilschritt nur; ich brauchte dringend Bewegung.
Er ließ den Motor aufheulen. «Und? Haben Sie den Antrag des alten Arschlochs angenommen? Oder sind Sie immer noch mit der Mafia liiert?»

Sein scharfer Ton traf mich nicht überraschend, wohl aber das, was er sagte. Doch ich hätte damit rechnen müssen; aufgrund von Umständen, die sich meiner Kontrolle entziehen, ist meine große Liebe von Zeit zu Zeit in der Presse abgebildet worden.

«Das ist längst vorbei.»

Er warf mir einen triumphierenden Blick zu, als wollte er sagen: He, wenn es vorbei ist, warum regen Sie sich dann auf?

Schuldgefühle, sagte ich mir, deshalb stört mich jeder Hinweis auf Sam Gianelli. Mit «Mafia» meinte Breeze natürlich Sam, früher neben Gloria Mitinhaber des Green-&-White-Taxiunternehmens und mein damaliger Chef – bis er mein Geliebter wurde. Gloria glaubt an eine gemeinsame Zukunft von Sam und mir. Gloria liest die Regenbogenpresse.

Wir haben schon einmal von vorn angefangen; es liegt also im Bereich des Möglichen. Ich habe uns immer als Gegensätze betrachtet, mich, die Polizistentochter, und ihn, den Sohn eines Mafioso. Jetzt sieht es so aus, als wären wir uns zu ähnlich – Pedanten bis zur Besessenheit, Workaholics und harte Spieler. Ich wünschte, ich könnte ihn durch ein einseitiges Glasfenster beobachten, könnte sehen, ob er wieder normal gehen kann, könnte in seinen Augen lesen. Ob er mir die Schuld gab? Mich hasste?

Was ich empfinde, ist noch komplexer als Schuldgefühle, ist ein Gefühlswirrwarr, der im Lauf der Zeit aufgerührt und aufgeschüttelt worden ist und durch wehmütige Erinnerungen hindurchsickert.

Von Breezes Handy aus rief ich noch einmal Gloria an, die sich erboten hatte, für mich als Nachrichtenagentur zu fungieren. Sie berichtete mir, dass Roz Paolina aus dem Krankenhaus befreit hatte, ein Kunststück, das ich gern mit eigenen Augen gesehen hätte, dass der Aufräumdienst endlich an der Arbeit sei und sie persönlich mit dem Leiter gesprochen hätte, der zufällig mit ihrem Bruder Leroy befreundet sei. Angesichts von Glorias unerschöpflichen Talenten wunderte mich das nicht weiter.

«Wie kann ich Roz erreichen?», fragte ich.

«Sie ist bei Lemon. Brauchst du die Nummer?»

Lemon ist Roz' Karatelehrer und Gelegenheitslover. Ich fragte mich, ob er wohl auch dem neuen Freund Zuflucht gewährte.

«Die hab ich, danke.»

Falls Gloria sich entschließt zu kandidieren, haben wir alle die Chance, zum ersten Mal eine übergewichtige, an den Rollstuhl gefesselte schwarze Frau zur Präsidentin zu wählen.

Lemon ging nicht ans Telefon.

Ich schaute kurz aus dem Fenster und betrachtete die Segelboote auf dem Charles River. Ich merkte, dass ich allmählich Abstand vom Feuer gewann; ich hatte das Bedürfnis, mit dem Auto herumzufahren. Den Memorial Drive entlangzusausen und Wildgänse und sportliche Radfahrer zu bewundern kann das reinste Vergnügen sein, solange man die Stoßzeiten vermeidet.

Der Verkehr wurde allmählich dichter. Ich sah auf die Uhr, konnte es kaum erwarten, endlich wieder nach Hause zu kommen, meinen Computer anzuwerfen und zu checken, ob Grundstücke von Peritti senior in der Zeit der Freitagsbrände ihren Besitzer gewechselt hatten.

Den Computer anwerfen … klar doch. Einen völlig durchweichten Computer an einem völlig ramponierten Schreibtisch, in einem Haus ohne Strom. Die Beschäftigung mit dem Brand brachte mich nicht weiter, was Valentines Tod betraf, ich saß fest und hatte kein Werkzeug für weitere Nachforschungen mehr an der Hand. Ich klappte den Kosmetikspiegel herunter und betrachtete meine blaue Wange. Brandstiftung aus Profitgier. Brandstiftung aus Rache. Brandstiftung als Ablenkungsmanöver? War das Feuer gelegt worden, um meine Aufmerksamkeit zu erregen, mich umzulenken, mich davon abzuhalten, Gwen zu entlasten? In welcher Richtung hätte ich heute weitergeforscht, wenn ich eine friedliche Nacht hinter mir gehabt hätte?

«Peter, drehen Sie um.»

«Was?»

«Können Sie die Artikel über die Freitagsbrände heraussuchen? Beim *Globe?* Ich muss unbedingt sehen, welche Einzelheiten in der Zeitung veröffentlicht worden sind.»

«Das meiste Zeug aus den Achtzigern ist inzwischen auf CD-ROM übertragen worden, und da ist jemand anders für zuständig.»

«Wer?»

«Die Aktengeier, die Archivare unten im Zeitungsarchiv.»

«Sind sie jetzt da?»

«Zeitungen kennen keinen Schlaf.»

«Und kooperativ?»

«So kooperativ, wie ich charmant bin!»

«Was gibt's dann noch für ein Problem?»

Er zögerte. «Kein Problem, nur dass ich vielleicht nicht die Zeit habe, dabeizubleiben.»

Darauf hatte ich gezählt.

Dreißig Wenn ich die Wahl hätte zwischen einem Aufbewahrungsort für Leichen und einem für Zeitungen, würde ich immer das Archiv des *Globe* dem nach Formalin stinkenden Leichenschauhaus vorziehen. Der Geruch, der im Zeitungsarchiv vorherrschte, war lagebedingt; es war der Moderduft eines riesigen Kellerraums.

Breeze betrat ihn mit der Großspurigkeit eines Stars, der sich unters gemeine Volk mischt.

Zwei Archivverwalter, die «Aktengeier», wie er sie nannte, teilten sich zusammengeschobene Eichenschreibtische aus der Zeit, als PCs noch ein Traum waren; eine ältere Frau und ein Mann mit teigigem Gesicht, der bei Breezes Anblick noch eine Spur bleicher wurde, der Frau hastig etwas zuflüsterte und zwischen Aktenschränken hindurch in einem Gewirr von Regalen verschwand. Sie wollte eben protestieren und ihren Mitarbeiter zur Rückkehr mahnen, da erkannte sie Breeze, drückte nervös den Tuff ihrer grauen Haare zurecht und richtete die Augen hinter dicken Brillengläsern auf den Reporter.

«Tag.» Vielleicht hatte sie «guten Tag, Sir» gesagt, aber ihre Stimme war so rau und undeutlich, dass nur das eine Wort zu verstehen war.

«Yvonne?» Breeze fixierte ihr Namensschild.

Sie strahlte entzückt. «Was kann ich für Sie tun, Mr. Breeze?»

Nenn ihn Peter, dachte ich. Wenn er dich, eine Frau, die dem Alter nach seine Mutter sein könnte, einfach beim Vornamen nennt, wenn doch beide Namen gleich gut zu lesen sind, dann gib's ihm zurück, um Himmels willen.

Breeze verlangte Unterlagen zum Thema Brandstiftung, speziell über die Freitagsbrände von '82 und '83, und dazu alles, was sie über die Perittis, Vater und Sohn, hatte. Er sprach so laut, dass er weithin gehört werden konnte, buchstabierte den Namen und fügte hinzu: «Ist für meine Bekannte hier. Sie recherchiert etwas für mich.»

Nur über meine Leiche.

Während Yvonne loslegte, um der Bitte ihres Herrn und Meisters nachzukommen – «ganz wie Sie wünschen, Sir» –, grübelte ich über Geheimhaltungsvorkehrungen nach. «Ich möchte nicht, dass Peritti etwas davon erfährt.»

Breeze ging mit einem Schulterzucken über meine Besorgnis hinweg. «He, hier wird alles geheim gehalten. Wir bringen schließlich auch Enthüllungen, von denen noch keiner weiß! Wenn jemand von der nächsten Zeitung das rausfinden würde, wäre es eine verfluchte Katastrophe.»

Ich wartete darauf, dass er oben gebraucht wurde. Aber er blieb da.

Es gab keine Sammlung von Zeitungsausschnitten über die Freitagsbrände. Das war mir nur recht. Breeze entließ Yvonne, und nun tippte ich selbst auf dem Computer herum und begutachtete Artikel, die unter dem Stichwort «Brandstiftung» oder «Feuer» liefen und aus den entsprechenden Jahren stammten. Der Raum war kühl und still. Ich las jeden Bericht langsam, dann noch einmal, und notierte mir Daten, Adressen und Namen.

Breeze schaute mir über die Schulter und las mit. Ich sprach kaum mit ihm, anscheinend vollkommen versunken in mein Tun. Ich fragte mich, wie lange er wohl noch durchhalten würde.

Die bizarren Kapriolen von Mr. Sparkie und den Freitagsfeuerteufeln begannen mit Müllcontainerbränden, über die in kurzen Artikeln berichtet wurde, wuchsen sich allmählich zu Hunderttausenddollarverlusten aus und machten schließlich Schlagzeilen. Ich suchte emsig eine Erwähnung Perittis, eine Beschreibung der Methode, nach der die Feuer gelegt wurden: der in ein Streichholzbriefchen geklemmten Zigarette und dem Plastikbeutel mit Benzin.

Nach 27 Minuten sah Breeze endlich auf die Uhr. Ich blätterte eine Seite in meinem Notizbuch um, und nichts deutete darauf hin, dass ich bald fertig sein könnte.

Weitere zwölf Minuten später murmelte er: «Meine Zeit wird langsam knapp.»

Ich konzentrierte mich auf den Bildschirm. «Warum gehen Sie nicht einfach an Ihre Arbeit? Ich habe noch ein paar Artikel vor mir.»

«Und Sie kommen allein zurecht?»

Ich schenkte ihm mein beruhigendstes Lächeln, das sich in ein triumphierendes verwandelte, als er tatsächlich ging. Yvonne würde es nicht wagen, mich hinauszuwerfen; in ihren Augen war ich eine Freundin von Breeze. Das einzige Problem: Sollte er nachfragen, würde sie ihm genauestens Bericht erstatten, was meine Forschungen ergeben hatten.

Zum Glück war sie damit beschäftigt, einem Herrn in dunklem Anzug bei der Inbetriebnahme eines Mikrofilmlesegeräts zu helfen. Ich wartete fünf Minuten, um mich zu vergewissern, dass Breeze nicht zurückkehrte, reckte mich und stand auf.

In den Regalen standen juristische Nachschlagewerke und Verzeichnisse ehemaliger Studenten, Atlanten und Lexika, Collegeführer und Geschäftshandbücher. Das Ordnungsprinzip war nicht ganz ersichtlich. Ich zog flache

Schubladen auf und entdeckte Mikrofilme in Blechdosen. CD-ROMs steckten in Papierhüllen und waren nummeriert.
«Arbeiten Sie für Breeze?» Der bleiche Mann, der vorhin verschwunden war, stand plötzlich wie aus der Erde gewachsen neben mir. Danach zu urteilen, wie er bei der Nennung von Breezes Namen den Mund verzog, war er nicht gerade ein Stammmitglied von dessen Fanclub.
«Nein.»
«Gut.»
«Würden Sie mich andernfalls rausschmeißen?»
«Ich würde mein Bestes tun, Ihnen den Aufenthalt möglichst unangenehm zu gestalten. Der Typ ist ein Arschloch.» Statt Zähnen hatte er trostlose graue Stummel im Zahnfleisch.
«Inwiefern?»
«Der Scheißkerl hat mir Ärger gemacht, als ich einmal etwas nicht finden konnte.»
«Sind Sie sonst gut im Recherchieren?» Ich stellte die herausfordernde Frage ganz beiläufig.
Er zuckte die Schultern. «Wenn's hier ist, kann ich's auch finden. Wenn nicht, führe ich jedenfalls keine nicht existenten Quellen an.»
«Hat Breeze das von Ihnen erwartet?»
«Einmal.»
«Interessant.» Ich wühlte in meinem Rucksack nach einer meiner gut sortierten Geschäftskarten. «Wenn er es je wieder tun sollte, rufen Sie mich doch bitte an, ja? Jederzeit.»
«Wer sind Sie denn?»
Ich blickte rasch auf die Karte, um es festzustellen. «Mary

Chapman», schwindelte ich. Auf der Karte stand die falsche Adresse einer Allzweckeinrichtung, die als Hazelwood Inc. firmierte, und dazu eine fiktive Telefonnummer unter der Vorwahl 617. Geschäftskarten sind billig und legal, sofern sie nicht in betrügerischer Absicht verwendet werden, und die Leute sammeln sie gern. «Ich bin freie Mitarbeiterin und überprüfe im Auftrag der Zeitung einige seiner Fakten.»

Der junge Mann studierte die Karte. «Weiß er, wer Sie sind?»

«Er soll mir behilflich sein.» Angesichts der sich häufenden Berichte über getürkte Zeitungsartikel hielt ich es für unnötig, mich eingehender über das Thema auszulassen.

Er schob die Karte befriedigt in seine Hemdtasche. «Breeze erfindet Sachen, stimmt's?»

Ich senkte die Stimme zu einem konspirativen Flüsterton. «Vielleicht macht er einfach Fehler.»

«Kann ich Ihnen behilflich sein?»

«Kommt darauf an. Wie weit zurück geht das Archiv?»

«Auf CD, Mikrofilm oder Papier?»

Valentine Phipps hatte Bronson Hohen 1940 geheiratet, und zwei Jahre danach war ihr Mann gestorben. «Er hat einen Artikel über ein Ereignis aus dem Jahr 1942 geschrieben.»

«Wahrscheinlich hat er's sich aus den Fingern gesaugt. Brauchen Sie Zeitungsartikel von damals?»

«Ich würde mir gern einen Nachruf anschauen.»

«Wessen?»

Ich täuschte Unschlüssigkeit vor. «Wie heißen Sie?»

«Dale Gitlin.»

Wir schüttelten uns die Hände. Seine war warm und feucht. «Wenn Sie's Breeze erzählen, ist die ganze Sache gefährdet», sagte ich.

«Vertrauen Sie mir doch», bat er. «Wenn ich dazu beitragen könnte, dass der Saukerl gefeuert wird, wäre das die beste Leistung meines Lebens.» Gitlins Feindseligkeit wirkte echt. Ich gab ihm nochmals das Jahr an und buchstabierte den Namen *Hohen*.

Er platzte fast vor Zuversicht. «Finde ich.»

«Wenn es existiert.» Ich zwinkerte ihm bedeutsam zu. Sein Erwiderungslächeln wurde durch die scheußlichen Zähne verdorben. Ich fragte ihn, ob es ein Telefon gäbe, das ich benutzen könnte.

Er nickte. «Wählen Sie die Neun für die Amtsleitung.»

Das Telefon stand auf Yvonnes Schreibtisch, und sie war nicht besonders erfreut, dass Gitlin mir die Benutzung gestattet hatte. Ich meldete mich bei meinem Versicherungsagenten an, dann wählte ich die Nummer von Gwens Anwalt. Henry Fine drückte mir seine Anteilnahme wegen des Brandes aus und bemerkte hoffnungsvoll, nun müsste ich wohl den Fall sausen lassen und mich um die Folgen des Feuers kümmern.

«Ich lasse ihn nicht sausen. Ich muss noch mal mit Gwen sprechen.»

Alle Herzlichkeit wich aus seiner Stimme. «Sprechen Sie mit mir. Ich werd's an sie weitergeben. Sie ist nach Framingham überführt worden.»

«Ich kann fahren.»

«Wenn ich Ihnen Einlass verschaffe, befürworten Sie dann endlich mein Plädoyer auf Fahrlässigkeit?»

«Sagen Sie mir den Namen des Mieters von der Kilmarnock Street, der Gwen gesehen haben will.» Ich blieb dran, während er mit Papier raschelte.

«Es sind zwei: Evangeline Dexter im Parterre und Gregor Daly, Wohnung 3A, der behauptet, den Streit gehört zu haben.»

3A. *Direkt unter Valentines Wohnung,* dachte ich. Wahrscheinlich mit dem gleichen Grundriss.

«Ich hab's notiert. Wann kann ich Gwen besuchen?»

«Einverstanden mit Fahrlässigkeit?»

Als ich nicht reagierte, seufzte er. «Am Wochenende krieg ich Sie nicht rein. Sie müssen schon bis Montagvormittag warten.»

«Neun Uhr?»

Ich rasselte Glorias Nummer herunter, damit er mir seine Bestätigung durchgeben konnte. «Mr. Breeze wird Ihnen hierfür sehr dankbar sein», sagte ich zu Yvonne, als ich mein nächstes Ziel anwählte. Ihr Lächeln sah aus, als hätte sie es mit Haarspray fixiert.

«Shotokan-Karate, Ninjutsu, Tiny Tiger.» Roz' Imitation eines asiatischen Akzents wurde auch durch die blecherne Musik im Hintergrund nicht besser.

«Was ist denn Tiny Tiger?» Roz spielte also Empfangsdame in Lemons Bude mit Dojo-Charakter. Das war mir neu, andererseits: Je weniger ich über Roz' Leben weiß, umso besser.

Sobald sie mich an der Stimme erkannte, redete sie wieder ganz normal. «Tiny Tiger sind die Fünfjährigen, die sich hier gegenseitig verdreschen. Tun sie ja sowieso, falls du weißt, was ich meine.»

«Hattest du Gelegenheit, Millennium mal auszuchecken? Peritti?»

«Ja. Klar. Hab ich von hier aus gemacht. Lemon hat einen Wahnsinns-Power-PC. Mit der Versicherungsprämie solltest du mal für ein Upgrade sorgen. Bleib dran.»

«Bleib dran» hieß, dass ihre Informationen in Reichweite waren. Ich zeigte Yvonne freundlich die Zähne.

Als Roz wieder am Apparat war, kaute sie Kaugummi und lies Blasen platzen. «Peritti, Vater und Sohn, sind mit fünfzehn Prozent beteiligt. Sie stecken mit einer ganzen Reihe von Italienern unter einer Decke.»

«Heißt einer davon Hohen?»

«Das klingt nicht sehr italienisch.»

«Ja, aber hängt er irgendwie im Millennium-Projekt mit drin?»

«Einer der Italiener könnte sein Schwager sein.»

«Lass mal Bronson Hohen und Hohen Music durchlaufen. Ich will Aufschluss über die Finanzen.»

«Okay.»

Ich atmete tief ein. «Roz, wie hast du eigentlich K-Rob kennen gelernt?»

Ein Kaugummiknall.

Ich versuchte es noch einmal. «Kennst du seinen vollständigen Namen?»

«Carlotta ...»

«Hör mal, ich halte mich sonst nach Möglichkeit aus deinem Privatleben raus.»

Das Verstummen der Kaugummigeräusche ließ nichts Gutes ahnen.

«War er in der Bar, als du reingekommen bist?», fragte ich. «Ist er dir hinein gefolgt? Hast du mit ihm geflirtet? Hat er dir einen Drink spendiert?»

«Geht dich einen Scheiß an.»

Im Grunde hatte sie Recht. Trotzdem fuhr ich unbeirrt fort: «Na schön. Nummer eins: Spricht er Spanisch?»

Ihr Ton war eiskalt. «Bisher nicht. Warum sollte er Spanisch mit mir reden?»

«Nummer zwei: Besitzt er einen Waffenschein?» Ich sprach leise und hinter vorgehaltener Hand. Yvonne beobachtete mich mit durchbohrenden Blicken.

«Und Nummer drei?», wollte Roz wissen.

«Halt ihn von Paolina fern.»

«Okay.»

Ich riet ihr noch, sich nicht mit den Tiny Tigers anzulegen, und legte auf.

Dale Gitlin hockte über einem Lesegerät, vor sich einen Stapel runder Blechdosen, auf dem Bildschirm einen schön gerahmten Nachruf. Ich straffte die Schultern und rief mir ins Gedächtnis, dass ich jetzt Mary Chapman war.

Gitlins Begeisterung war verpufft. «Den Kerl hat's tatsächlich gegeben, ich habe den *Globe,* den *Herald,* den alten *Record-American* – erinnern Sie sich noch an den? – und die *New York Times.* Gemessen an dem Platz, der ihm in unserem Blatt eingeräumt wurde, habe ich mir gleich gedacht, dass die Geschichte überregional gelaufen ist.»

«Gute Arbeit!»

«Damit können Sie Breeze nicht kriegen.» Gitlin war tief enttäuscht.

«Er mag ja nicht alles frei erfunden haben. Aber vielleicht hat er es ausgeschmückt.» Ich klopfte dem Archivar ermutigend auf die Schulter. «Hiervon brauche ich Kopien.»

1942 wurden Nachrufe noch ziemlich konventionell abgefasst. Keine lange Überschrift, nur Name, Geburtsdatum und Todestag.

Bronson Garrard Hohen, 57.
Ich überflog die salbungsvollen Sätze. «Die gesamte Kunstwelt trauert über den Tod des Veranstalters und Sammlers Bronson Garrard Hohen.» Ausbildung: Groton und Harvard. Weit gereist. Trauernde Hinterbliebene: Frau, Söhne, Töchter, Brüder. Kein Wort darüber, dass Giselle Lurie Hohen seine erste Frau und nicht seine damalige Gattin war. Valentine wurde überhaupt nicht erwähnt. Hatte Hohens Familie, die den Anschein erweckte, als wäre sie blaublütig, sich etwa darauf verständigt, Valentine sogar im Nachruf totzuschweigen?
Der für die europäische Malerei zuständige Kurator des Kunstmuseums rühmte den verstorbenen Mr. Hohen wegen seines Einsatzes bei der Organisation mehrerer Ausstellungen mit Werken aus den großen Sammlungen der Kanns, der Rothschilds und der Rosenbergs. Hohen hatte den Vorständen der Private Reserve Bank und der Citizen's Commercial Bank angehört. Drei gemeinnützige Stiftungen beklagten sein Hinscheiden.
«Er ist im Index verzeichnet», unterbrach mich Gitlin. «Ein paar Mal auch in der Unternehmensrubrik. Und eine Woche vor seinem Tod gleich tonnenweise Meldungen über ihn. Nicht wegen seiner Geschäfte. Wegen eines Raubs.»
Ich gab vor, etwas in meinem Notizbuch zu suchen. Ein Raub, eine Woche vor seinem Tod. War das ein Schock gewesen, der den Tod des Mannes mitverschuldet hatte? In einem der Nachrufe war von einem «plötzlichen» Abschied die Rede, in einem anderen hieß es «Herzanfall». «Ja, das könnte hinhauen. Haben Sie sich das Zeug über den Raub auch angesehen?»
«Noch nicht. Ich habe nur die Überschriften überflogen:

Elegante Villa in Milton ausgeraubt. In dem Stil. Hat Breeze darüber berichtet?»

«Meinen Sie, dass Sie die Artikel finden könnten?»

Diesmal war sein Lächeln etwas schmallippig, so dass die schlechten Zähne nicht zum Vorschein kamen.

Er brauchte zwanzig Minuten, um den ersten auszugraben. Ich war bis dahin in Gedanken den Fakten schon weit voraus. War Hohen 1942 ermordet worden? Hatte Valentine ihn geheiratet, um seine Kunstsammlung an sich zu reißen? Hatte sie selbst – oder vielleicht ein geheimer Liebhaber – die Hohen-Sammlung gestohlen? Stand ihr Tod über fünfzig Jahre später womöglich mit einem unaufgeklärten Verbrechen in Zusammenhang?

Um es kurz zu machen: nein.

Die Zeitungsausschnitte waren unmissverständlich. Am Morgen des 8. November 1942 war die Polizei von Milton zum Ort des Geschehens gerufen worden. Der Bericht im *Record-American* war am ausführlichsten; darin war sogar ein körniges Foto des imposanten Anwesens abgedruckt. Valentine hatte nicht übertrieben, was seine Größe anbetraf, Sergeant James Farrell war interviewt worden und hatte den Wert der gestohlenen Gemälde auf mehrere Hunderttausend Dollar beziffert. Die Story füllte zwei Tage lang die Titelseiten, dann wanderte sie in den Innenteil. Keine weiteren Berichte mehr in den drei Tagen unmittelbar vor Hohens Tod.

Nach den Todesanzeigen ging eine wahre Flut von Beileids- und Sympathiebekundungen auf die Hohen-Familie nieder, und viele waren empört über die Rücksichtslosigkeit der Polizei wie auch der Boulevardpresse. Man beklagte die unheilvolle Wirkung von Publicity auf einen zurückgezogen lebenden Menschen. Die Familie appellierte an die Öffentlichkeit, ihre Privatsphäre zu respektieren. Reporter wurden in Leserbriefen scharf kritisiert. Die örtliche Polizei erklärte, sie werde das Gelände überwachen; Schaulustige wurden verwarnt.

Zwei Wochen nach den Nachrufen hieß es dann in einer kurzen Meldung, die Kunstgegenstände seien wieder gefunden worden, das Ganze sei ein Irrtum gewesen, ein bloßes Missverständnis, die Gemälde leihweise in einem Museum in Worcester gewesen.

Kein Raub. Die Ermittlungsbeamten waren heilfroh, dass die «vermissten» Kunstwerke vollzählig wieder da waren.

Ich machte mir Kopien und lächelte dabei automatisch Yvonne an. Wenn alles vollzählig wieder da gewesen und anschließend verkauft worden war, um Hohens Schulden zu tilgen, dann war für Valentine nichts «von Wert» übrig geblieben, das sie hätte verstecken können.

Der Typ mit den schrecklichen Zähnen versprach mir, sofort anzurufen, sobald Breeze die nächste frisierte Geschichte bringen würde. Wir könnten doch vielleicht mal gemeinsam etwas trinken gehen, meinte er. Mary Chapman dankte ihm würdevoll.

Einunddreißig

In dieser Nacht schlief ich nicht viel und nicht gut. Ich hatte gehofft, zu Hause bleiben zu können, aber der Chemiegeruch und das Sausen des Windes in der geteerten Plane trieben Paolina und mich in ein Billigmotel an der Bahnlinie nach Arlington.

Ich hatte einmal mit Sam Gianelli im Ritz-Carlton übernachtet. Den Anlass – ob es sein Geburtstag war oder meiner – weiß ich nicht mehr, aber ich erinnere mich noch an den weinroten Teppichboden, auf dem wir uns liebten, und an eine riesig große Marmorbadewanne, in der ich mein Haar wusch, behaglich zwischen seinen haarigen Beinen sitzend. Sam half mir, das Shampoo in meine Kopfhaut einzumassieren, bevor er sich meinen Brüsten zuwandte. Unsere Pläne, uns ein erlesenes Essen zu gönnen und danach ein Baseballspiel der Celtics anzusehen, schmolzen mit dem Schaum dahin, so dass wir schließlich nackt und im Dunkeln nur das letzte Spielviertel im Fernsehen sahen. Später ließen wir uns vom Zimmerservice etwas zu essen bringen, in diskretes Frottee gekleidet.

Im White Roof Inn rülpsten die Wasserrohre. Auch der Fuß der Stehlampe in der Ecke konnte den Fettfleck im Teppichboden nicht verstecken.

Während Paolina schlief, rief ich bei der Telefonauskunft von New Hampshire an, obwohl ich wusste, dass mir von der Rezeption genau 75 Cent mehr pro Anruf berechnet werden würden, aber ich wollte Paolina nicht allein lassen, nur um zum Münzfernsprecher in der Empfangshalle zu gehen.

Es gab einen Eintrag vom Graves Fishing Camp. Nach fünfmaligem Klingeln meldete sich ein Anrufbeantworter. Ich hinterließ lieber keine Nachricht.

Ich versuchte zu schlafen und krabbelte zwischen die kratzigen Laken des unbelegten Doppelbetts, vermochte jedoch die widerstreitenden Stimmen in meinem Kopf nicht zum Schweigen zu bringen. Warum sollte Peritti mein Haus in Brand gesteckt haben, wenn Gwen schuldig war? Und wenn Gwen unschuldig war? Verflucht, wenn er in den Achtzigern schon so verrückt war, Häuser niederzubrennen, als er kaum dem Teenageralter entwachsen war, brauchte er wohl keinen besonderen Anlass mehr. Bestand die Möglichkeit, heute, Jahre später, herauszufinden, ob er an den Bränden der Freitagspyromanen beteiligt war? Oder hatte er nur zugeschaut, wie sein Dad mit Streichholzbriefchen und Benzinbeuteln Feuer legte?

Wusste er sicher, dass Gwen schuldig war? Oder glaubte er es nur?

War mein Haus durchsucht worden, ehe es in Flammen aufging? Das würde die Gleichung ändern. Falls Valentine Gwen «etwas von Wert» zur Aufbewahrung gegeben hatte, hätte Gwen es dann an Peritti weitergeleitet? War «etwas von Wert» gefunden worden? Und wenn nicht, wo war es? Was war es? War die Suche mit Erfolg beendet worden?

Wäre ich zu Hause gewesen, hätte ich die Gitarre genommen und einen Blues gespielt. Einen Blues mit kompliziertem Rhythmus, der meine ungeteilte Aufmerksamkeit erfordert hätte, um so die Stimmen auszublenden. Hier schaltete ich den Fernseher ein, drehte ihn Paolina zuliebe leise und sah mir einen grünstichigen Sportmoderator an, der seine Zähne zeigte. Ich zappte durch die Programme, stieß auf Werbung und alte Schwarzweißfilme. Im CNN politische Skandale, im öffentlichen Sender Dias von kubistischen Gemälden und britisch gefärbte Stimmen mit der Frage, ob nicht die Kunstwerke, die derzeit die Wände des französischen Centre Pompidou zierten, ihren Vorkriegsbesitzern zurückerstattet werden müssten. Ich drückte mit dem Daumen den nächsten Knopf. MTV konnte selbst mit leise gestelltem Ton nicht als Wiegenlied dienen. Zap. Wieder Werbung, dann ein bekanntes Ge-

sicht. Ich klickte dahin zurück und stellte etwas lauter, Peter Breeze, von dem nur der Kopf zu sehen war, in ein Abschiedsgeplänkel mit einer lokalen Nachrichtengröße vertieft.
Für ihn hatte sich Valentines Tod als «etwas von Wert» erwiesen: Er war jetzt viel häufiger in den Medien zu sehen.
Ich muss zusammengekuschelt in dem durchhängenden braunen Ohrensessel eingeschlafen sein, denn da wachte ich auf.
Mein «freier» Sonntag machte mir keinen Spaß. Ich hinterließ mehrere Nachrichten für Bronson Hohen, sowohl in seinem Büro als auch privat, und bat ihn, über Gloria oder das Motel Kontakt zu mir aufzunehmen. Ich las die Artikel über den «Raub» bei seinem Großvater noch einmal sorgfältig und suchte nach Unstimmigkeiten in den verschiedenen Berichten. Ich rief die Polizei von Milton an, fand keinen Diensttuenden, der bereit gewesen wäre, mir weiterzuhelfen, und schon gar keinen, der sich an ein so weit zurückliegendes Verbrechen, das keins war, erinnert hätte.
Sonntags ist niemand anzutreffen. Die Telefone klingeln, und keiner geht ran. Nichts zu machen.
Paolina war erkältet. Es regnete. Mein Haus sah grässlich aus, und die Aufräummannschaft arbeitete sonntags nur, wenn sie doppeltes Überstundengeld dafür bekam.
Am Montagvormittag traf ich am South-Middlesex-Gefängnis in Framingham ein, als die missgelaunten Wärter gerade ihren ersten Kaffee tranken. Es ist eine Einrichtung mit niedrigstem Sicherheitsstandard, nicht so einschüchternd wie Walpole, und es schien mir, als wären einige der weiblichen Gefangenen wegen Kindesaussetzung inhaf-

tiert. Ich musste an Marta denken; weder gestern tagsüber noch heute früh war jemand im Anglercamp ans Telefon gegangen. Ich passierte die Wachtposten und betrat einen kleinen, kühlen Raum, der eher einem Klassenzimmer glich als einer Zelle. Das Mobiliar war am Boden festgeschraubt.

«Ich bin froh, d-dass du d-da bist.» Gwen wartete schon auf mich, wobei sie den Körper vollkommen still hielt, aber mit dem linken Zeh klopfte. Ich glaube nicht, dass sie dieses nervöse Zucken überhaupt wahrnahm.

«Ich wünschte, ich hätte gute Nachrichten für dich.»

Ihr Lächeln erstarb, zuerst auf ihrem Mund, dann in ihren Augen.

«Wir müssen noch mal über Tony Peritti reden. Hat er dich besucht?»

Ihre blauen Plastikschuhe bissen sich mit dem orangenen Gefangenenoverall. Sie erinnerten mich an Babyschühchen, so klein waren ihre Füße. Sie schüttelte abwehrend den Kopf.

«Komm schon, Gwen, lass uns reden. Wenn es heißt, du oder Tony, musst du die richtige Wahl treffen.»

«Ich hab's dir ja g-gesagt. Er hätte Mrs. Phipps nichts angetan.» Sie hatte ihr Haar straff aus der Stirn zurückgekämmt und im Nacken mit einem Gummiband zusammengefasst. Ich vermisste die bunten Perlen.

«Macht er gern Feuer?», fragte ich. «Raucht er stark?»

«Zigaretten, ja, d-die raucht er. Warum nicht?»

«Verbrennt er kleine Papierschnipsel? Im Aschenbecher?»

«Was? Ist das g-gegen das Gesetz?» Sie presste die Lippen störrisch zusammen, und ein Runzeln kräuselte ihre Stirn wie eine heraufziehende Gewitterfront.

«Gwen, Feuer zu legen ist ein Zwang, eine Krankheit. Ich glaube, dein Freund hat mein Haus in Brand gesteckt.»
Das musste sie erst einen Moment lang sich setzen lassen.
«D-dein Haus? Wann denn?»
«Freitagnacht.»
Sie atmete langsam aus. «Nein. Freitags verbringt er die Nacht immer bei seinem Papa. Schläft d-dort im Pflegeheim. Sie erlauben's ihm, weil d-der alte Mann ihnen eine Menge G-geld gegeben hat.»
«Und was fehlt dem alten Mann?»
«Er hat so was wie Alzheimer.»
«Gwen, mit Alzheimer weiß der alte Mann wahrscheinlich gar nicht, ob Tony da war oder nicht. Das ist kein Alibi.»
«Er b-braucht kein Alibi wegen mir, genauso wie ich keins brauche wegen ihm. Er weiß, d-dass ich Mrs. Phipps nicht umgebracht habe, g-genauso wie ich weiß, dass er's nicht getan hat.»
«Und er hat dir gegenüber nie die Millennium Towers erwähnt?»
«Nein.»
«Hat nie gesagt, wie viel es ihm wert wäre, wenn Mrs. Phipps auszöge?»
«Ich will nicht über so was reden. W-wenn du nur Tony was anhängen willst, d-dann geh lieber.»
Sie trug keine Handschellen oder Fesseln mehr. Sie bedeckte ihr Gesicht mit den Händen wie ein Kind beim Kuckuck-Spiel, um meine Fragen nicht mehr hören zu müssen.
«Wenn du dich mit Mrs. Phipps gestritten hast, Gwen – ihr Telefon zerschmettert, ihr Medikament versteckt und zugesehen hast, wie sie einen Herzanfall erlitt –, dann sag's endlich, und weg bin ich.»

Keine Antwort.
«Soll ich bleiben? Darf ich dir noch ein paar Fragen stellen?»
Ich musste mich anstrengen, um ihr Gemurmel verstehen zu können. «Es ist schlimmer hier, als ich in Erinnerung hatte. Die G-gangs sind schlimmer, die K-kämpfe sind schlimmer.»
Ich blieb stumm.
«D-der Anwalt sagt, ich soll mich schuldig bekennen.»
«Wenn du's getan hast, dann bekenne dich nur schuldig.»
Sie straffte die Schultern. «N-na los, frag, was du willst.»
«Bist du gut mit Valentine ausgekommen?»
«Hab ich den Cops doch erzählt. Sie hat sich immer gefreut, w-wenn ich kam, und drauflosgeschnattert wie ein Vögelchen.»
«Ich muss mehr über ihre Vergangenheit wissen, ihre Ehen.»
Gwen zuckte ungeduldig die Schultern. «An so'n Zeug erinnere ich mich nicht. Ich habe immer mit dem Kopf genickt, hm-hm gesagt und die B-betten gemacht oder Staub gesaugt. Ich hab viel gehört, versteh mich nicht falsch, all das Zeug, d-dass sie mal ein großes Haus hatte und Tanzkleider und rote Schuhe und Seidentücher.»
«Schmuck?»
«Hat sie nie was von gesagt.»
«Gemälde? Vasen? Statuen?»
«Nichts dergleichen. Und sie hat auch nicht viel über ihre Vergangenheit g-geredet.»
«Gwen, du hast gerade gesagt, sie hätte unentwegt geredet.»
Jetzt errötete die junge Frau plötzlich, und die Röte tauchte ihr Gesicht in einen warmen Glanz. Ich zog fragend die Augenbrauen hoch.

«D-das erzähl ich dir nicht.» Sie starrte mich abwehrend an.
«Vielleicht hilft es weiter.»
«Ich sehe nicht, w-wieso.»
«Lass doch hören», drängte ich.
«D-dann lachst du mich aus.»
«Tue ich nicht.»
Sie blickte von der Tür zum Fenster und senkte die Stimme zu einem Flüstern. «Sie hat G-geschichten erzählt.»
«Geschichten?», wiederholte ich. «Meinst du Lügen?»
«Nein. G-geschichten. Kindermärchen, ja, die ich gar nicht kannte. Als ich klein war, hat mir meine Mam keine G-geschichten erzählt, wie sie jeder kennt. Aber M-mrs. Phipps hat sie nur zu gern erzählt, und ich habe gern zugehört.»
«Meinst du wie ‹Aschenputtel›?»
«Aschenputtel kannte ich schon. Ich mochte Rapunzel mit dem langen, goldenen Haar und den Z-zinnsoldaten, der zu einem Herzen zusammenschmolz. D-das sind meine Lieblingsgeschichten.»
Ich versuchte sie mir vorzustellen, die emsige junge Frau und die imposante alte Dame, wie sie sich in der voll gestopften Wohnung in Fenway an Grimms Märchen ergötzten, während der Staubsauger stillschwieg.
«Und F-freiheitsgeschichten.»
«Was für welche?»
«Von Martin Luther King im G-gefängnis von Birmingham, als er den Brief an die weißen Prediger schrieb. Und von den Juden, als sie aus Ägypten auszogen. Jetzt kann sie mir k-keine mehr erzählen.»
Meine Tante Bea pflegte mir Geschichten aus der alten

Heimat zu erzählen. Und meine Mutter erzählte mir die ruhmreichen Geschichten aus ihren Gewerkschaftszeiten.
«Ich kann dir Bücher mitbringen.» Dann dachte ich, verdammt, wenn sie nun gar nicht richtig lesen kann? «Es gibt auch Kassetten. Ich kann Kassetten für dich auftreiben.»
«Ich w-weiß nicht. Ich glaube, wenn ich mich erinnere, fange ich an zu weinen. Hier drin d-darf man nicht weinen, ist nicht gut.»
Zeit, dem Wärter ein Zeichen zu geben. Vielleicht hatte sich ja Hohen auf meine Anrufe hin gemeldet.
«M-meinst du, Mrs. Phipps hatte diese Geschichten in ihrem schönen Buch stehen?»
Ich blieb auf halbem Wege zur Tür stehen. «In was für einem Buch?»
«Ich habe es nur ein einziges Mal gesehen. S-sie hat es ganz schnell zugeklappt.»
«Wie sah es denn aus?»
«Jedenfalls nicht wie eine Illustrierte oder ein Comic. G-ganz bunt. Vielleicht kannst du es mir m-mitbringen, wenn du es findest.»
«Wie groß ist es? Dick oder dünn?»
«Weiß ich nicht. M-mittel, aber mit ganz leuchtenden Farben und Silber und Gold.»
«Gwen, genau so etwas suche ich doch. Warum hast du mir bis jetzt nichts davon erzählt?»
«Du hast nach Schmuck gefragt, Carlotta, nicht nach irgendeinem B-buch, das sie unter dem Bett aufbewahrt.»
«Unter dem Bett?»
«In einer Art Holzkiste. Als ich reinkam, hat sie die druntergeschoben. M-meinst du, die Geschichten waren daraus?»

Ich hatte die Wohnung sorgfältig mit einer Polizistin zusammen inspiziert, nachdem ein Spurensicherungsteam von der Kripo bereits dort gewesen war. Es hatte kein «schönes Buch» in einer Holzkiste unter dem Bett gelegen.

Zweiunddreißig

Meine Mutter hatte ein Buch besonders geschätzt, das *Kinder vieler Länder* hieß, ein Geburtstagsgeschenk aus ihrer Kindheit mit grünem Ledereinband und zahlreichen farbigen Abbildungen von «Eskimos». Ich musste mir immer die Hände waschen, ehe ich darin blättern durfte.

Valentine hatte Gwen keine Bilder gezeigt. Vielmehr hatte sie ihr schönes Buch schnell zugeklappt und es versteckt. *Kinder vieler Länder* muss ein großes Format gehabt haben; es hätte in keinen Safe gepasst.

Von einer Tankstelle aus rief ich Gloria an; keine Nachrichten. Ich wählte die Nummer von Hohen; er war nicht zu sprechen. Ich fuhr nach Cambridge. Der Versicherungsagent hatte mich ebenso beruhigt wie Gloria und Roz, aber ich musste mich trotzdem einmal selbst um den Bautrupp kümmern.

Ein verbeulter dunkelblauer, rostiger Container blockierte die Einfahrt. Ich parkte am Straßenrand und legte kurz den Kopf aufs Lenkrad, um mich auf den Schrecken vorzubereiten.

Es war kein Hämmern zu hören, als ich aus dem Wagen stieg. Der Gestank war immer noch beißend. Vielleicht machte die Mannschaft gerade Kaffeepause. Sie war jedenfalls da gewesen; der Container war voll. In seinem Bauch erkannte ich die Überreste verkohlter Vorhänge wieder, einen deformierten Vorleger, Bruchstücke von ruinierten Fußbodendielen und ein durchweichtes, verzogenes Etwas, das eine Schranktür gewesen sein mochte.

Ich hustete, schaute weg und sah das Auto. Wenn ich mich nicht so krampfhaft bemüht hätte, mein Haus nicht anzustarren, hätte ich es schon eher bemerkt. In meiner Gegend sind alte Volvos die Norm, und gelegentlich stehen neue sportliche Geländewagen herum. Der schwarze Lincoln mit Tony Peritti am Steuer war auffällig.

Mein Blick fiel auf seine Knöchel, die hervortraten, so fest umklammerte er das Lenkrad. Als er mich sah, beugte er sich vor. Ich deutete die Bewegung als aggressiv, und mein Adrenalinspiegel schaltete auf Overdrive. Ich rechnete fest damit, dass er den Motor aufheulen lassen, auf mich losschießen und mich zwischen Auto und Container zerquetschen würde. Stattdessen ging die Beifahrertür auf, und er kam so schnell auf mich zu, dass ich unwillkürlich einen Schritt rückwärts machte, bis ich mich wieder in der Gewalt hatte und stehen blieb.

Er wedelte mit etwas, und sein hübsches Gesicht war tomatenrot. Er hatte sich nicht die Mühe gemacht, sich einen Pferdeschwanz zu binden. Sein dunkles Haar sah strähnig und dreckig aus, und auf seiner Hemdbrust waren Bierflecken.

«Sehen Sie sich das an!», schrie er. «Sehen Sie, verdammt noch mal, was Sie mir angetan haben! Ich sollte Ihnen eine reinhauen, aber ich werde Sie lieber vor Gericht um Ihren Arsch bringen. Das werden Sie noch bitter bereuen.»

Ich stemmte die Füße auf den Boden und überlegte, wohin ich meinen Schlag lenken sollte. Dann gewann die Polizistin in mir die Oberhand, ich trat zurück und sprach so leise, dass er die Ohren spitzen musste, um etwas zu verstehen.

«Haben Sie Probleme?» Mein gemäßigter Tonfall überraschte mich mehr als ihn. Ich schaute ihm direkt in die Augen, hatte aber trotzdem seine Hände im Blick.

«Ich schleife Sie vor Gericht», sagte er noch einmal.

Ich zeigte vorsichtig auf die zusammengefaltete Zeitung, die er drohend schwang, achtete darauf, dass meine Geste nicht als feindselig interpretiert wurde. «Was ist das?»

Sein Gesicht wurde noch roter. «Das sind Sie, wie Sie die Schnauze aufreißen und losplärren, ich würde Häuser niederbrennen. Das ist gegen jedes Recht und Gesetz, wirklich ganz und gar ungesetzlich, was Sie machen.»

«Bitte ein bisschen leiser, ja? Meine Nachbarn mögen keinen Lärm.»

Er wirbelte herum zu den Häusern auf der anderen Straßenseite. Zur Freude aller, die zwei Blocks weiter hinter verschlossenen Türen saßen, brüllte er. «Wenn ich ihr verdammtes Haus angezündet hätte, wäre es bis auf die Grundmauern niedergebrannt. Hört ihr das, ihr Wichser?»

«Sie haben getrunken», bemerkte ich.

«Ja sicher, warum auch nicht? Ich weiß nicht, warum, zum Teufel, man mir das anhängen will nach all den Jahren. Es ist übelste Verleumdung, eine Sauerei, was man mir da antun will.»

Jetzt war «man» es, der ihn reinlegen wollte, nicht ich. Kein großer Fortschritt, aber etwas, worauf ich aufbauen konnte.

«Wer will Ihnen etwas anhängen?», fragte ich.

«Als wenn Sie das nicht wüssten!» Er hielt mir die Zeitung so dicht vor die Nase, dass ich kein Wort lesen konnte. «Ha, als ob Sie's nicht wüssten!»

«Ich hatte heute noch keine Gelegenheit, einen Blick in die Zeitung zu werfen.»

«Dann sind Sie die Einzige in dieser ganzen beschissenen Stadt. Im Fernsehen läuft's auch. Mein Telefon hört nicht mehr auf zu klingeln. Ich habe dadurch Geschäftseinbußen, aber keine Sorge, das Geld hole ich schon wieder rein, wenn ich Sie und dieses lausige Stück Scheiße von Zeitung verklage …»

«Lassen Sie's mich lesen, okay?»

KEIN RAUCH OHNE FEUER, lautete die Überschrift, und Peter Breeze hatte die ganze feurige Vergangenheit beschworen und mit dem Vermögen der Perittis, Vater und Sohn, in Verbindung gebracht. Er war anscheinend gleich wieder zu Frank Hennessee zurückgefahren und hatte den Mann bestochen, um solche Details angeben zu können. Die Sache mit den Streichholzbriefchen und dem Benzin war nun auch in den Akten protokolliert. Breeze hatte offenbar die Rechtsabteilung seiner Zeitung Überstunden machen lassen. Das Wort *angeblich* hatte ein gutes Konditionstraining erhalten.

«Es wird nicht ausdrücklich behauptet, Sie hätten das Feuer gelegt», stellte ich klar.

«Aber so gut wie. Mir und meinem Dad ist nie etwas nachgewiesen worden, aber was will dieser Schleimer Breeze überhaupt? Mein Leben ruinieren?»

Als ich ihm die Zeitung zurückgab, begann er, sie in lauter kleine Fetzen zu zerreißen, die er dann wie Konfetti in die Luft warf. Ich wollte sie ihm wegschnappen und in den Container tun, aber er tänzelte herum wie ein kleines Kind, das sich nichts fortnehmen lassen will.

«Er rührt alten Klatsch und Tratsch wieder auf», sagte ich

beschwichtigend. «Er schreibt nun mal so'n Zeug. Gehen Sie gegen ihn vor, nicht gegen mich.»

«Ach nee. Und wie ist er auf die Idee gekommen?»

«Vielleicht hat er's von der Polizei, vielleicht von der Feuerwehr.»

«Klar doch. Brauch ich wirklich nicht, dass Sie diese Scheiße aufrühren, damit sich alle schadenfroh die Hände reiben. Das hat mein Dad nicht verdient. Ich auch nicht. Ich habe schwer gearbeitet. He, das ist Ihnen scheißegal, was?»

Ich hatte Mühe, ihn mir an seinem Schreibtisch im Büro vorzustellen, mit blankgeputzten Schuhen und gebügelten Hosen. Der Mann war völlig außer Rand und Band.

Ich sagte: «Mir ist weder mein Haus noch Ihre Freundin egal.»

«Sie halten mich für einen Schieber, für irgendeinen Arsch von Mafioso, nicht wahr? Das ist alles, was Sie sehen, wenn Sie mich anschauen, richtig? Mein Name endet mit einem Vokal, und da bin ich gleich ein Abfackler, richtig? Ich kenne Ihre Sorte.»

«Wie ist denn jetzt die Mafia ins Gespräch gekommen?», fragte ich. «Ich habe nicht von der Mafia angefangen.»

«Sie wissen genau, dass man mir nur wegen Gwen an den Karren fährt, weil sie schwarz ist. Und weil dies das beschissene Boston ist, sind alle Cops und alle Reporter irischer Abstammung stinkwütend über einige Sachen, zum Beispiel, dass ich unerwünschte Mieter einschleppe, ein dicker Minuspunkt für mich. Ich vermiete auch an Haitianer und Typen aus Santo Domingo, ich verkaufe sogar Häuser an Unternehmen von Schwarzen, und zu allem Überfluss gehe ich mit einem schwarzen Mädchen, also wollen sie mich in die Pfanne hauen ...»

«Leise. Meine Nachbarn rufen sonst die Polizei. Ein Typ, der da drüben wohnt, spielt Bratsche und hat sehr feine Ohren.»

«Ich habe diese Scheiße nicht gemacht.» Er wedelte mit der Hand in Richtung meines Hauses.

«Aber genug anderes.» Da ihn mein Mitgefühl nicht dazu bewogen hatte, wieder in sein Auto zu steigen, ging ich jetzt mit stählerner Stimme zum Angriff über. «Die gleichen Typen, die in ihrer Jugend Feuer legen, greifen in höherem Alter zu schmutzigen Tricks. Sie schlagen beispielsweise Autofenster ein, setzen Fahrstühle außer Betrieb, lassen Ratten auf die Menschheit los, rufen die Polizei zu Schauplätzen, wo gar nichts los ist …»

«Ist ja gut, ist ja gut.» Er hielt die Hände hoch, um meinen Wortschwall zu stoppen. «Na und? Und wenn ich das getan habe, verflucht noch mal?»

«Sie wollten, dass Gwen Ihnen hilft.»

«Wer sagt das?»

«Deshalb hatten Sie es auf Gwen abgesehen.»

«Aber ich habe nicht Ihr Scheißhaus niedergebrannt!»

«Wo waren Sie denn, als es gebrannt hat?», hakte ich schnell ein. Er war erschöpft, der Alkohol hatte ihm die Zunge gelöst, und vielleicht sagte er sogar die Wahrheit. Da konnte ich seine Redseligkeit auch mal ausnutzen. Bei meiner Frage stutzte er.

«Hä?»

«Ganz einfach. Wo waren Sie Freitagnacht?»

«Brauch ich Ihnen wohl kaum auf die Nase zu binden.»

«Laut Gwen besuchen Sie Freitagabends meist Ihren Vater. Rufen wir doch mal beim Pflegeheim an.»

«Ich war nicht dort.»

«Schade.»
«Ein Freund von mir ist gerade in der Stadt. Wir haben ihn zum Essen eingeladen, ich und noch ein paar andere.»
Ich war enttäuscht. Das roch sehr nach einem arrangierten Alibi. Wenn er wirklich zur Mafia gehörte, war das Märchen von «ein paar anderen» genau das, worauf er sich berufen würde, und dazu käme noch ein wohlwollender Gastwirt, auf den er sich hundertprozentig verlassen könnte.
«Dem Freund würden Sie wahrscheinlich Glauben schenken.» Er sah mich mit einem merkwürdigen Glitzern in den Augen an.
«So?»
«Gianelli.»
Der Name Gianelli, den Peritti mit trunkener Stimme fallen ließ, traf mich wie ein kalter Wasserstrahl. Ich holte tief Luft.
Peritti schob die restlichen Zeitungsfetzen mit dem Fuß auf den Rasen und versuchte, sie mit dem Hacken in den Boden zu stampfen. Er war ein wenig wackelig auf den Beinen. Hinter mir klapperte ein Fenster, und jemand rief verspätet: «Alles in Ordnung?»
«Ja.» Ich wandte mich nicht um. «Tut mir Leid.»
Peritti starrte mich an, als erwartete er, dass ich mich auch bei ihm entschuldigte. Vielleicht sollte ich das. Wenn Sam Gianelli sich für ihn verbürgte …
Zu meinem Erstaunen kam er mir jedoch beim Entschuldigen zuvor. «He, diese ganze Scheiße tut mir Leid. Tut mir Leid, dass ich so gebrüllt habe. Mann, normalerweise trinke ich nicht mal. Was ist bloß mit mir los, verdammt, was, zum Teufel, mache ich eigentlich?»

«Ist schon gut», sagte ich.
«Nein, es ist verflucht noch mal nicht gut. Scheiße, sehen Sie mich doch an.»
«Schon gut.» Ich war fertig, schlapp und welk wie eine Topfpflanze ohne Wasser.
«Wenn Sie Gwen besuchen, sagen Sie ihr nicht, dass ich getrunken habe.»
«Okay.»
«Tut mir verflucht Leid.»
Mein Nachbar hatte die 911 gewählt, aber die Bullen kamen erst, als er schon mit seinem Lincoln davongebraust war. Ich erklärte einem Publikum, dem die Skepsis ins Gesicht geschrieben stand, es sei nur ein Missverständnis gewesen. Dann sammelte ich alle Zeitungsschnipsel da ein, wo der Wind sie hingetragen hatte, und warf sie in den Container. Ich beschwerte das Papier mit verkohltem Holz, das schwarzen Ruß an meinen Händen hinterließ.
Der Bautrupp versammelte sich nach Ablauf seiner Pause wieder. Ich fragte mich, ob die Leute wohl den Wortwechsel mitbekommen und beschlossen hatten, uns nicht zu stören, sondern sich ruhig alles anzuschauen, als handle es sich um eine Seifenoper im Fernsehen und nicht um eine Auseinandersetzung, die leicht in Gewalttätigkeit hätte ausarten können.
Die Telefonzelle im Drugstore an der Ecke ist ein ehrwürdiges altes Stück mit Falttür und rundem Polstersitz. Ich fütterte den Apparat mit einem Quarter und tippte Sams Nummer aus dem Gedächtnis ein. Sein Vater zahlte weiterhin für die Wohnung am Charles River Park; er nutzte sie selbst als Zufluchtsort, wenn er sich mit seiner vierten Frau zerstritten hatte. Fünf lange Klingelzeichen, sechs,

dann sagte Sam hallo, mit tiefer Stimme, leise und entspannt. Ich bin eine völlige Niete, was Stimmen angeht, war ich immer. Es dauerte eine ziemliche Weile, bis ich merkte, dass das Hallo vom Anrufbeantworter kam und nur die Aufforderung einleitete, bitte nach dem Piepton zu sprechen.

«He, Sam, Carlotta hier. Ein Freund von dir hat mir …»

«Hallo.» Er hörte die Anrufe offenbar mit.

«Sam.»

«Ja?»

«Willkommen daheim.» Ich lächelte so breit, dass jeder, der in die Telefonzelle hineingeschaut hätte, sich fragen musste, ob ich den Verstand verloren oder im Lotto gewonnen hatte. Er reagierte nicht darauf, aber mir war, als pulsiere ein elektrischer Strom vom Telefonhörer in meine Hand und setze sich durch meinen Arm bis zur Schulter fort.

«Was kann ich für dich tun?» Diese steife Phrase war viel geschäftsmäßiger als die Stimme auf dem Anrufbeantworter.

Ich erwiderte die Förmlichkeit mit Förmlichkeit. «Du kannst mir vielleicht sagen, ob dich Tony Peritti am Freitagabend zum Essen ausgeführt hat.»

«Überprüfst du ein Alibi?»

«Ja.»

«Freitag?»

«Ja.»

«Ich habe mit Tony zusammen gespeist. In Mamma Maria's. Kalbsbraten.»

«Danke.»

«Hast du deshalb angerufen?»

«Nein», sagte ich hastig, aber er hatte schon aufgelegt. Ich hielt den Hörer eine volle Minute, vielleicht auch zwei, umklammert. Er war aus schwarzem Kunststoff und ohne jede Wärme.

Als ich die Fassung wiedergewonnen hatte, wählte ich Hohens Nummer. Diesmal teilte mir seine Sekretärin mit, er sei verreist.

Dreiunddreißig

«Hunger?»

Ich wollte schon meine Frage wiederholen, als doch noch ein Wort aus Paolinas Mund kam.

«Nein.»

«Also ich auf jeden Fall. Wie wär's mit Krabben ‹Rangun› im Mary Chung's?» Ich ziehe eigentlich das Suan-la-chow-shao vor, aber Paolina hat nichts für die feurige Schärfe übrig.

«Nein.» Wieder diese Silbe.

«Komm schon.»

«Da gehen wir immer hin.» Es klang noch nicht weinerlich, war jedoch auf dem besten Wege.

«Komm doch», sagte ich noch einmal.

«Ich gehe da nicht hin.»

«Na gut. Dann gehen wir eben woandershin. Mein Magen gibt komische Geräusche von sich, ich kann mich nicht erinnern, in jüngster Vergangenheit etwas gegessen zu haben.»

Ich wartete darauf, dass sie fragte, ob mein Haus noch stand. Sie blieb aber einfach auf der Couch im Wohnzimmer ihres Apartments in East Cambridge liegen und starrte in die Glotze, als hätte sie eine Erscheinung der heiligen Jungfrau. Roz hatte sie nach der Schule hier abgesetzt, ihr aufgetragen, auf mich zu warten und derweil noch ein paar Kleidungsstücke einzupacken.

«Paolina», sagte ich.

«Es ist gleich zu Ende.»

«Paolina, bitte.»

Martas Herd funktionierte nicht, aber mit ihrem Fernseher konnte man tatsächlich fünfzig Sender empfangen.

«Himmel», murmelte meine kleine Schwester und schaltete wütend die Sendung ab.

«Es ist kalt, zieh deinen Mantel an.»

«Ich weiß selbst, was ich anziehen muss.»

Meine Lippen spitzten sich, aber ich unterdrückte den Pfiff. Drei Minuten später erschien sie wieder und hatte nachlässig ein übergroßes T-Shirt über die engen Jeans gezogen.

«Paolina, es ist kalt draußen, glaub mir. Windig. Richtig frostig. Für Oktober ist es fast wie im November.»

Sie schoss mir einen Blick zu, drehte sich auf dem Absatz um und kehrte zurück, während sie widerstrebend den Reißverschluss ihres alten roten Parkas zuzog. Ich fragte mich, ob er inzwischen unmodern war, vielleicht war er auch nie modern. Mode, habe ich gehört, ist megawichtig im Zeitalter der Designerklamotten für Wickelkinder.

Andere Autos hatten meinen Toyota so zwischen sich eingekeilt, dass es mich drei Versuche und ein Gebet zur Göttin der Servolenkung kostete, um aus meiner Parkbucht herauszukommen.

«Wohin?», fragte ich betont munter.

«McDonald's.»

«Es gibt einen neuen Szechuan-Chinesen am Square. Oder …»

«McDonald's, echt.»
«Hast du's eilig? Ich dachte, diesen Abend bräuchtest du keine Hausaufgaben zu machen.»
«Ich will zu McDonald's.» Ihre Lippen bildeten einen dünnen Strich in aufmüpfigem Rot.
Wenn ich das gewusst hätte, wäre das Auto stehen geblieben, und wir wären zu Fuß gegangen. Der Hamburgerladen gegenüber von Mary's am Central Square liegt in knapper Gehweite. Ich habe nichts gegen McD, aber ich neige dazu, ihn nur als angemessene Nahrungsquelle bei Beschattungsjobs zu betrachten, weil man die Portionen gut hinunterschlingen kann, während man mit gezückter Kamera hinter dem Lenkrad klemmt und darauf wartet, dass ein angeblich behinderter Mann auf einmal schwere Lasten schleppt. Wenn ich Zeit habe, bestelle ich mir lieber etwas von einer Speisekarte in einer fremden Sprache und vollkommen bizarren Schrift. Ich gehe gern in seltsame Eckkneipen und bitte die Kellnerin, mir etwas Gutes zu bringen. Thai- und vietnamesische Restaurants sind derzeit meine Favoriten. In ein paar Lokalen in Allston bin ich schon gewesen.
Paolina wollte zu McD's. Ich bog auf den Parkplatz ein.
Unter dem zu grellen Licht der Halogenstrahler bestellte ich mir einen Big Mac, eine große Tüte Fritten, einen Vanilleshake und wandte mich zu Paolina um, die das Speisenangebot mit der gleichen Hingabe studierte, die sie fürs Fernsehen gehabt hatte. Ihre Zunge steckte fest zwischen ihren Zähnen, und sie sah nach größerem Kummer aus, als die Qual der Wahl zwischen McNuggets und McRib hätte verursachen dürfen.
«Einen Hamburger.» Sie zog die Stirn ein wenig kraus.

«Einen Viertelpfünder?»
«Nur einen Hamburger.»
«Und was zu trinken?»
«Nur einen Hamburger, ja?» Ihre Stimme wurde bei jeder Wiederholung etwas schriller.
Ich zuckte die Schultern und zahlte bei der besorgten jungen Bedienung, die anscheinend befürchtete, dass sich ganz plötzlich eine Schlange hinter mir bilden könnte.
«Wenn du schon mal einen Tisch suchen willst, warte ich hier auf das Essen», erbot sich Paolina missmutig, als hätte ich sie beschuldigt, faul herumzustehen, statt auch etwas zu tun. Der Zeitpunkt schien nicht geeignet für eine Erwiderung, und so zog ich los, einen angenehmen Platz zu finden.
Der einzige noch freie Tisch stand eingeklemmt in einer Ecke. Die Sitze hätten ein Warnschild tragen müssen: Wenn Ihre Beine länger sind als die einer Achtjährigen, vergessen Sie's.
Ich setzte mich und grübelte über Paolinas Bestellung nach, den einen winzig kleinen Hamburger.
Meine kleine Schwester hat noch nie eine Diät eingehalten. Sie ist weder zu dünn noch zu dick. Soweit ich weiß, hat sie sich noch nie Gedanken über ihr Gewicht gemacht. Ich überlegte, was sie sich wohl im Fernsehen angeschaut hatte. Wie sollte sie nicht ins Grübeln kommen, wenn sie die gespenstisch schlanken Frauen im Fernsehen sah?
Sie gesellte sich schließlich zu mir, und ich beobachtete, wie sie ihren Burger aß, indem sie so langsam daran herumknabberte, dass ich im Vergleich dazu mein Essen förmlich verschlang. Als ich ihr ketchuptriefende Pommes anbot, wehrte sie unwillig ab.

«He, Paolina, entweder hast du die Fastenzeit verpasst, oder du hast sie noch vor dir. Soviel ist sicher. Es ist nämlich die falsche Jahreszeit.»
Sie antwortete nicht.
«Mal ernsthaft, bist du irgendwie auf irgendeiner Diät? Du brauchst wirklich nicht abzunehmen. Du siehst gut aus.»
«Ich bin nicht auf Diät.»
«Was ist dann los?»
Sie bedachte mich mit einem vernichtenden Blick, machte den Mund auf und kniff ihn wieder fest zu.
«Sag's doch.»
«Es ist wegen des Geldes.» Sie sprach extra leise, damit die Teens in Lederklamotten am Nachbartisch nichts davon mitbekamen. «Essen kostet Geld, und ich habe nicht viel, nur das, was Marta mir da gelassen hat, daran muss ich mich langsam gewöhnen. Ein Hamburger ist reichlich.»
Jetzt war ich sprachlos.
«Bis ich einen Job habe», fügte sie hinzu.
«Du bist noch auf der Schule.»
«Wer weiß, wie lange noch.»
«Paolina, noch ganz schön lange.»
«Es hat sich ja einiges geändert. Wenn Marta nicht zurückkommt, wird sich alles total ändern.»
Marta, nicht *Mam*. Als ob es okay wäre, wenn sie von Marta und nicht Mam verlassen wurde. Ich verabscheute das alles, hasste jede Sekunde, die ich mitansehen musste, wie sich da eine Wunde vertiefte und ausbreitete. Diese verfluchte Marta.
Ich sagte: «Ich habe Geld für dich.»
«Ich nehme kein Geld von dir an, Carlotta.»
Ich holte tief Luft. «Es ist dein Geld.»

«Danke, aber trotzdem: nein danke.»
«Es ist nicht mein Geld und war nie mein Geld, Paolina. Dein Vater hat es geschickt.»
Sie starrte mich mit ihren schokoladenbraunen Augen an und öffnete den Mund. «Der?»
Mit einem kurzen Satz hatte ich ihren abwesenden Vater zum Helden erhoben, der im Notfall für sie in die Bresche sprang und der, kaum dass ihre Mutter sie verlassen hatte, auftauchte wie ein schaumgeborener Gott. Ich hatte den vollkommen falschen Zeitpunkt gewählt. Ich hatte unüberlegt gehandelt, verdammt, ihr den Vater wie ein Zuckerbonbon präsentiert, einen Vater, der sie liebte, wie sein Geldgeschenk bewies. In meiner Hast, sie zu beruhigen, hatte ich die Büchse der Pandora geöffnet.
Ich raffte meinen Mantel von der Stuhllehne. «Bist du fertig? Dann lass uns gehen.»
«Wie hat er dir das Geld geschickt? Woher kennt er dich? Will er mich sehen? Darf ich ihn anrufen? Wie viel Geld ist es?»
«Paolina, dein Dad … du weißt, dass die Situation heikel ist. Er kann dir kein richtiger Vater sein. Es soll sogar niemand wissen, dass er dein Vater ist. Das könnte gefährlich sein, für dich.»
«Aber …»
«Lass uns woanders darüber reden, nicht hier.»
Sie biss sich auf die Lippen, erhob sich, schlang ihren Parka um die Schultern und vergrub die Hände in den Taschen. Auf ihrem Gesicht erschien ein seltsamer Ausdruck, eine Mischung aus Bestürzung und Bedauern.
«O nein. So was Blödes.»
«Was ist denn?», fragte ich.

«Ich hab was vergessen.»
«Vergessen?», wiederholte ich.
«Ich hatte es in die Parkatasche gestopft – und dann hatte ich immer nur meine Windjacke oder mein Sweatshirt an. Auf dieses Ding hatte ich keine Lust.»
«Was denn?»
«Nichts.»
«Nun sag schon, was?»
«Die komische alte Dame hat mich gebeten, etwas für sie in den Briefkasten zu stecken, und ich hab's vergessen.»
Ich packte sie am Handgelenk.
«Welche komische alte Dame?»
«Carlotta, lass das. Die, zu der ich mit dir hin musste. Sie hat es mir gegeben und gesagt, ich soll es in den Briefkasten …»
«Gib her», schnauzte ich sie an.
«He!»
Ich entriss es ihr. Als ich den Umschlag mit den Fingern umklammerte, hatte ich plötzlich Gwens durchwühlte Wohnung und die verkohlten Bretter meines Flurs, den verdorbenen Teppich, den mit der Vergangenheit meiner Tante angefüllten Container vor Augen.
Paolina sagte: «Tut mir ja Leid, okay?»
Der Umschlag war rein weiß, hatte die Größe eines Schecks und war knubbelig. Außer der Adresse stand noch «Bitte handentwerten» auf der Vorder- und Rückseite.
Er war nicht schwer.
An sie selbst adressiert.
Ich zögerte sekundenlang, dann schlitzte ich ihn auf.
Paolina war außer sich. «Der gehört dir nicht!»
«Setz dich», befahl ich ihr.
Sie gehorchte ohne einen Mucks.

«Diese Frau ist tot, Liebes.»
Sie biss sich auf die Lippen. «Doch nicht … doch nicht wegen mir? Nicht …»
«Nein», sagte ich.
«Die Leute um mich herum sterben entweder oder verschwinden. Was habe ich bloß an mir?»
«Es liegt nicht an dir, Liebes.»
Sie wandte das Gesicht ab. Ihre Haare fielen ihr schräg vor die Stirn, so dass ich ihre Augen nicht sehen konnte.
Der Umschlag war an Mrs. V. Phipps adressiert. Sie hatte mit einem blauen Kugelschreiber und zittriger Hand geschrieben.
«Wo würden Sie etwas verstecken?» Ich hörte förmlich ihre streitlustige Stimme.
«Schicken Sie es an die eigene Adresse», hatte ich erwidert. Sie hatte meinen Rat befolgt.
Ich hielt den Umschlag mit der geöffneten Seite nach unten über den Tisch. Nichts. Ich schob die Finger hinein und fühlte raues Papier. Ich stellte mich ziemlich ungeschickt an in meinem Eifer, es herauszufischen, aber schließlich wickelte ich einen Schlüssel aus der Küchenpapierhülle.
«Sie sollten sich einen Banktresor mieten», hatte ich auch empfohlen.
Einen Augenblick lang schöpfte ich Hoffnung.
Er glich keinem einzigen Banktresorschlüssel, den ich je gesehen hatte.
«Carlotta?», holte mich Paolina abrupt aus meinen Gedanken. «Darf ich mir noch einen Schokoshake und ein paar Pommes frites bestellen? Und einen Viertelpfünder?»
«Klar.»

Vierunddreißig Zurück im Motel, war Paolina viel zu zappelig und aufgeregt, um schlafen zu können. Das Kind, das ich von früher her kannte, war fast schon erwachsen und konnte nicht mehr einfach mit einem «Vertrau mir, ich kümmere mich schon um alles» abgespeist werden. So ist es wohl auch richtig, dachte ich mit einem leisen Stich des Bedauerns, den ich niederkämpfen musste. Sie war ganz von selber darauf gekommen, dass Martas fortgesetzte Abwesenheit weitreichende Konsequenzen haben würde, und hatte begonnen, für eine mutterlose Zukunft vorauszuplanen. Das machte mich stolz auf sie, und ich sagte es ihr. Aber jetzt wollte sie Antworten auf hundert Fragen haben, die ich nicht parat hatte.

Was ich mit Paolina mache, ist einfach: Ich versuche, ihr gegenüber bei der Wahrheit zu bleiben. Ich wusste nicht, wie es sich in Wahrheit mit dem Geld ihres Vaters verhielt, ob er es aus Gewissensbissen, Liebe, Pflichtgefühl oder aus einem undurchsichtigen Grund geschickt hatte, den ich noch ausloten musste.

Also erzählte ich ihr, wie Roldan Gonzales die Sache eingefädelt und das Geld übermittelt hatte, die nackten Tatsachen. Ich erklärte ihr, dass Geschenke oft einen Haken haben und dieses eben mit der Auflage «College» verbunden sei. Dass wir aber für die Zeit bis zum Highschool-Abschluss bestimmt auch eine Lösung finden würden. Dass sie zwar keine reiche Erbin sei, ihren Appetit jedoch keineswegs auf kleine Brötchen zu beschränken brauche.

Ich pflichtete ihr bei, dass es ein feiner Zug von ihrem Vater war. Ich sagte nicht, dass es wahrscheinlich eine weit bessere Idee gewesen wäre, ihr Liebe und Zeit zu schenken. Zum Schluss ließ sie sich von mir mit einem alten Wiegenlied in den Schlaf singen wie früher, als sie noch klein war. Sie stimmte in den Refrain ein, piepste in hohen Tönen in schönster Eintracht mit.

Im gelblichen Schein der Schreibtischlampe wirkte der nicht einmal drei Zentimeter lange Schlüssel sehr zerbrechlich. Er hing an einem schlichten Metallring vom Durchmesser eines kleinen Fingerrings. Auf dem Schaft war der Name des Herstellers, Mosler, eingeprägt. Ich schlief mit dem Schlüssel unter meinem Kopfkissen, als wäre er eine Hochzeitstorte, aber ich weiß nicht mehr, ob ich von Valentine Phipps geträumt habe.

Am nächsten Morgen meldete ich mich bei Henry Fine. Er sagte mir, Gwen ließe sich vielleicht doch noch überreden, auf fahrlässige Tötung zu plädieren. Ob ich die Mitmieter von der Kilmarnock Street schon befragt hätte?

Ich versprach, mich heute noch darum zu kümmern.

Auf einem Stadtplan malte ich konzentrische Kreise um die Phipps-Wohnung. Wenn Valentine ihr Versteck erst kürzlich eingerichtet hatte, weil sie die Aufdringlichkeit ihres Vermieters oder die Publicity fürchtete, die sie durch Breeze erlangt hatte, war sie womöglich in der näheren Umgebung geblieben, ihrer Sicherheitszone, an den Orten, die sie gut kannte.

Aber da das nur reine Vermutung war, rief ich Gloria an und fragte nach Taxifahrern, die eventuell ältere Frauen auf der Kilmarnock Street abgeholt hatten. Mrs. Phipps hatte keinen Wagen; vielleicht war sie öfter mal Taxi gefahren. Ich bat Gloria, sich auf die Tage vor Valentines Tod zu konzentrieren. Ich wartete nicht auf das Ergebnis. Sie ist zwar schnell, aber es gibt etliche Taxiunternehmen in Boston, und die Art und Weise, wie Mrs. Phipps ihre Zwanzigdol-

larscheine umkrallt und darauf bestanden hatte, das Foto von Paolina als Pfand zu behalten, ließ mich daran zweifeln, dass sie einen Lieblingschauffeur gehabt hatte.
Ich fuhr zur Kilmarnock Street. Im Hauseingang klingelte ich bei Daly, G., Wohnung 3A. Keine Reaktion. Ich probierte es bei Daniels, E., 1C. Auch keine Reaktion. Da stand ich nun mit einem Schlüssel ohne Schloss.
Der Nieselregen, der in der Nacht eingesetzt hatte, machte Anstalten, sich zu einem ordentlichen Wolkenbruch auszuwachsen. Ich habe immer einen Regenmantel mit Kapuze im Auto; ein Regenschirm hätte ohnehin nicht viel genützt bei den kräftigen Windböen aus nordöstlicher Richtung.
Ich ging im strömenden Regen zu Fuß die Peterborough entlang bis zum Park Drive. Dort bog ich rechts ab, nahm den Weg des geringsten Widerstandes bei starkem Verkehr. Ecke Park und Boylston betrat ich eine Tankstelle. Nein, der haitianische Tankwart konnte sich nicht daran erinnern, dass in der vergangenen Woche eine ältere Dame bei ihm gewesen wäre. Daraufhin entschuldigte er sich hastig, um einen Anruf entgegenzunehmen, ein Mann, der offenbar nicht besonders neugierig war. Es waren auch keinerlei Schließfächer oder Spinde in Sicht.
Ich überquerte die Boylston Street, suchte ein Restaurant auf und plauderte vergeblich mit dem schwarz und weiß gekleideten Personal. In einer Bank ein Stück weiter auf der Brookline Avenue wollte man von dem Schlüssel nichts wissen. Der Inhaber und Küchenchef eines Thai-Restaurants erklärte, Mrs. Phipps sei keine Stammkundin gewesen. Der Schlüssel löste keine Regung des Wiedererkennens in seinem runden Gesicht aus. Ich trottete weiter, hielt bei

Waschsalons und Drugstores und fragte nach Valentine Phipps, woraufhin ich angelächelt und unverhohlen angestarrt oder mit gleichgültigem Schulterzucken bedacht wurde und einen frustrierenden Chor von Verneinungen erntete.

Von einem Münzfernsprecher aus rief ich erneut Gloria an, obwohl ich eigentlich noch keine Antwort von ihr erwarten durfte, nur um wieder einen Moment ins Trockene zu kommen und um ihre angenehme Stimme zu hören. Sie hatte bereits mit den Zentralen dreier Taxiunternehmen gesprochen. Ohne Erfolg.

Ich eilte weiter. Meine Schuhe waren spürbar durchnässt; ich bewegte die Zehen in den feuchten Socken und hatte Visionen von schwarz gefrorenen Zehen und Zehennägeln, die abfielen. Wasser aus dem Rinnstein klatschte in dickem Schwall an meinem rechten Bein hoch, als ich die Breite des Rinnsals unterschätzte und nicht weit genug sprang. Ein schnell fahrender VW-Bus pflügte durch eine Pfütze und bedachte meine linke Körperseite mit einem Sprühregen, so dass ich nun gleichmäßig nass war.

Während ich die Boylston Richtung Victory Gardens hinunterging, rechnete ich mir aus, dass meine Chancen, im Star Market das passende Schlüsselloch zu finden, verschwindend gering waren. Aber ich trat doch auf die Matte, die mir die Tür öffnete, nur um dem Sauwetter zu entgehen. Niemand schien Valentine Phipps zu kennen; niemand bot eifrig seine Hilfe an. Ab und zu habe ich das Bedürfnis, etwas Gesundes zu essen, um den Auswirkungen des Tütenfraßes entgegenzuwirken, und so erstand ich einen Becher Joghurt und bat um einen Plastiklöffel. Die Kassiererin bot mir einen kleinen Holzspachtel an, der mich an die Eisbecher meiner Kindheit erinnerte. Ich kaufte noch einen Apfel, dessen Krachen zwischen den Zähnen einen hübschen Kontrast zu dem Quietsch-Quatsch meiner Füße auf dem schlüpfrigen Trottoir bildete.

Ich stellte fest, dass es weder im Lebensmittelmarkt noch im angrenzenden Büromöbelgeschäft (das wegen der Discount-Preise der Möbelhausketten kurz vor der Pleite stand) Spinde für die Angestellten gab. Dann hatte ich einen Einfall und sprintete zur Ipswich Street hinüber, wo sich die Zentrale der Town Taxi Fleet befindet. Bei Green & White, für die ich Taxi zu fahren pflegte, hingen die Fahrer oft in einem Hinterzimmer herum, das voller Spinde stand. Bei Town waren die Schlösser an den Spindtüren samt und sonders Kombinationsschlösser, und niemand dort erinnerte sich an Valentine Phipps, nur dass ein Zigarre qualmender Fahrer sagte, die Beschreibung klänge ganz nach seiner Schwiegermutter.

Mein nächster tropfnasser, glorreicher Einfall war das Fenway-Park-Stadion. In den großen Räumen unter den Tribünen gab es bestimmt Spinde, in denen die Händler zwischen den Spielen ihre Waren einschlossen.

«Heute keine Autogrammstunde, Gnädigste.» Der mürrische Wächter hielt mich für einen aufdringlichen Fan, und weiter kam ich nicht.

Ich war so durch und durch nass, dass ich entzückt und erleichtert zugleich war, als ich mich Harrys Eisenwarengeschäft näherte und mir den Kaffee vorstellte, den er stets anbot. Den Gedanken an dessen schlechte Qualität schob ich ebenso beiseite wie meine Verärgerung darüber, dass Harry mich Peter Breeze gegenüber identifiziert und da-

durch als jemanden gebrandmarkt hatte, der toten Klienten Sicherungsvorkehrungen empfahl.
Ich ging mit neuem Schwung um die Ecke. Vielleicht wusste er etwas über den Schlüssel.
Oder besaß sogar das zugehörige Schloss.

Fünfunddreißig

Die Glocke bimmelte leise, als ich aus dem Regen hineinging. Ich schob die Kapuze meines Mantels zurück und stand tropfend am Eingang.
Die 9-Zoll-Geldkassette auf der Theke neben der altmodischen Registrierkasse wurde von hinten angestrahlt wie ein Heiliger mit Heiligenschein auf einem verblassten Wandgemälde. Wenn Harry nicht auf seinem Posten gewesen wäre, hätte ich sie mir geschnappt und wäre wie ein Dieb davongerannt.
Er hämmerte mit grimmigem Gesichtsausdruck, die Brille auf der Nasenspitze, in die Tasten der Kasse und gab Zahlen ein. Ich fragte mit erzwungener Sachlichkeit, wie es ihm gehe.
«Kaum Kunden bei diesem Sauwetter, deshalb rechne ich schon mal die Schließungskosten aus. Habe einen Dummkopf gefunden, der den ganzen Schrott kaufen will, ist das zu glauben? All diesen alten Plunder? Als Dekoration? Muss ein vollkommen vertrottelter Idiot sein, oder nicht?»
«Erinnern Sie sich noch an das letzte Mal, als ich hier war, Harry?»
Er blickte auf. «Ja, und?»
Jetzt war ich nicht mehr so sachlich-kühl. «Sie haben damals gar nicht erwähnt, dass Valentine Phipps kurz vorher bei Ihnen war.»

Er zuckte die Schultern.
«Warum nicht?», fragte ich eindringlich. «Sie war meine Klientin, und das hatte ich Ihnen auch erzählt. Für Breeze konnten Sie sich an alle Einzelheiten erinnern.»
«He, he, nichts für ungut, ja?»
Ich schwieg.
Die Tasten der Kasse klapperten unter seinen Fingern. «Okay, okay, es ist nur, weil ich dachte, sie würde Ihnen nicht trauen. So war sie nämlich – erst informiert sie sich über die Preise, und dann schickt sie Sie, um für sie einzukaufen. Knöpfen Sie ihr zwanzig Cent zu viel ab oder kaufen Sie das Teuerste, macht sie Ihnen eine Szene. Sie ließ sich nicht gern übers Ohr hauen, müssen Sie wissen. Darum hat sie sich auch so über die Mieterhöhungen aufgeregt.»
«Wann ist sie hergekommen?»
«Am Tag vor Ihnen. Spätnachmittags, glaube ich. Sie hat mit Ihnen über Sicherheitsvorkehrungen bei sich zu Hause gesprochen, stimmt's? Mit mir hat sie über Heimtresore gesprochen, hat mich gefragt, ob sie einen ausprobieren könnte, eine ordentliche Stahlkassette, was Feuerfestes.»
«Wie diese hier?» Ich schlug leicht mit der Hand darauf, bemerkte das Mosler-Emblem. Wenn es sein musste, würde ich sie kaufen. Einen feuerfesten Safe konnte ich weiß Gott gut gebrauchen.
«Sie bat mich, ihr hier auf der Theke ein paar vorzuführen. Ich schwör's bei Gott, sie hatte tatsächlich einen Hut auf mit einem kleinen Schleier dran, so was habe ich seit Jahren keine Frau mehr tragen sehen. Meine Frau besaß mal einen …»
«Bitte weiter im Text.»

«Ja, ja, ich habe also ein paar geholt, die sie sich ansehen konnte, aber nichts war ihr gut genug. Diese hier war ganz oben auf dem obersten Brett. Ich musste auf die Leiter steigen – hätte mir den Hals brechen können, und was dann? Während ich noch schnaufe und puste wie ein blöder alter Arsch, entschuldigen Sie das harte Wort, schließt sie die Kassette ab, zack-zack, und lässt den Schlüssel, meinen Schlüssel, in ihre große Handtasche fallen, ein Fass ohne Boden, diese Tasche, sage ich Ihnen, und sagt, sie möchte sehen, ob das Schloss wirklich funktioniert und ob ich nicht einen Zweitschlüssel dafür hätte.

Nun, ich hatte keinen Zweitschlüssel. Das ist nämlich eine gute Kassette, da passt nicht jeder Schlüssel, die sind von Modell zu Modell verschieden. Sie lacht ein bisschen, sagt, sie kann den Schlüssel im Augenblick nicht wieder finden, aber kaufen will sie das Ding auch nicht, jedenfalls nicht gleich. Ich bitte Sie! Sie soll gefälligst ihre Tasche hier auf die Theke entleeren, sage ich ihr. Aber sie meint, wozu die große Eile? Sie würde sich zu Hause entscheiden, fürs Erste sei sie müde, und sie wünsche auch nicht, dass ich in ihren Sachen herumwühle. Sie würde in ein, zwei Tagen wiederkommen. Hören Sie, was soll ein Mann da machen? Sich auf einen Boxkampf mit einer Dame einlassen, die ein kleines Hütchen mit Schleier trägt?»

Mein angehaltener Atem entwich zischend. «Schon gut, Harry, ich habe den Schlüssel mitgebracht.»

«Ist ja toll», polterte er los, «und ich dachte schon, ich müsste an den Hersteller schreiben.»

Beim ersten Versuch, den Schlüssel in das Schloss zu schieben, ließ ich ihn auf den Boden fallen.

«Lassen Sie mich mal», sagte Harry.

«Nein.»
Jetzt glitt der Schlüssel reibungslos hinein und ließ sich ohne die mindeste Anstrengung drehen. Der kleine Drücker gab ein Seufzen von sich, als die Kassette aufging.
Beim Anblick der beiden kleinen, verschlossenen Umschläge verengten sich Harrys Augen argwöhnisch. «He, ich habe nicht gesehen, dass sie etwas hineingetan hätte.»
«Alles okay, Harry.»
«Wirklich?»
«Ja.» Ich packte die Umschläge vorsichtig am Rand und nahm sie heraus. «Sie sehen ja auch nicht, dass ich etwas heraushole.»

Sechsunddreißig

«Meine geliebte Val.»
Das vergilbte Papier war so dünn wie ein Mottenflügel und mit geschwungenen krakeligen Schriftzügen in verblasster blauer Tinte bedeckt. Unter seine unleserliche Unterschrift hatte Bronson Garrard Hohen geschrieben: 5. November 1942. Laut Nachruf im *Record-American* war das zehn Tage vor seinem Tod. Und zwei Tage vor dem Raub.
«Nur keine Sorge, mein Kleines. Ich weiß, es sieht alles düster aus, aber du kannst darauf bauen, dass ich alles zum Besten für uns regeln werde.» Die Handschrift war schwer zu entziffern, jeder Buchstabe verkrampft und in die Länge gezogen.
«Ich verspreche dir, alles wieder gutzumachen, das schwöre ich. Was das Päckchen angeht, so stopfe es bitte in deinen Schrank hinter ein paar Kleider oder in eine Schublade unter deine Spitzennachthemden – und erwähne es niemandem gegenüber. Ich werde es in ein paar Wochen brauchen,

aber bis dahin möchte ich aufrichtig schwören können, dass ich keine Ahnung habe, wo es ist. (Du weißt ja, was für ein schlechter Lügner ich bin!) Glaube mir, wenn ich dir sage, dass diese schlimmen Zeiten bald für immer hinter uns liegen werden.
Wo willst du lieber hin, nach Paris oder nach London? Wenn alles vorbei ist und die ganzen dummen Geldangelegenheiten sich bloß als zeitweilige Verlegenheit erwiesen haben, werden wir zwischen einem Haus in der Provence und einer Wohnung in der Nähe von Harrods wählen. Bewahr dies für mich auf, geliebte Val, und lass kein Sterbenswörtchen davon über deine wunderbaren Lippen kommen.»
Meine Hände, die in den Plastikhandschuhen schwitzten, fühlten sich so feucht an, dass ich schon dachte, es sei Wasser von der vollgeregneten Windschutzscheibe heruntergelaufen. Ich saß auf dem Beifahrersitz unter der Deckenlampe und schaute mir die grell beleuchtete Vergangenheit an. Zwei Tage, bevor bei einem dubiosen Raub eine Kollektion italienischer Meister und Werke der damals noch schockierenden französischen Impressionisten aus seiner Galerie verschwanden, hatte Hohen der Ältere seiner Frau ein Päckchen zur geheimen Aufbewahrung gegeben. In meiner rechten Schläfe pulsierte es dröhnend und so regelmäßig wie das Ticken einer Uhr.
Hohen war plötzlich und unerwartet gestorben, ehe er sein Päckchen wieder zurückfordern konnte. Seine mittellose Witwe hätte bestimmt alles von Wert verkauft.
«Bewahr dies für mich auf, geliebte Val, und lass kein Sterbenswörtchen davon über deine wunderbaren Lippen kommen.»

Wie lange? Aus welchem Grund? Ich nagte an meiner Unterlippe, während ich den Brief noch einmal las und dabei jedes Wort so lange anstarrte, als würden die spinnwebartigen Buchstaben bei genauer Prüfung ihre tiefere Bedeutung preisgeben.

Der Regen klopfte auf die Windschutzscheibe. Die Scheinwerfer vorüberfahrender Autos versuchten die Düsternis zu durchdringen. Reifen zischten auf dem nassen Straßenbelag.

Ich hielt den zweiten Umschlag an die Deckenlampe. Äußerlich sah er wie der erste aus, ein gefütterter Umschlag in Scheckgröße. Er war jedoch steifer und schwerer.

Einen Augenblick lang, während ich auf den teilweise sichtbaren Inhalt blickte, dachte ich, es handle sich um mein verloren gegangenes Foto von Paolina. Es hatte die gleiche Größe und Form, und ich frohlockte schon, bis mir klar wurde, dass es nicht sein konnte. Das Timing passte nicht, war falsch. Valentine Phipps hatte Paolina den Kassettenschlüssel nur Sekunden, nachdem sie mir das Foto aus der Geldbörse entrissen hatte, gegeben.

Es gelang mir, das glänzende, scheckkartengroße Foto aus dem Umschlag zu ziehen. Meine behandschuhten Hände erschienen mir zu groß für diese Aufgabe, zu plump. Auf der Rückseite stand ein einziger Satz, mit Bleistift geschrieben. Er ergab für mich keinen Sinn. Ich drehte das Foto um.

Augen, die sich über der Mündung einer Waffe mit den meinen treffen, vergesse ich nie.

Teri Kileys graue Augen schauten mich kühl unter der vorschriftsmäßig blauen Mütze an. Teri Kileys Abschlussfoto von der Polizeihochschule … in einem Kassettentresor zusammen mit Bronson Hohens Brief.

Auf der Rückseite stand in krakeliger Schrift: «2. Oktober 1998. Teri z. Wert. überlassen.»
Anfang dieses Monats. Überlassen. Was überlassen? Teri zum Wert? Zu welchem Wert?
Ich las das Gekritzel laut. Als Valentine mein Foto von Paolina konfisziert hatte, musste sie das von Teri Kiley schon gehabt haben. Sie hatte sich Paolinas Foto geschnappt und es ein «Pfand» genannt, das sie behalten würde, bis ich die Schlösser angebracht hatte, die ich für ihr Geld kaufen sollte. War das Foto von der Kiley vielleicht ebenfalls ein «Pfand» im Tausch für ein Päckchen, das Bronson Hohen seiner jungen Braut einst überantwortet hatte, für «etwas von Wert», das sicher aufbewahrt werden sollte?
«Teri z. Wert. überlassen.» Zur Auswertung? Oder zur Wertschätzung? Valentine hatte Geldsorgen gehabt. Ihre Miete sollte demnächst sprunghaft ansteigen.
Im Prasseln des Regens meinte ich, den Widerhall von Flüsterstimmen zu hören: Peritti, der die Polizistin mit der sozialen Ader erwähnte, die immer an den Mieterversammlungen in Fenway teilnahm; Harry, der sich scherzhaft darüber geäußert hatte, wie gut er mit der neuen Polizistin klarkam.
Teri, die so schnell am Schauplatz von Valentines Tod eingetroffen war, die mich später unbedingt zur Durchsuchung der Wohnung begleiten wollte. Sie hatte das Pillengläschen unter dem Sofakissen gefunden.
Was hatte Teri z. Wert. bekommen?
Ich suchte nach Gründen, warum Valentine das Foto einer Polizistin verborgen hatte, nach unschuldigen Gründen, aus denen hervorging, dass Kiley nichts mit dem Tod der alten Dame zu tun hatte. Warum hielt eine Polizeibeamtin

die schlichte Tatsache geheim, dass sie die alte Frau gekannt hatte? Da stand «Teri überlassen» und nicht «Officer Kiley überlassen».

Ein Regentropfen rollte an der Windschutzscheibe herab und prallte vom untätigen Scheibenwischer wieder ab. Ich schloss die Augen. Rieb sie mir mit den Fäusten.

Ich könnte verdammt gut ein Handy im Auto gebrauchen.

Siebenunddreißig Ich brauchte drei Minuten für einen Sprint zur Tankstelle Ecke Park und Boylston. Sechs Versionen des Namens Frank Hennessee waren im Telefonbuch aufgeführt; nur einer davon auf der Westland Avenue. Ich borgte mir den Kugelschreiber eines Tankwarts und kritzelte mir die Nummer aufs Handgelenk.

«Hallo, mein Schatz, ich hatte gehofft, dass Sie mich anrufen.»

Ich vergewisserte mich, dass er genau wusste, wer ich war und warum ich das letzte Mal mit ihm gesprochen hatte, bevor ich loslegte. «Mr. Hennessee, Sie hatten doch das ganze Material über die Freitagsbrände im Kopf, Zahlen und alles. Warum eigentlich?»

«Weil ich ein verdammt schlauer Kerl bin, deshalb. Hat Sie meine Klugheit etwa nicht begeistert?»

«Also warum?», wiederholte ich.

Er zögerte so lange, dass ich schon fürchtete, er hätte aufgelegt. «Weil alles wieder frisch in meinem Kopf ist.»

«Hat Sie jemand darüber ausgefragt?»

«Ja.»

«Wer denn?»

«Hat keinen Namen angegeben.»

«Was sagen Sie da? Sie plaudern am Telefon drauflos und fragen nicht einmal, mit wem Sie sprechen?»

«Es war amtlich.» Er klang entrüstet. «Eine Anfrage der Bostoner Polizei.»

«Eine Frau», sagte ich.

«Eine Dame», korrigierte er mich. «Eine liebliche Stimme, und mit dem angemessenen Respekt.»

Als Polizistin in Fenway hatte Teri womöglich im Umkleideraum Gespräche über die Freitagsfeuer mitbekommen. Sie hatte alle Einzelheiten nachgeahmt, mein Haus in Brand gesteckt und Paolinas und mein Leben in Gefahr gebracht, nur um mich abzulenken, um mich auf die falsche Fährte, auf Tony Peritti anzusetzen.

Ich glaube, ich habe dem Mann gedankt. Ich weiß, dass ich auflegte und den Hörer anstarrte.

Mooney habe ich nicht angerufen.

Wenn der Wind nicht inzwischen auf sechzig Stundenkilometer angeschwollen wäre, hätte mein Regenmantel vielleicht ausgereicht. Während ich Richtung Kilmarnock Street eilte, flog mir immer wieder die Kapuze vom Kopf, sodass ein kühler Tropfenregen in meinen Nacken rann.

Daniels, E., reagierte immer noch nicht auf mein Klingeln, aber Gregor Daly, der Mann, der eine Etage tiefer einen Kampf mitbekommen haben wollte, war da.

Er war ein grämlicher Weißer Mitte fünfzig, schlürfte eifrig ein Bier der Marke Michelob und versicherte mir beflissen, er sei nicht irgendein Gimpel, dessen Zeugenaussage ein gewiefter Verteidiger nach Lust und Laune vollkommen verdrehen könnte. Er bat mich nicht herein, bis ich versprach, erst meinen Regenmantel auszuziehen und auf der Fußmatte liegen zu lassen. Das konnte ich ihm nicht verdenken.

Ich nahm das angebotene Bier an und wählte den Sitz am Küchentisch, wo der Heizkörper meine Beine warm anstrahlen konnte.

Ich begann mit der Nacht von Valentines Tod. Damit hatten vermutlich auch die Cops ihre Ermittlungen begonnen, und ich wollte auf jeden Fall seinen Erwartungen entsprechen.

«Hat der Wortwechsel Sie aus dem Schlaf geweckt?»

«Ich war gerade dabei, einzunicken», erwiderte er ruhig. «Ich hatte mir die Elf-Uhr-Nachrichten angeschaut und ein paar Innings von einem Baseballspiel. Habe mich ungefähr nach dem fünften oder sechsten Inning bettfertig gemacht.»

«Wer hat denn gespielt?»

«Die Yankees gegen die Angels.»

«Punktzahl?»

«Sieben zu zwei für die Yanks, als ich ausschaltete. Wells war am Wurf, aber sie schickten einen Ersatzmann rein, und da habe ich beschlossen, ins Bett zu gehen. Ich habe noch meinen Wecker gestellt, wie immer.»

Er war ein Wahnsinnszeuge, wenn er sich an solche Details erinnern konnte. Zuerst hätte er gedacht, der Streit sei im Fernsehen, erzählte er.

Erst als die Deckenlampe in seinem Schlafzimmer durch die Schritte oben gewackelt hätte, wäre ihm klar geworden, dass die aufgeregten Stimmen real waren.

«Konnten Sie mit Sicherheit hören, dass es Mrs. Phipps war?», fragte ich, als sei das die Kernfrage der Verteidigungsstrategie.

«Nein. Nicht sicher. Aber es waren zwei Stimmen, soviel kann ich sagen. Beides Frauen, das kann ich beschwören.»

Ich fragte, ob er irgendwelche Worte oder Sätze verstanden hätte.
«Nein. Ich meine nicht: Nein, ich habe nichts verstanden, sondern ich habe jemanden ‹nein› rufen gehört. Und dann fiel etwas Schweres auf den Boden.»
Das zerschmetterte Telefon.
Ich brachte das Gespräch vorsichtig auf frühere Zeiten und horchte ihn unter dem Vorwand, Gwens mutmaßliche Motive herausfinden zu wollen, nach weiter zurückliegenden Ereignissen aus. Wir plauderten miteinander wie lockere Kneipenbekanntschaften, bis er endlich eine attraktive Polizeibeamtin erwähnte, die ihm sechs Monate zuvor einen Besuch abgestattet und ihm wegen eines Einbruchsfalls in der Nachbarschaft geraten habe, besser auf seine Besitztümer zu achten. Ich sah mich vor, nicht auffällig zu reagieren.
«Bis dahin hatte ich immer die goldene Uhr meines Vaters in meiner Sockenschublade aufbewahrt», sagte er, «aber ich nahm mir ihren Rat zu Herzen und deponierte die Uhr in der Bank.»
Es war zu warm in der Küche. Erdrückend. Die Geschäftskarte in meiner Tasche war feucht geworden und dadurch an den Ecken gerollt, aber sie war echt, eine von meinen eigenen. Ich bat ihn, mich anzurufen, falls ihm noch etwas zu dem Streit einfiele.
«Rauschen», sagte er plötzlich, als er mich durch die Diele zur Tür begleitete.
«Was?»
Er zuckte die Schultern und wiederholte das Wort noch einmal. Dann erklärte er es genauer: «Als ich an dem Abend eben beim Einnicken war, meinte ich ein Knacken und Rauschen gehört zu haben.»

Der Regen strömte gleichmäßig herab, spritzte jedoch nicht mehr vom Pflaster hoch. Wieder am Münzfernsprecher angekommen, konnte ich Hennessees Nummer auf meinem Handgelenk noch immer lesen.
Selbstverständlich hätte er an dem bewussten Montagabend wie gewöhnlich den Polizei- und Rettungsfunk abgehört. Ich blieb dran, während er sein Logbuch holte.
Die Yankees bei den Angels. Ein Abendspiel an der Westküste fing um 19 Uhr an – nach Bostoner Zeit um 22 Uhr.
«Also dann», sagte ich zu Hennessee, «gegen Mitternacht.»
Er las mir die Einträge ab elf Uhr vor, aber nach der Null-fünf-zehn aus Bezirk vier hörte ich nicht mehr zu.
Bezirk vier ist Fenway. Null-fünf-zehn ist der Code im Polizeifunk für gewaltsames Eindringen in ein Büro- oder Geschäftsgebäude. Höchste Priorität. Eine Dienst tuende Beamtin muss dann sofort reagieren – schnellstens, denn sonst muss sie auf dem Revier ein paar unangenehme Fragen beantworten.
Ich hatte Teri vor Augen, wie sie auf der Tastatur ihres PCs herumhämmerte und erklärte, sie hätte noch den Papierkram aus einem Einbruchsfall zu erledigen, und sah wieder die Ausgabe von *Kunst und Antiquitäten* einsam auf einem Brett in ihrem kahlen Abteil liegen.
Gregor Daly hatte wirklich Knacken und Rauschen gehört, das Rauschen ihres Funksprechgeräts. Da sie auf den Ruf reagieren musste, hatte sie keine Zeit mehr gehabt, Valentines Wohnung aufzuräumen und dafür zu sorgen, dass ihr Tod wie ein Selbstmord aussah. Und bevor sie noch einmal zur Kilmarnock Street gekommen war, hatte ich die Leiche entdeckt.

Achtunddreißig Derselbe hagere Tankwart, der mir schon den Kugelschreiber geliehen hatte, wechselte jetzt meinen feuchten Dollarschein in vier Quarter um, wobei er ostentativ das Schild GELDWECHSEL STRENG UNTERSAGT über der Kasse ignorierte, obwohl das Wort STRENG rot unterstrichen war. Vielleicht hatte er Angst, ich würde mit einem Überfall reagieren, falls er sich weigerte. Von einer rothaarigen Amazone, die mitten im sintflutartigen Regen ein ungeschütztes Münztelefon für sich gepachtet hatte, konnte man wohl nur völlig irrationale Verhaltensweisen erwarten.

Meine Schuhe waren ruiniert, und meine Kleidung war vollkommen durchweicht. Ich watschelte wieder zum Telefon und hinterließ eine dringende Nachricht für Henry Fine: kein Schuldbekenntnis, keine Absprachen.

Ich hätte Mooney anrufen sollen. Ich weiß. Stattdessen schüttelte ich den Regen aus meiner Kapuze und wählte die Nummer von Roz, um mir von den finanziellen Verhältnissen des Musikmagnaten Bronson Hohen berichten zu lassen. Dann stieg ich ins Auto und fuhr durch windgepeitschte Regenströme schnell in die Innenstadt. Ich parkte am Fuß des Beacon Hill auf einem Platz, der Regierungsangestellten vorbehalten war, und lief noch einen halben Block zu Fuß. Als Hohens Sekretärin meiner ansichtig wurde, warf sie einen Blick auf meine durchweichten Jeans und meine pudelnassen Haare und hob abwehrend die Hand. Ich übersah sie einfach und marschierte den Flur entlang.

Hohen konzentrierte sich gerade auf einen weißen Golfball. Als ich eintrat, packte er den Schläger fest am Griff und versenkte den Ball im Loch.

Ich sagte: «Sie sind mir gegenüber nicht sehr offen gewesen.»
Er legte sich noch einen Ball zurecht.
«Sie haben nicht einmal auf meine Anrufe reagiert», stichelte ich.
«Schon gut, Yale, ich komme allein zurecht.» Bei seinem scharfen Ton blieb die Sekretärin wie angewurzelt in der Tür stehen. Sie zog sich rasch zurück. «Ich weiß nicht recht, wovon Sie reden, Miss Carlyle.»
Während er seine Sekretärin wegscheuchte, hatte ich den Brief seines Großvaters aus meinem Rucksack genommen. Jetzt hielt ich ihn in seinem durchsichtigen Plastikbeutel hoch.
«Ich glaube, ich weiß, wo», sagte ich, «und da Sie wissen, *was*, wäre es doch eigentlich an der Zeit, dass wir zusammenarbeiten, finden Sie nicht?»
«Sprechen Sie weiter.» Er veränderte seine Schlaghaltung.
«Als Sie mich angestellt haben, äußerten Sie Interesse an der Korrespondenz Ihres Vorfahren.»
«Ja. Das stimmt.»
«Sie sagten ferner, Ihr Interesse an Valentine Phipps sei bei einem Zeitungsartikel erwacht.»
«Haben Sie etwas gefunden?»
«Weshalb sind Sie eigentlich auf Valentine Phipps aufmerksam geworden?»
Er lehnte den Golfschläger sorgsam gegen die Wand. «Wenn ich Ihnen nun sage, dass ein Mann ihren Namen erwähnt hat?»
«Wer?»
Als Hohen mir keine Antwort gab, zog ich den Reißverschluss meines Rucksacks auf und schob die Plastiktüte samt Brief wieder hinein. Ich spürte, wie mir Regentropfen

aus meinem Haar den Rücken hinabliefen, so nass war ich.
«Was immer die Polizei findet», sagte Hohen mit großer Bestimmtheit, «wird bei mir landen. Das Testament ist ungültig. Unzulässige Beeinflussung. Das sieht ein Blinder.»
«Möglich.» Ich dehnte das Wort. «Irgendwann. *Falls* etwas gefunden wird. Zur gegebenen Zeit. Doch dann wird Hohen Music bereits von einem größeren Konzern geschluckt worden sein, und Sie sitzen auf der Straße.»
«Nicht unbedingt.»
«Ein Übernahmeversuch ...»
«Ein Versuch, mehr ist es im Augenblick nicht. Es ist wahr, wenn ich das Geld nicht bräuchte ...»
«... hätten Sie mich nicht angerufen. Sie hätten einfach abgewartet.»
«Vielleicht.»
«Erzählen Sie mir von dem Mann, der Valentine erwähnt hat.»
«Erzählen *Sie* mir, was Sie gefunden haben.»
Wir versuchten erst einmal fünf Sekunden lang, uns gegenseitig in Grund und Boden zu starren. Er sah erschöpft aus. Das Netz feiner Runzeln um seine hellen Augen hatte sich ausgebreitet und war dunkler geworden. Als er in den Sessel hinter seinem Exotenholzschreibtisch sank, fasste ich das als Kapitulation und Einladung auf, mich ebenfalls zu setzen. Ich hoffte nur, dass der Besuchersessel wasserfest war.
«Vor acht Monaten», sagte er, «meldete sich ein elegant gekleideter Mann mit Akzent zu einem Termin bei mir an. Er wollte wissen, ob ich ein Nachkomme von Bronson Hohen, dem Kunstkenner und -sammler, sei. Ich nahm an, dass er ein paar diesbezügliche Reminiszenzen mit mir teilen wollte, um schließlich zum Kern der Sache vorzudrin-

gen und mir zu eröffnen, sein Vater kenne meinen Großpapa von Groton her – und sein Sohn spiele in einer Rockband. Sie glauben gar nicht, wie viel längst vergessene Bekannte und entfernte Verwandte mich aufsuchen und mir Demo-Tapes aufschwatzen.»

«Sein Sohn machte gar keine Musik?»

«Er war der Ansicht, ich hätte etwas, das eigentlich ihm gehörte. Er war streitsüchtig und wurde aggressiv. Ich hätte beinahe geklingelt und ihn hinauswerfen lassen. Damals saß noch ein Mann am Empfang; Yale hat erst später angefangen. Ich fragte, was ich denn haben sollte, das ihm gehörte. Er erwiderte, es handle sich eigentlich nicht um einen persönlichen Besitz. Vielmehr habe sich mein Großvater etwas geliehen beziehungsweise sei ihm etwas überlassen worden – was von beidem, wurde nicht ganz klar –, was er nicht zurückerstattet habe. Ich sagte, was immer es sei, sei ein für alle Mal weg, da mein Großvater alles verloren habe. Es gäbe kein Erbe. Punktum. So sähe es aus. Auf Wiedersehen. Da fragte mich der Mann, ob ich mit Valentine in Verbindung stehe.»

«Sonst nichts?»

Als Hohen schwieg, zog ich mir den Regenmantel vom Leib und hängte ihn über die Sessellehne. «Warum haben Sie ihm gesagt, es hätte kein Erbe gegeben?»

«Es gab nichts zu vererben.»

«Wieso nicht? Alle Gemälde Ihres Großvaters wurden nach dem Raub wieder aufgefunden.»

Hohen holte zischend Luft. «Möchten Sie Kaffee?», fragte er. Allein schon der Gedanke an etwas Heißes wirkte belebend. Er betätigte die Sprechanlage – Kaffee, zwei Tassen – und ließ den Intercom-Knopf wieder los. Dann wählte er in al-

ler Ruhe eine Flexi-Spirale aus dem Spielzeugarrangement auf der einen Schreibtischecke und ließ sie von Hand zu Hand schnappen, als würde er sie wiegen. «Sie wissen also von dem Raub.»
«Er war in den Zeitungen.»
«Meine Mutter wollte danach ihren Namen ändern. Sie ist fast gestorben vor Scham.»
«Weswegen hat sie sich denn geschämt?»
Er legte das Spielzeug wieder weg und fing an, einen Siegelring an seiner rechten Hand zu drehen. Stille.
«Hören Sie», sagte ich, «ich habe eine Anfrage bei der Polizei von Milton laufen. Es dauert vielleicht etwas länger, wenn Sie mir nichts erzählen, aber glauben Sie mir, ich finde es heraus.»
Er faltete die Hände. Seine Knöchel wurden weiß.
«Sie können auf meine Diskretion bauen», sagte ich.
Die Sekretärin klopfte an. Wir hörten, wie ihre hohen Absätze über den Boden klapperten und Löffel auf Porzellan klirrten. Ich hielt meine Tasse mit beiden Händen, ohne den Henkel zu benutzen, und wärmte meine kalten Finger. Hohen wartete, bis sie die Tür hinter sich geschlossen hatte. «Mein Großvater schuldete allen Leuten Geld. Er hatte erst kurz zuvor eine Versicherung mit hoher Deckungssumme für die Kunstwerke abgeschlossen. Die Untersuchungsbeamten waren von Anfang an skeptisch.»
In seinem Brief an Valentine hatte er zugegeben, dass er schlecht lügen konnte.
«Wenn er nicht gestorben wäre, hätte er wahrscheinlich den Rest seines Lebens hinter Gittern verbracht. Die Ärzte fanden nämlich einen Schlüssel in seiner Tasche, und dieser Schlüssel passte zum Schloss eines Lagerraums, der an-

gefüllt war mit den ‹gestohlenen› Kunstwerken. Es war nicht klar, ob er den Diebstahl allein oder mit Komplizen zusammen geplant hatte. Valentine geriet natürlich auch unter Verdacht.»

Ich schlürfte Kaffee und genoss erst für eine Weile die Wärme im Mund, ehe ich schluckte. Natürlich. Die Familie hatte sie gehasst – den Eindringling, die jugendliche Braut. Sie hatten der Polizei gegenüber bestimmt keinen Hehl aus ihrem Verdacht gemacht.

«Mein Großvater hatte die Kunstwerke überbewertet und überversichert. Die wieder aufgefundenen Stücke wurden versteigert, erzielten jedoch nur niedrige Preise. Es kam nicht genug dabei heraus, um die Schulden zu begleichen.»

Wenn Valentine das, was ihr Mann ihr anvertraut hatte, aus seinem Versteck geholt hätte, ob die Familie oder die Polizei dann noch an ihre Unschuld geglaubt hätten?

«Ich würde es begrüßen, wenn die Verfehlung meines Großvaters ein Familiengeheimnis bleiben könnte.» Hohens Stirnrunzeln grub neue Linien in die Augenwinkel.

«Erzählen Sie mir mehr über Ihren Besucher.»

Er schüttelte den Kopf. «Jetzt sind Sie dran. Was ist in der Plastiktüte?»

Ich hätte wahrscheinlich wieder meine Gummihandschuhe anziehen sollen, tat es aber nicht. Der Regen schlug in rhythmischen Wellen an die Bürofenster, während ich Hohen den Brief vorlas.

«Mein Gott», flüsterte er, als ich fertig war, während sein dampfender Kaffee unangerührt vor ihm stand.

«Sie wissen, wovon die Rede ist. Oder nicht?»

Er hob die Tasse hoch und stellte sie wieder auf die Untertasse, ohne einen Schluck zu trinken. «O mein Gott.»

«Warum sollte Ihr Großvater irgendein Stück gesondert aufbewahren?»
«Von wann ist der Brief?»
«Vom 8. November 1942.»
«Angenommen, er hatte kurz zuvor etwas erhalten, angenommen, er bewahrte es für jemand anders auf ...»
Ich sagte: «Genau. Es war nicht versichert. Entweder hatte er keine Zeit, es zu versichern, oder es gehörte ihm gar nicht, so dass er es nicht versichern und dann stehlen konnte ...»
«Werden Sie mir helfen, es zurückzubekommen?»
«Wenn ich nicht weiß, was es ist, kann ich Ihnen leider nicht helfen.»
Er schob seinen Sessel zurück, erhob sich, ging ans Fenster und fingerte an den Jalousien herum. Der Himmel war grau; es war kein Sonnenlicht da, das er hätte aussperren oder einlassen können. Ich schlürfte meinen Kaffee und wartete ab, wie er sich entscheiden würde.
Als er wieder zu sprechen anfing, kehrte er mir den Rücken zu. «Mein Großvater hatte viele Freunde unter den europäischen Kunsthändlern.»
Bronson Hohen der Ältere hatte Ausstellungen für das Bostoner Kunstmuseum organisiert. Das hatte ich aus seinem Nachruf erfahren.
«1940, als Frankreich an die Deutschen fiel, war Paris der Mittelpunkt des internationalen Kunstmarktes. Dort lebten alle bedeutenden Kunsthändler. Viele von ihnen waren auch bedeutende Sammler.»
Hohen spähte zu mir herüber, und ich nickte mit dem Kopf, um zu zeigen, dass ich ganz bei der Sache war.
«Besonders nahe stand mein Großvater einem Mann namens Etienne Rosenblum. Rosenblum gehörte wie die Da-

vid-Weills, die Rothschilds, die Schlosse und die Kanns zu einem Kreis jüdischer Kunstsammler. Sie alle wussten, dass schwere Zeiten bevorstanden, aber keiner hatte geahnt, wie schlimm es werden würde. Manche brachten ihre Schätze aufs Land, zum Château der Familie, verpackten sie in Kisten und lagerten sie dort im Keller.»

Ich trank Kaffee, ohne ihn zu schmecken, dachte, dass Gwen ihre Freude an dieser Geschichte gehabt hätte. Ich fragte mich, ob Valentine sie vielleicht auch mit dieser Geschichte so fasziniert hatte, dass sie das Staubsaugen unterbrach. Falls Valentine die Geschichte überhaupt gekannt hatte.

«Etienne Rosenblum korrespondierte regelmäßig mit meinem Großvater. Ich habe seine Briefe nach dem Besuch des Mannes noch einmal durchgesehen.»

«Hieß der Mann Rosenblum?»

Hohen antwortete nicht; er starrte in den Regen hinaus.

«Weiter bitte», drängte ich.

«Die Rothschilds besaßen eine sagenhafte Judaica-Sammlung, die die Nazis vernichteten – oder, was wahrscheinlicher ist, nach Polen bringen wollten. Dort sollte sie einem Museum überantwortet werden, in dem Hitler die letzten Spuren des ausgelöschten jüdischen Volkes auszustellen gedachte. Die Rothschilds haben die Sammlung in einem Lagerraum versteckt, den Eingang zugemauert, einen Gobelin darüber gehängt und alles wieder so hergerichtet, dass es aussah, als hätte der Wandteppich schon immer dort gehangen. Im Château der Rothschilds einquartierte deutsche Soldaten entdeckten den Lagerraum nicht; das Personal setzte seinen Stolz darein, ihn geheim zu halten.»

«Stand das in den Briefen von Rosenblum?»
«Rosenblum hatte geplant, seine Judaica den Rothschilds zu schicken. Als er hörte, dass der Lagerraum schon versiegelt war, geriet er in Panik. In einem seiner letzten Briefe an meinen Großvater schrieb er, er hätte noch die Möglichkeit, durch einen Freund der Familie etwas mit Diplomatenpost zu schicken, um wenigstens einen Gegenstand sicher nach Amerika zu befördern.»
«Ja?»
«Ich kann nur vermuten, dass er es meinem Großvater sandte.»
«Um es bis Kriegsende für ihn aufzubewahren.»
«Der Krieg endete für ihn in Auschwitz.»
Bei diesem Horrorwort meiner Kindheit wäre ich beinahe zusammengezuckt. Meine Mutter erzählte, dass meine Großmutter dieses Wort immer im Schlaf vor sich hin gemurmelt hatte, um dann schweißgebadet und angstgepeinigt aufzuwachen und tagelang verzweifelt zu sein.
«Was war es denn?» Ich sprach leise. Das gleichmäßige Prasseln des Regens war in ein leises, hypnotisierendes Murmeln übergegangen.
«Darüber steht nichts in den Briefen, die den Krieg überdauert haben. Ich habe die einschlägigen Archive, Listen, Bücher und Kataloge durchforstet. Das französische Außenministerium bringt Kataloge der gestohlenen Kunstwerke heraus, der Werke, die entweder nie aufgefunden oder nie von den Eigentümern zurückverlangt wurden. Die Rosenblums besaßen einen besonders schönen antiken Kaddischpokal. Davon gibt es ein Foto in ...»
«Was besaßen sie sonst noch?»
«Eine Sammlung von Gebetsschals.»

«Vielleicht auch ein Buch?», bemerkte ich.
«Ein Buch?» Er kam zurück, kniete sich hin, zog die unterste linke Schublade seines Schreibtischs auf und holte ein Notizbuch aus lauter losen Blättern und einen Stapel Kopien heraus, die zusammengeheftet und mit verschiedenfarbigen Klebezetteln versehen waren. Manche Blätter waren an den Ecken umgeknickt, um Unterteilungen im Stapel zu markieren. Er machte auf seiner Schreibtischauflage Platz für die Papiere.
«Ein besonders schönes Buch.» Mein Haar begann allmählich zu trocknen. Mein nasses Hemd klebte mir unangenehm am Rücken.
«Hier.» Er blätterte aufgeregt durch den Stapel. «Ja, hier. Hier ist es. Kein Bild. Es sind keine Reproduktionen davon erhalten. Hier: ‹Die Farben sollen so klar und leuchtend wie Glas sein, und das Hebräisch ist mit einer so feinen Feder geschrieben, dass die Kalligraphie wie ein Spitzengewebe aussieht.›»
«Kalligraphie?»
Er las weiter: «‹Dem Geschmack der Zeit entsprechend wurde das Werk nach dem Schreiber benannt, von dem es stammt – demselben berühmten Kopisten, der auch den Pentateuch geschaffen hat, der gerade im Britischen Museum ausgestellt wird. Es wird die Haggada der Haggadas genannt, ebenso wie Elieser der König der Kopisten genannt wird.›»
«Wie groß mag es sein?», fragte ich. «In welchem Format?»
«Haben Sie schon mal illuminierte Schriften gesehen?»
«Die Werke der mittelalterlichen Mönche? Es gab keine jüdischen Mönche.»

«Ja, das stimmt, aber es gab reiche Juden sowie jüdische Künstler und Kopisten. Jeder, der im mittelalterlichen christlichen Europa etwas darstellte, besaß zum Beispiel ein Stundenbuch. Ein Stundenbuch konnte Unsummen kosten, unter Umständen soviel wie ein Haus. Es war ein Statussymbol. Was konnten reiche Juden haben, das damit vergleichbar gewesen wäre, was konnten sie erwerben, um einander zu beeindrucken? Die Tora ist ein Tempelbuch; man besitzt keine eigene Tora. Aber man hat seine eigene Haggada. Wissen Sie, was das ist?»

Freiheitsgeschichten, hatte Gwen gesagt. *Und Geschichten von den Juden, als sie aus Ägypten auszogen.* Die Haggada ist eine Sammlung von Liturgien und Gebeten, die beim Passahfest Verwendung finden.

«Lassen Sie sich nicht von meinem roten Haar täuschen», sagte ich. «Ich weiß es.»

Meine Großmutter benutzte die Haggadas, die es als Gratisdreingaben zum Maxwell-Kaffee gab. Meine Mutter und ihre Genossen schrieben ein eigenes sozialistisches Passahmanifest, in dem das Wort *Gott* kaum vorkam.

Hohen blätterte immer noch durch seine Aufzeichnungen, ein verkniffenes Lächeln auf dem Gesicht. Ich holte tief Luft. «Sagen wir mal, wir redeten über Geld.»

«Für die Elieser-Haggada?» Sein Lächeln wurde breiter. «Viele, viele Nullen.»

«Aber Ihnen würde sie gar nicht gehören, oder? Wenn sie Ihrem Großvater nur zur Aufbewahrung anvertraut wurde.»

«Wem dann?» Er breitete mit großer Geste die Arme aus. «Die Familie Rosenblum ist ausgelöscht worden. Wer hätte mehr Anspruch darauf?»

Wem gehört denn eigentlich etwas? Demjenigen, der sich dar-

um gekümmert hat? Der dafür gelitten hat? Es geliebt hat? Wem sollte es gehören? Valentines Worte kamen mir mit solcher Klarheit wieder in den Sinn, dass es fast war, als hörte ich ihre Stimme. Ich hatte seinerzeit angenommen, dass sie von ihrer Wohnung sprach, dass sie Arbeit und Liebe daran gewandt hatte und Peritti, den Besitzer, hasste.

«Ich sage ja nicht, dass sie nicht irgendwann an ein Museum gehen sollte», fuhr Hohen fort. «Aber allein schon ein Finderlohn oder Agentenhonorar auf die Summe, die bei einer Auktion erzielt werden könnte, würde Sie in Erstaunen versetzen.»

«Bei einer Auktion», wiederholte ich. «Wenn Sie sie also besäßen, diese Haggada, wäre das die Art und Weise, sie zu verkaufen?»

«Es gäbe verschiedene Wege.»

«Gehe ich recht in der Annahme, dass Sie den einen Weg wählen würden, wenn Ihr legales Anrecht gesichert wäre, und einen anderen Weg, wenn es nicht so wäre?»

«Allerdings. Sagen wir, Sie fänden eine Haggada und gleichzeitig eine Verkaufsurkunde, ein Blatt Papier, auf dem schwarz auf weiß stände, dass mein Großvater dieses Werk rechtmäßig von Rosenblum gekauft oder durch einen Tausch erworben hätte, dann ...»

«Was?»

«Mit einem ordentlichen Herkunftsnachweis, der die Reihe der Vorbesitzer klarstellt, könnte ich mit den großen Auktionshäusern verhandeln – mit Christie's und Sotheby's. Einmal angenommen, sie käme in Sotheby's Antiquitätenauktion im Herbst. Da würden große Institutionen – etwa die Morgan-Stiftung oder das Britische Museum – mitbieten. Versteigerungen bringen das Blut in Wallung.

Für ein seltenes Stück werden auf einer Auktion völlig irrationale Preise geboten. Die Chance, einen Höchstpreis zu erzielen, wird durch eine gut angekündigte Auktion immens gesteigert.»

«Und ohne Verkaufsurkunde, ohne Herkunftsnachweis?»

«Ich glaube kaum, dass die großen Auktionshäuser ihr Interesse verlieren würden, aber ich würde mich in dem Fall lieber nach einem privaten Käufer umsehen.»

«Warum das?»

«Je mehr öffentlicher Wirbel um das Werk entsteht, umso größer ist die Chance, es gar nicht mehr verkaufen zu können. Es könnte zum Beispiel irgendwo auf dieser Welt noch ein Großneffe der Rosenblums leben, nicht wahr? Sie kennen doch die Zeitungsberichte. In New York sind zwei Gemälde von Egon Schiele im Zuge einer groß angelegten gerichtlichen Untersuchung der umstrittenen Eigentumsverhältnisse als Beweismaterial beschlagnahmt worden. Es gibt eine Gruppe, die sich dazu bekennt, Kunstwerke zu stehlen, die, wie sie behauptet, während des Holocaust den Juden geraubt wurden.»

Die Jewish Reclamation League. Titelgeschichte an dem Tag, als Gwen mich als «Sicherheitsberaterin» anwarb.

«Sie wissen, wo es ist, stimmt's?», sagte Hohen. «Gibt es einen Kaufvertrag dazu? Haben Sie das Werk? Können Sie es herschaffen?»

«Es ist gestohlen worden», sagte ich.

«Und weiß der Dieb, was er da hat? Hat er überhaupt eine Ahnung davon?»

«Ja. Ich glaube, der Betreffende hat es anfangs nur bekommen, um es schätzen zu lassen, jemand, dem zu trauen Valentine allen Grund hatte ...»

«Und sobald der Wert bekannt war, hat der Dieb beschlossen, es zu behalten? Ach so – dafür hätte ich sogar Verständnis, ein bisschen zumindest.»
«Hätten Sie auch Verständnis für einen Mord, nur um es nicht zurückgeben zu müssen?»
«Nein. Hätte ich nicht», sagte er leise. «Nein, aber mein Gott, es muss eine Versuchung gewesen sein.»
Cops kämpfen unentwegt gegen Versuchungen an, hätte ich gern gerufen. Das Geld liegt auf der Straße, Geld vom Drogenhandel und vom Glücksspiel, kleine Beträge und große Summen, schmutziges Geld und noch schmutzigeres Geld. Aber hier, hier ging es um einen unermesslichen Wert, dem nur eine einsame alte Dame im Weg stand.
«Ich möchte Ihnen einen Auftrag erteilen», sagte Hohen. «Beschaffen Sie es wieder.»
«Ich weiß nicht, ob ich das kann.»
«Sie sind doch hinter dem Dieb her, oder nicht? Ich bezahle Sie dafür, meine Interessen wahrzunehmen.»
«Mr. Hohen, wer war der Mann, der wegen Valentine an Sie herangetreten ist? War er mit den Rosenblums verwandt?»
Sein Blick schweifte zum Fenster. Der Wind trieb den Regen schräg gegen die Scheibe.
Ich sagte: «Wenn ich Ihnen helfen soll, muss ich das wissen.»
Er öffnete die oberste Schreibtischschublade. «Er hat das hier zurückgelassen. Er bat mich, ihn anzurufen, falls ich mich an irgendetwas erinnern oder etwas finden sollte. Ich weiß nicht, warum ich es aufgehoben habe. Ich war sehr beschäftigt. Ich habe nichts unternommen. Später wurde ich neugierig.»

Die Geschäftskarte von Reinhardt Levesky Klaus war mattweiß mit Prägedruck. Eine New Yorker Adresse in der Upper West Side.
«Das ist nicht sein richtiger Name», sagte Hohen, als ich aufblickte.
«Woher wissen Sie das?»
«Unter der angegebenen Adresse wohnt niemand dieses Namens, kein Reinhardt Levesky Klaus, weder in New York noch in Boston.»
Während er sprach, nahm er ein Scheckheft aus der gleichen Schublade. Er schrieb schwungvoll, entschlossen und ohne mich zu fragen, wie viel.
«Ich nehme an, Sie haben auch die Telefonnummer ausprobiert», sagte ich.
Er reichte mir das kleine Blatt Papier. «Ja», sagte er. «Sie gehört der Jewish Defense League.»

Neununddreißig Im weniger beschädigten Teil des Hauses war die Haupterinnerung an das Feuer der immer noch vorherrschende, aber schwächer werdende Gestank. Nachdem ich mich in trockene Kleider gezwängt hatte, richtete ich mir im Schlafzimmer ein provisorisches Büro ein und rief Roz, als ich ihre Pfennigabsätze auf der Treppe klappern hörte.
Beim Anblick ihrer kohlschwarz umränderten Augen musste ich an einen Footballspieler denken, den die Nachmittagssonne blendet. Ihr langer Rock war durchsichtig; weniger bedeutende Sterbliche hätten Strumpfhosen darunter getragen.
«Bist du heute Abend abkömmlich?» Ich saß mit gekreuz-

ten Beinen auf dem Fußboden und balancierte ein Notizbuch auf meinem Schoß. Um meinen Kopf hatte ich ein Handtuch gewunden.
Sie schob die Unterlippe vor. «Schon möglich.»
«Ich brauche eine Zeugin mit Kamera. Von den Aufnahmen will ich bis morgen früh Abzüge haben.»
Roz hat mir schon öfters den Rücken freigehalten. Sie ersetzt zwar kein Überfallkommando, verbindet jedoch gute Instinkte mit Karate und ist ein absoluter Fotofreak. Ich zögerte, ehe ich das heikle Thema «Lover» anschnitt, aber diesmal schien sie nichts dagegen zu haben.
Soweit sie wüsste, spräche er kein Spanisch. Er besitze einen Waffenschein.
«Hast du eine Ahnung, warum er mitten in der Nacht unten war und das Feuer bekämpft hat?», fragte ich.
«Ich nehme mal an, er hat den Rauchmelder gehört. Du solltest ihm dankbar sein.»
«Bin ich ja auch. Bist du mit ihm zusammen gewesen, als er ihn gehört hat?»
«Ich bin aufgewacht, als er schon weg war.»
«Die meisten Leute, die ich kenne, rufen Hilfe – wählen die Neunhundertelf, wenn sie den Feueralarm hören.»
Sie zuckte die Schultern. «Hör mal, du brauchst dir keine Sorgen zu machen, ich habe ihn schon abgehängt. Zu ernst, zu uncool, obgleich er ein paar Nächte lang ganz lustig war, steinhart in zwei Sekunden …»
«Roz!» Ich hob abwehrend die Hand, um weiteren Enthüllungen vorzubeugen.
«Wann soll ich denn heute Abend antreten?»
Ich sah auf meine Armbanduhr. 17 Uhr 15. «Bring erst Paolina zu Gloria; ich habe mit Gloria abgesprochen, dass sie

die Nacht dort verbringen kann. Wann kannst du wieder hier sein?»
«Mitten in der Hauptverkehrszeit? In vierzig Minuten.»
«Sobald du wieder da bist, sprechen wir die Kameraeinstellungen durch. Rechne damit, dass es die ganze Nacht dauert.»
Sie machte eine Hundertachtzig-Grad-Wendung und verschwand. Zur Hölle mit den Strumpfhosen, ich war nicht einmal sicher, ob sie überhaupt Unterwäsche trug.
Ich musterte das Telefon und ließ die Finger prüfend über die Tasten gleiten. Das Gerät in meinem Schlafzimmer war wieder betriebsbereit. Ich musste nur den Hörer abnehmen, um das Amtszeichen zu hören.
Ich stand auf, wobei mein Notizbuch auf den Boden fiel, und untersuchte ruhelos die verkohlten Stellen auf dem Fensterbrett. Das Fliegengitter, das Roz in der Brandnacht entfernt hatte, lehnte nutzlos an der Wand. Hatte ich noch Zeit, es einzusetzen?
Und hatte ich genügend Beweise, um meinen Fall Mooney zu unterbreiten? Vielleicht. Wenn es sich bei der Verdächtigen nicht gerade um Teri gehandelt hätte.
Das Bettzeug auf meinem Bett sah noch genauso zerwühlt aus wie Freitagnacht, als ich hochschreckte, und der Saum des Decklakens hing auf die Erde. Wo mochten sie miteinander geschlafen haben? Bestimmt nicht bei Moon, nicht bei dem streitsüchtigen alten Drachen von Mutter, die immer im Haus herumschlich. In einem Hotelzimmer? In Teris Wohnung? Wenn ich ihm meine Befürchtungen mitteilte, wäre er überhaupt in der Lage, die Ermittlungen zu führen? Könnte er in der Nacht zu ihr gehen und dabei sein Geheimnis hüten?

Ich packte den Hörer, schluckte und wählte.
Vielleicht erreiche ich sie nicht, sagte ich mir. Vielleicht muss ich bis morgen warten, umplanen. Um 17 Uhr 15 ist normalerweise Schichtwechsel oder Feierabend, die Leute kommen und gehen, folgen dem Tageslauf.
Ihr Vorgesetzter war bereit, mich durchzustellen. Ich wusste, dass in diesem Fall das Gespräch aufgezeichnet wurde. Dagegen war nichts einzuwenden; ich wollte sogar, dass es auf Band aufgenommen wurde.
«Hallo, tut mir Leid, Sie im Dienst zu stören.» Ich sprach vollkommen locker und entspannt. Dabei zerdrückte meine Hand beinahe das Telefon.
«Was gibt's?» Teri Kiley klang so nah, als sei sie im Nebenzimmer.
«Ich habe heute mit Gregor Daly gesprochen.»
«Dem Zeugen, richtig? Kilmarnock Street.»
«Dachte, ich sollte Ihnen einen Tipp geben: Sie werden mehr brauchen als Daly. Wenn er Ihr Hauptzeuge ist, dann haben Sie schlechte Karten.»
«Wir nehmen, was wir kriegen können, das wissen Sie doch.» Sie hörte sich wirklich lieblich an am Telefon, genau wie Frank Hennessee gesagt hatte.
«Haben Sie sonst noch etwas, das den Verdacht erhärtet?», fragte ich.
«Mrs. Daniels im Erdgeschoss.»
«Na, dann hoffe ich nur, dass sie keine Rassistin ist, denn darauf wird Henry Fine es anlegen. Wenn Sie meinem Rat folgen und das Ansehen der Abteilung nicht ruinieren wollen, dann rufen Sie lieber keine bornierten Eiferer in den Zeugenstand. Denken Sie an die organisierten Demonstrationen.»

«Hat Daly sich als Rassist aufgeführt?»
«Er ist Stammmitglied des Ku-Klux-Klan.» Ich leistete im Geiste Abbitte bei dem Mann.
Sie gab ein wütendes Schnauben von sich. «Wir verhaften sie, der Staatsanwalt verklagt sie, und die Geschworenen lassen sie wieder laufen.»
«Und sonst? Gefällt Ihnen Ihre neue Tätigkeit?» Nachdem ich meine schwere Botschaft übermittelt hatte, war es nur natürlich, noch ein bisschen zu plaudern.
«Ja, gut. Gibt's noch was?»
Aha, sie war in Eile. Ich verspürte wenig Neigung, das Gespräch noch zu verlängern. «War nett, mit Ihnen zu … oh, ehe ich's vergesse: Gwens Anwalt Henry Fine hat mich gebeten, eine Kleinigkeit mit Mooney zu besprechen, und da ich Sie nun gerade an der Strippe habe, könnten Sie es ihm vielleicht ausrichten.»
«Sicher, kein Problem.»
Verdammt, wenn ich selbst mir schon kaum vorstellen konnte, dass sie Mrs. Phipps vorsätzlich ihr Medikament vorenthalten und das Telefon zerschmettert hatte, als die alte Dame Hilfe herbeirufen wollte, wie würde es dann erst Mooney ergehen?
«Sagen Sie ihm, dass ich ihm morgen früh etwas im Büro vorbeibringe. Erinnern Sie sich noch an all die Pappkartons und Zeitungsstapel in Mrs. Phipps' Diele?»
«Klar. Hab alles durchgesehen, jeden Karton und jeden Stapel.»
«Nein», sagte ich.
«Bitte?»
«Sie können nicht alles durchsucht haben. Mrs. Phipps hat Gwen etwas gegeben, und Gwen möchte es gern

zurückerstatten, weil sie sich kooperativ zeigen will und so.»

«Ein bisschen spät.»

«Na ja, es ist ja nicht so, als hätte sie die Diamanten der alten Dame versteckt. Sagen Sie Moon, es handelt sich überwiegend um Papierkram, Sie wissen ja, was die Leute so aufheben. Dabei ist eine alte Quittung – für ein Gemälde oder so was –, noch aus den vierziger Jahren, ich schwör's. Ich vermute mal, die alte Dame hat gedacht, Gwen würde das Zeug vielleicht in ihrer Freizeit gern anschauen wie ein Sammelalbum. Eine Menge davon ist noch aus der ersten Ehe der alten Dame.»

«Können Sie es nicht hier auf der Wache abgeben?», fragte sie. «Ich würde auch gern mal einen Blick darauf werfen.»

«Ach was. Mooney wird sich schon drum kümmern.»

«Aber er hat doch so viel zu tun. Ich kann das ruhig übernehmen.»

«Tut mir Leid, aber ich habe selbst noch viel zu tun. Seit dem Brand läuft mir die Zeit davon. Verdammt, ich wohne sogar noch im Motel!»

«In welchem Motel? Ich komme vorbei und hol's ab», warf sie hastig ein.

Ich machte eine Pause, als ginge ich meinen überfüllten Terminkalender durch. «Mist. Das geht gar nicht. Das Zeug ist in meinem Haus, und ich muss auch noch etwas am Gericht für Henry Fine erledigen. Ich werde morgen früh bei mir zu Hause vorbeifahren und es holen. Sagen Sie Mooney, gegen neun hätte er es.»

«Okay.» Es klang widerstrebend, aber resigniert. «Ich werd Joe sagen, dass es unterwegs ist.»

Mooney wird von seiner Mutter immer bei seinem Vornamen Joseph genannt; ich kann mich kaum erinnern, wann ich das letzte Mal gehört habe, dass ein Kollege ihn Joe nannte.

Sobald ich den Hörer aufgelegt hatte, lud ich neue Mignonbatterien in drei verschiedene Kassettenrecorder. Dann machte ich ein Tape für Mooney fertig, indem ich deutlich, objektiv und gleichförmig ins Mikrofon sprach wie eine Computerstimme. Als ich fertig war, beschloss ich, es ihm zusammen mit den Fotos, sobald Roz sie entwickelt hatte, durch Boten zuzustellen. Ich bin ein Feigling, würde ich sagen; ich wusste, dass ich es nicht ertragen könnte, dabei zu sein, wenn er es erfuhr, zu sehen, wie sich seine Kiefernmuskeln anspannten, wie seine braunen Augen sich veränderten, sein Blick stählern wurde und in die Ferne schweifte, als würde er zu einem einsamen Stern hinaufschauen.

Als ich mir meinen Revolver in den Hüftgurt schob und im Kreuz zurecht rückte, hatte ich plötzlich K-Rob im Fensterrahmen vor Augen, wie er sich vor dem Feuer in Sicherheit brachte.

Vierzig

Ich saß auf der sechsten Treppenstufe im Dunkeln. Der grünliche Schein meiner Uhr zeigte 2:47, 2:48, 2:49. Von dem Platz aus, wo ich kauerte, konnte ich den rußgeschwärzten Eingangsflur unten sehen und das halbe Wohnzimmer einschließlich aller vier Fenster.

Vielleicht kam sie gar nicht.

Ich hatte sie in Versuchung geführt: mit dem Traum, die Summe, die für die mittelalterliche Handschrift zu erzielen war, zu verdoppeln, verdreifachen oder vervierfachen. Ich hatte mit der Aufdeckung gedroht: Sie kannte Mooney gut genug, um es nicht zu riskieren, dass er irgendwelche Dokumente genauer ansah, die Phipps' erste Ehe betrafen.

Ich hatte mich bemüht, an alles zu denken.

Roz, gut versteckt mit schussbereiter Kamera, hatte ihren Beobachtungsposten an meinem Schlafzimmerfenster bezogen und war dafür zuständig, ein Ankunftsfoto zu machen. Danach sollte sie mir Rückendeckung geben. Sobald die Verdächtige im Haus war, würde sich Roz einen günstigen Platz suchen. Wir hatten gemeinsam verschiedene Szenarien durchgespielt und knarrende Fußbodendielen mit Kreuzen in Leuchtfarbe markiert, damit sie sie umgehen konnte.

Ob Teri den Nerv hatte, bis zum Morgen zu warten und mich auf dem Weg zu Mooneys Büro abzufangen? Ob sie heute Nacht einen Komplizen schickte? Als Polizistin kannte sie inzwischen jede Menge finsterer Gestalten, die sich nichts dabei denken würden, für fünfzig Dollar in ein Haus einzubrechen. Aber würde sie einem Komplizen trauen? Ich kam mir vor wie eine Wissenschaftlerin, die auf ein labyrinthisches Experimentierfeld schaut und jeden möglichen Ausweg erforscht.

Ich hatte es ihr leicht gemacht, aber nicht zu leicht. Meine Hintertür ist durch ein ausgezeichnetes Riegelschloss samt Kette gesichert. Um diesen Eingang noch unattraktiver zu machen, ließ ich obendrein im hinteren Flur eine Baulampe brennen. Die verbrannte Vordertür war solide verbrettert. Die Wohnzimmerfenster waren mit Platten vernagelt, aber eins der Sperrholzpaneele hatte ich entfernt und einfach an die Wand gelehnt, statt es wieder einzusetzen. Es sah ganz natürlich aus, als hätte ein Arbeiter Licht gebraucht, um drinnen etwas sehen zu können.

Es war 3 Uhr 15, als die Ratte kam, um sich den Käse zu holen.
Schatten huschten umher, und das Paneel bewegte sich. Es war kein Mond da, nur eine Hand voll Sterne. Eine Gestalt zeichnete sich vor dem Licht der Straßenlaterne ab. So wie sie aussah, hätte ihr niemand einen zweiten Blick gegönnt. Sie hätte den dunklen Nylonmantel aufmachen, die schwarze Strickmütze abziehen und an die Arbeit gehen können, ohne dass auch nur ein Mensch die Augenbrauen hochzog.
Ich legte mein Nachtglas vorsichtig auf die Treppenstufe und nahm meine Vivitar zur Hand, die erheblich unkomplizierter, aber auch unzuverlässiger ist als Roz' 35-mm-Nikon mit Infrarotfilm. Als ich die Polizistin im Sucher hatte, wie sie gerade durch das glaslose Fenster einstieg, drückte ich zweimal auf den Auslöser, jedes Mal erst dann, wenn ich ihr Gesicht deutlich sehen konnte. Das Filmtransportgeräusch war erträglich, es wurde durch ein Gerät übertönt, das ich oben im Flur angeschlossen hatte und das ein gleich bleibendes Rauschen erzeugte.
Die Überreste meiner ruinierten Möbel waren am Vortag abgeholt worden. Den Esstisch hatte ich in das leere Wohnzimmer geschafft, genau in die Mitte einen Behälter mit Stiften gestellt und daneben einen Stoß Schreibpapier gelegt. Vier Aktenordner und zwei braune Umschläge lagen verstreut auf der Tischplatte herum.
Nachdem sie den Einstieg von oben fotografiert hatte, war Roz jetzt wohl dabei, sich über eine enge Hintertreppe, die vor grauen Zeiten einmal für Dienstboten eingerichtet worden war, dem Esszimmer zu nähern.
Ich legte meine Kamera neben dem Fernglas ab.

Ich hatte überlegt, ob ich sie stellen sollte. Zu gerne hätte ich Teris Stimme, mit der sie sich selbst belastete, auf Kassette gebannt. Aber ich zweifelte nicht daran, dass sie eine gute Ausrede zur Hand haben würde: «Hallo, ich war neugierig, kam gerade hier vorbei – erinnern Sie sich noch, wie Sie die Wohnungstür von Mrs. Phipps aufgebrochen haben? Sie sind nicht die einzige Kanone im Einbrechen!» Schließlich hatte ich mich gegen eine Konfrontation entschieden. Wenn sie ein Dieb gewesen wäre, hätte ich es darauf ankommen lassen, aber Mörder spielen in einer anderen Liga. Sie hatte vorsätzlich jemandem das Leben genommen; ich konnte mich nicht mehr darauf verlassen, dass sie sich wie ein halbwegs normaler Mensch verhalten würde.

Ich bewegte vorsichtig meine Glieder und begann, nach oben zu kriechen, wobei ich immer nur auf die Seite der Stufen trat, wo das Holz nicht knarrte. Ich hatte vor, meine Beobachtungen von einer Stelle in Roz' Nähe, dicht am Esszimmer, fortzusetzen. Die Kassettenrecorder hatte ich nur installiert, weil ich wusste, dass immer etwas schief geht.

Es ging etwas schief.

Ich könnte nicht mehr sagen, ob ich zuerst Bewegungen oder Stimmen hörte, aber der Lärm traf mich so überraschend, dass ich beinahe gestolpert wäre. Ich war nicht sicher, ob es Roz war, die «Stopp!» geschrien hatte, oder Teri. Im selben Augenblick stieg mir Benzingeruch in die Nase, stark und beißend.

Ich hatte einen verlockenden Köder ausgelegt, verdammt noch mal, einen dicken Karton von meinem eigenen Speicher. Ich hatte einen Ordner mit alten Zeitungsausschnitten voll gestopft und sorgfältig eine Quittung gefälscht. Die

Ratte nimmt den Käse und verzieht sich. Sie dreht sich nicht um und beißt, wenn sie bedroht wird.
Was hatte Roz getan? Warum hatte sie sich nicht an das Drehbuch gehalten?
«Also, wo ist sie?», hörte ich Teri kalt fragen. «Und komm mir bloß nicht damit, sie wäre nicht hier. Komm mir bloß nicht mit solchem Scheiß.»
Ich war in der dunklen Küche angelangt. Aus der Art, wie Roz den Atem anhielt, schloss ich, dass sie den gleichen Anblick vor Augen hatte wie seinerzeit ich: Kileys Augen über dem Mündungsrohr eines Revolvers. Ich hatte auf einmal meine .40 in der Hand. Ich konnte mich nicht erinnern, sie gezogen zu haben.
«Rede schon!», drängte Teri barsch. Dann schrie sie: «Verdammt, Carlyle, Sie versauen alles.» Und sagte leiser zu Roz: «Sie ist hier, nicht wahr? Bin ich auf Band? Himmel, ich bin auf Band.»
«Immer mit der Ruhe», brüllte ich.
«Carlotta!» Roz' Stimme klang schrill. «Sie will wieder alles in Brand stecken! Sie hat ...»
«Alles okay, Roz. Sie weiß, dass es vorbei ist. Sie kann einfach verschwinden. Niemand wird sie aufhalten.»
«Soll das ein Witz sein?» Die Polizistin versuchte zu lachen, aber es misslang ihr. «Wenn ihr beide nicht tot seid, bin ich's.»
«Sie können die Kassette haben», bot ich ihr beschwichtigend an. «Kein Beweis, kein Verbrechen. Das wissen Sie.»
«Augenzeugen», sagte sie.
«Augenzeugen ist Unsinn. Sie waren zu dem betreffenden Zeitpunkt ganz woanders.»
«Kommen Sie raus. Ich will Sie sehen.»

«Nein.»
«Ist mir auch recht. Dann erschieße ich diese Schlampe hier.»
Verdammt. Allein hätten Roz und ich ein beginnendes Feuer bestimmt ersticken können. Teri wäre sicher nicht da geblieben, um das Feuer lodern zu sehen. Warum, zum Teufel, war Roz dazwischen gefahren?
Ich schob meinen Revolver wieder in den Hosenbund. «Immer sachte, ich komme jetzt zu Ihnen herein. Nicht aus dem Flur, sondern aus der Küche. Okay?»
Teri sagte: «Nein. Warten Sie.»
Ich hörte einen Würgelaut und dann einen dumpfen Schlag, wusste jedoch nicht, was die Geräusche zu bedeuten hatten, bis Teri mir signalisierte, ich könnte ins Wohnzimmer kommen, und ich Roz auf dem Boden liegen sah. Teri musste sie mit der gezogenen Waffe unter Kontrolle gehalten und dann mit dem Polizeiknüppel niedergeschlagen haben, den sie am Koppel trug. Clever. Ein Cop kann nicht mit zwei Zielen auf einmal fertig werden.
Drei Gallonenkanister Benzin drängten sich auf dem improvisierten Schreibtisch. Daneben stand Teris Rucksack. Nach seiner Dicke zu urteilen, hatte sie noch zwei oder drei Kanister mehr mitgebracht. Diesmal sollte das Feuer nicht ablenken, sondern zerstören.
Die Polizistin sagte: «Sie geben mir das Tape und den Ordner, und weg bin ich.»
Ich dachte: *Klar, ich gebe ihr, was sie will, und dann erschießt sie mich oder schlägt mich nieder. Wenn wir beide bewusstlos sind, übergießt sie uns mit Benzin und zündet alles an. Diesmal ist reichlich Brennstoff da.*
Ich sagte: «Der Kassettenrecorder ist versteckt.»

«Ich hätte die verfluchte Falle riechen müssen.» Sie sprach halblaut und hastig.
«Sie hatten ja keine andere Wahl.»
«Sie sind immer noch in dem Motel gemeldet.»
«Allerdings», sagte ich. «Ich bin so clever, dass Sie mich jetzt in der Hand haben.»
Ein Schlag mit ihrem Polizeiknüppel hätte Valentines Telefon wie eine Eierschale zerschmettert. Ob der Schlag Spuren an dem Stock hinterlassen hatte? Gab es vielleicht einen physischen Beweis, identifizierbare Reste an dem Stock? Oder an dem Telefongehäuse?
«Wo ist das Kassettengerät?«, fragte sie.
«Ich denke, wir können uns einigen.» Ich hörte ein leises Knarren der Fußbodendielen oben. Ich hielt es für Einbildung.
«Sie haben keinen Trumpf mehr.»
«Vielleicht doch.»
«Glaube ich nicht.»
«Hauen Sie ab, Teri. Niemand wird Sie am Flughafen in Logan aufhalten. Was Sie haben, können Sie überall verkaufen. Sie haben es doch, oder? Sie haben es bestimmt nicht dem Gutachter überlassen.»
Sie schien zu überlegen.
«Aber wenn ich gehe», sagte sie fast bedauernd, «und Sie noch leben, verbreiten Sie überall, dass es Diebesgut ist.»
«Sie haben ja die Quittung.»
«Ist sie echt?»
«Werfen Sie mal einen Blick drauf.»
Sie hielt den Revolver in der rechten Hand und trug schwarze Handschuhe.
«Nette Masche», sagte sie.

«Es hat keine Eile. Sie haben reichlich Zeit, sie auf dem Flug nach London zu begutachten.»

«Die Auktionshäuser sind in New York.»

«Machen Sie sich nichts vor. In London gibt's jede Menge Versteigerungen. Sie brauchen nicht einmal persönlich dort zu erscheinen. Fliegen Sie so lange, bis sie in ein Land kommen, das keinen Auslieferungsvertrag mit den USA hat, und engagieren Sie einen zwielichtigen Anwalt als Mittelsmann.»

Sie brauchte nicht noch zwei Menschen umzubringen, wollte ich ihr auf diese Weise klarmachen. Roz bewegte sich. Ich war nicht sicher, wie hart sie der Schlag getroffen hatte. Vielleicht wollte sie mir ein Zeichen geben, aber wie sollte ich das bei diesem Licht erkennen?

«Das Bandgerät ist mit Klebeband unter der Tischplatte festgemacht», sagte ich.

«Verdammte Scheiße.»

Ich konnte ihre missliche Lage gut verstehen. Sie konnte nur dran kommen, wenn sie daumendickes Hartholz zwischen mich und ihren Revolver brachte.

Sie wies auf die reglose Roz. «Holen Sie es, und vergessen Sie nicht, dass Sie nicht mein einziges Ziel sind.»

Ich kroch unter den Tisch und nahm die Kassette heraus. Die Revolvermündung blieb auf Roz gerichtet, bis ich wieder zum Vorschein kam. Dann schwenkte Teri sie erneut zu mir um. Ich legte die Kassette auf die Tischplatte.

Sie schob sie in ihren Rucksack. «Ich möchte wetten, dass Sie jede Menge Feinde haben. Peritti steckt mit der Mafia unter einer Decke, und von Ihnen sagt man das Gleiche. Ein schlaues Kerlchen soll hier in Ihrem Haus angeschossen worden sein, stimmt's? Hier in diesem Zimmer?»

«Ich mach keine Führungen.»
Sie würde mich nur ungern erschießen. Kugeleinschläge werden bei einer Autopsie entdeckt, selbst bei stark verbrannten Leichen. Gleich würde sie die Waffe aus der rechten in die linke Hand nehmen, mit der rechten den Knüppel ergreifen und zum Schlag ausholen …
Ich holte tief Luft und schrie: «Mooney!»
Ich hatte nicht mit einer Antwort gerechnet, und als plötzlich die tiefe Stimme ertönte und in einer fremden Sprache etwas rief, war ich schon unter den Tisch gehechtet – nicht, weil er einen halbwegs guten Schutz bot, sondern weil er den einzigen Schutz bot. Teris Revolver machte «plopp», ich dachte, *aha, Schalldämpfer,* und dann spürte ich einen brennenden Schmerz in meinem Schenkel. Ich dachte, *nein, nein, das kann nicht sein,* dabei wusste ich genau, dass es so war. Ich hatte meine Kanone in der Hand, konnte jedoch nicht abdrücken, weil ich nicht wusste, wen, zum Teufel, ich vielleicht erwischte. Da meine Sicht halb vom Tisch versperrt war, konnte ich nur Beine sehen, Füße in Bewegung, eine ganze Armee, stroboskopartig beleuchtet von herumhuschenden Taschenlampenkegeln.
Die Strahlen überkreuzten sich, sechs, acht, zehn an der Zahl, und überfluteten das Zimmer mit Licht. Schwarz gekleidete Männer sprachen in einer Sprache, die mir irgendwie bekannt vorkam, die jedoch immer unverständlicher wurde, je mehr ich zu folgen versuchte. Zu meiner Linken stöhnte jemand laut. Teri lag auf dem Bauch, krümmte sich und schrie. Ein Mann im Overall stemmte ihr ein Knie ins Kreuz. Sie hatte keine Waffe mehr.
«Kommen Sie hervor. Stecken Sie den Revolver weg. Jetzt sofort. Es ist vorbei.» Neben dem Tisch kniete K-Rob, Roz'

Exfreund, der Hüter der Fresken, und streckte mir eine behandschuhte Hand entgegen.
«Es ist vorbei», wiederholte er.
Ich gehorchte wortlos, zog mein Bein hinterher, biss die Zähne zusammen, um nicht aufzuschreien. Mein Mund war trocken, die Schmerzen stechend. Jemand sagte: «Alles okay mit ihm, er hat nur eine Schramme», und ich wollte schon sagen: «Nein, ich bin eine Sie, und es ist beileibe keine Schramme», aber sie sprachen von dem Stöhnenden, einem der Ihren, nicht von mir.
Ich erkannte Yale, Hohens Sekretärin, unter den Schwarzgekleideten, sie war kaum von den Männern zu unterscheiden. K-Rob nannte sie Yael, nicht Yale. Yael.
Hohens Sekretärin, die erst eingestellt worden war, *nachdem* der Mann von der Jewish Defense League ihm einen Besuch abgestattet hatte … du liebe Güte, kein Wunder, dass Hohen nicht auf meine Anrufe reagiert hatte.
Jemand sagte: «Sie hat was abgekriegt.»
Eine Hand packte mein Bein, und ich hörte, wie ich aufschrie. Eine Bassstimme sagte: «Am Oberschenkelknochen vorbei.»
K-Rob murmelte etwas, und der Bass brummte eine Erwiderung. Ich konnte nichts verstehen und geriet in Panik. Waren das wirklich Worte in einer fremden Sprache? Oder war ich dabei, das Bewusstsein zu verlieren und in einem Albtraum zu versinken?
«Ich brauche einen Arzt.» Ich weiß nicht, ob ich das leise sagte oder aus vollem Halse brüllte. Ich hörte meine eigene Stimme nicht mehr.
K-Rob, der neben mir kniete, sprach langsam. «Gibt es oben ein Telefon?»

Ich nickte.
Er gab Leuten, die ich nicht sah, knappe Befehle, die ich nicht verstand.
«Wir haben die Telefone auf dieser Etage außer Betrieb gesetzt. Aber die Leitung haben wir intakt gelassen. Verstehen Sie?»
Ich musste es nach oben schaffen, um Hilfe zu rufen. So lange hatten sie Zeit, zu entkommen. Er wartete, bis ich nickte, ehe er weitersprach.
«Wir nehmen sie mit.» Er zeigte auf Teri, die aufgehört hatte, sich zu wehren, und jetzt totenstill da lag. «Sie wird uns die Haggada geben; daran habe ich keinen Zweifel.»
«Sie sprechen Hebräisch.»
«Ja.»
«Die Jewish Reclamation League.»
Er sagte: «Die jüdischen Reklamierer. Der andere Name ist falsch.»
«Was ist mit Roz? Alles in Ordnung?»
Er überließ es anderen, mir zu antworten, und verschwand kurz. Als er wiederkam, lächelte er.
Er nickte einmal. «Grüßen Sie sie schön von mir.»
Als sie weg waren, summte und brummte mir die plötzliche Stille im Zimmer in den Ohren. Ich hob vorsichtig die Hand von meinem Bein hoch. Dunkles Blut klebte an meiner Handfläche. Ich wollte einfach liegen bleiben und schlafen, denn jede Bewegung verstärkte den brennenden Schmerz noch. Mir war kalt, ich zitterte, und übel war mir auch. Ich dachte, *Scheiße, wie kann ich mit einem gottverdammten Bein Volleyball spielen?*
Ich brauchte zwanzig Minuten, um nach oben zum Telefon zu kriechen. Der Amtston war Musik in meinen Ohren.

Einundvierzig Lampen blitzten rot und weiß, Martinshörner heulten und jaulten an Straßenkreuzungen. Auf der zweiten Fahrt in dieser Woche, die ich in einem rasenden Rettungswagen zurücklegte, war ich eindeutig Patientin. Ich bezweifelte zwar, dass es sich um dieselben Sanitäter handelte, aber sie trugen genau die gleichen orangenen Overalls. Sie schnallten mich auf eine Trage, die urplötzlich Rollen hatte, als wir im Parterre anlangten, und dann ruckelte es stärker, aber ebenmäßig. Ich fragte nach Roz und nach Teri und befahl ihnen, Mooney anzurufen, aber ich brachte seine Telefonnummer nicht heraus. Ich war auch nicht sicher, ob ich überhaupt bei vollem Bewusstsein war, aber eins war so sicher wie die Hölle, nämlich dass mein Bein in Flammen stand und niemand einen Feuerlöscher hatte.

Meine Zähne klapperten. Ein Mann in Orange legte mir eine Decke über und stopfte sie rundum fest. Er machte etwas mit meinem rechten Arm, und als ich hinschaute, wuchs ein Infusionsschlauch daraus.

«Wird schon wieder», sagte er aufmunternd.

Grelles Scheinwerferlicht im Dunkeln zwang mich zum Blinzeln, aber ich hatte Angst, die Augen zu schließen und das Licht ganz auszublenden.

Ich packte eine Ärztin am Handgelenk. «Nehmen Sie das Bein nicht ab.»

Sie rief: «Einen Liter normale Kochsalzlösung, Blutgruppe, Kreuzprobe, sechs Einheiten Plasma.»

Ich sagte: «Hören Sie mich?»

«Wie heißen Sie?»

Ich sagte es ihr.

«Wo sind Sie verwundet worden?»

«Am Bein. Verdammt, sehen Sie doch.»

«Wo noch?»
«Nirgendwo, verdammt.»
Eine andere Stimme flötete: «Immunreaktion, Medikamentenspiegel, SMA-sieben.»
Ich geriet in Bewegung, rollte, und auf einmal hatte ich eine Kanüle im Finger und eine Blutdruckmanschette am Arm. Jemand brachte am Oberschenkel eine Aderpresse an, ein unsäglich grausamer Schmerz fuhr durch mein Bein und erfasste mich wie eine heiße Flutwelle, in der ich zu ertrinken drohte.
Die Deckenlampen waren riesige leuchtende Rechtecke.
«Wann haben Sie zum letzten Mal gegessen und getrunken?» Da war ich überfragt, aber ich öffnete auf Anweisung hin gehorsam den Mund. Ich dachte nicht daran, wie glücklich ich war, noch am Leben zu sein; mir graute vor dem Gedanken, womöglich mit nur einem Bein aufzuwachen. Ich fragte, ob ich während der Operation bei Bewusstsein bleiben dürfte, weil ich entschieden etwas gegen die Narkose hatte – eingeschläfert zu werden wie ein Tier. Eine Frau in OP-Tracht forderte mich auf, von hundert an rückwärts zu zählen. Danach bekam ich absolut nichts mehr mit, bis ich aufwachte, mich in eine nierenförmige Schale erbrach und von Entsetzen gepackt wurde, um dann mein rechtes Bein vollständig bis zu den nackten Zehen zu erblicken, ruhig gestellt und mit Verbandszeug umwickelt. Ich schlief gleich wieder ein, hilflos wie ein Neugeborenes. Ich war wütend auf mich, weil ich nicht bei klaren Sinnen geblieben war, weil ich nicht wusste, wo Roz war oder Paolinas Mutter, und weil ich Mooney alles erklären musste – wo, zum Teufel, war der überhaupt? Ich versank immer, wenn ich einen klaren Gedanken fassen wollte, wieder in Schlaf.

Eine Krankenschwester rammte mir ein Thermometer in den Mund. Ich lutschte Eiswürfel. Mein Bein stand zwar nicht in Flammen, aber wie ein Bein fühlte es sich auch nicht an – eher wie ein taubes Anhängsel. Eigentlich wollte ich nur wegen des gelben Lichtes mit den Augen blinzeln, dabei schlief ich wieder ein.

Mooney saß, wie es schien, auf dem gleichen Stuhl unter der gleichen runden Stahluhr mit dem gleichen großen Sekundenzeiger. Es hätte der Morgen nach dem Brand sein können, als Paolina zur Untersuchung rausgebracht worden war. Meine Hand tastete nach dem Bein.

Seine Stimme drang wie aus weiter Ferne zu mir. «Ich habe die Kassetten abgehört. Eine war an mich adressiert; wir haben sie in deinem Zimmer gefunden. Zwei weitere Recorder hat das Team unter dem Tisch gefunden, einer lief noch, beim anderen fehlte die Kassette.»

Ich blinzelte mit den Augen.

«Du hast im Schlaf vor dich hin gemurmelt. Tut mir Leid, wenn ich dich geweckt habe.»

«Habe ich irgendetwas gesagt, was ich bereuen müsste?» Meine Stimme klang fast genauso fern wie seine.

«Nein.»

«Bin ich wieder in Mount Auburn?»

«Sie haben dich ins Städtische Krankenhaus gebracht. Da werden die Schussverletzungen immer eingeliefert.»

Sein Hemd war himmelblau, die Jeans ausgebleicht. Ich hätte gern die Hand ausgestreckt und ihn an dem einen Knie berührt, wo der Stoff fadenscheinig war. Ich sagte: «Geht's dir gut?»

Er zuckte die Schultern. «Du bist diejenige, die sie erwischt hat.»

«Ich glaube nicht, dass Teri es vorhatte, Moon. Es gab Streit.»
«Ich dachte, ich hätte all meinen Leuten eingeschärft, keinen Streit anzufangen, wenn der Verdächtige eine Waffe in der Hand hat.»
«Ich meine nicht letzte Nacht, Moon. Letzte Woche. Sie war diejenige, die sich mit Valentine Phipps gestritten hat.»
«Der Zeuge eine Etage tiefer hat ja auch von zwei Frauenstimmen gesprochen.»
«Teri muss die Haggada mitgenommen haben, um sie schätzen zu lassen. Und dann hat sie Valentine angelogen, was den Wert betraf. Das vermute ich nur, aber es passt. Harry, der Typ aus dem Eisenwarenladen, hat gesagt, das sei typisch für Valentine. Als ich in sein Geschäft kam und ihm erzählte, ich sei für Valentine tätig, nahm er an, sie wäre nur deshalb am Vortag zu ihm gekommen, weil sie sich die Preise einprägen wollte, um festzustellen, ob ich sie vielleicht übers Ohr hauen würde. Einmal angenommen, Valentine hätte Teri auf die gleiche Art überprüft und die Handschrift selber schon anhand von Fotos schätzen lassen. Und dann kommt Teri und sagt: ‹Hallo, Ihr Buch ist fünfhundert Grüne wert, ist das nicht toll?›, dabei weiß Valentine längst, dass es fünfhunderttausend wert ist. Oder noch mehr.»
«Das kann leicht in einen Streit ausarten.» Mooney fuhr mit der Hand durch sein Haar. Ein Hemdzipfel hing ihm aus der Hose, und einen Knopf hatte er vergessen zuzumachen.
«Das war zu viel für Valentine. Sie bekam Brustschmerzen. Sie eilte zum Telefon – und Teri rastete aus. Das war der eigentliche Auslöser, der Flammpunkt, der Augenblick, in

dem sie mit ihrem Schlagstock das Telefon zerschmetterte. Als sie die Kontrolle schon so sehr verloren hatte, ihr hitziges Temperament so aufgelodert war, war praktisch alles gelaufen. Wenn Valentine am Leben geblieben wäre, hätte sie geredet. Teri wäre aus dem Polizeidienst gefeuert worden …»

… Und hätte die Chance verpasst, Abertausende von Dollar einzuheimsen. Wie viel mochte die Haggada wohl bringen?

Und wem?

Moon betrachtete prüfend seine Fingernägel. Ich war mir sicher, dass er dachte, das wäre durchaus in Ordnung gewesen. Es wäre besser, den Job zu verlieren, als zuzuschauen, wie eine alte Frau stirbt, mit dem lebensrettenden Medikament in der Hand zuzuschauen.

«Du hättest mich informieren sollen.» Da er sich ein paar Stunden auf die Sachlage hatte einstellen können, war er jetzt beherrscht und so vorsichtig, als würde er auf Zehenspitzen durch ein Minenfeld laufen.

«O Moon», sagte ich zerknirscht, «ich hätte dich ja informiert, das weißt du, aber …»

«Sie wollte den Dienst quittieren.»

«Hat sie dir das gesagt?»

«Vor zwei Tagen.» Dann fügte er hinzu: «Wegen mir», und sein Mund verzog sich zu einer entschuldigenden Grimasse. «Nachdem ich ihr erklärt hatte, dass der gemeinsame Dienst mit der gegebenen Befehlskette … uns keine Chance ließe.»

Bei dieser Bemerkung spürte ich, wie er mich neben sich ins Minenfeld stellte, auf Zehenspitzen in den unmarkierten Sand.

Er wandte den Blick ab. «Sie hätte sich auf Bali am Strand sonnen können …»
«Meinst du, das hätte sie mit dem Geld gemacht?»
«Wer weiß?»
«Hatte sie hohe Schulden? Einen teuren Krankheitsfall in der Familie?»
«Nein. Nicht, dass ich wüsste. Und was, zum Teufel, würde es schon ausmachen?»
Selbst wenn sie vorgehabt hätte, ein Waisenhaus mit dem Erlös aus dem Verkauf der Haggada zu bedenken, hätte das nichts an der Herkunft ihres Reichtums geändert. Ich verdrängte den Gedanken an die Mittel, die Paolina den Collegebesuch ermöglichen würden. Geld von einem Drogenbaron. Ist Geld je sauber?
«Ja», sagte Moon bitter. «Sie hätte an einem Strand auf Bali in der Sonne gelegen, und ich hätte mich gewundert, was ich wohl falsch gemacht habe.»
«Nein», sagte ich, «du hättest sie geschnappt.»
«Vielleicht.»
«Wie geht's Roz?», fragte ich nach einer Weile.
«Sie hat eine Gehirnerschütterung. Entschuldige, aber ich musste lachen, als der Arzt mir sagte, sie würde bald wieder ganz normal sein.»
«Moon …»
«Ich soll dir von ihr sagen, dass es ihr Leid tut, ich weiß bloß nicht, was. Paolina hat das ebenfalls mal gesagt, und jetzt Roz.»
Er schwieg so lange, dass ich schon dachte, ich bekäme den Rest der Geschichte nicht mehr zu hören. Keine Einzelheiten.
«Kann ich etwas Wasser haben?», fragte ich.

Er hielt mir das Glas, während ich mit einem Plastikhalm trank. «Bei der Neunhundertelf ging die seltsame Meldung ein, dass eine Polizistin gefesselt in ihrer Wohnung läge. Es dauerte eine Zeit lang, bis der Ruf zu mir durchdrang, aber als die Nachrichten und Notrufe sortiert waren …»

«Tut mir Leid.» Ich weiß nicht recht, warum ich das an dieser Stelle äußerte oder, genauer gesagt, wofür ich mich eigentlich entschuldigte. Vielleicht für die Frage, die ich jetzt stellen musste.

«Ist sie in Untersuchungshaft?»

«Nein.»

«Haben sie sie …»

«Sie haben ihr nichts getan, die JRL, die Reklamierer – wie viele waren überhaupt da?»

«Ich habe sechs gesehen.» Darunter Hohens Sekretärin und Roz' abgelegter Lover. Ich fragte mich, wie bald nach dem Besuch des Mannes von der JDL, der Hohen nach der Handschrift gefragt hatte, die Reklamierer Yael als Angestellte eingeschleust hatten. Yael oder eine Wanze im Telefon oder beides musste sie zu mir geführt haben. Und von mir zu Roz, die in den Bars auf Männerfang war.

Moon sagte: «Kiley hat den Streifenbeamten erzählt, sie wäre von Banditen überwältigt worden, die ihren Revolver gestohlen hätten. Die Beamten befreiten sie; sie war eine an einen Stuhl gefesselte Polizistin. Ein Opfer. Was sollten sie sonst machen?»

«Ja.» Er nannte sie jetzt Kiley, nicht Theresa.

«Sie ist also auf und davon. Zwar sind die Flughäfen benachrichtigt und die Grenzbehörden alarmiert worden, aber sie hatte einen ordentlichen Vorsprung.»

Vielleicht hatte sie meinen Rat angenommen und war auch ohne ihren Schatz von Logan abgeflogen.
«Und wie steht's mit Gwen?», fragte ich.
«Sie kommt frei. Sie könnte schon raus sein.»
Ich bat erneut um Wasser und schlürfte am Halm, bis er über den Boden des Glases kratzte.
Mooney sagte: «Noch eins – wie konntest du Peritti als Verdächtigen abhaken? Es sah doch so aus, als käme er für den Brand infrage.»
«Insider-Info.» Ich hoffte, dabei würde er es belassen.
«Ach ja?»
«Ganz einfach. Er konnte das Feuer nicht gelegt haben. Aber Teri.»
«Woher wusstest du denn, dass er es nicht gelegt haben konnte? Hatte er ein klassisches Mafia-Alibi?»
«Ich habe einem seiner Zeugen geglaubt», sagte ich.
«Warum?»
«Es war Sam.»
«Gianelli?»
«Ja.»
«So.»
Das war alles. *So.*
Ich sagte: «Ich habe ihn nicht wiedergesehen, Moon.»
Ich schloss die Augen, atmete tief ein und hielt schnell Inventur. Mein Bein prickelte, weil wieder Leben hineinkam, nur rings um die Wunde war es noch taub. Welche Gefühle hegte ich für Sam? Wenn ich Moon sagte, ich hätte ihn nicht wiedergesehen, hieß das, ich wollte ihn nicht wiedersehen? Würde ich hinken wie Sam? Ich fluchte im Stillen ausgiebig. Nein, seine Verletzung war viel schlimmer gewesen als mein sauberer Durchschuss. Seine Knochen waren

überall mit Stahl zusammengeschraubt und die Gelenke mit Stiften. Das musste mehr geschmerzt haben, als ich mir je vorstellen konnte.
Sam kam mich nicht im Krankenhaus besuchen. Aber Peter Breeze kam.
«Vielen herzlichen Dank.» Er zog sich einen Metallstuhl nahe ans Bett und warf mir einen Strauß Blumen von einem Straßenstand auf die dünne Bettdecke. «Der verlorene Schatz von Fenway, und Sie hatten keinen verdammten Dime übrig, um mich anzurufen?»
Er hatte mir Zeitungen mitgebracht, in denen Artikel rot angestrichen waren. Hintergrundberichte über andere Aktionen der Jewish Reclaimers, auch Jewish Reclamation League genannt und oft mit der Jewish Defense League verwechselt, obgleich ein Sprecher der JDL jeden Zusammenhang dementierte. Es wurde in allen Einzelheiten über das Leben von Valentine Phipps berichtet, es gab Fotos von der Kilmarnock Street, wo der Schatz siebzehn Jahre gehütet worden war, und verschwommene Aufnahmen von Teris Apartment in Jamaica Plain, von wo er verschwunden war. Ein Kurator des städtischen Kunstmuseums nannte den Raub ein Warnsignal für alle Sammler weltweit. Er wurde mit dem Satz zitiert: «Eigentümer täten gut daran, die Herkunft ihrer Kunstwerke zu überprüfen.»
«Jetzt geht alles den Bach runter», sagte Breeze entrüstet.
«Was denn?»
«Mit Fenway.» Er hatte einen ebenso bitteren, bedauernden Ton drauf wie Mooney. «Es wird alles so laufen, wie es laufen sollte, nach Art von West End, nach Art von Back Bay, und es kümmert niemanden. Peritti wird seine Häuser in einem dicken Multimillionendollarpaket verhökern. Harrys

Eisenwarenladen wird verschwinden, ebenso wie all die kleinen Restaurants, und ehe man sich's versieht, wird das Fenway-Park-Stadion mit der gleichen Abrissbirne Bekanntschaft machen wie seinerzeit das Boston-Garden-Stadion.» Er lachte, aber es klang trübselig.

«Was ist?», fragte ich.

«Warum bin ich bloß so verflucht naiv, können Sie mir das sagen? Ich dachte eine Minute oder zwei, Valentines Tod würde die Mieter vereinigen, sie zum Aufschrei bringen, und wir bekämen endlich so was wie ein Gesetz, vielleicht ein neues Mietrecht mit Preisbindung. Aber es geht immer nur ums Geld, nicht wahr? Das Geld regiert, der Mieter pariert.»

«Ja.»

«Und was meinen Sie dazu?», fragte er mich.

«Kein Kommentar», erwiderte ich.

Zweiundvierzig

Ich wartete mit dem Anruf, wartete zwei Tage, in denen ich das Gehen an Krücken und die Vorstellung des Krankenhauses von fester Nahrung kennen lernte. Paolina und Roz, kichernd wie zwei Verrückte, schmuggelten mir eine Schale Suan-la-chow-shao herein – Wantans mit pikant sauer-scharfer Sauce und höllisch scharfen Bohnensprossen –, mein Lebenselixier. Die Nachtschwester konnte nicht begreifen, warum ich keinen Fernseher wollte, und meine Zimmergenossin hasste meine Blues-Tapes und zwang mich, mir Paul Rishell und Little Annie Raines über die mickerigen Ohrstecker meines Walkman anzuhören.

Ich sollte in ein, zwei Tagen entlassen werden, und Dr. Culbertson sagte, ich könnte die Kugel haben, falls ich es wünschte. Sie hatte keine Kugelform mehr. Das Hohlspitzgeschoss Kaliber .38 war beim Einschlag flachgedrückt worden, es hatte den gesamten Oberschenkelmuskel durchschlagen und dabei mehr Gewebe ruiniert als eine herkömmliche Pistolenkugel. Das Hinken würde zurückgehen und in ein paar Monaten völlig verschwunden sein. Sechs Monate Rehabilitation.

Ich sah mir die Telefonkarte an, die Roz auf mein Geheiß hin im Drugstore geholt hatte, tippte die Vorwahl 603 ein und dann eine siebenstellige Zahl.

Ein Mann meldete sich mit einem lässigen gedehnten Hallo. Ich bat darum, Marta sprechen zu dürfen.

Als ich ihr meinen Namen nannte, schwieg sie.

Ich sagte: «Leg bitte nicht auf. Sprich Spanisch, wenn er nichts verstehen soll.»

«Ist Paolina bei Lilia?» Sie klang sowohl überrascht als auch abwehrend und blieb bei Englisch mit starkem Akzent.

«Nein», antwortete ich, «aber okay.»

«Dann ist es ja gut.»

«Sie ist immer noch deine Tochter – und deine Jungs vermissen dich bestimmt auch.»

«Sie werden schnell erwachsen», sagte sie.

«Auf manche Weise ja.»

Daraufhin wechselte sie zu Spanisch, aber ich verstand das Wesentliche. «Wenn sie aus dem Haus gehen, bin ich ihnen auch egal. Dann bin ich ganz allein, eine alte Schachtel, die niemanden hat.»

«Leg nicht auf. Bitte.»

«Was willst du denn von mir? Wenn alle gesund sind, was willst du dann?»

«Was glaubst du wohl?»
«Ich kann nicht dahin zurückgehen», sagte sie auf Englisch.
«Warum nicht?»
Sie erwähnte das Geld nicht, das sie Diego noch schuldete.
«Das ist kein Leben.»
«Liebst du den Mann, dem das Camp gehört? Ist es das?»
Sie lachte verächtlich.
«Ich glaube nicht.»
Von jetzt an sprach sie nur noch Spanisch. «Es ist ein Ausweg aus der Rattenfalle. Hier gibt es Gras, grüne Blätter und hohe Bäume, die gut riechen. Du gehst nachts raus, und niemand belästigt dich mit Zurufen und Pfiffen. Ich glaube, er will, dass ich bleibe und seine Frau werde, und als seine Frau brauche ich nicht zu arbeiten, nur kochen und waschen und was eine Frau sonst noch so macht im Haushalt. Das hier ist nur ein Camp, aber er hat noch ein richtiges Haus, sogar mit ein paar leeren Zimmern, sagt er. Wenn wir also heiraten, wenn wir verheiratet sind, erzähle ich ihm vielleicht, dass wir noch mehr sind. Ich kann eine Story erfinden, dass es die Kinder meines Bruders sind, der gestorben ist, tragisch, so was in der Art. Ich glaube, das würde er okay finden, wenn ich noch ein bisschen warte. Und den Kindern geht es doch gut, wahrhaftig. Lilia liebt die Jungen.»
«Marta, wenn du ihn liebst und wirklich sein Leben mit ihm teilen willst, dann sag ihm die Wahrheit über deine Kinder. Und wenn du ihn nicht liebst, dann sag's mir. Jetzt.»
«Warum?»
«Weil es andere Möglichkeiten gibt.»
Ich wäre an Geld gekommen, erzählte ich ihr. Durch einen

Lotteriegewinn, und obwohl ich das Los selbst gekauft hätte, würde ich den Erlös doch gern mit Paolina teilen, die mir geholfen hätte, dieses Glückslos zu ziehen. Sie sei aber noch nicht volljährig, und deshalb würde ich das Geld bei der Bank deponieren und verwalten, bis sie achtzehn geworden sei. Bis dahin könnte sie allerdings mütterlichen Rat gut gebrauchen, wie sie ihre Reichtümer für sich und ihre Familie nutzen sollte. Es sei nicht übermäßig viel, würde jedoch reichen, um Schulden zu begleichen und vielleicht aus der Sozialwohnung in eine Wohnung in der Nähe von Lilia umzuziehen oder in ein Häuschen mit Gras und grünen Bäumen im Garten.

Manchmal, sagte ich mir, geht es nur ums Geld. Und manchmal kann ich damit leben.

Was Teri Kiley betrifft, so verschwand sie einfach. Sie flog nicht von Logan ab, es sei denn, sie schlüpfte mit einem falschen Pass durch. Ihr Wagen wurde in der Innenstadt aufgefunden, in der Nähe des Südbahnhofs mit seinen vielen Zugstrecken und den Fahrkartenschaltern, an denen man bar zahlt und keiner irgendwas fragt. Jeder Cop weiß, wie man sich eine neue Identität zulegt. Es erfordert lediglich Zeit und Geduld. Glück. Sie war vielleicht als langhaarige Brünette in Kalifornien. Oder als Hausfrau im Mittleren Westen. Aber mit der Polizeilaufbahn war es ein für alle Mal vorbei. Darin liegt für mich eine gewisse Befriedigung, und dieses Wissen drücke ich an meine Brust, wenn es den Anschein hat, dass die Gerechtigkeit Schiffbruch erleidet. Sie hat nicht erreicht, was sie wollte, und sie wird nie mehr das sein, was sie einmal war. Nie mehr wird sie den Luxus vollkommener Entspannung genießen können, nie mehr aufhören, über die Schulter nach hinten zu schauen.

Eine Woche nach meiner Entlassung aus dem Krankenhaus half Paolina mir, meine Krücken in einem Taxi zu verstauen und vom Taxi in den Y zu humpeln. Wir schauten zu, wie Gwen Taymore auf ihre ruhige, eindrucksvolle Art Volleyball spielte, wie sie vorausahnte, was kam, und sehr flache Bälle mühelos aufbaggerte. Ihre perlengeschmückten Zöpfe tanzten. Sie blieb acht volle Punkte hintereinander am Aufschlag.

Anschließend gingen wir zu Dunkin' Donuts, alle drei. Gwen erstand ein Dutzend verschiedener Donuts für mich zum Mitnehmen und legte eine Grußkarte auf den Karton als Dankeschön. Sie wusste nicht, ob die Sache mit Peritti weiterlaufen würde oder nicht. Er hatte ihr nicht gerade beigestanden, aber sie hatte auch ein paar Mal gedacht, er könnte ein Mörder sein. Um elf ging sie zu einem Vorstellungsgespräch. Einer der Geistlichen von Roxbury leitete eine Reihe von Sporthallen und war der Meinung, Gwen wäre gut als Fitnesstrainerin geeignet.

«Wir müssen miteinander reden», sagte ich zu Paolina.

Sie trug Jeans und eine Jeansjacke und dazu eine kurz geschnittene durchbrochene Bluse, sodass sie sowohl burschikos als auch weiblich aussah, eine widersprüchliche Mischung aus Babyhaftigkeit und Weltklugheit.

«Wir haben ein Geheimnis vor deiner Mutter. Wie fühlst du dich dabei?»

Sie zuckte die Schultern, dann biss sie ein großes Stück Donut ab, dass die Erdbeermarmelade hervorquoll. «Nicht besonders gut.»

«Könntest du damit leben?»

«Müssen wir das? Kannst du's ihr nicht sagen?» Sie tupfte sich den Mund mit einer Papierserviette ab.

«Warum, glaubst du, hat dein Vater das Geld an mich geschickt?»
Diesmal reagierte sie mit dem ganzen Körper, nicht bloß mit den Schultern.
«Und was würde wohl deine Mutter empfinden, wenn sie es herausbekäme?»
«Sie wäre wahrscheinlich sauer.»
«Ich weiß nicht, was zwischen deiner Mam und deinem Dad vorgefallen ist», sagte ich. «Die Leute handeln auf eine Weise, die sie später bereuen. Besonders dann, wenn sie sich zu lieben glauben.»
«Mein Dad muss sauer sein auf meine Mam. Er will bestimmt, dass sie sich ärgert.»
«Du bist ein helles Mädchen», sagte ich, «warst du immer. Du willst mehr über deinen Vater wissen, aber ich weiß nichts über ihn.»
«Ich kann damit leben, meiner Mam nichts zu sagen. Vorerst jedenfalls.»
Ich holte ein Sparbuch aus meinem Rucksack.
«Sechzigtausend sieht nach sehr viel aus, bis dir klar wird, dass Harvard dreiundzwanzigtausend im Jahr kostet.» Ich sagte absichtlich «Harvard», obgleich die Universität von Massachusetts, meine Alma Mater, weniger als die Hälfte kostet. Ich habe hochfliegende Pläne mit Paolina.
«Schickt er noch mehr?», fragte sie.
«Das ist völlig unsicher.»
«Die Schwesternschule …», setzte sie an.
Ich schnitt ihr das Wort ab. «Ein Medizinstudium ist noch teurer.»
Zwei Monate, nachdem ich mich an meinen Krücken den Gehweg vom Krankenhaus hinuntergeschwungen hatte,

erschien folgende Story im *Globe.* Ich hätte sie beinahe verpasst, aber nur beinahe, und später schickte mir Peter Breeze noch per Post eine Kopie davon.

«Dr. Shoshana Helfant, Kurator des Museums für Kunst und Kultur in Tel Aviv, kündigte einen kostbaren Zugang von Seltenheitswert an, den die museumseigene Sammlung mittelalterlicher Judaica erfahren hat. Die Elieser-Haggada – das Pendant zu einer Handschrift, die derzeit im Britischen Museum ausgestellt wird –, von der lange befürchtet wurde, sie sei als Beutekunst der Nazis verloren gegangen, wird in einem von Levi Reisenman, dem Chefarchitekten des Museums, entworfenen spezialklimatisierten Schauraum ausgestellt werden, der im vergangenen Frühjahr eingeweiht wurde. Bei einer Feier, an der auch Premierminister Netanjahu und andere prominente Politiker sowie frühere Staatsmänner teilnahmen, dankte Reisenman dem Stifter der Handschrift, Herrn Robert Klein aus New York City. Auch den Jewish Reclaimers, einer Organisation mit Hauptsitz New York, sprach Mr. Reisenman seinen Dank aus und hob ihre maßgebliche Beteiligung bei der Wiederbeschaffung des Kunstwerks hervor.»

Ich bin kein Schriftgelehrter, aber ich weiß, dass die Haggada die Geschichte der Flucht des jüdischen Volkes aus der Knechtschaft in Ägypten erzählt. Moses führt sie trockenen Fußes durch das sich wundersam vor ihnen teilende Rote Meer, aber danach bleiben sie vierzig Jahre lang in der Wüste Sinai, und Moses selbst erreicht das Gelobte Land nicht mehr.

War das Gelobte Land der richtige Ruheplatz für Valentines kostbaren Schatz? Ich glaube ja. Seine Reise hat passenderweise genauso lange gedauert wie die Wanderungen

der Anhänger von Moses und seiner Gefolgschaft – sogar länger.
Robert Klein. Ich sagte den Namen laut vor mich hin, als ich den Bericht noch einmal las und dann ein drittes Mal, ehe ich ihn in einem Ordner ablegte. Vielleicht Rob K. Oder K-Rob. Nach den Initialen unter Umständen auch Reinhardt Levesky Klaus, der Mann, der an Hohen herangetreten war. Wer weiß!
Ich habe Bronson Hohen seinen Scheck zurückgeschickt.
Das Foto von Paolina habe ich nie wieder gefunden.

Linda Barnes

«Carlotta Carlyle ist eine großartige Bereicherung der schnell wachsenden Gruppe intelligenter, witziger, verführerischer, tougher, aber dennoch verwundbarer Privatdetektivinnen ...» *The Times*

Carlotta steigt ein
(thriller 43264)

Carlotta fängt Schlangen
(thriller 42959)

Carlotta jagt den Kojoten
(thriller 43099)

Carlotta spielt den Blues
(thriller 43160)
«Der Roman bezieht seinen Reiz aus einer eigenartigen Mischung zwischen einer spannenden Krimihandlung und der außerordentlich intensiven, in allen Farben des Spektrums schillernden Beschreibung der Popmusik-Szene.» *Radio Bremen*

Zum Dinner eine Leiche *Mit einem Linda-Barnes-Interview*
(thriller 43049)

Früchte der Gier
(thriller 43262)

Marathon des Todes
(thriller 43040)

Blut will Blut
(thriller 43064)
Wer goß Blut in die Bloody Mary, wer enthauptete Puppen und Fledermäuse? Und wer legte den toten Raben ins Büro des Theaterdirektors? Michael Spraggue wird wieder einmal gefordert.

rororo thriller

Ein Schnappschuß für Carlotta
(rororo thriller 43250)

Carlotta geht ins Netz
(rororo thriller 43315)

Flammen der Rache *Ein Fall für Carlotta Carlyle*
(rororo 22810)
Valentine Phipps stirbt einen infamen Tod: Jemand hat die Herztabletten der alten Dame versteckt. Das glaubt jedenfalls Carlotta Carlyle, denn Mrs. Phipps widersetzte sich standhaft der Luxussanierung ihres Viertels.

Rückkehr aus dem Reich der Toten *Roman*
Deutsch von Erika Ifang
528 Seiten. Gebunden und als rororo 22807

«Carlotta ist eine melancholische Detektivin, Linda Barnes ist eine ironische Erzählerin, und beide gemeinsam sind einfach unschlagbar.»
Hamburger Morgenpost